U0488157

长篇报告文学

陈启文 著

中国饭碗

黑龙江教育出版社

图书在版编目（CIP）数据

中国饭碗 / 陈启文著. -- 哈尔滨：黑龙江教育出版社，2022.2
ISBN 978-7-5709-2932-0

Ⅰ．①中… Ⅱ．①陈… Ⅲ．①报告文学－中国－当代 Ⅳ．①I25

中国版本图书馆CIP数据核字(2022)第032776号

中国饭碗
ZHONGGUO FANWAN

陈启文　著

顾　　问	李炳银
出版策划	李久军　张立新
选题策划	张立新　侯　擎
责任编辑	梁　爽　于　斌
封面设计	刁钰宸
责任校对	李永红

出版发行	黑龙江教育出版社
	（哈尔滨市道里区群力第六大道1313号）
印　　刷	哈尔滨市石桥印务有限公司
开　　本	787毫米×1092毫米　1/16
印　　张	22.5
字　　数	297千
版　　次	2022年2月第1版
印　　次	2022年2月第1次印刷
书　　号	ISBN 978-7-5709-2932-0
定　　价	58.00元

黑龙江教育出版社网址：www.hljep.com.cn
如需订购图书，请与我社发行中心联系。联系电话：0451-82533097　82534665
如有印装质量问题，影响阅读，请与我公司联系调换。联系电话：0451-82342231
如发现盗版图书，请向我社举报。举报电话：0451-82533087

目　录

序　章 / 001

第一章　一个村庄和一个国家的命运 / 025

　　那十八个血红的手指印 / 027

　　一年越过温饱线，二十年未进富裕门 / 038

　　从温饱走向小康 / 046

第二章　从北大荒到中华大粮仓 / 057

　　这是一片神奇的土地 / 059

　　北大荒也是战场 / 074

　　最早迎接太阳的地方 / 091

　　另一种铁马金戈 / 100

　　刻在北大荒的土地上 / 114

第三章　藏粮于技 / 123

　　追逐太阳的人 / 125

　　麦田里的守望者 / 162

　　奇异的谷物 / 196

　　大豆强国的追梦人 / 219

第四章　藏粮于地 / 247

　　借问中原种粮人 / 249

　　玉米飘香的黄土地 / 263

　　湖广熟，天下足 / 274

　　稻花香里说丰年 / 289

第五章　大国粮仓 / 307

　　天下大命 / 309

　　共和国的守粮人 / 328

　　中国粮食的安全岛链 / 340

后　记 / 351

参考文献 / 355

序章

序　章

一

兴许，许多和新中国一起走过来的人，还记得开国大典后不久，美国国务卿艾奇逊曾经放言："人民的吃饭问题是每个中国政府必然碰到的第一个问题，一直到现在没有一个政府使这个问题得到解决。中国共产党能打赢战争，却无法解决几亿中国人的吃饭问题。"不能不说，这位冷战政策的制定者，一下就抓到了中国的命根子。吃饭问题，的确是中国历来最大的软肋。

粮食从来就不是单纯的粮食，而是历史演进的规律、民族兴亡，以及生命的无穷奥秘所构成的自然与文化的混合体。它是每一个生命最基本的需要，也是历史最直接的载体，它内部包含着巨大信息量，没有任何别的东西可以超越。如果说生存权是最大的人权，粮食就是它最基本的底线。

"洪范八政，食为政首。"春秋时期，在《尚书·洪范》中，列举了治国理政的八个重要方面，而解决好人们的吃饭问题是第一要务。

"民为国基，谷为民命。"这是东汉政论家王符的一句箴言。对于任何一个时代而言，人民都是国家的基石，粮食则是人类的命根子，而粮食安全则是国家安全、社会安定的"定盘星"。这是永恒的真理。

中国是一个以农为本的国度，追溯中国粮食必从五谷开始，上古的神农、后稷"教民稼穑，树艺五谷"，开创了中华农耕文明之先河。何为五谷？古代有多种说法，一般指稻、黍（俗称黄米）、稷（一说为谷子，一说为高粱）、麦、菽（大豆）。又有注释："谓粳米、小豆、麦、大豆、黄黍也。"五谷可谓中华文明的起源，炎黄子孙以"五谷为养"，孟子云"五谷熟而民人育"。除了五谷之说，史上还有百谷之说，那养命的粮食说来数不胜数。历朝历代，始终把解决天下生民的吃饭问题作为治国安邦的头等大事。汉文帝刘恒、昭帝刘弗陵都是被后世尊崇为深怀仁义之德的明君典范,他们先后诏告天下:"农,天下之大本也,民所恃以生也。"然而,数千年来,那些面朝黄土背朝天的农人却一直难以种出足以养活中国的粮食。追溯中国亘古以来的历史,既是一部以粮食为主的农耕文明史,也是一部天灾与人祸交加的饥荒史。历史上的每一次凶年饥岁,又无不酿成大规模的农民起义,说穿了就是饥民起义。为了填饱饥肠辘辘的肚子,中国农民一次次揭竿而起,当他们被逼到了"人相食"甚至是"易子而食"的残忍绝境,战争已不是最残忍的选择,哪怕吃上一顿饱饭后立马死去,也比沦为一个倒毙于荒野赤地的饿殍更加心甘。

当千古帝制终于被推翻,一个身影站在了历史入口处——中国革命的先行者孙中山。他在《三民主义》"民生主义"第三讲中,讲的就是吃饭问题:"常常有人说,天下无论什么事都没有容易过吃饭的……殊不知道吃饭问题就是顶重要的民生问题。"随后,他话锋一转,将这最容易又顶重要的吃饭问题上升到国家安全的战略高度:"吃饭问题,是关系国家之生死存亡的。"而他提出的奋斗目标是,"要四万万人都有饭吃,并且要有很便宜的饭吃"。这并非多么崇高的理想,而是一个最基本的生存目标,但却一直没有从根本上得以实现。中山先生认为,首要是解决土地问题,这是最根本的问题。英国古典经济学家威廉·配第曾经说过:"劳动是财富之父,土地是财富之母。"土地是人类赖以生存的最基本的资源,人类一直并将长期继续在土地上生存和发展。而对于中国农民来说,粮食是命根子,土地则是命根子的命根子。为解决土地问题,中山先生指出了一条路:平均地权,实行耕者有其田,才算农民问题真完全解决。

然而,"革命尚未成功",先生就与世长辞,他的愿景在军阀混战、外寇入侵的烽火连绵的乱世中,变成了一个难以实现的遗愿。战乱中的中国也是一个饥荒之国。据曾任美国驻华大使的司徒雷登估计,"1949年以前,中国平均每年有三百万至七百万人死于饥饿"。按他的推测,在民国存续的三十八年间,中国死于饥荒的人口数量至少两亿,这远远高于因战争而死亡的人数,而饥荒对人类的灭绝远胜于战争。美国记者埃德加·斯诺目睹了战乱和饥荒给中国人带来的如地狱般的情景:"你有没有见到过一个人有一个多月没有吃饭了?……儿童们甚至更加可怜,他们的小骷髅弯曲变形,关节突出,骨瘦如柴,鼓鼓的肚皮由于塞满了树皮锯末,像生了肿瘤一样。""……饥民的尸体经常在埋葬之前就消失了。在有些村庄,人肉公开售卖……在赤日炎炎下,久旱无雨的黄土高原一片死寂,没有绿色,树木光秃秃的,树叶被摘光了,树皮也被剥净了。路边横着骷髅的死尸,没有肌肉,骨头脆如蛋壳,稍有一点肉的立即被吞噬掉了。饱受着饥饿、缺衣无食的少女,半裸着身子被装上运牲口的货车运往上海的妓院……"

谁能拯救一个饥荒的国度和饥饿的民族?在孙中山先生的背后,一个年轻高大的身影逐渐从苍茫时空中浮现出来——毛泽东。1910年春天,毛泽东还是一个十七岁的少年,当他从韶山冲背着一个包袱走进省城,就遭遇了长沙城发生的抢米风潮。这股风潮的直接原因是湖南多地遭遇水旱灾害而导致粮食歉收、米价飞涨,而土豪劣绅又囤积居奇,将原本就半饥半饱、艰难度日的贫民逼到了无米下锅的绝境,长沙城中以挑水为生的贫民黄贵荪因无钱买米而全家自杀。这是一个导火索,猛地点燃了长沙人民反抗的怒火,为了一口救命的粮食,他们在军警的严厉镇压下冲向一家家米店和粮仓,而长沙抢米风潮很快又波及周边多个城市。对于风雨飘摇的大清帝国,这犹如一场多米诺牌局的开端。这让一个忧国忧民的少年强烈地感受到,饥饿引发的不仅仅是绝望的反抗,也不仅仅是一场血腥的镇压,而且是在连锁反应中所引发的社会震荡,他预感到清朝——这个最后的帝国即将在此起彼伏的社会震荡中分崩离析。果不其然,一年后,那个在时空中延续了数百年的大清帝国,就在震惊世界的辛亥革命中被推翻了。在时隔八年之后的五四运动中,毛泽东已是一位挥斥方遒的青年才俊,而他最关注的还是吃饭问题。他在《湘江评论》发刊词中大声疾呼:"世界什么问题最大?吃饭问题最大。"

毛泽东一开始投身革命,就是从解决农民、土地和粮食问题开始的,这对于一个农民的儿子,几乎是一种源于生命的本能。而他后来认为,中国农民一穷二白的状态两千年基本未变。

未变的原因是什么?最根本的,就是两千多年来的土地所有制一直未变。

这也让他为未来中国测出了一条道路——土地革命。他在党内第一个提出中国革命必须要依靠农民。他甚至提出,农民是中国革命的主力军,没有农民的参与,民主革命便不能成功。然而,毛泽东的这些正确主张和策略在中国共产党的幼年时期一开始没有被采纳,直到1927年,在中国共产党成立的第七个年头,也是一个生死存亡之秋,中国共产党才终于认识到了毛泽东早就认识到的这一点。那是一次在危急关头召开的紧急会议,也是一次改变了中国共产党命运的会议——八七会议,会上接受了毛泽东的主张,从此确立了依靠农民实行土地革命的方针。

八一南昌起义,中国共产党不但打响了武装反抗国民党反动派的第一枪,而且由此揭开了土地革命的序幕。就在起义当天,中共中央就在致南昌起义前敌委员会的信中指出:"南昌暴动,其主要意义,在广大地发动土地革命的争斗。"在起义的第二天拂晓,便颁布了《土地革命宣传大纲》,提出了实行土地革命、建设乡村政权、"耕者有其田"等一系列口号。起义部队在异常艰苦的南征途中,一路发动群众进行土地革命。许多老区人还记得,一些在战斗中受伤的战士,还裹着浸染着血迹的绷带,就在浓浓的夜色中打着火把,去老百姓家里串门,他们用陌生的口音,一声声地呼唤着老乡,那"打土豪,分田地"的声音,在他们沿途经过的乡村一路传播,让"耕者有其田"、让老百姓吃饱饭,这些简明夺目的基本价值,又构成了革命战争充满正义性的时代张力。

在抗日战争时期,减租减息和开荒种地成了边区经济政策的灵魂。租低了,田多了,农民的积极性被激发出来了。在边区土地政策中得到了实惠的农民,吃饱了肚子,也成了边区政府和人民军队最坚强的后盾。可以说,很少有普通农民一开始是靠抽象的主义或理想投奔革命,他们大都是通过土地走近了共产党。土地上生长的粮食,闪烁着生命之光的粮食,有时候可以让你舍弃一切外在的东西,抛开一切谜团般的幻象而回归生命的本源。而能够吃饱肚子,就是农人们获得的最感性的、直观的真理。在陕北的窑洞里,毛泽东和斯诺有过一次彻夜长谈,他们的谈话一直围绕着农民和吃饭的话题。毛泽东谈到他的一个伟大发现,中国从来没有一部以农民为主角的作品,他希望农民能够成为真正的主角。

对于土地,充满了战略意义的土地,在同国民党的历史性大决战中被中国共产党人发挥到了极致。为满足广大农民对土地的渴望,1947年夏天,中共中央工作委员会在西柏坡召开全国土地会议,通过了《中国土地法大纲》:废除封建性及半封建性剥削的土地制度,实行耕者有其田的土地制度。废除土地改革前劳动人民所欠地主、富农、高利贷者的高利贷债务。乡村中一切地主的土地及公地,由乡村农会接收,连同乡村中其他一切土地,按乡村全部人口,不分男女老幼,统一平均分配。在土地数量上抽多补少,质量上抽肥补瘦,使全乡村人民均获得同等的土地,并归各人所有。乡村农会接收地主的牲畜、农具、房屋、粮食及其他财产,并征收富农的上述财产的多余部分,分给缺乏这些财产的农民及其他贫民。

正当中国共产党在东北解放区和华北解放区开展"一手拿枪,一手拿算盘"的土改时,1947年5月,在国民党统治区爆发了一场反饥饿、反内战、反迫害的爱国学生运动——"五二〇"运动,其规模之广、历时之长、来势之猛、作用之大,在中国现代史上是少见的。毛泽东指出:"中国境内已有了两条战线。蒋介石进犯军和人民解放军的战争,这是第一条战线。现在又出现了第二条战线,这就是伟大的正义的学生运动和蒋介石反动政府之间的尖锐斗争。"

当时,上海《密勒氏评论报》刊登的一篇文章中说:多少年来,国民党把孙中山的"耕者有其田"当作最重要的口号之一,不幸的是他们太忙了,竟至于没有工夫去实行那位卓越的领袖所订的土地改革方案。——这是一份外国人办的报纸,但它说出了中国的真理。

在中国共产党领导的新民主主义革命胜利后,毛泽东有个有趣的估计:论功行赏,如果把完成民主革命的功绩作十分,则市民及军事的功绩只占三分,农民在乡村革命的功绩要占七分。这样一个既清晰又简单的比例,几乎把历史所有的真相都揭示了。

多少年后,曾在蒋介石麾下担任国防部参谋的黄仁宇,将宏观及放宽视野这一观念导引到中国历史研究里去,从而形成了其考察中国历史的大历史观。一次,他在翻阅蒋介石日记时发现,蒋介石终于看出"土地改革为胜败之关键",然而,对这个关键的发现蒋介石实在太迟了。早在1937年,毛泽东就在陕北的窑洞里对美国记者斯诺说出了一个更深刻的预言:"谁赢得了农民,谁就会赢得中国!"

二

中华人民共和国成立的那年,是农历牛年,这也许只是巧合,但对于一个有悠久农耕文明的古老国度来说,这是特别吉祥而有象征意义的。牛是从天庭自告奋勇来人间撒种的星宿,在老百姓的心中是勤劳、力量、风调雨顺、五谷丰登的象征。谁都盼望,从此天下年年风调雨顺、五谷丰登。

新中国的成立开辟了中国历史新纪元,而土改,则是最直接的社会变革。在新中国成立之后不久,随之而来的便是开国大土改,其根本目的就是让"耕者有其田",一个革命先行者的伟大梦想,终于变成了一个共和国缔造者的伟大壮举。

"红旗卷起农奴戟,黑手高悬霸主鞭。"这是毛泽东后来回韶山时写下的那首著名诗篇中的两句,也是在开国大土改中最充满激情的演奏。而土改的第一步,就是打土豪,先把土豪囤积的粮食夺过来,分给穷苦老百姓,让他们吃饱了肚子,才有力气搞土改。粮食是土地里长出来的东西,也是比土地更直接的东西。而当时党和政府考虑问题特别悉心,在土改之前,大多数农民还租种着地主的土地,有的还在地主家打短工、扛长工。为了不影响正常的粮食生产,土改工作队没有立刻没收地主的土地,而是先减租减息,既保证生产秩序不乱,又让农民得到实惠。在夏收之后,土改工作队基本上摸清了村里每个人的家底,并争取到了一些开始觉悟的贫困农民的支持,村级政权和农会都相继成立了。这时就开始划成分,然后便是对地主富农的土地进行征收、没收和重新分配,而在划成分和追余粮斗争中,又坚决斗出了一些土豪家里的余粮,从而解决了很多赤贫农户的吃饭问题。

经历了一场划时代的土改,每个农民都拥有了自己的土地,成了土地的真正主人。从开国大土改到"耕者有其田",从分散的自耕农到逐步走向合作化,从变工组(或换工组)、互助组到初级合作社,这之间,从自发到自觉的转化,如行云流水,水到渠成。今天,我们把新中国成立之初那段岁月称为流金岁月,既与粮食连年丰收有关,还与那种河清海晏的社会与政治生态有关。按国际上公认的一个判断,人均粮食产量表征着国家粮食丰裕的程度。历史数据显示:在新中国成立后的短短七年内,农民和土地的巨大潜力被迅速地催生和放大,人均粮食产量比1949年之前增加了近百分之五十,这是中国历史上绝无仅有的一个时代。如果考虑到这是新政权刚刚建立时期,又是一个自然灾害频仍的时期,还在朝鲜与世界上最强大的国家面对面地打了一仗的时代背景,如果再对比一下十月革命后苏维埃发生的第一次大饥荒,我们不能不对共和国第一代领导人所建树的业绩表达崇高的敬意。我们有足够的理由可以把这个时代看成一段流金岁月,一个黄金时代。

那并非一个风调雨顺的年代,新生的共和国从一开始就遭受到自然灾害的严峻考验。1954年夏天,长江遭遇上百年罕见的大洪水,灾后,农民奋力自救,在这个大灾之年,依然夺得了秋粮的大丰收。荆江分洪工程开工,刚刚分到了土地的农民,就像当年参战一样,千军万马上工地,这也是一场战斗,也是为了保卫自己的土地。党和亿万老百姓心连着心,党的构想,就是老百姓渴望的现实,每一个政策出台,都能对应人民内心的渴望和呼声,他们的利益是高度一致的,而且有某种潜在的心心相印之感,从而建立起了一种息息相关又高度一致的社会链,共同营造出了那样一段流金岁月。一切为了人民,人民的利益高于一切,这也正是那段流金岁月的黄金法则。

那连续几年的农业丰收和粮食增产,让新中国的决策者有了加快步伐的主观愿望。

五千年的历史太沉重,共和国还太年轻。这种重与轻,让中国的前行步伐经历了一段倾斜的、失重的状态。历史,只有站在某种距离上看,才不会被虚假的视野所遮蔽。中国的历史,尤其是与农民有关的历史,比世界上任何一个国家都复杂而曲折,盘根错节。从纷繁复杂的水系中清理出其主流,不仅是历史的法则,也是现实和未来的需要。中共中央《关于建国以来党的若干历史问题的决议》,对农业合作化有这样一段耐人寻味的话:"在一九五五年夏季以后,农业合作化以及对手工业和个体商业的改造要求过急,工作过粗,改变过快,形式也过于简单划一,以致在长期间遗留了一些问题。"

由于"大跃进"和人民公社化运动中"左"的错误,加上从1959年到1961年,中国农田连续几年遭受大面积自然灾害,致使国民经济正常运转遭到严重破坏,整个国民经济发生严重困难。《中国共产党历史》第二卷在叙述到"三年困难时期"群众生活状况和人口变动情况时说:"粮、油和蔬菜、副食品等的极度缺乏,严重危害了人民群众的健康和生命。许多地方城乡居民出现了浮肿病,患肝炎和妇女病的人数也在增加。由于出生率大幅度大面积降低,死亡率显著增高。"这是新中国历史上的沉痛教训。

为了克服严重困难,1961年1月,中共八届九中全会决定将国民经济转入调整的轨道,并实事求是地提出:吃饭第一,建设第二。在经历1961年至1965年国民经济调整之后,中国农田又再现勃勃生机,粮食连年增产。然而,在接下来的岁月,中国又经历了"文化大革命",使包括粮食生产在内的国民经济再次遭受了严重挫折。直到1977年春天,中央工作会议终于揭开了拨乱反正的序幕。

这里,就从这样一个故事说起吧。1977年夏天,在一次科学和教育工作座谈会上,一个意外的事件发生了,有人向刚刚第三次复出的中共中央副主席邓小平当面呈递了一封信。这是由时任北京农业大学的三位副校长联名写给邓小平的,信里的每个字都如铅块般沉重,他们历数了北京农大在"文化大革命"中被迫搬迁并遭受惨重破坏的遭遇,请求中央批准把学校迁回北京原址——马连洼办学。邓小平看后,也以沉重的心情立刻做了批示。然而,马连洼早已被国防科委的几个部门占用着。谁都知道,国防科委自诞生之日起就是共和国最重要的战略部门之一,北京农大想要搬回原址办学,或许只是一种梦想,想迈出一步都太难了。但当时分管国防科委的聂荣臻元帅却说了这样一番话:"农大搬回北京办学的事,早经邓副主席和中央同志批准,并已责成国防科委贯彻和执行。九亿人的吃饭问题是比'上天'更重要、更迫切的重要战略问题。"

一位身经百战的元帅,站在更高的战略高度,一下揭示了一个比一切战略问题更重要、更迫切的战略问题——吃饭比上天重要!

1978年，这一年被称为中国改革开放的元年。这年12月，十一届三中全会在北京召开，中国改革开放的总设计师邓小平力排重重阻力，启动了中国的一次伟大转型，全会的中心议题就是以经济建设为中心，把党和国家的工作重心转移到社会主义现代化建设上来。中国从此迈开了新时期的历史脚步。而几乎在同一时间，在当时还默默无闻的安徽省凤阳县小岗村，一星摇曳的灯火照亮了那个寒冷的冬夜，十八个饥寒交迫的农民在一间破屋子里开了一次小会，他们用冻得发僵的手指，在一张分田到户的"生死契约"上按上了十八个血红的指印。这份不到百字的"生死契约"，最主要的内容有三条：一是分田到户；二是不再伸手向国家要钱要粮；三是如果干部坐牢，社员保证把他们的小孩养活到十八岁。在会上，小岗生产队队长严俊昌特别强调，"我们分田到户，瞒上不瞒下，不准向任何人透露"。小岗村的十八位农民，采取在当时的背景下冒天下之大不韪的行动，悄然揿动了中国农村改革的第一个按钮。

这一来自民间的勇敢甚至是伟大的壮举，堪称人民创造历史的一个经典案例，随后便开启了新中国历史上的"第二次土地改革"——家庭联产承包责任制，并将其确立为中国现阶段农村的一项基本经济制度。这次土地改革，把土地产权分为所有权和经营权。所有权仍归集体所有，经营权则由集体经济组织按户均分包给农户自主经营，集体经济组织负责承包合同履行的监督，公共设施的统一安排、使用和调度，土地调整和分配，从而形成一套有统有分、统分结合的双层经营体制。家庭联产承包责任制的推行，纠正了长期存在的管理高度集中和经营方式过分单调的弊端，使农民在集体经济中由单纯的劳动者变成既是生产者又是经营者，从而大大调动了农民的生产积极性，较好地发挥了劳动和土地的潜力。

然而，随着市场经济在中国的深入发展，家庭联产承包责任制本身的局限性逐步显现出来。用农民的话说，每个人一亩三分地，又被各自的田坎所分割，如此细小分散的农田结构，无论你怎么精耕细作，基本上都是沿袭小农经济的模式，每家每户在小块土地上进行分散经营，只能采取传统的农耕方式，生产力低下，抵抗自然灾害的能力弱。如小岗村，"一年越过温饱线，二十年未进富裕门"，既体现了这一制度的优势，又体现了这一制度的局限。中国农民若要从温饱走向小康和共同富裕，势必要从小农经济走向现代化农业的规模化经营、机械化作业，这是中国农业实现现代化的必由之路。在农业发达国家，其农业的发展大都充分考虑科技成果在农业中的推广，他们充分利用新的科学技术，发展农村的灌溉事业，普及机械化，推广生物技术和改进耕作方法，使其农业生产率大幅度提高。在中国也有这样的典型事例，如北大荒农垦集团，就是中国农业先进生产力的代表，实现了粮食安全和现代高效农业相统一，被誉为"中国现代化大农业的旗舰"。若要借鉴北大荒现代化的大农业模式，就必须在现有家庭联产承包责任制的基础上，进一步深化土地改革。

2004年，国务院颁布了《关于深化改革严格土地管理的决定》，其中关于"农民集体所有建设用地使用权可以依法流转"的规定，强调"在符合规划的前提下，村庄、集镇、建制镇中的农民集体所有建设用地使用权可以依法流转"。有人将土地流转称为新中国成立以来的"第三次土地改革"——允许拥有土地承包经营权的农户将土地经营权（使用权）转让给其他农户或经济组织，即保留承包权，转让使用权。其基本原则，一是坚持确保所有权、稳定承包权、搞活使用权的原则；二是维护农民的权益，坚持"自愿、有偿、依法"的原则；三是坚持土地资源优化配置和土地同其他生产要素优化组合的原则；四是坚持保护耕地，重点保护基本农田的原则。为此，小岗村又率先进行了土地流转的尝试，从解决温饱走向小康之路，这也是小岗村的另一典型意义。

从开国大土改到家庭联产承包责任制，再到通过土地流转走向现代规模化农业,中国一直在土地上做文章,出台了一系列与时俱进的政策,尤其是实行所有权、承包权、经营权"三权分置"之后,在进一步解放农村生产力、调动广大农民生产经营积极性的同时,也激发了土地的潜能,让土地迸发出了强劲的活力。

三

悠悠万事,吃饭为大。手中有粮,心中不慌。农业是安天下、稳民生的战略产业,保障粮食安全是一个永恒的课题,尤其对于中国这个在土地上先天不足的泱泱大国,任何时候都不能放松。

中国耕地面积约占世界耕地的百分之七,人口占世界总人口的近五分之一,而现有粮食产量约占世界的四分之一。追溯新中国粮食发展之路,在农业基础十分薄弱、人民生活极端贫困的基础上起步,尽管经历了一次又一次的严峻考验,但通过七十多年的艰苦奋斗和不懈努力,取得了举世瞩目的成就。1949年,中国粮食总产量仅有2263.6亿斤,到1996年首次突破一万亿斤大关,这标志着,我国粮食由供给全面短缺转变为供求总量基本平衡。在2020年的大疫之年,也是灾害频仍的一年,全国粮食总产量达到创纪录的13390亿斤,比新中国成立之初增加了一万多亿斤。而从单产看,1949年我国粮食平均亩产仅为68.6公斤,1965年稳定在一百公斤以上,1982年突破二百公斤,1998年突破三百公斤大关,到2020年亩产逼近四百公斤,这比新中国成立初期增加了近五倍,人均占有量从1949年的209公斤,现已增加到470多公斤,比新中国成立初翻了一番多,人均占有量现已高于世界平均水平。数字是枯燥的,也是最有说服力的。中国依靠自己的力量不仅成功解决了十四亿人口的吃饭问题,而且实现了由"吃不饱"到"吃得饱",进而"吃得好"的历史性转变,这是中国人民自己发展取得的伟大成就,也为世界粮食安全做出了重大贡献。然而,居安思危,我国拥有十四亿人口,如果粮食一旦出了问题,谁也救不了我们,只有把饭碗牢牢端在自己手中,才能保持社会大局稳定。

关注中国粮食问题的不仅仅是中国,世界也一直盯着中国饭碗。

早在1994年9月,美国世界观察研究所所长莱斯特·布朗就向中国也向世界发问:谁来养活中国?有人将其称为"警世的呼唤"。布朗为此撰写了一篇长篇报告,还加上了一个诡异的副标题——来自一个小行星的醒世报告。在苍茫浩瀚的宇宙中,地球就是一个微不足道的小行星。布朗是在中国逐渐融入全球化的背景下发出这一疑问的,而在全球化的背景下,贫困与饥饿跨越了国界,不是哪一个国家关起门来处理的家务事,而是全人类都必须共同面对的问题。这个对世界粮食问题充满了忧虑,却把矛头指向中国的美国观察家,且不说他是居心不良还是杞人忧天,这里不妨先算算账。人口决定口粮,尽管我国从1970年就开始在城乡推行计划生育,但人口依然一直保持增长态势,如今已突破了十四亿大关。在未来的十多年间,随着全面放开二胎生育,还将迎来新的生育高峰。事实上,中国政府一直以十六亿人口为最高峰值,来作为应对国家粮食安全的大前提。如果中国粮食的增产赶不上人口的增速,没有足够的粮食去填补这个巨大的缺口,就必须买光全世界的粮食贸易量,才能填补养活中国十六亿人口的那个巨大缺口,可世界上的其他粮食进口国吃什么?——这就是布朗预测的一个世界粮食的灾难性后果:中国粮食缺口将导致全世界粮食短缺和粮价暴涨,造成全球性粮食危机。无论是中国发生粮食危机,还是世界发生粮食危机,那巨大的粮食缺口都无法从地球这颗小行星上转移,必须用数亿人的生命去填!

不能不说,布朗提出的的确是一系列充满了灾难性而又难以破解的难题,也有人称之为"布朗的魔咒"。

粮食不仅与人口直接对应,也是与水土、气候、生态直接对应的。

从耕地上看,中国以占世界百分之七的耕地养活着占全球百分之二十的人口,这一直让中国人充满了自豪感,也的确是中国对世界的巨大贡献,却也是一个大限,中国一直在有限的耕地上超载生产粮食。迄今,中国耕地基本上开垦到了极限,人口有增无减,而土地则有减无增。自上世纪80年代后,随着改革开放推动经济和城市化的快速发展,中国的耕地面积出现不断减少的发展趋势。除了先天不足的耕地,还有先天不足的水资源,中国人均水资源占有量仅为世界人均的四分之一左右,在农耕时代勉强能够维持,一旦迈进工业化、城市化、现代化的进程,日益严峻的水资源危机以及污染所带来的水质性危机,必将直接加剧中国的农业危机和粮食危机。再加之生态环境的恶化使得各种自然灾害频繁袭击我国的农业生产,水土流失加剧,各种灾难性的危机叠加在一起,对我国的粮食安全构成极为严峻的威胁。

事实上,布朗发出的"警世的呼唤",不只是对中国发出的警示,也是在不遗余力地呼唤世界各国的领导人,不要拿经费来备战、制造兵器,而要重视粮食生产,发展农业。他那深重的危机感,也在世界上引起了强烈的危机感。1996年11月,联合国粮农组织(FAO)在罗马总部召开了史上第一次以应对粮食问题为主题的世界首脑会议。据联合国粮农组织当年发表的公报,全世界有超过八亿人遭受饥饿。罗马会议分析了世界粮食安全的严峻形势,重申了"人人享有免于饥饿、获得充足食物的基本权利",指出贫困是粮食不安全的重要根源,号召全球各国立即行动起来,担负起对当代和子孙后代实现粮食安全的责任,并确定要在2015年之前把全世界营养不良的人数减少到目前人数一半的近期目标。——这也是当时的世界各国首脑对全世界人民做出的庄严承诺。时至2015年,一个长达近二十年的承诺到了最后一年,应该兑现了,但据世界银行统计,"2015年全世界仍有八亿多人生活在贫困之中"。这就意味着,全世界的人类用了近二十年时间的努力,依然没有实现世界各国首脑在罗马会议上做出的庄严承诺。于此可见,消除贫困、消除饥饿,人类还有多么漫长而艰难的路要走。

对布朗"谁来养活中国"这一"警世的呼唤",中国没有沉默。中国政府和科学家随即做出了一系列的积极回应。时任国家科委主任宋健在第七次恩格尔贝格论坛上,直接针对布朗的发问,做了题为《也论"谁来养活中国人"》的回应。世界粮食组织认为,粮食安全应包含如下三个目标:确保生产足够多的粮食以保证供应,保证供应流量的稳定性,确保那些需要粮食的人们很方便地得到供应。就中国将来的粮食安全而言,生产足够多的粮食来实现"自足",无疑是决定性的因素。"自足"这个词并不意味着自己生产所有需要的东西。但是,对中国来说,它的确意味着生产足够谷物以保证生活水平接近"富裕"时全部人口的食物供应。换句话说,对于21世纪中叶十六亿人口而言,每年的谷物收成要达到6.4亿吨才能保证人均400公斤。根据中国和国外农学家们的研究与分析,这是一个必须达到,而且可能达到,有相当充分依据的目标值。1996年中国的粮食产量达到创纪录的4.8亿吨,人均400多公斤。中国必须在未来的三十至四十年内,使年产量再增加1.6亿吨,才能达到6.4亿吨,即年产量比现在再增加百分之三十,这要求粮食供应平均每年增加百分之一。根据中国农业过去的表现以及资源潜力,我们深信,这个目标无论从经济上还是从技术上肯定是可以实现的。

随后,他对"谁来养活中国"给予了一个明确而又充满信心的回答:中国的科学界和政府一致认为,中国能够养活自己,并且在21世纪上半叶将能够达到中等发达国家的水平。当然,大家都承认,这是一个巨大的挑战,是整个国家的攻坚战。所有这一切要依靠科学技术的应用和进步。经过当代和后代人的不懈努力,中国将有一个美好的未来,中国不会陷入绝境。仅以此回答全世界许多朋友提出的警告。

那么,如何才能达到这一目标呢?习近平总书记指出:"粮食生产根本在耕地，命脉在水利，出路在科技，动力在政策，这些关键点要一个一个抓落实、抓到位，努力在高基点上实现粮食生产新突破。"习总书记所列举的，正是粮食生产和增产的全要素。具体而言，就是"要研究和完善粮食安全政策，把产能建设作为根本，实现藏粮于地、藏粮于技"。这是中央对确保粮食产能的新思路，也是保障国家粮食安全的新战略。这意味着我们将不再一味追求粮食产量的连续递增，而是通过增加粮食产能，保护生态环境，促进粮食生产能力建设与可持续增长。

从"藏粮于地"看，人多地少是我国的基本国情，一方面耕地后备资源严重不足，另一方面由于各方面的基本建设和生态退耕，耕地数量还在下降，这决定了我们必须像保护大熊猫一样保护好耕地。首先是实施全国土地利用总体规划，从严管控各项建设占用耕地特别是优质耕地，健全建设用地"增存挂钩"机制，牢牢守住十八亿亩耕地红线，下大力气建设国家粮食安全产业带，要求基本农田要姓农，要种粮食，必须坚决遏制耕地"非农化"、防止"非粮化"，绝不能单纯以经济效益来确定耕地用途，特别是要保障现有十四亿亩的三大谷物种植面积只增不减，确保耕地主要用于生产粮食和多元化食物，始终端稳中国饭碗，筑牢大国粮仓。在此基础上，以主体功能区规划和优势农产品布局规划为依托，以永久基本农田为基础，建立粮食生产功能区和重要农产品生产保护区，划定水稻、小麦、玉米等粮食生产功能区6000万公顷，大豆、油菜籽等重要农产品生产保护区近1500万公顷。

从粮食生产功能区看，重中之重是九大商品粮基地，分别是三江平原、松嫩平原、太湖平原、江淮地区、江汉平原、鄱阳湖平原、洞庭湖平原、成都平原、珠江三角洲。有人将其编成了一首歌谣："松嫩三江北大仓，两江三湖居中央；成都平原西南望，珠江三角在南方。"这些商品粮基地历来以产粮为主，粮食商品率较高，是能稳定地提供大量余粮的农业生产地区，主要具备条件：一是粮食生产条件较好，高产稳产农田比重较大，余粮较多；二是人均占有粮食数量多,商品率高,增产潜力大,且投资少、见效快;三是粮食生产集中连片,自然条件和生产条件基本类似,便于统一规划、建设和布局生产;四是以粮食生产为中心,粮食生产用地与经济作物和其他作物生产用地矛盾不大,交通运输方便。

随着历史的演进和人类的繁衍,水稻、小麦和玉米已成为中国乃至世界的三大主粮(口粮),而我国在有限的耕地中首先要保障水稻、小麦和玉米的种植,迄今已大致形成了北麦南稻的格局,但北方尤其是东北也有大面积的稻作区,南方也有广泛的小麦种植区。玉米也是以北方种植为主,但其种植范围遍及全国各地。除了三大主粮,其次是大豆和马铃薯。国家建立粮食生产功能区的基本目标是:形成黄淮海平原小麦、专用玉米和高蛋白大豆规模生产优势区;打造长江经济带双季稻和优质专用小麦生产核心区;提高西北优质小麦、玉米和马铃薯生产规模和质量;重点发展西南稻谷、小麦、玉米和马铃薯种植;扩大东南和华南优质双季稻和马铃薯产量规模。优化区域布局和要素组合,促进农业结构调整,提升农产品质量效益和市场竞争力,保障重要农产品特别是粮食的有效供给。

若要实现"藏粮于地"的目标,还要不断提升耕地质量,保护生态环境。一是实施全国高标准农田建设总体规划,推进耕地数量、质量、生态"三位一体"保护,改造中低产田,建设集中连片、旱涝保收、稳产高产、生态友好的高标准农田。其中最关键的、最基础的,是集中连片,把细碎零散、不平整的土地整治成大片的平整土地,修建良好的田间道路、田间沟渠等,以满足机械化深耕等作业技术要求和投入产出的效益要求。二是加强农田水利工程建设,提高水资源利用效率。规划建设一批节水供水重大水利工程,开发种类齐全、系列配套、性能可靠的节水灌溉技术和产品,大力普及管灌、喷灌、微灌等节水灌溉技术,加大水肥一体化等农艺节水推广力度;加快灌区续建配套与现代化高效节水改造,推进小型农田水利设施达标提质,实现农业生产水资源科学高效利用。三是耕地质量保护,包括防治土壤污染、防止水土流失、防止土壤肥力下降等。四是休耕轮作,这有助于土地肥力的保护和提高。

从"藏粮于技"看,农业出路在现代化,农业现代化关键在科技进步。土地是有限的,而人口增加,即便中国严防死守十八亿亩耕地的红线,也是底线,那占世界百分之七的耕地也不可能增加,而在这红线中约三分之二为中低产田,其中还有不少是盐碱地。只有依靠科学技术的应用和进步,才能在现有的十分有限的耕地上竭尽所能地提高粮食单产,为内涵式现代农业发展之路提供良好支撑。

对布朗发出的"警世的呼唤",袁隆平院士从"藏粮于技"的实践中给予了科学解读。他不觉得这是美国人发出的"中国威胁论",他认为"布朗只看到了中国庞大的人口将侵占大量的人类资源,他的最大弱点,是对科技进步提高农作物生产力的巨大潜力估计不足,而恰恰农业科技进步是支持粮食增产的第一生产力"。其实,布朗在《谁来养活中国》一文中也提到了农业科技进步,但他通过对当时现实的观察做出了悲观的结论:首先是很多人把希望寄托在基因工程上,但基因工程搞了二十年,对提高农作物的产量还是没有看到明显的贡献。然后又有很多人把希望寄托在国际水稻研究所(IRRI)的超级稻上面,结果超级稻也没有搞成功。——这是实情,也是难题,而袁隆平要攻克的就是这道世界性难题,他坚信"中国人通过科技进步和共同努力,不仅能养活自己,而且可以帮助发展中国家解决粮食短缺问题",这绝非盲目的自信,而是基于他执着而坚定的科学信仰。

国以农为本,农以种为先。良种,既是农业高质量发展的重要抓手,也是提高我国农业国际竞争力的关键。中国饭碗要装满中国粮食,第一就是培育中国种子,嵌入具有世界先进水平的"农业芯片",加快构建育、繁、推一体化的产业新格局,打造具有国际竞争力的种业航母。从水稻育种看,为了发展抗逆、优质、高产水稻品种,早在 1996 年,农业部根据袁隆平院士提出的超级杂交稻的育种设想与目标,正式启动了为期十年的"中国超级稻育种计划"。第二年,"中国超级稻育种计划"又由"国家高技术研究发展计划"("863"计划)立项,在袁隆平的统领下,全国二十多个科研团队协作攻关。——这已是袁隆平第三次率领全国科研团队协作攻关。随着"中国超级稻育种计划"的一步步推进,这一计划实际上已成为保障国家粮食安全的战略决策之一,而无论在战略设想上还是技术路线上,袁隆平都扮演了一个战略家的角色,有人甚至把他称为这一领域的"战略之魂"。历经二十多年攻关,经专家组在位于云南省草坝镇的超级稻种植示范基地里对第二代"超优千号"进行测产,袁隆平团队研发的超级杂交水稻在2020年的亩产又创新高,平均亩产高达1135公斤,这是中国种子创造的世界奇迹。

更令人称奇的是,由袁隆平"海水稻"团队研发的"超优千号"耐盐碱水稻,在同一时间也创下盐碱地水稻高产的世界纪录,亩产达到802.9公斤。而在单产的背后,则是巨大的、难以估量的增产潜力。

袁隆平只是中国农业科学家的一个缩影。"藏粮于技",还必须全面建立粮食科技创新体系。一是深入推进水稻、小麦、玉米、大豆等主要粮食作物国家良种重大科研联合攻关,大力培育推广优良品种。目前,中国超级稻、矮败小麦、杂交玉米等高效育种技术体系已基本建立,成功培育出数万个高产优质作物新品种、新组合,实现了五至六次大规模更新换代,优良品种大面积推广应用,基本实现主要粮食作物良种全覆盖。与此同时,中国农业科学家加快对优质专用稻米和强筋弱筋小麦,以及高淀粉、高蛋白、高油玉米等绿色优质品种的选育,推动粮食生产从高产向优质高产并重转变。二是推广应用农业科技,如科学施肥、节水灌溉、绿色防控等技术大面积推广,水稻、小麦、玉米三大粮食作物的病虫草害损失率大幅降低。2004年以来,我国实施粮食丰产科技工程,共建设丰产科技攻关田、核心区、示范区、辐射区一千多个,项目区单产增产量达到全国平均水平的2.3倍。三是提升粮食储运科技水平，攻克了一系列粮食储藏保鲜保质、虫霉防治和减损降耗关键技术难题，系统性地解决了中国"北粮南运"散粮集装箱运输成套应用技术难题，安全绿色储粮、质量安全、营养健康、加工转化、现代物流、"智慧粮食"等领域科研成果得到广泛应用。

在实施"藏粮于地、藏粮于技"战略的同时，中国一直在大力发展粮食产业经济，加快推动粮食产业转型升级，积极发展粮食精深加工转化，建立专业化的粮食产后服务中心，紧紧围绕"粮头食尾"和"农头工尾"，充分发挥加工企业的引擎带动作用，延伸粮食产业链，提升价值链，打造供应链，统筹建好示范市县、产业园区、骨干企业和优质粮食工程"四大载体"，这一系列组合拳在更高层次上提升了国家粮食安全保障水平。

2019年10月，为全面介绍中国粮食安全的成就，增进国际社会对中国粮食安全的了解，国务院新闻办公室发布了《中国的粮食安全》白皮书，提出了"确保谷物基本自给、口粮绝对安全"的新粮食安全观，确立了以我为主、立足国内、确保产能、适度进口、科技支撑的国家粮食安全战略。随着我国粮食产业经济稳步发展，更高层次、更高质量、更有效率、更可持续的粮食安全保障体系逐步建立，国家粮食安全保障更加有力，中国特色的粮食安全之路必将越走越稳健、越走越宽广。

人类只有一个地球，各国共处一个世界。粮食安全从来不只是关乎中国，也是世界和平与发展的重要保障，是构建人类命运共同体的重要基础，关系人类永续发展和前途命运。中国作为世界上最大的发展中国家和负责任大国，非但没有对世界粮食安全构成威胁，而且一直在不断探索国际粮食合作新模式，推进粮食领域的南南合作，深化与共建"一带一路"国家粮食经贸合作关系，为实现联合国2030年可持续发展目标中的"消除饥饿，实现粮食安全，改善营养状况和促进可持续农业"做出了巨大贡献。联合国粮农组织高度称赞中国在很短的时间内大幅减少了饥饿人口，并在农业发展与创新上积累了丰富的经验与技术,为其他国家提供了宝贵经验。同时,中国还通过双边与多边合作为其他发展中国家提供了无私的帮助。——这是与天地同在的、辽阔而博大的爱与拯救……

第一章 | 一个村庄和一个国家的命运

那十八个血红的手指印

若要追溯中国的粮食之路,有一个村庄是绕不过去的——小岗村。

小岗村,非常小。用小岗村老乡的话说,这是一个比针鼻子还小的地方。

当我们还不知道中国有这么个小岗村时,这是一个仅有二十户人家、一百多人的自然村落,实际上是一个生产队。但小岗村的背景很大。今天,我们早已习惯把小岗村看作中国农村改革的叙事起点和时代坐标。这是一个象征性的结论,更是一个历史性的开端——中国农村改革第一村。

小岗村从来不是一个孤立的个案,若要看清小岗村,至少应该把她与江淮平原作为一个整体来看。江淮平原位于江苏、安徽两省淮河以南、长江以北一带,主要由长江、淮河冲积而成,地势低洼,水网交织,河流水系密如蛛网,大小湖泊星罗棋布。而这里又介于南北气候分界线,既能种水稻又能种小麦,大多数农作物都能在这里生长,为中国九大商品粮基地之一。而小岗村的确切位置,现在一般的地图都已清楚地标注,地处安徽省凤阳县东部,淮河中游的东南,隶属小溪河镇。她地处淮河中游,是江淮平原上无数血缘聚落的自然村庄之一。也只有从这样的历史与地理的大背景去看,你才能看清楚她的来龙去脉,看到她在世界上的位置。

走千走万,抵不上淮河两岸。——这是当地流传的谚语。

小岗的历史,其实就是淮河两岸的历史。

无论你从哪个角度看,小岗村都是一方得天独厚的风水宝地。这里距京沪铁路五公里,距省道307线只有七公里,距明光市和临淮关这两个淮河航运码头二十多公里,离蚌埠这个皖北中心城市和交通枢纽也不远。这样的一个地理位置,绝非我们想当然的那种穷乡僻壤。然而,这样的交通便利,千百年来给小岗村带来的唯一实惠,就是为小岗人外出讨米逃荒带来了极大的便利。小岗村一直是一个以粮食生产为主的小岗村,小岗村也一直是一个必须以乞讨的方式来解决饥饿问题的小岗村。

若要追根究底,小岗村沦为这样一个小岗村,也有历史上的客观原因。在南宋黄河夺淮入海之前,从淮河两岸到江淮平原是中国最富庶的地方之一。历史上,黄河夺淮入海发生了两次:第一次发生在南宋初年。1128年,为了抵御金兵南下,东京守将杜充在滑州掘开黄河堤防,致使黄河向南改道,夺占淮河河道入海。第二次是1938年,为了阻止日军西侵郑州,以决荡的洪水阻隔日军,蒋介石下令扒开郑州花园口黄河大堤,黄河再次向南改道,又一次夺淮入海。这两次黄河改道都不是天灾,皆是惨绝人寰的人祸,大片的黄泛区不仅造成了无数被洪水淹没的冤魂和流离失所的灾民,更给黄淮平原和江淮平原留下了无穷的后患。由于淮河的入海通道被淤塞,这里水旱灾害连年不断。倘若遇上风调雨顺的年景,这里还能混碗饭吃,一到灾年,就只有逃荒这条路。凤阳花鼓,天下闻名,实际上就是讨米要饭的勾当。那些逃荒要饭的凤阳人一边打着花鼓,把农人种地种粮却养不活自己的屈辱用花鼓梆梆梆敲响,一边把那些难以启齿的乞讨像唱歌一样唱出来,哭一般地唱:

> 说凤阳,道凤阳,凤阳本是个好地方。
> 自从出了个朱皇帝,十年倒有九年荒。
> 大户人家卖骡马,小户人家卖儿郎。
> 我家没有儿郎卖,身背花鼓走四方……

凤阳,据《明一统志》载,因地处凤凰山之阳而得名。它的历史悠远得可以一直追溯到史前时代,而最辉煌的年代,无疑还是在朱元璋建立大明帝国之后,这里成了"帝王之乡,明皇故里"——龙兴之地。朱元璋的故乡情结可能是中国历代皇帝中最浓的一个,他甚至一度想把凤阳作为大明帝国的首都。在他登极的第二年,他在凤阳营造了大明皇城,史称"中都",意即在北京、南京之外的又一座首都。可惜,凤阳实在不是一个建都的地方,最大的威胁就是淮河水患。

朱元璋出生于一个只能用渔网裹身的赤贫农家,在灾荒和饥饿中长大,从乞儿、和尚到农民起义的领袖,他凭着"广积粮,高筑墙,缓称王"的九字真经,最终取得了民心,夺得了天下。他打下明朝江山时,中华大地已经历了近二十年战乱,天下一片凋敝。一个"抱济世安民之志"的开国皇帝比谁都清楚,若要济世安民,江山巩固,摆在第一位的永远是"广积粮"。开国之后,他便实行了与民休息的政策。他常对手下的地方官员说:"天下初定,老百姓财力困乏,像刚会飞的鸟,不可拔它的羽毛;如同新栽的树,不可动摇它的根。现在重要的是休养生息。"为了让农业生产尽快复苏,他的另一个政策就是兴修水利,鼓励农民开垦荒地,把农民从人多地少的地域迁往地广人稀的地区,由政府供给耕牛、农具和种子,免税三年。谁开垦出来的荒地,归谁所有。这让许多赤贫的农民迅速地转化为土地的主人,明朝在开国不久便迅速转变为一个丰衣足食的繁荣帝国。然而,和历代封建帝国一样,朱元璋和他的大明王朝也同样无法打破所谓的历史周期律。以凤阳为例,这个在明初一度免征所有赋役的龙兴之地,到了崇祯年间,也和当时的整个中国一样变得苦难深重。崇祯四年(1631年)底,南京礼部右侍郎钱士升祭告凤阳皇陵,对当地残破的状况颇感痛心,遂上书崇祯帝:"凤阳土地多荒,庐舍寥落,冈陵灌莽,一望萧然……挈妻担子,乞活四方。户口既以流亡,逋赋因之岁积。有司束于正额,不得不以逋户之丁粮派征于现在之赋长。于是赔累愈多,而现在者又转而之他矣。"钱士升的这段话说出了问题的实质,由于朝廷一再加征,逼得老百姓四处流亡,而当地官员为了征足赋额,只好将逃户的赋税转嫁到未逃户身上，未逃户不堪重负，也只好逃亡。土地大片抛荒，自然就"一望萧然"了。皇帝的祖籍尚且如此悲惨，其他州县的破败也就可想而知了。但钱士升的话并没有真正打动崇祯帝，尽管他也悲伤落泪，但他不但没有将加征的辽饷免除，而且不久又加征剿饷、练饷，这就只能将天下老百姓逼上绝路。

中国农人世代的苦难，天灾，是最容易找到的原因，也是最直接的原因。水多了成灾，天干了又大旱。旱到了什么程度？听凤阳的一位老农说，因为旱哪，天上飞的麻雀没水呀，飞着飞着就掉下来了；山上的野兔子从山顶下来找水喝，走到山半腰就死掉了。这样就理解了，为什么共和国开国第一大水利工程，就是治淮。在当时国家的家底子还非常薄的情况下，却不惜投入大量资金，先后开辟了苏北灌溉总渠，修建运河堤闸和江都水利枢纽等工程，只有一个目的，就是把江淮平原建成中国重要的农业区和大粮仓。

当年，小岗人也投身于一场改天换地的治淮大会战。在治理淮河的同时，小岗村和全国广大农村一样，还进行了新中国成立后的第一轮土地改革。这从一开始就不是单纯的土地改革，而是彻底铲除封建剥削制度的一场划时代的伟大社会变革，是中国新民主主义革命的一项基本任务。当那些打短工、扛长工的农民在一夜之间成为土地的主人，人类释放的活力、土地喷涌的生机，从来没有像经历了一场土改之后那样被激活。中国农民是勤劳的，也是感恩的，他们为自己拥有的土地而流下了感激的泪水，随后又为自己拥有的土地而流下了辛勤的汗水。尽管当时的农业生产、粮食单产还处于相当低的水准，小麦、水稻的亩产还不到两百公斤，但在土改的第一年，小岗村粮食产量就突破十万斤大关，这是前所未有的产量。全村一百多口人吃饱了肚子，交够了公粮，还留足了余粮和来年的种子。——这也是被很多人忽略了的一个事实，小岗人的温饱问题，并非是在改革开放后才解决的，而是在经历了新中国第一轮土改后就基本上解决了，从此，在接下来的几年里，他们告别了灾难深重的悲惨岁月，告别了"身背花鼓走四方"的乞讨生活。

随后，小岗村便开始搞互助组、初级社、高级社、人民公社，集体越整越大，步子越来越快，谁也不想成为遭人冷嘲热讽的"小脚老太太"。而离他们最近的一个走集体道路的带头人，便是老英雄陈学孟。陈学孟生于凤阳武店镇的一个穷苦农家，他在凤阳最早拉起了互助组，带领乡亲们走上了农业合作化道路，从互助组组长、初级社社长、高级社社长、人民公社主任，一直到中共安徽省委候补委员，他一步一步走过来，每一步都踩着新中国历史进程的节拍。在合作化高潮中，他被毛泽东称为"合作化的带头人"，并被评为全国劳动模范，先后当选第三届全国人大代表、党的九大代表。而他一生最感荣耀的是受到过毛主席五次亲切接见。应该说，陈学孟是那个时代当之无愧的英模，他一生只为老百姓做事、操心，从来没有白吃群众一顿饭，没有白占公家一粒谷子。这也是很多凤阳的老乡依然对他念念不忘的原因，好人哪！

然而，历史是难以言说的，也就在老英雄陈学孟一步步走向人生辉煌时，凤阳人、小岗村人，却一步步从吃饱肚子又重新开始饿肚子。尤其是到了人民公社时期，出的是集体工，干活是大呼隆。凤阳人有创造民谣的天才，这些民谣又真实地反映了当时的现实，如"晚上工，早下工，到了地里磨洋工，反正记的一样工"，又如"队长哨子吹破嘴，催人下地跑断腿，喊了半天人半数，到了地里鬼混鬼"。这些民谣，小岗村的老农们几乎张口就来。反正干多干少都一样，农民失去了干活的劲头，那些被折腾得饥肠辘辘、骨瘦如柴的农人，还哪有力气干活啊！再加上后来在生产上的瞎指挥，尤其在"大跃进"时，搞什么"十里芋丰岭，百里菜花香，千亩水稻方"，结果呢，"十里芋丰岭"变成大草荒，"百里菜花香"未收半土缸，"千亩水稻方"没打几斤粮。二十多年中，凤阳县这个产粮大县，在这样的穷折腾中又沦为了"吃粮靠返销,花钱靠救济,生产靠贷款"的"三靠"县,小岗村也成了这样一个"三靠"村。到了上世纪70年代,小岗村一千一百多亩土地竟有一千亩撂荒,全村的集体经济只剩下三间破土房、一头牛、半张耙、一张半犁。奇了怪了,这半张耙、一张半犁是怎么回事呢?——由于年久失修,烂得只剩一半了,搁在一间属于集体的破土房里。集体,集体,这就是当时小岗村的全部集体!

小岗村人打着凤阳花鼓唱出了这段历史:"凤阳地多不打粮,磙子一住就逃荒。只见凤阳女出嫁,不见新娘进凤阳。"还有一首流传更广的花鼓调:"泥巴房,泥巴床,泥巴囤里没有粮,一日三餐喝稀汤,正月出门去逃荒。"这简直是给社会主义丢脸啊!

1976年春天,一个阳光灿烂的日子,县里和公社终于下了决心,要彻底改变小岗村的落后面貌,再也不能让小岗人给社会主义丢脸了!这个二十户的小村,一下派来了十八个人组成的"学大寨"工作队。他们来了,站在被太阳晒得发烫的空荡荡的晒谷坪上,开社员大会。

小岗人后来追忆起他们度过的那一年,他们每天听着生产队长的哨子出工、收工,连风雨天也没闲着,每一家都有人当过生产队长,一个队长不行,马上换上另一个队长。轮到严俊昌后来带头搞"大包干"时,已是他第三次当队长了。那一年,除了大年三十和年初一两天不用下地干活,几乎所有人所有的时间都被捆在集体的土地上。就这样,全队人辛辛苦苦干了一年,按说这样一天也没闲着,那收成肯定少不了。然而,到了年底,工作队把一年打下的粮食一五一十过了秤,一个个眼睛老大地瞪着秤星儿,手里不停地拨拉着算盘珠子,小岗生产队这年共打粮三万五千斤,除去公粮、统购和种子,全村人均口粮只有二百三,人均收入只有三十二块钱。这让"学大寨"工作队怎么也想不通,这到底是咋搞的?怎么就只这么点粮食、这么点收入呢?这也是中国人用了三十年没有想通的一件最简单的事。而小岗人连想也不用去想了,这点粮食能喂饱肚子吗?能养活一家老小吗?

当"学大寨"工作队刚一撤,呼啦啦,一村人,一阵风,又背着凤阳花鼓出去讨饭了。

说来,谁又愿意低三下四去乞讨啊!严俊昌每次说到当年乞讨的经历,那老实巴交的一张脸就涨得像一张红布。想想,那时他正当壮年,也是一条顶天立地的汉子,却背着一个破包袱,拿着一只到处是豁口的饭碗,低着头、弯着腰、伸着手,去别人家的屋檐下哀声乞讨,不但要看别人的脸色,还被人家的看门狗围着吠、追着咬。那时乡下人都穷,一个村走下来也讨不到几把米,去城里也只能讨点残羹剩饭。一个人活得那样,哪里还像个人啊!可不讨饭怎么办?总不能眼睁睁地看着一家老少活活饿死吧?

这位小岗村"大包干"的第一人,说起他冒着风险搞"大包干",从牙缝里吐出来的只一个字——饿!这个一直笼罩着小岗村的阴影,激起了严俊昌和他的农民兄弟铤而走险的勇气。当你濒临绝境,又怎么不想寻一条活路?

而今,走进小岗村,四十多年前的那个小岗村已经不存在了,但有些东西还是被刻意保存了下来。在路边,很扎眼的,一圈枯树枝和竹条圈起来的篱笆墙里边,就是小岗村生产队会计严立华家的老屋,土坯墙,茅草顶,东倒西歪,连门前屋后的几棵老树也长得东倒西歪。历史,倾斜着,但离我们并不遥远,只有四十多年。这一切,立刻让我想到了我那洞庭湖平原上的贫穷故乡,还有我十七岁以前住过的、在某一个风雨交加的夜晚突然倒塌的土坯茅草房子。这也让我比一般人更深切地感觉到,小岗村当年的穷困是真实的,就像我当年的故乡一样真实,也像当年整个中国的农村一样真实。

我在这沧桑老屋里久久徘徊,低着头、弯着腰,从一扇门里钻进另一扇门里,仿佛在历史的黑洞里穿梭。是的,就是在这低矮而黑暗的房子里,一盏油灯,在一个寒冷的夜里点燃了。那是1978年的冬天,这年,凤阳又遭遇了惨重的旱灾。夏收时,小岗村的每个劳动力只分到七斤麦子,这点儿口粮一顿饭就吃完了。眼看着小岗村人又要外出逃荒要饭了,生产队长严俊昌脑子里猛地蹿出了一个念头:"除了讨饭,小岗村还有别的活路吗?"这其实不是一个偶然一闪的念头,多少年了,这个念头总在他脑子里时不时地闪过。他问过自己,也问过那些信得过的穷棒子兄弟,在他们反复追问时,就开始"密谋"了。在那个寒风呼啸的冬夜,小岗村二十户人家来了十八户(还有两个单身户,一个单身汉关友德,一个孤老头子严国昌,这两个人当时外出没回来),每家的当家汉子都裹紧了自己的破棉袄,偷偷摸摸地钻进了生产队会计严立华家中。历史的现场没有那么多椅子,汉子们有的蹲着,有的站着,十八个汉子抽着粗糙的旱烟,他们在自己抽出的浓烈呛人的烟雾中围成一圈,你一句,我一句,最后搞出了一份粗糙的"生死契约":"我们分田到户,每户户主签字盖章,如以后能干,每户保证完成每户的全年上交和公粮,不在(再)向国家伸手要钱要粮;如不成,我们干部作(坐)牢杀头也干(甘)心,大家社员也保证把我们的小孩养活到十八岁。"然后,他们又一个个按下了自己的手印。

每一个按下手印的人都诚惶诚恐,那种对饥饿的恐慌和违反国法的犯罪感,同时折磨着油灯下一张张憨厚而又扭曲着的脸,扭曲,只因为巨大的恐惧。由于当时太慌张,这张具有历史意义的"生死契约"写得歪歪扭扭,还有好几个错别字。

那时,他们还不知道,他们在按下这十八个血红的手印时,已经悄然揿动了中国农村改革的第一个按钮。他们甚至忘了那个历史性的日子,但未来的中国历史必将铭记这个日子——1978年11月24日。有人说,每一起后来被历史学家认定为重大的事件,几乎都是由小人物揭幕的。小岗村人又一次验证了这个真理。

实践是检验真理的唯一标准。这一观念权威性的确立,本质上也是一种日常理性的觉醒。

1979年,就在小岗村人麻着胆子搞"大包干"的第一年,老天爷仿佛要故意为难他们,安徽遭遇了严重的大旱。从播种之后,小岗村一直久旱无雨,在烈日旷日持久的炙烤下,人晒脱了一层一层的皮,田地晒得四处开裂,往田地里一走,一不小心,脚就会陷进那裂缝里。这让那些走大寨路的人有些窃窃私语:"好,这下你们看吧,是集体的力量大,还是你们这些分田单干的人力量大。"灾难,对于一些高高在上的人有时候是借口,有时候是契机,他们可以趁机把这些不听话的农民重新赶进走了几十年也没有走通的那条道上去。然而,重新分到了土地的小岗村人却没有坐以待毙,他们一家老少齐上阵,背着水桶到十几里外的河沟里去驮水,每个人的肩背处都磨穿了衣服、磨破了皮肉,他们深深地弓着背,顶着烈日,一边流汗一边流血,一蔸一蔸地浇灌着养命的麦子,愣是把一茬麦子种活了。一年过去,实践又一次以检验真理的方式看到了一个现实,大灾之年,那些大集体的田地大面积绝收,而小岗村却迎来了"大包干"后的第一个丰收年。金秋十月,小岗村的晒坪上一片金黄,算盘珠被会计拨得噼噼啪啪作响。同样还是那一千多亩土地,同样还是那二十户人家,小岗村一年就收了13.3万斤粮食,人均收入达四百元,无论粮食产量还是分红都是1978年的十几倍。而实际上还不止这个数,严俊昌这个老实人,后来才说了实话:"我上报的数字是十三万多斤,那还是保守的说法,事实上都有十八万斤,光花生就收了三万斤。"

这个几乎年年吃救济粮的"三靠"村,第一次向国家交售粮食六万多斤,超额六倍完成粮食征购任务,超额二十倍完成油料上缴任务。该缴的全缴了,小岗村人不仅把几十年欠国家的都缴了,而且家家过门墩都堆满了粮食,一直堆到屋坝子。

多年后,这位老农黢黑的脸上还焕发出惊喜而又自豪的光亮:"啊呀,多少年没有吃过一顿饱饭了,可那年的粮食多得吃都吃不完!"

小岗村人又打着花鼓开始唱了:"大包干,大包干,直来直去不拐弯;保证国家的,留足集体的,剩下都是自己的。"

当然，真正的历史从来不会如此单纯，如果说那十八个血红的手印只是属于历史的细节，那么在这些细节的背后，是中国改革开放宏大的历史背景——当年贴着身家性命干的事，变成中国改革的一声惊雷，成为中国改革的标志。从大寨之路到小岗之路，不仅是中国农村的一场变革，也是未来中国全面进入改革开放的一次划时代的转身，从一条死路，走向了一条生机勃勃的活路。

历史，所有的历史，都是在行动中产生的。小岗村的"大包干"，堪称新中国成立后的第二次土地改革。而在时间的嬗变中，土地，是中国农村变革的永恒主题，又以一种上下联手的默契与互动的方式演绎着。小岗村人在没有中央红头文件的保障下壮着胆子干了三年，这实际上是一种来自高层的默许和期待。诚如有人说，小岗村农民的首创精神和探索勇气，受到党中央的尊重和保护。从此势如破竹的改革历程首先从农村起步，率先在农村突破，并以磅礴之势推向全国，形成不可阻挡的滚滚洪流。到了1981年底，中共中央政治局讨论通过了《全国农村工作会议纪要》，这是一个推动农村改革的战略性文件。1982年元旦，《全国农村工作会议纪要》以中央"一号文件"的形式下发。

当这个文件到了小岗村人手里时，又一年的春耕刚刚开始。多少年不见的燕子也拖儿带女回来筑巢了。有了这飞舞的燕子，这春天才更像个春天啊！严俊昌又带头敲响了凤阳花鼓，但它再也不是讨米要饭的勾当了，现在，你就是拿棍子来撵他们，也没有人想要逃离小岗村了。他们梆梆梆地敲着，把小岗村的名声敲得响当当的。

1983年春天，小岗村又用他们的花鼓迎来了第二个中央"一号文件"，这个文件把联产承包责任制称为"这是在党的领导下我国农民的伟大创造"，让历史终于以本来面目出现，人民，只有人民，才是创造历史的真正动力！

1984年中央发出了第三个"一号文件",决定土地承包由原来的三年延长为十五年。政策的威力之大,让从中央到地方的各级干部惊叹,这一年,中国的粮食产量历史性地突破了八千亿斤,比1978年整整高出两千亿斤。也是这一年,中国政府正式向世界粮农组织宣布,中国已经基本解决了温饱问题。从孙中山到毛泽东,再到邓小平,一个世纪以来如此强烈地追求着的、想要解决的吃饭问题,一个民族数千年来的梦想,终于成为现实。

1985年中央发出第四个"一号文件",取消了三十年来农副产品统购派购的制度,同时也终结了一个农副产品异常短缺的时代。

1986年中央发出第五个"一号文件",进一步摆正了农业在国民经济中的地位,在肯定原有的一靠政策、二靠科学的同时,强调增加投入,进一步深化农村改革。文件明确提出个体经济是社会主义经济的必要补充,允许其存在和发展。这意味着,又一条把中国人和中国长久以来处于僵化状态的经济模式紧紧地缠绕在一起的绳索被解开了,这不仅是为中国农民松绑,也是一次生产力和生产关系、生产方式的大解放。

这都是一个个漂亮的大手笔。小岗人的花鼓连续敲了五年,而中央连续出台的五个"一号文件",不只是给中国农村带来了翻天覆地的变化,更重要的是,它通过对家庭联产承包责任制的肯定,初步构筑了适应发展社会主义市场经济要求的农村新经济体制框架,并为中国城市经济体制改革提供了坚实的物质基础和可借鉴的模式。如果说以民为本是中华民族的一种大智慧,中央连续出台的五个"一号文件",就是先由人民创造出来又被执政者发现和整合的一种民族智慧的结晶。治天下者,当以天下之心为心。天下第一是苍生,人民的利益高于一切,这应该成为执政者永远的、最虔诚的一种声音。

一年越过温饱线，二十年未进富裕门

距小岗村农民按下十八个血红手印的那个冬夜，四十多年仿佛一眨眼就过去了。

此时，我站在这里，仿佛站在历史的一个入口。这种感觉很强烈。

第一眼看见的是一座牌楼，这是一个村庄的现代标志，却又保留了古老的式样。不用细看，就知道是钢筋混凝土浇筑而成的仿古建筑，但牌楼上的"凤阳县小岗村"这几个字，却不能不让你刮目相看。这是中国社会学和人类学的奠基人费孝通先生题写的。尽管他也算是一个政治人物，但在更多人的眼里，他还是一位学者。

上世纪 30 年代，抗日战争爆发前夕，清华大学研究生院社会学人类学系一个年轻学生发现了太湖东岸一个默默无闻的小村庄——开弦弓村。它因村边有一条清河弯弯的像一张拉紧了弦的弓而得名，但这个学子的到来让它被赋予了另一个名字——江村。两年后，这个叫费孝通的学子在伦敦政治经济学院完成了他的博士论文《江村经济》，英文名就叫《中国农民的生活》。他的导师马林诺夫斯基教授在序言中说："我敢预言，费孝通博士的这本书将被认为是人类学实地调查和理论工作发展中的一个里程碑。……本书让我们注意的并不是一个小小的微不足道的部落，而是世界上一个最伟大的国家。"

随着《江村经济》的问世，江村作为"中国农村的首选标本"而名扬海外。

而今，让江村人最遗憾的是"江村"被人抢注，一个标本意义的中国乡村直接沦为市场经济时代的牺牲品，它无情地剥夺了这个乡村的名字，村里只能沿用自己的原名——开弦弓村。而更大的遗憾是，尽管《江村经济》早已成为欧洲人类学系的必读参考书，费孝通还因此而获得英国皇家人类学会授予的人类学界的最高奖——赫胥黎奖,但江村从头到尾都只是一个社会学和人类学的标本,最终却没有成为推动整个中国乡村变革的一个有活力的引擎。

这也是小岗村面临的现实,它是否也会沦为一个徒具历史意义的标本?

这个问题费孝通先生没有回答。他以自己遒劲的书法为小岗村题写了村名,但我反复搜寻后,没发现他到过这里的痕迹,也没有搜寻到他关于小岗村的只言片语。

而这座牌楼,据小岗村当年的生产队长、后来的第一任村支书严俊昌说,这是他当村支书时主持修建的,款子是上面拨的。对这个历史性的标志物,老人充满了自豪。小岗村用一座牌楼来为自己树立了一个中国改革第一村的显赫标志,这对于他们不是一种形式,也不是我们进入历史的一道门槛,而是这些农民们思维方式的又一个标志性的转变。小岗人希望把自己响当当的名声变成一个商业品牌,同时也打造成一个红色旅游品牌。这无疑是从最初的改革中延伸出来的一种意义,一种价值,随着改革的深入自然而然出现的一种方向。

走进牌楼,一个充满了现代感的新农村渐次进入我的视线。

村口,也就是牌楼的左边,是一片线条清晰、明快和谐,又错落有致的建筑群,却又保留了古朴的徽派建筑风格,这古典与现代精美地交织在一起的楼宇,无疑是精心设计过的。穿过宽敞的、花卉环绕点缀的广场,走近了才发现,这是小岗村现在的村部和档案馆。在村部大楼对面,隔着广场,可以清楚地看见有个标志性雕塑——一本大书。这无疑是一本被翻开的厚重的史册,一面是小岗村农民按下的那些指纹清晰的手印,一面是邓小平说过的一段名言:"农村政策放宽以后,一些适宜搞包产到户的地方搞了包产到户,效果很好,变化很快。安徽肥西绝大多数生产队搞了包产到户,增产幅度很大。凤阳花鼓中唱的那个凤阳县,绝大多数生产队搞了"大包干",也是一年翻身,改变面貌。"这个雕塑,不,这本书,让我的目光迅速地完成了历史和现实的时空交接。这个设计者,小岗村的设计师,和中国改革开放的总设计师,无疑有着某种隐秘的精神联系,应该说,他们的设计都非常完美而有特色。

然而,我真正想看的还是小岗村人真实的生活,想听听他们掏心窝子说说这些年来的变化。几经打听,我找到严俊昌老人。四十多年前,他还是个三十六七岁的农民,如今已经是一个奔八十的老农。他满头白发,脸膛宽阔,脸色就像他脚下的土地一样黝黑。在一片散发出浓烈青葱气味的菜园子里,他正在察看黄瓜、豇豆的长势。这几天的风雨太大,许多刚结出来的黄瓜纽和豇豆花经不住风吹雨打,都洒落在地上了。老汉在菜地里走来走去,菜叶上残留的雨水将他的双脚和膝盖以下的裤腿都打湿了。

当我问起小岗村这么多年经历了怎样的变化,这位小岗村"大包干"的带头人,那一双老眼显得有些浑浊和茫然。从哪里说起?老人其实啥都不愿意说了。就像这个曝光过度的村子,他也是一个曝光过度的人。四十来年了,还有这么多人来到小岗村,来找他,只因为谁也无法绕开这个村庄,还有他这个带头人。从"大包干"后,严俊昌一直担任小岗生产队队长,1993年小岗村和另一个自然村合并为一个行政村,他又担任了第一任村支书。两年后,他被调到小溪河镇当起了农委会主任,年龄一到,他就从主任的位置退了下来。他没念过书,除了能写自己的名字,几乎就是个文盲,但他能够以农民的方式书写出一段共和国辉煌的历史,不是偶然的。他一开口,我就发现,他的洞察力明显高于一般的农民。从小岗村四十年的历史变迁看,他对自己当年带头搞"大包干"、对"大包干"后小岗村最初几年的发展有一种油然而生的成就感,那五年,小岗村的粮食连年大丰收,村里比沿海地区的许多农村都富裕。而他还特别强调,这一切都是小岗人自己干出来的。

然而,没几年,原来江浙一带很穷的农村眨眼就追上了小岗,眨眼又超过了小岗,小岗被远远地甩到人家屁股后头了,怎么追也追不上了。

在这老汉身上,我感觉到了小岗人那种危机感,还有那种奋起直追的紧迫感。

严俊昌敢说真话,也很有眼光,他是最早发现"大包干"的问题和局限的。小岗村原本就是中国大地上一个极其普通的小村,历来以生产粮食为主。粮食,养命的是粮食,要命的也是粮食,"大包干"仅仅用了一年,就让小岗村家家户户吃饱了肚子,摆脱了纠缠他们多年的粮食短缺。然而,粮食可以让小岗村人迅速解决温饱,却长时间没有让小岗人实现他们的财富梦想。

说到这里,老汉不禁一声怅叹:"一年越过温饱线,二十年未进富裕门啊!"

这也正是小岗村的另一种典型意义,小岗村人那么快就解决了温饱,为什么迟迟走不上小康之路?如果上升到一个高度来看,在全国推行"大包干"或联产承包责任制五年过后,整个中国农民那种被长久压抑的能量,在短时间都像火山爆发般释放出来,小岗村先走了一步,也就率先解决了温饱问题。然而,小岗村既没有沿海地区的优势,也没有城郊乡村的优势,更没有矿产资源的优势,除了带头搞起了"大包干",它从头到尾就是一个很普通的农村。它唯一的优势,就是带头搞"大包干"带来的先期优势。而随着它自主创造的"大包干"从一种独有的优势变成了全国农村普遍的优势,它还想要走在时代的前列,已经很难。到了1984年,小岗村的爆发期已经过去,单纯靠自己的努力,它已经不可能追赶上那些具有独特地理优势和资源优势的乡村。

小岗村陷入了这样的困境,严俊昌却没有办法以带领村民再按下十八个血红手印的方式去解决。在小岗村被一些从后面追上来的农村越来越远地甩在屁股后头时,从"大包干"到小岗村第一次和别的村合并为一个大村,严俊昌也完成了他的历史使命。但小岗村是否也完成了它的历史使命呢？

从严俊昌说到他的堂弟严宏昌，在小岗村，严宏昌是个大能人，但也是个颇有争议的人。我在小岗村"大包干"纪念馆的一张老照片上看到了年轻时的严宏昌，他在当年按手印的十八个农民中算是年轻人，那张照片是在"大包干"夺得了大丰收的时候照的，他手里捧着大把的粮食，一双眼睛笑得眯成了一条缝。眼下，他看上去身板还挺健壮，不像老人，还是条汉子。四十多年光阴，改变的东西太多，但他脸上的笑容却似乎从未改变。在小岗村，他也是最应该笑的，现在他五个子女都已成家立业，大儿子开了公司，小儿子出国读博士。子女有出息，让一个做父亲的更有自豪感。同严俊昌相比，严宏昌的天性似乎更加乐观一些，见了谁都眯着眼，咧嘴笑着，赤红的脸庞就像他院子里朗朗地照着的阳光。很多当年按手印的汉子，现在都有点冷眼观世的味道了，但他毫不掩饰对自己今天生活的满足感，"如今的日子，比四十年前不知道强了多少倍"！但我很快就发现，这个农民并非盲目的乐观，而是谨慎而且多少有些遗憾的乐观。他说："小岗村和过去相比，翻天覆地，但和其他先进村相比，差距很大。"而令他遗憾的是，过去这么多年，小岗村错失了好多发展致富的机会。

对"大包干"的头几年，严宏昌说，那是小岗人创业的黄金时期，只要你肯下力气，一年就能干出一个万元户。他在村里算是先富起来的一部分人，还在80年代，他家就能拿出十万块钱来盖大瓦房。那可是真的发大财了！可惜，小岗村的发展很快就像疲牛一样，打不起精神了，越来越乏力了，"一亩地搞不到几个钱，顶多落点口粮"。听这话，他和严俊昌的看法也差不多，他也和严俊昌一样，意识到小岗村的"大包干"似乎搞到头了，也开始琢磨着怎么才能给小岗找到新的推动力。不光想，他也是小岗村最早走出去寻找机会的。

那还是"大包干"后的第三年，他就自己带着盘缠去全国各地跑江湖，找门路。在浙江义乌的乡村,他看到那里人均只有三分地的农民,几乎家家都在办企业,但一打听,人家那是什么地方,"家家在海外有华侨",这个优势是小岗村没有的。他很冷静,跟他们不能比。之后,他又在去温州的路上看见一辆辆大卡车排着队地往温州乡下开,这让他有些奇怪,他好奇地跟着去了,一看,这些车都是去那里拉化纤袋的。那里的农村家家户户将塑料回收后,加工成膜,再做成编织袋。一问销路,这怎么也看不发热的编织袋还特别紧俏,很多人都在门口排队订购,有的人在旅社住上半个月都不一定能提到货。严宏昌很精明,用几天时间就把编织袋的生产、销售的各个环节、渠道都摸清楚了,他想,这个东西小岗可以搞,不说卖给外省人,只要卖给凤阳县化工厂就能稳稳地赚上一笔,而且投资也不大,只要五六万元钱就能办起一个小厂。

一开始,他也没想自己一家干,想和村里人一起干。然而,他没想到自己千辛万苦地捕捉到的这样一个机会,村里人竟谁都不看好,怎么给他们说,就是不愿搞。严宏昌只好自己花了一万元,买了两个塑料再生机器自己干,二十天就收回投资,半年就赚了几万块。不过,他也很快就懂得了什么是市场经济,市场瞬息万变,不到一年,这个行业就不赚钱了。但他也没吃亏,还是赚了一把,比种粮食强多了,何况,田里的活路也没有耽误,有他老婆照管。尝到了甜头,他又开始捕捉新的商机。上世纪80年代末,粮食价格开始上涨,很多农民把卖粮食的余钱花在盖瓦房上,他想,要是办个砖窑厂一定能挣钱,但村里的土地连角角落落都"大包干"了,没有一块闲置的土地,这个砖窑厂最终没搞成。

到了90年代,严宏昌当选为村主任,他看到别的地方乡镇企业那么红火,心发慌啊!为了壮大集体经济,他到处筹措资金,引进项目,带头办起了小岗村农业实业总公司。在公司运作下,十几个小厂子陆陆续续办起来了,有瓶盖厂、工艺被厂、电子仪表厂、面粉厂、摩托车镜子厂、铜线厂……但一个个最后都没有搞成气候。啥原因？一是小岗村不是处在江浙一带乡镇企业成了气候的地方，孤掌难鸣，形成不了市场效应；二是技术含量低，也缺少市场营销策略和优秀的市场营销人员，产品难以打入市场。

尽管多次尝试最终都没有成气候，但也不能说失败了，直到现在，严宏昌仍然是小岗村先富起来的几家比较富裕的农民之一。这几户农民和老支书严俊昌有着两种不同的心态。严俊昌认为小岗村在"大包干"的这条道上是走不远的，迟早还是要回到集体的路上去。但严宏昌这些先富起来的一部分农民都怕变，无论是"大包干"之前还是"大包干"之后，严宏昌在几经尝试后得出了这样一个结论："我们小岗村集体经济搞不好，还是搞个体靠得住！"

严宏昌的一席话，不禁让我又想起了费孝通的《江村经济》，在上世纪30年代，费孝通就充满预见地提出中国农村的未来"仅仅实行土地改革、减收地租、平均地权是不够的"，他说，"让我再重申一遍，恢复农村企业是根本措施"。1957年，费孝通再次来到开弦弓村考察时，就在《重访江村》里对当时提出的许多不切实际的目标提出了质疑，"把社会主义远景放进望远镜，变得那么迫近，似唾手可得"，这是虚幻的。像中国这样一个立足于小农经济的乡土大国，"要增加农民收入，光靠农业增产是不行的"，必须重视副业。他在《吴江行》中写道，1980年吴江全县的工业总产值为九亿多，1990年是59.2亿元，其中乡和村级所办工业占百分之七十五。费孝通沿用了他在江村调查的老方法，摆事实，算细账。这一算，让当时的政界大吃一惊，乡村经济占一个地方的工业总产值的比例这样高，大大出乎政界的预料。

费孝通是中国社会学和人类学的奠基人之一，这样一位大学者又是典型的平民写作者，他一生都在强调"学者要用老百姓明白的话告诉他们还不明白的道理"，他从不说"你该怎么做"，这让他的观点极易被老百姓接受。社会学有两种研究方式：一种是运用资料进行分析，一种是在实地调查。费孝通选择了后者,这也是我最喜欢的一种方式。

今天,严宏昌凭他创下的家业,已经完全可以像他的堂兄严俊昌那样,尽情享受逍遥自在的乐趣,搓搓麻将,弄弄菜园子,过轻松宁静的田园生活,但他觉得自己的历史使命还没有完成,他还不算太老,他也不想就这样慢慢老去,他是那种闲着难受的人,还想要干点什么。最近,他又忙碌起来,他正在和凤阳县的一家公司洽谈一个项目,我问他是什么项目,他张嘴欲答,忽然若有所悟,猛然大声地笑了起来。看来,这还是他的一个商业秘密,他不想说,但他说那是个大项目,可以解决小岗村许多人的就业问题。这个人,心里想的其实还是小岗村的老乡们,"我也是大包干的发起人,村子穷,无工不富,小岗村要发展还是要走工业致富的路子"。如果公司能搞起来,村里的村民们既能在公司工作,增加收入,又不离家、不离土,农忙季节还可以下地劳动。

"到工厂当工人,这是多少农民期盼的啊!"他感叹。

他的感叹,也让我感慨万端。这无疑是一个农民美好的愿景。财富梦想,也是中国农民在温饱问题解决之后所追求的精神满足。在他身上,我发现了另一种类型的农民。他的个性不像他堂兄严俊昌那样凛凛地一下就凸显出来,他好像干什么都很随便,并不太在乎成败得失,但每一件事他都会实实在在地去干。他也似乎并不在乎别人用怎样的目光来打量他,只要想干的事情,他都能迅速进入自己的角色。还有一点,也是别的农民身上少有的,他不但能够发现小岗村的问题,还能真心解剖自己。他是小岗村尝试最多的人,捕捉机会最多的人,也是失败最多的人。

通过这样一个人,我们看到了小岗人的骨子里依然保持着一种敢为人先的基因。应该说,不是他们的方向出了问题,多年来他们从没停止过对通向富裕路的尝试和摸索,但由于种种原因,这些尝试都没有成功,有人甚至把小岗村模式称为"一场失败的试验"……

从温饱走向小康

小岗村创造过历史,但从未创造过辉煌。其实小岗村人不求辉煌,但他们都渴望从解决温饱走上丰衣足食的小康之路,这也是一个国家和民族的梦想。1979年12月6日,邓小平在人民大会堂会见来访的日本首相大平正芳,当大平正芳提出"中国在本世纪末实现四个现代化究竟意味着什么"时,邓小平凝思片刻后说:"我们的四个现代化的概念,不是像你们那样的现代化的概念,而是小康之家。"这是中国改革开放总设计师对社会主义现代化目标进行反复思考后,第一次创造性地用小康概括了中国发展的初步目标。

何为小康?在《诗经·大雅·民劳》中,有"民亦劳止,汔可小康"一语,这是"小康"一词在中国古籍中的最早出处,它表达了古代先民对理想生活状态的向往。在中国老百姓心目中,小康是"薄有家财、安居度日"的基本生活形态。自邓小平首次用小康概括了中国发展的初步目标后,党的十二大又首次把"人民的物质文化生活可以达到小康水平"纳入报告内容。1990年,党的十三届七中全会进一步对小康目标做出精确描述:"在温饱的基础上,生活质量进一步提高,达到丰衣足食。这个要求既包括物质生活的改善,也包括精神生活的充实;既包括居民个人消费水平的提高,也包括社会福利和劳动环境的改善。"以此为标志,中国共产党对小康的理解,已经从物质生活的富足进一步发展为包括精神生活和社会福利等全方位提升的整体性概念。到20世纪末,中国实现了从贫困到温饱再到总体小康的历史性跨越。随着总体小康目标的完成,在2002年11月召开的党的十六大上,又明确提出"在本世纪的头二十年,集中力量,全面建设惠及十几亿人口的更高水平的小康社会",凸显了小康梦想在中国特色社会主义建设中的战略意义。

就在这一宏阔的背景下,一位从省里派来的干部在2004年春天走进了小岗村,挂职担任小岗村党委第一书记。沈浩,1964年5月出生,安徽萧县人,他到小岗村的那年正值不惑之年。这是一位思维敏捷而且特别有眼光的干部。而小岗村按照历史的逻辑发展,二十多年过去了,一直在原来的起点上原地踏步,也特别需要有一个站在更高起点上的带头人。

沈浩是从安徽省财政厅选派来的,一来就给小岗村人算账。

那时,小岗村经历了二十多年的发展,老百姓一年忙到头,人均收入只有两千多元,低于全县平均水平。而村集体还欠债三万元,村委会连买墨汁、纸张都靠借钱和赊账。沈浩算过账后,便开始走家串户。他来小岗村的第一印象,就是路难走。那时,小岗村唯一的主干道还是一条坑坑洼洼的泥巴路,一位副省长来小岗村考察,车轱辘掉进了沟坎里,把底盘弄坏了,只能挽起裤腿、打着赤脚下来推车。沈浩来时,刚刚下过一场雨,他一双鞋子陷在泥巴里,一边走一边用力拔脚,还要不停地用树枝刮掉鞋子上的淤泥,才能把这样一条路走下去,这就是小岗村的老乡们每天都要走的一条路啊。而当时,村民的住房都是"大包干"后陆续盖起来的砖瓦平房,几家贫困户住的还是干打垒的土坯茅草房,甚至是摇摇欲坠的危房。有的贫困户一看见干部模样的人走来了,就堵在门口不让进,这房子若是突然倒下了,砸着了干部可不得了。而越是这样的贫困户,沈浩越是要走进去看个一清二楚,那家徒四壁、四面透风的贫困,让他锥心啊!

对沈浩这种从上面派下来的干部,有的小岗村人也不认账。当他到麦田里去看麦子的长势时,一个老乡问他:"沈书记啊,你知不知道这麦子是啥时候播种?"沈浩愣了一下,随即答道:"秋分早,霜降迟,寒露种麦正当时。"这句农谚说的是种植小麦的三个时节,秋分的时候偏早点,只有比较冷的地方才在这个时候种植,霜降的时候种植就晚了些,比较暖和的地方可以在这个时候种植,而小岗村地处江淮流域,大部分地方都是寒露时候种植的。

小岗村这一带既能种麦子,也能种水稻,还能种花生、黄豆,几乎是种什么长什么,可光种这些粮食作物吃饱肚子没问题,就是不挣钱。这里就以沈浩走访过的严美昌家为例,他们家是小岗村的种粮大户,每年收稻谷一万多公斤、麦子四千多公斤、花生一千多公斤、黄豆五百公斤,这就是他们全家的收入,价值两万余元,扣去种子、肥料、农药、机耕等成本费用,纯收入只有八千多元,一家六口人,人均收入还有多少,你再算算吧。而严美昌家在小岗村属于中等偏上,村里年人均收入超过严美昌家的没有几户。

沈浩在实实在在算过账后,不能不思考了,这个中国农村改革第一村还能走多远?小岗之路,这条路也走了二十多年了,从解决温饱到走上小康、通向富裕,这条路能走通吗?他思考的,其实也是历史早已告诉我们的,以家庭为基础的小农经济,是一定历史条件下的产物,它对人民公社那种违反经济规律的体制起到了重要的瓦解作用,让中国农村社会走向一个正常的社会。但随着中国农村势所必然地走向现代化的大农业,这种小农经济模式已不可能重新发力,反而明显地开始拖农业发展的后腿。凤阳县驻小岗村的农技员吴广法就以他的亲身体会列举出了小岗村实行"大包干"后的几个"不利于":一不利于科学种田,二不利于规模经营,三不利于农业机械化,四是浪费人力物力和不利于劳动力的合理利用,五是不利于兴修水利。总之,从小岗村二十多年的实践看,这是一条越走越窄的小农经济之路。

这里不妨从一个外国人的视角看看。"中国人民患难与共的老朋友"韩丁(威廉·辛顿)曾亲身经历中国的开国大土改,他一直认为中国农业的根本出路在于现代化、机械化。1983年夏天,那正是中国推广农业生产责任制的头几年,他在乘飞机从北京到上海的高空第一次看到了"责任制"给广阔的华北平原带来的令人吃惊的变化,他沉痛地写道:从前,在村落和连接它们的道路间,有着整齐的方形的长方形的土地,而现在,细碎的一小块一小块的土地排成零散杂乱的图形,蔓延上千公里。这不是土改前的所谓的"邮票一样小块"的土地,是比那更细小的带子一样的、面条一样的土地!那些土地是那样狭窄,以至于马车经过时,一个轮子在这个人的土里,另一个轮子就轧到了另一个人的土里……

韩丁之所以如此痛心疾首,只因为他看到了,这种分产到户的农田是无法进行现代化、机械化生产的。在人多地少的中国农业环境下,只有规模化、集约化的农业才有突飞猛进的增长。

这其实也是沈浩找到的一个根本症结。他结合小岗村实际,在广泛征求村民意见后,为小岗村制定了"发展现代农业、开发旅游业、招商引资办工业"的三步走发展思路。而你有了思路,没有一条真正的路也是一句空话。沈浩在驻村的第一年就东奔西走,为小岗村争取到五十万元资金,将一公里多长的主干道修成了平直宽展的水泥路。沈浩也知道,这种输血式的扶贫不是根本出路,还必须激发村民自身的造血功能。在修路时,他就将村民组织起来,自己出力给自己修路,但不是白干,还可以拿到一份劳务工资。当一条路修通了,五十万元资金还节省近二十万元,而村民在种田打粮之外也多挣了一份劳务收入。随后,他又将这条路继续延伸,修通了小岗村连接省道307和101线的快速通道,小岗村的血脉融入了交通大动脉。一条路走活了,村里人进进出出方便了,而小岗村这个中国改革第一村也迎来了一批一批的游客,很快就有村民自发地开起了农家乐。

接下来,小岗村又从调整产业结构入手,大力发展现代农业,这是小岗村在"大包干"后的"二次创业"——从小农经济迈向现代农业。而现代农业的规模化、精细化、标准化决定了集体合作是必由之路,靠原来一家一户的"大包干"是根本走不通的。2005年春天,小岗村和上海大龙畜禽养殖有限公司、安徽省滁州市粮食局联合组建了小岗村发展合作社,注册资金305万元。而小岗村没有钱,发展资本就是土地和农户。

沈浩在小岗村最有开拓性的贡献,就是提出了一个走集体合作的新思路:凡拥有土地承包经营权(即责任田)的农户,可以根据本人意愿,将土地经营权(使用权)转让给合作社经营,即保留承包权,转让使用权。这一新思路，把小岗村再次推到了中国农村变革的前沿。

然而，一旦说到走集体化、合作化的道路，有些村民一下慌了神。

从人性上看，每个人都会从自己的切身利益出发。以老支书严俊昌为代表的一部分农民对沈浩提出的新思路表示拥护，其中又以贫困户居多；以老村长（村主任）严宏昌为代表的、村里先富起来的一部分农民则表达了他们对"重走集体化道路"的忧虑：一是担心群众再回到大集体时代，又搞得没有饭吃；二是他们以农民对土地特有的敏感，担心左搞右搞把土地搞丢了怎么办？这并非多余的担心，许多经历过第一轮合作化的农民还记得，当年搞合作化，说是农民可以带着土地自愿入社，也可以带着土地自愿退社，可谁知一入社，就再也没有自主权了。那历史的隐痛，一直是农民心里难以拂去的阴影。小岗村人按下十八个血红的手指印，才重新掌握了土地（责任田）的自主权，现在又要让他们把土地交给合作社，这不是回到原来大集体的老路上去吗？那条路可是千万不能走，小岗村人宁可受穷也不愿重新挨饿！

对此，沈浩的脑子十分清醒，这样的合作化、集体化，绝对不是之前那种强力推行的合作化和人民公社体制，而是充分尊重农民自主权和主体性的新型集体合作，以农民之间自愿的合作、风险的共担、利益的共享为基础。

何为农民的主体作用？要害就在这里！

如果没有这样的清醒认知和政策法律的保障，所有的道路都是危险的。

为了打消村民的思想顾虑，沈浩又一次走家串户地解释，这一轮的集体合作是建立在联产承包责任制基础上的，这个基础没有动摇，而是根据农民的意愿，允许农民以多种形式流转土地承包经营权，发展适度规模经营。土地流转不仅有利于农业结构调整优化，还能降低农业市场成本，加快农业产业化的步伐。一句话，土地承包经营权不变，非但不变，村民还可以领到确权登记的"红本本"，这让村民吃下了定心丸。——这也是小岗村在"二次创业"驱使下的"第三次土改"，从"大包干"的红手印到确权登记颁证的"红本本"，小岗村再次扮演了中国改革试验田的角色，率先开始尝试流转土地承包经营权，"资源变资产，农民变股东，资金变股金"，合作社将以每亩五百元的价格租用农民的土地，租期暂定五年。对于集中起来的土地，一部分用来种植高效饲料玉米，一部分种植有机蔬菜，剩下的种植树莓。小岗村还与年创利税超亿元的全国最佳经济效益村——张家港市长江村结成了姊妹村，这两个村庄合作的一个大手笔，就是在小岗村的一片荒地上搞起了一个葡萄种植示范园。现在小岗村葡萄种植面积已经达到六百多亩，种的都是一种名叫"美人指"的优质葡萄，年产量一百多万斤，总产值达两百多万元，还不愁销路，滁州、蚌埠、南京、张家港，有多少销多少。

老百姓不看别的，实实在在看收成，手里攥着的那个土地确权的"红本本"，必须分享到红利。当年，严俊昌带头签了合同，将自家的五亩地租给合作社，一年可获得2500元。这样一户可以解放两个劳动力，或被企业雇用或外出打工，每月收入按一千元算，两人每年就能挣24000元。如果让农民自己耕种，每年只能得到两千多元。通过土地流转，一户家庭的收入一下子增加了十倍！按合同，五年后，农民还能以土地入股分红，或者重定租金。到2008年，小岗村进行了第一次集体资产股份合作社分红。这一年，全村人均收入从2003年的两千多元提高到六千多元，是五年前的三倍。虽然这跟沿海发达农村没法比，但却远远高于2008年的全国农民人均纯收入（4700元）。而更重要的是，小岗村又探索出了一种新的发展模式，从"大包干"的红手印到确权颁证的"红本本"，再到集体股份合作中的"分红利"，这条小岗之路，就是一条从解决温饱走向小康生活和共同富裕的现代农业发展之路，也是一个可推广模式。

这年，沈浩已经在小岗干了五个年头了，挂职干部一般为期三年，他已是"超期服役"了。2006年底，他本来可以回省城上班了，可村民一听说他要走，一个个都拦着不让他走。老乡们早已把沈浩当小岗村人了，甚至是自家人了,而沈浩也确实没有拿自己当外人,他在村部住的那间十几平方米的小屋,大门从不上锁,谁都能推门而入,盘腿往他床上一坐,就家长里短地唠起来。只要有空,他就穿着几块钱一双的解放鞋走家串户,村里家家户户也对他敞开了大门,他随时都可以走进去,用老乡们的话说,"谁家的剩茶他端起来就喝,谁家的剩饭他端起来就吃"。他哪里还像一个省里来的干部,"手上长了老茧,整个人黑了、瘦了……"

为了把沈浩留下来,小岗村人又一次按下了鲜红的手印,村民们派了十个代表,到省委组织部要求沈浩留在小岗村,再带领他们干三年。

沈浩就这样留下来了,只是,他没想到自己会永远留在小岗村。

这年春天,为了发挥小岗村的示范带头作用,也为了给小岗村更大的发展空间,凤阳县又将周边的石马村、严岗村正式合并到小岗村,一个更大的新小岗村诞生了,这已经是一个拥有四千多人口、一万多亩耕地的大村。村里又制定出新的蓝图,沈浩又奔波多地招商引资。广州从玉菜业集团投资1.5亿元,在小岗村建起了蔬菜种植核心示范区;深圳普朗特集团在小岗村流转土地4300亩,建设了融设施农业、新技术新产品示范推广、旅游观光等功能于一体的现代农业科技产业园。而最引人注目的是小岗村引进了一家洋企业,美国 GLG 集团在小岗建设了占地一千亩的农产品深加工高科技产业园,这个园区也是第一家在安徽农村落户的以农业为基础的跨国集团中国总部。他们之所以选择小岗村,显然有着一份独到的眼光。小岗村既是一个普通的农村,又是一个特殊的平台,小岗的历史地位决定了在这里发展不仅能享有一些政策优惠,还能获得诸多无形的附加值,如果企业在这里经营取得成功,除了经济效益还将产生良好的社会效应。而小岗村依托这家现代化的跨国企业实现产业化,可以大大加快现代化进程,这是一种双赢。

眼看着,一个现代农业产业群正在小岗村崛起,沈浩却在 2009 年那个寒冷的冬天倒下了。他是因过度疲劳而导致心脏病突发猝然逝世。他其实早已积劳成疾,却没有时间去治疗。在他去世的前三天,"大包干"带头人之一严金昌对他说:"沈书记,现在三年又到期了,我们还要按手印,留你再干三年。"

沈浩捂着心口,笑着说:"我不走了,永远在小岗干了。"

这话,竟然一语成谶。沈浩去世后,小岗村村民第三次按下鲜红的手印,强烈请求将沈浩的骨灰安葬在小岗村公墓,组织上和沈浩的家人答应了村民们的请求。当灵车从凤阳县殡仪馆缓缓驶向小岗村时,数千名干部、群众在灵车经过的道路两旁为他送行,六百多名小岗村村民站在村口的那座牌楼前,在寒风吹拂的雪花中噙着热泪,迎接他们的好书记回到小岗。从此,这位小岗村的第一书记就长眠于小岗村的青松翠柏之中。沈浩被追授"感动中国2009年度人物",颁奖词真诚而感人:"两任村官,六载离家,总是和农民面对面,肩并肩。他走得匆忙,放不下村里道路、工厂和农田,对不住家中娇妻幼女高堂。那一年,村民按下红手印,改变乡村的命运;如今,他们再次伸出手指,鲜红手印,颗颗都是他的碑文!"

在沈浩去世十年过后,我在小岗村的主干道上来来回回走着,仿佛在辨识这个在时空中不断变化的小岗村。阳光,还有它折射出来的光芒,从不同的角度照亮了这个村庄。我脚下的这条道,就是沈浩当年率领小岗村人修通的改革大道。这是一条由北向南的中轴线,看上去不像一条村街,更像城里的一条马路,路两边栽上了香樟树,路是笔直的,树也是笔直的,但有一股城里没有的清爽气味,一声声鸟鸣呼应着一阵阵花香,或清脆,或婉转。一幢幢白壁青瓦的徽派建筑,错落有致地沿着大道两边铺展开,马头墙衬着天空和树影。除了"大包干"纪念馆、小岗村档案馆等纪念性建筑,皆是村民的农舍。我没有看见沈浩挨家挨户走过的砖瓦平房、草房、危房,都是两层以上的庭院式楼房,楼下大多开着红红火火的农家乐。

那些和我擦肩而过的村民,脸上都洋溢着热情而自信的笑容。

小岗村人为何变得如此自信？兴许是，他们现在都已认准了，沈浩带领他们走出来的这条路走对了。在"大包干"之后，他们有过欣慰，也有过迷茫。而今，谁都能一眼看见，那块"中国改革第一村"的金字招牌越擦越亮了。

在沈浩走后的这十年，小岗村人一直按照他三步走的发展思路在一步一步地推进，一边利用先进技术发展现代农业和农产品深加工业，一边积极发展红色旅游业等第三产业，先后建成了投资数亿元的银杏滴丸生产线、"零卡"饮料生产线和燕麦生产线。郑飞集团公司已同小岗村签约了投资三亿元的粮食全价值链示范园项目，禾味食品公司签约了投资三亿元的黑豆深加工项目。小岗村还与上海大龙畜禽养殖有限公司通过"公司+农户"的模式，建成占地两百多亩的"大明贡猪"养殖基地。这种农、工、商、贸、旅一体化的建设格局，在乡村振兴发展战略上又将形成一个可推广的小岗村模式。我特意去看了"凤阳县小岗村新农村村庄建设规划"——安徽城乡规划设计研究院设计的小岗村未来发展蓝图，如果这个崭新的蓝图变成现实，小岗村将会成为一个拥有一万以上人口、拥有各种现代配套设施的新农村。

从一开始，我就是冲着"中国饭碗"这一主题而来，我眼里的这个小岗村，显然已不是那个以粮食生产为主——严格说是以口粮经济为主的小岗村了，它早已不是一般的乡村，更像那种城市新村。其实，小岗村的老乡们从来也没有忘怀他们的饭碗，但他们不像当年那样只求解决温饱了，而是采用现代技术种粮。远在两千公里之外的北大荒农垦集团也一直关注着这个中国改革第一村。北大荒集团作为中国现代化大农业的旗舰，拥有强大的技术输出能力，他们也想在小岗村开辟一块试验田。2018年，小岗村与北大荒农垦集团建三江管理局七星农场正式签约，共建五百亩现代农业示范基地。

这是一片丘岗地，位于小岗村北部、改革大道西侧。小岗，小岗，就是因一片起伏的丘岗而得名。这丘岗并不高，但坡度大，从最高处到最低处的落差有十来米。这里原本是一块靠天收的旱地,土疙瘩硬得像石块,从来没有种过水稻,也没有修建引水灌溉的渠道。2018年春天,七星农场派来了由科技人员赵明武带领的合作团队,也就五六个人吧。他们到现场考察后,一个个也是干着急,"这块地的自然条件真的是太差了"!这么差劲的土地,他们在北大荒还从未遇到过,但北大荒人不会打退堂鼓,北大荒人不但拥有国内一流的现代化农业技术,更有勇于拓荒的"北大荒精神",他们决定就在这里试一试。小岗村人一开始也是抱着试一试的态度,反正那黄土丘岗也种不出什么东西来,那就死马当作活马医吧。还有人私下里嘀咕:"过不了两个月,这几个北大荒人肯定会跑路。"但这几个北大荒人还真是让小岗村人开眼界了,就这么几条汉子,只用了两个来月,就完成了开沟、铺管、整地等一系列配套作业,在一片沟沟坎坎的丘岗上造出了一片小平原般的稻田,在那硬生生的土疙瘩地里又加上大量生物有机肥来平衡地力,又从几十里以外的水库引来了水,这一片死气沉沉的土地眼看着就焕发出了生机。这一切都是靠大型机械化施工,若是用人工,别说两个月,两年也休想整出这么一大片平整的稻田。接下来,那几条汉子就把北大荒优质稻"稻花香"种进了小岗村,从播种、插秧、施肥、撒药、中耕到收获,又是一条龙的机械化。小岗村人不是没有种过水稻,种水稻是最繁重的农活,一个人种一亩水稻也累得汗水直流,但这五百亩稻田,五六个北大荒人却大气不喘地种下来了,那稻子的长势不知有多好,小岗村人愣是从来没见过。这年金秋季节,小岗村又多了一道吸人眼球的风景,那五百亩稻田犹如一幅金黄色的油画,散发着一阵阵的稻香,这"稻花香"还真是名不虚传,真香啊!而北大荒人把稻田种成了艺术,他们用不同颜色的水稻种出了水稻画,引得游客蜂拥而来拍照留影,把小岗村的旅游业给带起来了,游客们还嚷嚷着要尝尝这新鲜稻米的味道。

赵明武笑呵呵地说,他们在小岗村第一年种水稻,又是很差劲的一片丘岗地，原想亩产能达到八百斤就知足了，结果亩产超过了一千斤！

我扳着指头一算，五百亩就是五十万斤，这个产量已超出了小岗村粮食年产量的历史纪录，而且还是别有风味的优质稻，既有北方米的韧劲嚼劲，又有江淮米的软糯香甜。这大米刚一上市就被游客争相抢购，但大多数游客只能空手而归，这五百亩稻子根本不够卖啊，而优质稻米从来就不愁卖。小岗村人若以这种现代技术种植高产优质稻，既可以把饭碗牢牢端在自己的手里，又可以将节省下来的土地和劳动力用来搞多种经营，创造出更多属于他们的财富——这是小岗村人美好的期待，有的已经如愿以偿了。这里还是用数字说话吧，小岗村人也早已习惯了像沈浩一样算账。2018年，在中国改革开放的四十周年，小岗村实现集体经济收入1020万元，村民人均可支配收入21020元。据国家统计局的数据，2018年全国农村居民人均可支配收入为14617元，小岗村已远远超过全国水准了，谁还敢说小岗村是一场失败的试验？

我也一直在叩问，小岗村的新型合作化是否真的预示着中国农村改革的又一个方向？当四十年前发生的一切必然地成为历史，它是否还可以像当年那样成为今天中国农村的一个引擎？无疑，今天的小岗村已不是一个传统意义上的单纯农村，就像经历过四十年变革的中国缩小版，这个小村已高度浓缩了各种产业、各种经济成分。而小岗村能有今天，有一个因素是不能忽视的，那就是它作为"中国改革第一村"的历史地位，这无疑会给它带来许多普通农村没有的特殊优势、附加值和无形资产。或许，它不是一个可以照搬的模式，它的存在，不管还有多少让我们质疑的因素，它呈现出的多元化的格局和市场化导向，都至少应该成为引领中国农村走向未来的一个方向。

第二章 从北大荒到中华大粮仓

这是一片神奇的土地

第一次走进北大荒,是2009年芒种过后。据《月令七十二候集解》:"五月节,谓有芒之种谷可稼种矣。"我从哈尔滨出发,一路向牡丹江、绥芬河、穆棱、密山、虎林蜿蜒行进,那可真是"浩渺行无极"啊!眼前是一望无际地绵延开去的波状平原,那黑得泛油的黑土地,还有刚插不久、泛着嫩绿色波光的秧苗,一眼望不到尽头,一直走不到尽头。蓝天高悬,长风浩荡,却让我倍感无边的惆怅。怅寥廓,人类在时空中是如此的卑微和渺小,我从未见过如此湛蓝而高远的天空,如此辽阔的大地和旷野。

在来此之前,对于我,这里只属于遥远,遥远得远离现实,成为另一种时空的存在。

北大荒,漠北大荒。五千年的蛰伏,只与苍天共处。无边的荒原,无边的孤独与旷古的寂寞,统治着苍穹之下的茫茫无人区,被日月轮番照亮的只有原始森林和荒漠上的沼泽,大荒中只有狼的恸哭飘向更深远的荒漠,天边只有鹰隼的身影一掠而过……

北大荒有多大?大得你必须摊开世界地图,以世界为背景,才能看清它的轮廓。

在世界地图上,你可以清楚地看见,在北半球的广袤大陆上,几乎就在同一纬度上,排列着三块深沉而神奇的黑土地:一块在北美洲,美国的密西西比河流域;一块在欧洲北部,乌克兰的第聂伯河畔;还有一块,在亚洲,我们伟大祖国的东北角,这就是我们常说的北大荒。

如果再把目光聚焦在黑龙江省那宛若一只黑天鹅的奇妙版图,你会更清楚地看见,这里的黑土地大体形成了东西两厢的格局。东为三江平原,又称三江低地。三江,是指黑龙江、松花江、乌苏里江这三条北方的大河。一泻千里的黑龙江,九曲回肠的松花江,还有像俄罗斯那条静静的顿河一样静静的乌苏里江,这三条跨越时空的长河,在这无边的荒漠上风云际会,漫漶交织,又沿着各自命运的荒凉河谷向东流去,以奔涌的方式流向鄂霍次克海的鞑靼海峡。整个三江平原就是一个巨大的三角洲,这里的地势如一坦平洋,除了原始森林和湿地沼泽,还有堪称中国最美的大草原。在三江平原西部是松嫩平原,由嫩江和松花江冲积而成,嫩江从伊勒呼里山千里南下,与松花江双水合流,形成一股强大的冲击力,共同创造出了这个大致呈菱形的波状平原,南以松辽分水岭为界,北与小兴安岭山脉相连,东西两面分别与东部山地和大兴安岭接壤,这是一片横跨黑龙江和吉林两省的大平原,在黑龙江省境内就有十万多平方公里,约占全省总面积的五分之一。

在东西两大平原之间,小兴安岭由北向南,一路绵延,以纵贯的方式成为两大平原的天然分水岭。中国九大商品粮基地,北大荒就占有两个——三江平原和松嫩平原。如果说黑龙江省的版图恰如一只展翅的黑天鹅,而北大荒所处的这东西两大平原,一左一右,则犹如天鹅展翅翱翔的两翼。

如果说共和国版图像一只东方雄鸡,这里正好是雄鸡的鸡冠和眼睛。

这并非来自我的形象化描写,这就是北大荒最真实的形象。

这是一片神奇的土地,我第一次感受到北大荒的神奇,是源于一句让我几十年也没有忘掉的俗话:"棒打狍子瓢舀鱼,野鸡飞到饭锅里。"这句话我记得很清楚,但记不得是谁说出来的,应该是一个老猎人。那时候,真正能够走进北大荒的,也只有那些勇敢的猎人。又是谁说过,"百里无人断午烟,荒原一望杳无边"。这些话,这些细节,让我记忆了这么久,让少年的我充满了憧憬和神往。

然而,北大荒并非我想象的那种亘古荒原,很早以前,这里就有人类活动的痕迹。它的历史,可以一直追溯到远古洪荒时代。据《山海经·大荒北经》载："大荒之中，有山，名曰不咸。有肃慎氏之国。"现在，已经有专家考证，大荒之中的不咸山就是现在的长白山，在不咸山的北方，就是今天黑龙江的老爷岭和完达山。历史和地理已经共同验证了这一切。到了夏、商、周三代，有史记载的最早的满族人的祖先——肃慎原始部落，已经开始在今天的牡丹江流域至黑龙江下游一带游牧，其中心在牡丹江流域的宁安市一带，也是北大荒垦区的核心地带。北大荒农垦集团（前身为黑龙江省农垦总局）下辖的牡丹江、红兴隆、建三江等三个管理局就位于古肃慎部族最早活动的中心区域。这些满族人的元祖很早就开始与中原频繁往来，到了战国时代，这里的挹娄人臣服秦汉，岁岁朝贡。

大约在唐、五代时，这里史称渤海，当时的渤海王国在这一带开创了两百多年的繁荣史，最终被乘中原内乱而崛起的契丹所扼杀。其后，剽悍的女真人崛起于阿什河流域，在这里筑起了数百座城池，但随着成吉思汗势不可挡的骑兵一路横扫白山黑水，女真人的城池又毁于蒙古人的铁蹄之下。历史进入元明两代，这里一度搞过屯田，但只是昙花一现。随着大清帝国将整个中国收入囊中，满族人追随着他们的王者"从龙入关"，反而让他们的"龙兴之地"边境空虚。那时对远东地区觊觎已久的沙俄便乘虚而入，哥萨克匪徒到处杀人放火，掠夺财物，致使大清帝国的千里边境荒无人迹。康熙七年（1668年），以英武盖世的康熙帝却犯下了一个最愚蠢的错误，为了不让人打扰祖宗的"龙兴之地"，他竟下令废止对边境地区的招垦，对关外实行长达两百多年的封禁政策，严禁汉人进入东北地区。如是一来，这里人口极为有限的少数民族从此与外界尤其是关内两百年隔绝，而文明对蛮荒的隔绝，只会让蛮荒之地更加蛮荒，化外之民更加贫困落后。而边境的空虚又让沙俄得寸进尺，把手伸得越来越长。到后来，八旗子弟只知遛鸟养狗、声色犬马，以致内忧外患，狼烟四起。至此，大清帝国已经无暇顾及他们的"龙兴之地"，只得将辽阔的国土割让给了沙俄。从此，黑龙江成了一条国际河流，中国东北最辽阔的大海、最大的岛屿和海峡,还有海参崴等在江东六十四屯上发展出来的无数城池,现在已经成了国人出国旅游的目的地。

到了民国时期,又有官僚、军阀、富绅拥入关外跑马圈地,垄断霸荒,成为一个个割据一方的土皇帝。随着1931年的九一八事变,东北全境沦陷,在日本关东军耀武扬威的马屁股后面,紧随而来的是日本天皇的子民组成的一个个所谓开拓团。这是日本殖民中国东北的战略,他们从人口密集的狭窄海岛向中苏边境的辽阔土地大规模武装移民,一手拿刺刀,一手拿镰刀,战马踏过之后,跟来的便是一辆辆"火犁"——农用犁田拖拉机。日本政府炮制了一个二十年内向中国东北移民五百万人口的庞大计划,并以强行驱逐、武力掠夺的方式,把中国老百姓的村庄和耕地据为己有。到1945年,日本宣布无条件投降,盘踞在东北大地上的日本拓殖团已达到了上千个,移民三十多万人。这些拓殖团在武装护卫下开田拓土,而中国农民却沦为他们的劳工,有的在虎林、密山一带给他们修铁路、公路和军事要塞,有的则为日本拓殖团修建水利和农田基本设施。仅在修建查哈阳诺敏河输水工程时,他们就征用十五万多中国劳工,五万多人被悲惨地折磨致死。中华民族是世界上最宽容、最仁慈的民族,但那些随着日本军队进入中国的拓殖团成员,在日本战败后所表现出来的歇斯底里,却让人触目惊心。他们不是军人,不是战俘,在日本宣布无条件投降后完全可以回到他们自己的祖国、自己的家园,但他们却以集体自戕的方式把自己留在了他们不甘心就此离去的中国土地上,而他们在自我毁灭的同时,也要毁灭这个世界。他们在像狼一样绝望的哀号中烧毁房屋,破坏机器,摧毁中国劳工给他们修建的水利工程。他们不想给中国农民留下任何一点有用的东西。对于这种如此血腥而又如此决绝、没有任何忏悔意识的日本拓殖团,又让中国人如何去宽容他们、饶恕他们?

说来,日本拓殖团也曾想过要向北大荒腹地开发,但大多遭遇惨败,不少拓殖团成员都葬身于沼泽之中。直到1946年，北大荒沉睡的历史才开始掀开新的一页。随着数以百万计的日本关东军从中国东北大地如潮水般退去，人民军队奉命誓师出关，日夜兼程开赴东北。还没等他们在黑土地上安顿好，运筹帷幄的毛泽东便发出了一道指令："除负有重大作战任务的野战兵团外，一切部队和机关，必须在战斗和工作之暇从事生产。一九四六年决不可空过！"

"必须"！"决不"！这是属于毛泽东词典里的词语，也是汉语中最硬朗、最坚定不移的词语，他总有一种大手笔决策的方式。这也意味着，开发北大荒，从一开始，中国共产党就是从战略高度出发的。回望比新中国成立更早的那段历史，如果人类真能穿越时空，第一眼看见的或许不是土地，而是向荒原进军的人类。从1946年到1948年的两年多时间里，一批批军人戎装未换、征尘未洗，就从战场上直接开赴漠北大荒。那时荒原上还没有一条路，北大荒最早的路就是他们走出来的。这些军人中，既有身经百战、伤痕累累的伤残荣誉军人、老红军和老八路，也有在东北战场上的国民党起义、投诚和收编人员，他们被改编为农垦部队，由五千多名解放军官兵带领，在荒原上创建了七个解放团农场。而这一支支从各个不同的源头汇聚而来的军人队伍，"要在北满创办一个粮食工厂"——这是时任东北人民政府副主席李富春的原话。这些拓荒者，不管他们的前身是谁，只要走进了北大荒，就只有一个共同的身份——兵团战士。这是用犁铧、锄头和镰刀来战斗的战士。

新中国成立后，尤其是抗美援朝战争胜利后，又有大批的转业官兵奔赴北大荒，在那人迹罕至的大荒原，随处可见拓荒者的身影。

或许，每一座纪念碑，都是人类留住记忆的一种方式。

在兴凯湖畔，我看见了一座纪念碑——王震将军率师开发北大荒纪念碑。很远，我就看见了。这是一座北大荒的人民英雄纪念碑。这里是个风口,头顶上的国旗哗哗地在风中发出像流水一样的声音。北大荒天空的肃穆,以及风的呼啸声,盛大的旷野之声,依然让你感到大自然无所不在的巨大威严。

一踏上花岗岩砌成的台阶,世界突然一片寂静。

亘古荒原,渺无人迹,荆棘丛生,走兽之栖;俄族欲垦,未能立锥;倭人觊觎,终成梦幻。唯共产党之雄略,锐意而拓之。公元一千九百四十七年始,垦荒志士挺进。公元一千九百五十八年春,名将王震率将士十万云集于密山,一声令下,斗地战天。茫茫沃野沉寂千年而萌苏,芸芸众生不顾生死而耕耘。荣复军人、地方干部、城市知青、科技人员,历四十载之酸辛,经三代人之苦斗,胼手胝足,深领稼穑之艰,噫吁兮,此乃南泥湾精神之续延。血水、泪水、汗水皆融于大地,农、工、林、牧各业尽现于边疆。此举之壮,宇内闻名,旷世绝前!为不泯其绩,遂建碑以志之,为颂扬其业,撰此文而铭之。来者驻足,忆大荒之变迁;后人记事,缅志士之伟业。悠悠岁月,全赖群贤,青史留垂,拓垦者英名常念。逝者如斯,北大荒精神永存!

这是全部碑文。我一字一句地读过了。

这座纪念碑并没有我想象的那样巍峨,它用中国红大理石建造,但一开始就不是想给人营造出一种挺拔的高度,而是尽可能达到一种在时空中自由延伸出来的辽阔和纵深之感,在纪念碑的两侧,是弧形的巨幅玻璃钢浮雕,这就像敞开的博大胸怀,仿佛要把兴凯湖畔这广袤的原野和自然风光拥入胸怀。我深信,这个设计者是非常懂得北大荒和北大荒人的,这座纪念碑给人带来的除了庄严,除了强烈的现代构成意趣,还有那么多永远的、难以言说的东西,这源于人们在面对或回望中那种逐步发现的过程……

沿着一道斜坡逐渐向上,就是一个逐渐发现的过程。在纪念碑左侧,有一个用斑斓的鹅卵石镶嵌起来的五角星,用五色土环衬着、烘托着,它外形简练,却象征着北大荒人是从五湖四海的不同色彩的土地上走来的。还有一座座雕塑,以北大荒拓荒时期用过的铁犁、铁锹和土筐构图的——大荒初拓;以北大荒人生活中用过的锅碗瓢盆、挂在断树桩上的军大衣、军用水壶和地图、军号、书籍构图的——艰辛岁月……这是历史,也是艺术,或许,人类付出的所有巨大的代价和牺牲,最终都将成为艺术。北大荒,无疑已经成了艺术的一个精神来源。

在这座纪念碑后面,是北大荒开发建设纪念馆。

这里是历史留下的一个个瞬间,又是由一个个瞬间连接起来的历史。

1954年5月,北大荒的原野上还是一派春寒料峭的景象,一位粗犷的军人穿着大衣走进了三江平原西部边缘的汤原县,一看那硬扎扎的胡子,你就知道他是谁了。这位百战骁将、胡子将军,从南泥湾开始,他的名字就与拓荒深深地联系在了一起,后来被誉为"永远的拓荒者"。此时的王震担任铁道兵司令员,他视察了正在这里施工的铁道兵部队第五师。看着火热的工地,他兴奋地喷出一口粗重的气说:"好,好哇!"转身,他又看着另一个方向出神了。那是一望无际的尚未开垦的黑土地。他知道,随着抗美援朝战争结束,又将有一大批志愿军将士转业复员,该如何把这些战斗力量转化为新中国的建设力量?他那凝视着这片土地的眼光,就像这黑土地一样深沉。一个月后,王震便率领又一批转业官兵开进了北大荒。当他赶到小兴安岭看望部队时,陪同他的是中共黑龙江省委第一书记兼省长欧阳钦。欧阳钦是湖南宁乡人,王震是湖南浏阳人,两县都属长沙管辖,而这两位老乡,穿行在这黑沉沉的土地上,此时都想着如何开垦北大荒。

当王震下意识地凝望着荒原时,欧阳钦对他说:"北大荒荒草齐天,渺无人烟,它相当于好几百个南泥湾,够你开发的!"

将军听了,发出一阵豪迈的大笑,却又故意问:"老兄,我带兵进你的地盘,欢迎不?"

欧阳钦脸色不禁一沉,用低沉的声音回答:"你去密山县城,就会看到火车站前立着一座三五九旅烈士纪念碑!"

这不是直接的回答,却是历史的回应。三五九旅的战士们为了解放密山献出了生命,现在,他们的战友又前赴后继地开来了。从1947年到1958年,王震完成了从铁道兵司令员到共和国第一任农垦部部长的转变,在他的率领下,先后有十四万多转业官兵顶风雪冒严寒地开进了漠北大荒。他们中有一生奋斗在北大荒的余友清、黄振荣、张文忠等一千多个老红军战士和迟子祥、郝光浓、侯祥宽、汪立国等一千四百多名伤残荣誉军人,一百多人荣获战斗英雄称号,四百多人获特等功奖励,还有近三千人立过大功。这一片土地,曾经是人烟稀少的土地,却成了英雄最密集的土地,而这些英雄们不管来自哪支部队,立下了怎样的赫赫战功,到了这里,就是一个农垦战士,就一头扎进了这无边无际的荒原。

当年,王震对率部进军北大荒的一位副师长说:"你是打头阵的,是去点火的,得搞个样子,以后要大发展,要母鸡下蛋!"

这位副师长就是余友清,一位老红军战士。他于1905年生于湖南一个贫苦农家,一家人全靠父亲种二亩山田艰难度日。余友清从七八岁时就开始干农活,长大后又给地主当长工,他从小就意识到,贫苦农民之所以世代受穷,不是缺乏劳力,而是缺乏土地。1924年,十九岁的余友清参加了本乡农民暴动,后来披一条麻袋,撑一只舴艋小舟,投奔了红军。在长征途中,余友清担任司务长,他想尽办法为部队筹集杂粮、野菜,别人一天走一百二十里,他要走一百八十里,他经常把很少的一点口粮分一半,悄悄地塞进伤病员或体弱同志的挎包。此后,他参加了抗日战争、解放战争、抗美援朝战争,在战场上，他有一股不消灭敌人誓不罢休的倔强劲，曾三次负伤，被授予八一勋章、独立勋章和解放勋章。新中国成立后，他调往铁道兵部队担任第五师副师长，从朝鲜归国，征尘未卸，就来到黑龙江伊春林区抢修森林铁路。1954年，部队大批官兵复员转业，复转大队在伊春集合待命，王震将军来林区视察施工，动员复转官兵到北大荒去办机械化大农场，并派余友清去选点办场，做部队转业大军开发北大荒的带头人。余友清欣然接受了这一艰巨任务，立即带领勘察队出发，披荆斩棘，进入旷古荒原。他们历尽艰险，踏荒千里，决定将农场建在虎林。1955年元旦，八五〇部队复转大队在虎林成立了铁道兵开发荒原的第一个军垦农场——八五〇农场。在开荒之初，他们几乎是赤手空拳，别说机械设备，连锄头、镢头、犁铧等农具也没有，他和战士们冒着生命危险进入日寇遗留的虎头地下工事，起出大批未用过的炮弹，卸去炸药，用弹壳打成建场第一批农具。余友清拖着伤痕累累的身体带头拉犁开荒，先用五十个人拉一台双轮单铧犁，后来他巧妙地改装了犁具，只用二十人就能拉一台双轮双铧犁。

人拉犁，是北大荒拓荒初期最悲壮的场景之一，战士们也成了名副其实的拓荒牛。在那荒草连天的旷野上，土黄色的军装、土黄色的背脊，他们排着长队，一边嗨哟嗨哟地喊着号子，一边朝黑土地深深地俯下身去，那扛惯了枪杆子的肩膀，套上了拉着犁铧的缰绳，在翻卷的土浪和犁开的垄沟中，一寸一寸地向前挪动，那嘶吼声震醒了这沉睡的荒原，汗水浸透了、泡软了这板结的土地。就这样，他们在亘古的荒原上开垦出了一片片良田。那开垦出来的土地，就是那种"捏把黑土冒油花，插双筷子也发芽"的黑土地。余友清把双手深深插入土地，捧起一大把泥土对战士们说："看看，多好的土地啊！我们经历了这么多年的战争，说到底不就是为了土地吗？这土地，什么都可以生长出来！"

在开荒的第一年，八五〇农场就用人拉犁的方式开荒达九万多亩，在当年开荒地的垡片上用豆铲点种大豆三万多亩,亩产超过当年虎林熟地大豆亩产量。就这样,他们平地起家,当年建场,当年开荒,当年播种,当年丰收,打胜了转业官兵进军北大荒的第一仗,在荒原上站稳了脚跟。

像余友清这样的兵团战士实在太多了,如郝光浓,一位从吕梁山走出的抗日英雄,他在战斗中失去了一只眼睛和一条胳膊,时任齐齐哈尔市荣军学校政治部主任。1949年4月,这位"独眼硬汉"带着一群和他一样铁骨铮铮的部下——一百多名自愿参加垦荒的革命伤残军人,开赴嫩江西岸五棵树一带创办了伊拉哈荣军农场。这些伤残的荣军战士,有的缺胳膊断腿,有的双目失明,他们个个都是功臣,但他们不想让人民把他们养起来,他们不但要养活自己,而且把开垦北大荒看成另一个战场。他们根据不同的伤残搭配编组,双目失明的战士抬着筐子,那些瘸着腿的战士拖着耙子跟着捡粪。耕地时没有牛,那些双目失明的战士躬身拉犁,跛脚的战士则在垄沟里深一脚浅一脚地扶着犁走。郝光浓还充满豪情地在日记中写道:"茫茫草原,凛冽秋风,扶犁东野,汗珠挂胸。丰衣足食,幸我老农!"

还有迟子祥,他是山东省黄县人,十三岁一路乞讨流落到东北,在伪满电业当学徒,1945年参加了人民解放军。在法库战役中,他在零下四十摄氏度的风雪中冲锋陷阵,当子弹和弹片呼啸而来,他都不知道自己受伤了,那身体被鲜血染红了,他还在拼命冲锋。由于流血过多,他一头栽倒在雪地上,昏死了过去。当他被救下火线送到医院时,他的十个脚趾全都冻掉了,还冻掉了两个手指,又加上身负五处重伤,被评定为三等甲级伤残军人,再也不能重返前线了。1949年10月,迟子祥和二百余名在抗日战争和解放战争中负伤的革命伤残军人,拖着伤残肢体,来到了伊拉哈荣军农场,这是北大荒垦区九三国营农场的前身,他们是北大荒九三垦区的第一代拓荒者。建场初期,连锄头、铁锹、镰刀这样的简易农具也很缺乏,有些农具残缺不全,若要从外地采购农具就会耽误农时。这可把那些急于开荒的荣军们急坏了,夜里,迟子祥躺在马架子里干瞪着眼,一个劲地吧嗒着旱烟。第二天早上,他就向场领导主动请缨:"我在伪满电业当学徒时学过修理工具,我想带几个人一起修理农具。"还有一位叫侯祥宽的伤残军人,参军前是个铁匠,也要跟着迟子祥一起干。侯祥宽在1939年就参加了新四军,在战斗中多次负伤,右臂被打断后一直僵直不能弯曲。场领导当时也急得团团转,就把这任务交给他们了。场领导还给他们派来几个人,既是助手又是学徒,就这样组建了九三垦区的第一个农具修理所。迟子祥领着大家垒起一个小土房,搭起一个打铁的小烘炉,找来一把大锤,捡来一块破铁疙瘩当砧子,就开始干起来了。迟子祥缺了两个手指,但不缺胳膊,就负责打锤,侯祥宽胳膊不能弯曲,就负责掌钳。这残缺的手和胳膊,一开始还打不到点子上,但经过几天磨合后,两人配合越来越默契,越打越准,越打劲越大。就这样,他们夜以继日,轮番上阵,而炉火日夜不熄,铁水沸腾不止,从头年冬天到第二年开春,他们在飞溅的火星和绽放的钢花中打出一千多件小农具,修复了大部分农机具,不但赶上了春播的农时,还为农场节省了三千多元资金。当你从他们手里接过一件件闪光的农具,你会发现他们的旧伤上又添了新伤。

迟子祥和他的战友们还创造了一个现在也难以想象的奇迹。一次,迟子祥在荒野里发现一个被遗弃的旧拖车架子和几只旧轮胎,他如获至宝,立马带着几个人抬到了修理所,要把这大拖车修理出来。可这大农具的修理要用有机械动力的钻床钻眼,这小小的修理所哪有什么机械钻床啊,只有一台靠人力转动的土钻床。当大伙儿都站在一边傻眼看着时,迟子祥围着这破拖车左转右转,猛地抽了一口旱烟说:"咱们靠小米加步枪赶走了日本鬼子,打败了蒋介石,我就不信咱们凭两只手做不出拖车来!"没有机械,他就用伤残的双手拉动皮带,他一带头,大伙儿都把手伸了过来,他们就凭着这一双双手的力量,让钻床转动起来,钻出一个又一个孔,旋出一个又一个零件。有人风趣地说:"老迟发电不用油,全靠人的热量!"随后,老迟又领着大伙儿组装车架子和车大厢,把几只旧轮胎修补好,打足气,制成了一辆载重五吨的八轮大拖车,这是真正的中国制造、北大荒制造!

北大荒在经历了十多年的开垦后,到了1958年,农历戊戌年,这是"大跃进"和人民公社化运动兴起并迅速掀起高潮的一年。中国历史上载入史册的事件太多,而在北大荒,发生了一个必将被人类垦荒史载入史册的事件,这就是十万官兵开赴北大荒!从这年开始一直到1966年,这八年左右的时间里,北大荒的历史进入了一个高速发展而又艰苦卓绝的阶段。

对于人民解放军,那是和平年代最大规模的一次全军总动员。当年解放军号称五百万,脱下军服的十万官兵,占到全军现役军人的五十分之一。其中,六万多人是各级军官,这些人学有专长,年富力强。假如让他们继续留在军事岗位上,他们中有很多人是可以成为高端军事技术专家的——但历史从来没有假如。当时国家最急需的是粮食、粮食和粮食!作为军人,中央军委一声令下,就像冲锋号吹响了一样,他们立即奔赴疆场。

在宏观历史里包含着的是一个个血肉个体的生命体验。

郑加真,一个典型的南方人。在共和国诞生那年,他考入上海复旦大学,成了新中国的第一批大学生。第二年,抗美援朝战争爆发,郑加真和当时复旦、同济、交大等院校的两千多名上海大学生一起,脱下便服,穿上军装,赴朝作战,在中朝人民空军联合司令部服役。回国后,他一直在某空军司令部通信处工作,直到他摘下军衣上的上尉肩章和领花,摘下八一帽徽,随着十万复转官兵开赴北大荒。抵达密山县城时,他们已乘坐了三天三夜的火车,从春暖花开的首都北京来到雪花飘飞、大地封冻的北大荒。

从此,郑加真开始了自己将近五十年的北大荒生涯。

只不过,那时还没有人知道,北大荒终于迎来了自己的一个忠诚的历史书写者。

密山,又一次成了王震将军调兵遣将的枢纽部。那时,火车开到这里便是终点,但对于十万转业官兵这里却是又一个人生的出发点,他们将从这里奔赴荒原深处,走向他们生命中的又一个目的地。在寒风凛冽的密山车站广场上,许多人还记得那一生都难以忘怀的万人誓师大会,在临时搭建起来的主席台西侧,悬挂着王震题写的诗句:"红军不怕远征难,万水千山只等闲;英雄奔赴北大荒,好汉建设黑龙江。"

"徒步行军,开赴荒原!要把南泥湾搬到北大荒!"王震用他粗犷的湖南口音发出了向荒原进军的命令。将军的声音还是那么洪亮,铜钟般,让和平年代的军人许久都没有这样感觉过耳膜的震动,还有回声。

这是属于旷野的声音,风起云涌,号角声声。而这种属于个体生命的切肤感受,是以一种时代性号召作为支撑的。郑加真随同各地来的成千上万的战友,被分配到松阿察河畔的一个新建拓荒点。天苍苍,野茫茫,在茫茫荒原上,十万名转业官兵沿着各自的方向上路了。他们打着红旗,挑着行李,背着背包,有的还背着孩子,沿着穆棱河以及她延伸出来的一条条支流、水系,分成上百路人马,穿过山林,越过沼泽,最终消失在无边的混沌之中。他们将以盘古开天辟地的方式,让这无边的混沌逐渐变得清晰起来。

松阿察河是乌苏里江西源的一条支流,也是中国和俄罗斯的一条界河。松阿察,满语意为头盔上的缨带。北大荒有太多与军事有关的地名和河流名。松阿察河是中国很少的不是发源于山岚而是发源于湖泊的河流,其源头是兴凯湖,湖水漫溢着,源源不断地涌向松阿察河,自西南向东北流经密山和虎林,与俄罗斯境内的乌拉河汇合后为乌苏里江,东岸属俄罗斯,西岸属中国。这条河全长两百多公里,平均河宽五十多米,流域总面积近三千平方公里,大部分在黑龙江省境内。

郑加真随一百多名复转官兵开到这里时,还是4月上旬,此时河流还处在结冰期。北大荒的河流,冰冻期长达半年左右,一般在头年入冬开始结冰,到次年初夏才开始解冻。随着郑加真他们的到来,松阿察河离解冻已经不远了。在他们到来之前,河湾里是一个仅有六栋草房的荒原小村,这也成了他们的临时安身之处。在一百多名转业军官中,有空军、炮兵、坦克兵;有参谋长、营长、主任;有搞作战的、搞情报的,也有搞领航的、搞气象的;有翻译、打字员、器材员,也有医生……

用郑加真的话说,那时,他们在这里简直可以成立一个三军联合司令部。但他们成立的不是司令部,而是一个农业生产队,军事工程科科长当了生产队长,作战科长、营参谋长、训练参谋分别当了正副小队长,搞防原子、防化学的参谋当了开播种机的农机手,曾经教人怎样开坦克的军事教员现在成了拖拉机手,军事翻译进了马号喂马,还有几个作战参谋在伙房里做饭、烧水。你不能不说,这是一种历史与时代的大错位,但那一代人,根本不是从自身的专业和发展空间来思考问题,也根本很少考虑自己的得失,他们只有服从,服从国家的一切需要,而国家当时最需要的是粮食!既然国家对粮食生产如此高度重视,那么开拖拉机就比开坦克更有战略意义。他们真的就是这样想的。

在那个粮食紧缺的年代,对粮食的任何强调都不过分。吃饭问题,不仅是填饱肚子的问题,而且是党和国家开发建设北大荒的战略定位。从开发初期支援解放战争前线、建立巩固东北根据地,到建立粮食战略储备基地、保障国家粮食安全,七十多年来,无论遇到怎样的困难与挫折,北大荒人始终把粮食生产放在首位,服从服务于全党全国的大局,这就是北大荒人肩负的神圣使命!

历史上,美国开发田纳西州、苏联远征西伯利亚,无不是以雄厚的国力作为后盾。但中国对北大荒的大规模开发,至少在三十多年里,都是在国家还十分贫穷、各种条件都极其艰苦的情况下进行的。或许,物质条件和生活环境越是艰苦,越能激励共产党人和革命军人最大的热忱、最坚韧的毅力和最单纯的精神。过了几十年,第一代、第二代的北大荒开拓者大都已离去,活着的也多已老迈,但从这些还有能力回首往事的老兵团战士身上,你依然能感觉到他们的意志很坚强,心理素质极佳。而对于那些毕生难忘的痛苦经验,他们并不回避。我知道,那种苦难的历程,不是非过来人所能想象的。我无法想象。我只能这样想,或许是他们经历过苦难,经历过种种打击,才能经受住任何可怕的事情。

在那些漫长的夜晚,在劳累了整整一天之后,他们点亮油灯,打开地图,用嘴里呵出的热气化开凝冻的笔尖,虔诚地在祖国东北角画上一颗颗小小的红五星——这是他们在中国、在世界上的最精确的位置。每一个小五星,就是一个生产连队,而当年十万大军在荒原上建立起来的连队,北至黑龙江,从小兴安岭山麓,到完达山南北,如繁星一般,把自己升向一个心灵的明净之境。或许,你不知道他们在哪里,甚至根本不知道他们的存在,但他们自己知道,那是属于心灵的地理。随着北大荒的每一片空白逐渐被这样的五角星所布满,一批规模宏大的国营农场集群也陆续在北大荒的黑土地上诞生,这也是后来黑龙江省农垦总局九大农垦分局的雏形。

从荒原变成黑土地,从北大荒变成北大仓,漫漫黑土地,把多少人的整个生命都融进去了。

对于我,这是一种久违的感觉,一种英雄主义的浪漫。

在北大荒人身上,有一种伟大的牺牲精神。同战争中激烈的殉难相比,这种牺牲是异常缓慢也更漫长地完成的,它更能考验人类的意志和信念。对于这样的中国人,或许别的国家、别的民族真是很难理解的。你不知道他们为什么能熬过那些超越生命极限的日子,为什么如此坚韧,如此顽强,如此能承受压力与痛苦。你从这一个个很普通的人身上,都能发现那坚毅、执着的性格,你不知道一条腿的老红军战士走得那么稳,他身上是否还有另一种什么在支撑。到底是一种怎样的信念在支撑着他们……

这是一片神奇的土地,让他们记忆的东西太多,而每一个置身其中的人,也难免有些恍惚,这些事是不是真实地在自己身上发生过?

北大荒也是战场

北大荒实在太大。现在,人们所说的北大荒,早已不是那个自然地理意义上的北大荒,而是指原黑龙江省农垦总局(现为北大荒农垦集团)所管辖的全部地盘,它是中央直属的全国规模最大、机械化程度最高的国有农场经济区域,下辖宝泉岭、红兴隆、建三江、九三、牡丹江、北安、齐齐哈尔、绥化、哈尔滨等九个管理局,拥有一百多个大中型农牧场。

北大荒的每个农场都很大,大多是跨县域,甚至是跨地区的。

第一次走进北大荒,我最多走了四分之一。2020年9月下旬,秋分刚过,我又一次走进了北大荒。这次我选择了另一条路线,从哈尔滨奔向佳木斯、七台河、双鸭山、宝清……一路上依然是蜿蜒行进。秋分过后,原本该是五谷丰登、丰收在望的金秋景象,然而,这是一个非同寻常的年景,北大荒在播种季节正值新冠疫情肆虐,而第8号台风"巴威"、第9号台风"美莎克"、第10号台风"海神"从8月下旬到9月上旬接连北上,在半个月内三个超强台风席卷东北大地,这在历史上前所未有,给东北地区带来了一轮轮强风雨天气,致使丰收在望的农作物大面积倒伏。看着那些倒伏在田野里的水稻、玉米、大豆,我感到一阵一阵揪心,在这个多灾多难的年头,北大荒的收成不知道怎么样。

此行,我抵达的第一个农场是北大荒农垦集团红兴隆管理局八五二农场,该场位于黑龙江省双鸭山市宝清县境东南部,地处完达山北麓,最早由中国人民解放军铁道兵八五二部队转业官兵开荒建场,隶属铁道兵农垦局领导,场名以部队的代号命名。追溯这个农场的拓荒史,又要从一位老红军说起。黄振荣,陕西省来安县人,1912年生,1928年参加国民革命军西北军,曾任冯玉祥将军的贴身警卫。1931年12月,黄振荣随江西宁都起义部队加入红军,从此就在王震属下工作和战斗。在1932年赣州战役和1940年关家垴战役中,黄振荣先后两次负伤,后被评定为二等乙级伤残军人。在解放战争和抗美援朝战争期间,黄振荣历任铁道兵团第四支队副支队长兼参谋长,铁道兵三师副师长、代师长,被朝鲜民主主义人民共和国授予二级国旗勋章和二级自由独立勋章。

黄振荣回国之际,王震将军正率十万大军抢修鹰(潭)厦(门)铁路,这在当年是为了打破美国对台湾海峡的封锁、巩固东南海防的一条战略铁道线。毛泽东命令:"要用抢修的精神,战斗的姿态!"因而,这条铁路不是一般的修建,而是抢修!黄振荣刚刚回国就率部开赴江西,投入了鹰厦铁路大会战。然而,他却没有想到,还有一个比抢修鹰厦铁路更重要的使命将要落在他的肩上。

那是1955年10月的一天,王震将军风风火火地走进了南平县的鹰厦铁路前线指挥部,他抹了一把脸上的灰土,随即命人去把黄振荣叫来。没过多久,一位头戴安全帽、一身泥斑的中年军人推门而入,对着王震倏地一个军礼。还没等他开口,王震便一把握住他的手,朗声大笑道:"哈,黄振荣,你这家伙是能打硬仗的,我这次来找你,有新任务啊!"黄振荣听了,猛地一愣,然后就直直地看着老首长,等待他下达新的命令。王震看了他一眼说:"8月份,我向中央建议开发北大荒,彭老总已经批准了,你跟我一块去吧,我们继续并肩战斗!"

这还真是让黄振荣感觉有些突然,他还以为王震司令员这次是来视察工程进展的,没想到要调他去开发北大荒。其实,开荒种地也是黄振荣的老本行,他曾在王震的率领下开垦南泥湾,只是没想到,王震司令员这次又要他去开荒。这位铁道兵司令员的性格他是知道的,丁是丁,卯是卯,理解的要执行,不理解的也要执行,他没有讨价还价的余地,更没有讨价还价的习惯。而一个军人，无论何时都是以战斗的速度执行命令，黄振荣随即便简短地交代了手头的工作，披上征衣，奔赴北大荒。

黄振荣抵达北大荒后，先被任命为八五〇农场副场长。该场始建于1954年，是王震将军在北大荒创建的第一个铁道兵军垦农场，位于虎林境内，地处著名的三江平原，北依完达山南麓，南傍穆棱河畔，与地处完达山北麓的八五二农场隔山相望。黄振荣在八五〇农场担任副场长只是过渡性安排，他接下来还将有更艰巨的任务。1956年3月，王震命令铁道兵第二师、第三师七千多名复员转业官兵翻越完达山，在完达山北麓的宝清县南横林子一带开荒建场。在大部队抵达之前，黄振荣便带着几名官兵，作为先行的探路者向北麓进发。据《中国东北角·苏醒》一书记载，1956年3月12日，大雪纷飞，五位身穿军装的"不速之客"，裹着一身风雪走进了宝清县政府，他们找到了一位年轻的县长，并递上了盖有"中国人民解放军铁道兵司令部"关防的通行证，上面写着："兹有我部黄振荣师长等五位同志，自虎林经密山至宝清，携带步枪一支、手枪四支，希沿途军警验证放行。"县长一看眼前这位威风凛凛而又平易近人的师长曾是三五九旅老战士，顿时肃然起敬。他紧握着黄振荣的手感激地说："1946年，我们宝清县城就是三五九旅解放的，还牺牲了六十三位同志，全县人民永远不会忘记。你们现在又来这里开发完北荒原，建设新时期的南泥湾，我们一定全力支持！"

第二天，宝清县政府给他们找来了一位老猎人当向导，并提供了全县的地图和必要物资，黄振荣一行便带着干粮，踏着早春的深厚积雪赴荒原勘察。他们一天要爬冰卧雪走上五十多公里，一直深入到完达山北麓人迹罕至的荒原深处。那积雪深得探不到底，一脚踩下去，咕咚一声，积雪就呼啦啦漫过了膝盖，一不小心掉进了雪坑里，整个人都陷进去了。在那只有熊瞎子、东北虎和饿狼出没的林海雪原里，他们踏遍了完达山北麓纵横二百余里的荒原，饿了就啃几口干粮，渴了就吃几口冰雪，而寒冷的感觉到了极致，反而不觉得冷了,那冻僵的身体没有感觉了。当黄振荣从荒原里走出来,那脚板冻得比冰块还硬了。他扒下靴子和绑腿一看,袜子上粘着一个个趾甲。他的脚趾被活生生地冻掉了九个,竟没有一点疼痛的感觉,却留下了终身的残疾。其他几个勘察队员也都冻伤了,但这些从烽火硝烟中闯过来的军人,谁也没有把冻伤当一回事。这次勘察,他们摸清了完达山北麓有三百多万亩可开垦的荒原,而这里还真是一块值得开垦的处女地,境内有蛤蟆通河、大索伦河等,水资源充足,土地肥沃。他们在雪地上铺开地图,根据勘察情况反复比照,初步选定以日本拓殖团曾插足的"老三号"作为农场的场址。为了永远抹去殖民者留下的痕迹,黄振荣觉得要给这个地方重新命名。此时正是清晨,他下意识地瞭望着完达山正在冉冉升起的一轮鲜红的太阳,在随身携带的地图上用红铅笔画了一个圆圈,又用冻僵的手一笔一画地写上了三个大字——曙光镇。

王震司令员接到他们的勘察报告,随即便开始在北大荒的这片处女地上排兵布阵了。

这年4月上旬,转业官兵的先头部队开进了完达山北麓,进入荒原。王震命令黄振荣率先头部队于5月10日前打通虎林、宝清直达公路,"尤其抓住穿越完达山重点工程",以便迎接大部队到来。黄振荣率领十几个连队、两千多名转业官兵,在宝清至虎林一百多公里的一条长线上,掀起了抢修虎宝线的第一轮会战。此时,大地解冻,冰雪消融,遍布山间荒野的河流、水线奔涌漫溢,把各个驻地分割成一个个孤岛。一看就知道,若要修通这条路,修桥是关键,而此时,指挥部还没有一张设计图。黄振荣就像在战场上一样,旋即把设计人员找来,摊开地图,掏出随身携带的红蓝铅笔说:"想想咱们在朝鲜修的那些桥吧,大的几天,小的一天半,一座桥就修好了。来,咱们照葫芦画瓢!"他们边议边画,边画边改,熬了一个通宵,大大小小的三角架、枕木垛、排架、木笼、桥梁图纸就这样设计出来了。黄振荣揉着布满血丝的眼睛又仔细看了一遍,随即下令把设计图分送各个连队,虎宝公路就全线开工了。这一场鏖战,绝不亚于黄振荣在朝鲜战场上指挥修路架桥。将军岭下,八十多名战士手持四根大绳,拽着一个大锤,喊着震撼荒野的号子,打下了千古荒原第一桩。黄振荣白天在工地上奔波,在第一线指挥开荒筑路,夜里与战士们一样,住在土坯砌墙、茅草苫顶的马架子里。当战士们进入了梦乡,他还在马灯下看着设计图,思索着接下来的工程进度和一个个要攻克的难关。

马架子,是我国东北一种特有的简易民居,这是那些闯关东的穷人搭建起来的,在东北有很多自然村落的名字就叫马架子。这马架子的第一大优点就是就地取材、简易便捷。先平整出一片土地,然后伐木、割草、和泥、埋柱子、钉横梁、垫木条,在木条上抹一层泥巴当墙,再在屋顶上铺上一层厚厚的羊草——这是东北大地最常见的野草,长得跟人一样高,根部粗壮,但草丛密实而软和,一间人字形的马架子就搭建起来了,其形状像是一匹趴着的马,只有南边是一面山墙,窗户和门都开在南山墙上,看上去就像昂着的马头,而屋脊举架低矮,从后边一直拖到地上,像是马屁股。北大荒垦荒官兵搭建的马架子大都是集体宿舍,还远远比不上东北居民的马架子,先用几根原木搭成人字形的骨架,糊上一层泥,再盖上一层羊草,在两头开个门就建成了。这样的马架子连屋子都说不上,只是用泥巴和树枝搭成的窝棚。而屋内就更简陋了,在地上铺一层羊草,摊开被子,就成了两排通铺,夜里,大伙儿就人挤人、背贴背地躺在这羊草通铺上。在北大荒漫长的冬天,温度有时候降到零下四十摄氏度,极端严寒时甚至达零下五十摄氏度,这马架子里没有热炕,垦荒官兵睡觉时只能穿着棉衣棉裤,还要戴着皮帽子、穿着棉乌拉(靴子),从头到脚把身体严严实实包裹起来,然后就靠自身的热量和抱团取暖来抵御极度的寒冷,夜里常常被冻醒,早上起来连棉被都冻成了硬邦邦的冰盖。他们几乎在生命的极限状态下,一个个咬紧牙关、瑟缩着身子一夜一夜地苦熬着,每个人都期盼着春天的来临。而北大荒的春天在5月份才姗姗而来,又总是披风伴雨而来,在那阴雨连绵的早春季节,"大雨大下,小雨小下,外面不下,屋里滴答"。随着气温渐渐升高,那羊草通铺下的冻土开始融化,而人们出出进进、踩来踩去,马架子里变成了咕叽咕叽的烂泥坑。

据老一辈拓荒者回忆,马架子还有两个特点:一是黑。北大荒大风频刮,为了遮风,马架子的窗户都开得极小,有的马架子干脆不开窗,从早到晚屋里都黑乎乎的。二是在开春后贴地潮气重,屋里的东西很容易发霉,连被子都长出一层白毛,马架子的木柱上有时还能长出蘑菇来。很多垦荒官兵都得了苔藓状的皮肤病和风湿病,痛苦折磨了他们一生。而在北大荒农场初创时期没地方洗澡,有的垦荒队员3月开进北大荒,每天累得汗流浃背,却从来没洗过澡,直到5月份,他们才在被阳光晒热了的水泡子里洗了一个澡,每个人又搓又揉,那个痛快劲儿啊,让他们兴奋得哎哟哎哟地直叫唤,当他们搓掉了一身布满尘垢的老皮,那感觉简直是脱胎换骨了。而北大荒,就是一个让你脱胎换骨的地方。

入夏之后,北大荒的蚊子和瞎虻多得邪乎,劈空一抓就是黑乎乎的一把。这些垦荒官兵中也有不少文化人,他们风趣地说,这北大荒嘛,把"荒"字拆开,上边是草,下边是水,这水草之间是一个"亡"字,这蚊子和瞎虻咬死人啊!这样解字还真是特别生动。当夜幕降临,大伙儿忙活了一天从野外回来,刚刚走近马架子,迎接他们的就是蚊子和瞎虻,黑蒙蒙、嗡嗡嗡的一片,轮番向人们发起进攻。尤其是那瞎虻,比苍蝇还大,一咬一个大红疙瘩,又疼又痒,用手一挠,皮破血流,痛快是痛快,却会留下经久不愈的伤痕。对付这些不要命的瞎虻,你只能挥舞着帽子大力呼扇,可这边刚赶走了,那边的蚊子呼啦啦地又扑了上来。啪啪啪,马架子里里外外都是拍打的响声。这该死的蚊子和瞎虻,一巴掌能拍死十几个,满手是血……

这马架子虽然艰苦而简陋,却在开发北大荒的过程中立了大功,也是北大荒第一代垦荒者生命深处最难忘的记忆。想想,当年十万转业官兵开进北大荒,若没有这因陋就简的马架子,他们怎能在北风呼啸的荒原上站住脚跟,又靠什么来抵御零下几十摄氏度的严寒和狼啊熊啊等野兽?有人说,这是泥土和茅草搭建的纪念碑,镌刻着北大荒拓荒者艰苦创业和乐观主义的精神。一位有文化的老兵还模仿《陋室铭》写道:"斯是马架,唯吾德馨。四墙霜如银,房顶草如金。谈笑有三军将士,往来皆农垦尖兵。炕上绘宏图,炉边谈远景。无思乡之叹息,无畏难之逃兵。延安土窑洞,罗霄茅草棚。革命者曰,展望前途,无限光明。"

说来,黄振荣这次开发北大荒,一开始就出师不利,在伐木清林时,他正忙着指挥,一根回头棒突然扫来,将他一下砸倒在地上,脑袋受伤了,额角渗出一片鲜血。但无论怎么劝阻,他也不肯下火线,对于他,这就是战场。在接下来的施工过程中,他裹着绷带、拄着拐棍,一边指挥修路,一边对着地图安排垦荒布点,沿着逶迤起伏的完达山北麓,在一百多公里的漫长战线上来回奔波。

经过一个月的日夜奋战,眼看就到了5月10日,这是王震司令员限令的虎宝公路全线通车的时间。这天清晨,当一轮旭日在云遮雾绕的完达山巅喷薄而出,那些又鏖战了一个通宵的战士们,将最后一块护桥板牢牢钉在第四十八座桥梁上,这标志着虎宝公路全线准时通车。黄振荣乘着一辆敞篷卡车,在漫天霞光的辉映下缓缓驶向了第四十八座桥梁。此时,工地上没有响起热烈的欢呼声,却是一片庄严的静穆。一位大个子连长举起泥泞的胳膊,给师长敬了一个军礼:"请首长验收!"

黄振荣看着一个个像泥人一样的筑路官兵,对着他们敬了一个军礼,用沙哑的嗓音说:"这是我们挺进北大荒打的第一仗,这辆车也就是完达山上开天辟地第一车,我立即向兵部首长、向王震司令员报捷!"

随着虎林—宝清直达公路全线通车,那满载着各种物资的车辆开进了完北荒原,七千多名复员转业的铁道兵以急行军的速度,分赴沿完达山北麓展开的一百多公里的数十个垦荒点,搭起了一座座马架子,又在一片片将要开垦的处女地上插上了一面面红旗。6月1日,王震将军来到了曙光镇,在开荒典礼上宣布八五二农场成立,黄振荣任场长。随后,王震和黄振荣率垦荒官兵在蛤蟆通河畔的荒原上,燃起第一把荒火。佃户出身的王震将军还撸起袖子,操起犁铧,开出了北大荒完北开发建设史上的第一犁。

这天晚上,王震住进了黄振荣的马架子。两个老战友挤在一张羊草通铺上,一盏马灯直到深夜还一闪一闪地亮着,而岁月往事也一幕一幕地在他们眼前闪烁,从红军长征、南泥湾开荒、抗美援朝,他们一直谈到今天的开荒典礼,而接下来将是一场更持久的鏖战。王震将军描绘着八五二农场发展的未来蓝图,兴奋而又满怀期待地说:"老黄啊,你就是一头带头拓荒的老黄牛啊!"黄振荣却似乎有什么心事,他憋了很久终于憋不住了,向老首长敞开了心扉:"司令员,军委来了三次电报,要调我回去重新安排工作,你看……"

王震却把眉头一皱,又猛地一扬:"怎么,你这老黄牛还想回部队?不行。我也要转业,中央让我组建农垦部,当部长。你呀,就跟着我一起干吧,从南泥湾开始,你我注定了垦荒的命。这么好的土地,捏把黑土冒油花,插双筷子也发芽,怎么能让它荒着呢?你就安下心来吧,脱下了军装,你还是战士,北大荒也是战场!"

听了将军一席肺腑之言,黄振荣深深地点了点头。

一位戎马征战的军人,在和平年代必须扮演另一种角色了。

当时,王震将军从备战备荒和节约耕地的角度考虑,觉得曙光镇这地方作为场部不太合适,决定为场部重新选址。在开荒典礼的第二天,他便带领黄振荣等人,来到虎宝公路枢纽地带的南横林子一带实地踏勘,但找来找去也没有找到一处满意的地方。快到中午时,他们走进了一片白桦林。在明媚的阳光照射下,那白桦树干一根根挺拔玉立,洁白如雪,阳光透过翠绿的树冠散射下来,在地上映出一片斑斓的花纹。这林子大了,什么鸟都有,那此起彼伏的鸟鸣声,忽而独唱,忽而合鸣,让这些身经百战的军人都深深陶醉了。王震将军一双眼睛兴奋得发光,他用手杖指着这片白桦林说:"这地方真美啊,我看,就把新场部定在这里吧!"

黄振荣和大伙儿异口同声说:"好,这地方好!"

从此,八五二农场场部就选定在这里,并在这里建起了完北的一座农垦新城——南横林子镇,而这片白桦林也成了八五二农场的地理标志和精神象征,"白桦"就是它闻名遐迩的别称。

这里还有一段从历史中演绎出来的传说。当场部地址选定后,已到午饭时分,王震便和大伙儿席地而坐,围成一圈,拿出带的干粮、咸菜和水,一边吃一边谈论着场部如何建设、农场如何发展,这一顿野餐,他们就为农场的未来勾画出了一个轮廓。用餐后,大伙儿就在林间午休,王震靠着一棵粗壮挺拔的白桦树眯上眼睛,很快进入了梦乡。而鸟儿不知人间大梦,依然在无忧无虑地歌唱。在这天籁声中,一群身穿白裙、头戴花环的美丽少女款款向将军走来,在他面前翩翩起舞,其中一位少女还向将军献上了一束山花……

王震竟在梦中笑出声来,那笑声特别爽朗,把自己也把大伙儿一下惊醒了,一个个都愣愣地看着老首长。王震脸上还带着惊喜的笑容,给大伙儿讲述了梦中的故事。

黄振荣一听就来神了:"好兆头啊,老首长,这是白桦女神给你托梦呢!"

王震也打趣道:"看来,这新场部我们是选对了,接下来,就看你们干得怎么样!"

黄振荣这头老黄牛还真是不负重望,在八五二农场成立的当年,他就率领全场垦荒官兵打了一个漂亮仗,开荒二十万亩。第二年,他们又将耕地扩展到了五十一万亩,八五二成为当时铁道兵农场中规模最大的一个。

黄振荣不但有一股老黄牛的劲头,也善于精打细算。他有一句口头禅:"新中国是打出来的,社会主义是算出来的。"这样算来算去,这个刚组建一年多的农场,不仅将所属两个开荒大队扩建为八五三、八五五(今五九七农场)两个农场,还节约了国家的开荒投资一千多万元。在1957年10月召开的全国农林代表大会上,八五二农场派代表出席了会议,并做了大会发言。朱德委员长在大会的讲话中称赞八五二农场是"全国投资最少的一个农场",并号召全国农垦企业向八五二农场学习。

1958年,又有大批转业官兵及山东等省支边青年相继进场参加开发建设。八五二农场开垦面积扩展到了六十余万亩,建立了七个农业分场。这年,已担任国家农垦部部长的王震将军,又一次来到八五二农场新建的场部南横林子。在那片他做过梦的白桦林中,他拍着黄振荣的肩膀兴奋地说:"你这老黄牛,给我这个刚上任的部长争光了啊!你站在八五二,还应该看到整个北大荒,再干他个十年八年,把北大荒建成新时代的南泥湾,我们就给共和国立大功啦!"

王震这次来,还有一桩心事,就是根治水患。八五二农场主要从蛤蟆通河引水灌溉,这条河为乌苏里江西岸的二级支流,发源于完达山山脉蛤蟆顶子北麓,缓缓流入宝清县原东升乡东部,注入挠力河,流域面积达一千多平方公里。这是一条沼泽性河流,流经之处,多是苇草茂密的沼泽地,以盛产蛤蟆而得名。这里曾是东北抗日联军活动的根据地之一。相传,冬季大雪封山,找不到食物充饥的抗日联军便来到蛤蟆通甸子,凿开冰窟窿,将冬眠的蛤蟆从水中捞出,解了燃眉之急。但蛤蟆通河河道弯曲,河床狭窄,而且高低不平,每到春季桃花水下来就泛滥成灾,淹没两岸耕地,而汛期一过,河道干枯,一条河又变成了断流河。赫哲人称这条河流是"河道不通蛤蟆通"。

早在 1957 年 7 月，王震就在黄振荣的陪同下，第一次考察了蛤蟆通河的走向。他叮嘱黄振荣一定要搞好水利建设，千方百计多打粮食。1958 年 8 月，王震第二次来到蛤蟆通河考察，他提出了修建蛤蟆通水库的设想："按我设想，水库一建成，既可蓄水抗旱，又可以排除内涝，这里就成了米粮川、打鱼湾、花果山啦。到那时，塞北变江南的梦想就成为现实了。"

在北大荒的拓荒时代，一个美好的梦想若要变成现实，往往要付出常人难以想象的努力。而今，北大荒人一说到往日的艰难，谁都说最苦最累的就是挖河、修渠、修水库。1958 年冬天，蛤蟆通水库在大雪纷飞中破土动工，人们站在冰冷刺骨的冰雪里，挖土、清淤，浑身冷得直打哆嗦，寒风吹在脸上像刀割，手脚冻得像猫咬，飘飞的雪花落在午餐的饭盒里，喝水的嘴唇冻在了冰冷的茶缸上。就这样，每天从一大早干到深夜，数不清挖折了多少锹，刨断了多少镐，拉断了多少绳，抬散了多少土筐。据一个当年在北大荒水利建设工地劳动过的人后来回忆："在最累的时候，有人站在冰冷刺骨的水中，两手拄着一把锹，便能睡上一觉。别人见他站在那里纹丝不动，叫他无声，喊他不应。走近一看，他两眼紧闭，原来已进入梦乡，直到被人推醒。最常见的是有人略一发愣，便一跤跌在水里，不用问，定是站在那里睡着了。"那种漫长的、没日没夜的劳动，于此可见一斑。夜晚，几十号人挤在一个马架子里，任狂风肆虐地呼号，撕扯着头顶的茅草，大伙儿偎依着取暖入睡，又累又困，却又冷得难以入眠。

蛤蟆通水库"千人大战一冬春"，抢在 1959 年 4 月桃花水下来之前，完成了一期工程。到了 1960 年 5 月，王震第三次来蛤蟆通水库视察，水库已初步建成了，但接下来还要修成排涝和浇灌系统，灌渠又分干渠、支渠、斗渠和毛渠。一望无垠的北大荒，有了这纵横交错犹如动脉血管和毛细血管一样的水库水渠，才能从北大荒变成北大仓。

我眼下看见的蛤蟆通水库，在六十多年里又经多次大修，这是一座以防洪、灌溉为主,兼顾养鱼、发电的大型综合利用水库,它镶嵌在完达山余脉,被誉为塞北明珠。这是迄今以来北大荒垦区最大的人工水库,控制流域面积五百多平方公里,总库容约1.3亿立方米,蓄水量是北京十三陵水库的两倍。

吃水不忘挖井人。在八五二农场,谁也忘不了他们的老场长黄振荣。他在担任场长的十年间,按照王震将军"以场建场",开发三百万亩挠力河腹地的指示,以八五二农场为根据地,向东拓展了八五三、红旗岭、饶河农场,向西拓展了五九七农场,在完北荒原上逐渐建起了如今拥有370万亩耕地的现代化大型农场集群。黄振荣还指挥根治三大涝区的施工,主持制定了农场十年发展规划,并摸索出了一整套办农场的经验。他非常重视农业科技的作用,率先提出农业生产中关键的三个日期:麦播要在4月20日前完成,大田播种要在5月20日前完成,麦收要在8月20日前完成。到1968年,除国家全力创办的、具有示范意义的友谊农场外,八五二农场已成为黑龙江垦区的最大农场,全场拥有拖拉机298台、康拜因235台、各种农机具2000台,年产粮食超亿斤,总收入由1956年建场时的3.7万元提高到3206万元,十来年时间增长了近一千倍。

1968年2月,黄振荣,这位有着三十七年戎马生涯的红军战士,因脑溢血去世,年仅五十三岁。亲人为遗体更衣时发现他满身伤痕,有的是战争岁月落下的,有的是在垦荒时留下的,而最触目的还是那双失去了九根脚趾的大脚板,那唯一的脚趾依然倔强地伸着,让人感到锥心的伤痛。1979年,八五二农场为这位"拓荒的老黄牛"召开千人追悼大会,后来将他的坟茔迁到南横林子东部的那片白桦林里,建起了一座高大的陵墓,墓碑上镌刻着他的老首长的题词:"黄振荣同志之墓,王震敬书,1985年秋。"这座陵墓,同这片白桦林一样,也成了八五二农场的地理标志和精神象征。

就在黄振荣去世的当年,1968年6月,北大荒垦区组建了黑龙江生产建设兵团,将八五二农场编为第三师第二十团。1976年2月,又撤销了生产建设兵团,八五二农场恢复农场体制,下设七个分场。如今,八五二全场总人口、耕地面积,均居北大荒垦区一百多个农场的前三位。该场一直以玉米、大豆等旱作物粮食生产为主,被称为"北大荒垦区百万亩旱作农业第一场",年产粮食十亿斤以上,先后九次被农业部授予"全国粮食生产先进场"荣誉称号,连续十年被农垦总局授予"高产创建先进单位",在农垦总局五大作物高产创建活动中,近五年来累计获得二十七项第一名。

走进八五二农场,我眼前就涌现出一片一片的黑土地,我已经找不到更多的词汇来形容这辽阔、神奇而令人沉醉的土地,这么多的庄稼,玉米、大豆,还有水稻,可以在同一个季节里迎风茂长。最了解这片土地的还是土地的主人。我看见了一位高大壮实的汉子,正在察看庄稼的长势,偶尔还抬起头来瞅一眼天空。此时太阳当顶,在那片被太阳晒得热气腾腾的玉米地里,他的衣服已湿了个半透,豆大的汗珠正顺着花白的两鬓滴落,而那黝黑的脸上洋溢着一个农人丰收的兴奋和喜悦。

这汉子就是全国五一劳动奖章获得者、科技致富带头人何强。

何强是土生土长的北大荒人,家住八五二农场第三管理区十二站,父亲是一位老农垦。老人家在黑土地上耕耘了一辈子,他对何强说得最多的是这样一句话:"北大荒这片黑土地养育了我们,一定不能忘记它的恩情!"

对父亲的叮嘱,何强时时都记在心头,但作为年轻一代的农垦人,他也有下意识的反思和追问。父辈那一代农垦人,几乎都是豁出了命来干,这黑土地浸透了他们的汗水,他们也摸索出了一套种地的经验,然而多少年来,效益却一直上不来,这是为什么?何强觉得,主要原因就是靠天靠地靠经验,而科技含量和机械化程度一直难以提高。到了1988年,北大荒垦区开始推行家庭农场承包制。一开始,很多人还处于犹疑和观望状态,甚至觉得还是原来的体制好,国家的农场,国家的人,吃喝拉撒,生老病死,这一生一世全都交给农场了,天塌下来,有这样一个大农场顶着呢。但何强却没有这种依靠感,他反而觉得,一个农场无论有多大,都是依靠每一个农场员工支撑起来的,只有每一个农场员工都能立足一片土地、撑起一方天空,这个农场才会变得越来越强大。那时何强高中毕业,刚刚参加工作,他就壮着胆子从别人手中转包了一台"东方红-75型"拖拉机、一台"铁牛-55型"运输车和八百多亩耕地。别人说他是初生牛犊不怕虎,而他其实是认准了一条路。正当他豁出来准备大干一场时,有人在背后议论:"别人不干的烂摊子,这小犊子也敢接,不赔蒙他才怪呢!"这些风言风语不但没有让他打退堂鼓,反而更坚定了他的决心,那就干出一点名堂让人家瞧瞧!

刚开始,他不懂农机技术,就买来各种书籍,一边看,一边虚心向老师傅请教,边学边练,从驾驶技术到维修技术,他慢慢就练出来了。在种植上,他在向农技员请教后,便尝试大豆"三垄栽培"、玉米精量点播和深施肥技术。而他的每一次尝试,都会招来一阵风言风语:哪有这样种庄稼的?然而,这个初生牛犊,仅用两年时间就让那些在背后议论的人一个个大眼瞪小眼了。他承包的八百多亩耕地在1989年和1990年连续两年在管理区北线的六个连队中,以大豆平均亩产170公斤、玉米平均亩产725公斤夺得了双料冠军,年收入近五万元。这是他在黑土地里挖到的第一桶金。那年头,这可是一大笔收入,不知让多少人眼红。而真正的有心人,盯着的还不是钱,是这小子大胆闯出的一条路,何强用行动和结果向人们证实了,原来那种种地的方式确实行不通了,只有依靠科技种田和农业机械化,才能在同样的土地上既增产又增收。从此,在小伙子的背后,再也没有谁说三道四了,既然他闯出了一条路,那就跟着他一起干。一个科技致富带头人的作用,就这样在潜移默化中发挥了。

在接下来的岁月中,何强总是比别人先走一步。他原来用来整地的都是小型机械,从速度到质量都跟不上现代化种植的脚步,这让他萌生了购买大型整地机械的想法。当时，一台"凯斯-375型"橡胶履带拖拉机及配套农机具售价二百四十万，何强又看又摸，做梦都想买上一台，可那价格也实在太高了。而就在这时，国家开始大力扶持农村大机械的购买和使用，买一台"凯斯-375"，在优惠一百万的情况下还可以先首付四十万，根据当年收入还余款就可以。何强怎么能错过这个好机会？他多方筹措资金购进了一台。当他驾驶着"凯斯-375"威风凛凛地开进自己的家庭农场时，一下引来了老乡们的围观，他们和何强一样，又是看又是摸，一个个啧啧赞叹。更让他们惊奇的是，这台大型整地机械打破了传统的整地模式，效率比以前提高了十倍以上。何强除了给自己整地，还帮着老乡们整地。随着效率的大幅度提高，他承包的耕地也越来越多，最多时他承包的耕地达到了三千余亩，这种大面积种植，又大大节省了种植成本，收入也翻了几番。

经过二十多年的科技种植，何强已是八五二农场首屈一指的种粮大户，也是很多人追随的科技致富带头人。而今，他已从一个毛头小伙子变成了一位五十多岁的壮汉，他家从最初的用老式"东方红-75型"链轨拖拉机生产，逐步积累建成了现在拥有收获机械及配套农机具三台（套）、固定资产达到四百多万元的一个农业机械较为齐全的现代化家庭农场，年产值已达到四百余万元，每年纯赢利一百多万元。而何强一直牢记着父亲的叮嘱，对北大荒这片黑土地，对这一方水土上的父老乡亲，他充满了感恩之情。当我与他交谈时，他掏心窝子地对我说："我是依靠国家政策扶持、乡亲们的鞭策才走到今天的，只要国家和乡亲们有难，我就不能袖手旁观！"

2019年8月中旬，八五二农场连续遭遇了几场突发性暴风雨，北线六个作业站的低洼地积水达半米多深，何强居住的第十二作业站，一万多亩庄稼全部浸泡在洪水中，大豆和水稻整个被洪水淹没，连高高的玉米也仅露出半米左右。而居民区的水深淹过了肩膀，六十多户居民只带着随身衣物就匆忙撤离作业站，管理区闲置的学校地势较高，成了临时安置点，由于人多床位少,有的居民只能投靠亲友,各家的鸡鸭鹅饿得直叫。眼看洪水还在不断上涨,许多老乡急得放声痛哭。何强赶紧自掏腰包三万元,购买了六台大水泵,在水泵的日夜运转中,积水渐渐变浅了,乡亲们终于有救了,这一年的七千多亩玉米也有救了。

在抗洪抢险期间,何强还驾驶着自家的四驱越野车和两台大马力拖拉机,日夜不停地奔跑于居住区与田间,给乡亲们拿取衣物,运家禽家畜,拉砂石料堵口子,修堤坝。这二十多天,他一身沾满了泥水的衣服愣是没有脱下过,饿了就蹲在烂泥坑里啃点干吃面,困了就趴在车上眯一会,直到抗洪结束,他瘦了三十多斤,眼圈都变成了两个深陷的黑窟窿。在这次洪灾中,他付出的最多,损失也最惨重,为了救助别的农户,他一直顾不上自家的庄稼,一千多亩地几乎颗粒无收。

绝收,对于每一个农户来说都是最绝望的,然而何强却从不绝望,今年绝收了,还有明年呢。而洪水过后,第一就是要赶紧把被洪水淹没过的土地整出来。那被洪水浸泡过的黑黏土全都变成了烂泥巴,往里边一走,咕咚一下,稀泥就没过了膝盖。那整地的机器一开进去,就深陷在烂泥里了,连大马力的"凯斯-375"也趴窝了。农户们一个个急得干瞪眼,这可咋办?今年遭灾减产了,原本想在明年扳回老本,若不能在封冻前把这黑黏土耕地整出来,全部实现"黑色越冬",今年的灾情还将延续到明年啊!而此时,已是9月中下旬,从西伯利亚扑来的冷空气越来越冷了,离北大荒封冻也就二十几天了,再不想办法就来不及了。何强也急啊,他顶着寒风,趴在地里一遍又一遍地改装农机具,在反复试验后,他采用链轨上加木方防陷、翻地农具前挑、后割加翻的联合作业模式,终于解决了黑黏土整地的难题,那"凯斯-375"又大显神威,整出的地面平整严密、翻压干净,翻后无立茬和残留的秸秆。全管理区对照何强的样机改装了四十余台机械,使翻地作业的进度由原来的每天五百余亩提高到两千多亩,全管理区十六万亩耕地在封冻前全部实现"黑色越冬"。农户们看着那如波浪翻涌的黑土地，一双双眼睛也像这黑土地一样闪烁出又黑又亮的光泽。

谁能想到，2020年又是个多灾多难的年头，新年伊始，一场新冠疫情就波及了北大荒，一时间人心惶惶。何强率先捐出两万元给管理区用于抗击疫情，随后又戴着口罩发动老乡们投入春耕生产。而春耕生产的关键时期正是新冠疫情防控的特殊时期，但农时没有特殊，该春耕时必须春耕，该播种时就必须播种。冰雪还没有化尽，何强就驾驶着"凯斯-375"驶向田野，在他的背后，老乡们都驾驶着自家的农机纷纷出发了。这春天的田野上，一如既往，又呈现出一片繁忙而有序的景象。从春到夏，一直是要风得风，要雨得雨，要阳光有阳光。眼看着庄稼长势喜人，大伙儿都喜滋滋地盼着今年有个好收成，谁知入秋之后，接连遭遇三次超强台风，幸亏去年何强买来了六台大水泵，迅速地排出了渍涝。何强又带领农户们采取抢积温、促早熟、抗倒伏、防早霜等一系列措施，无论玉米、大豆还是水稻，在特殊天气下依然呈现出根系发达、结实率高、抗倒伏性强等优良特性。

这机耕道两边，一边是玉米，一边是大豆。眼下，秋风暖暖地吹拂着田野，太阳把大地映照得一片金黄。在这神奇的土地上，一个北大荒的农人看上去也是那样神奇，浑身闪烁着金黄色的光芒。他摘下一个玉米棒子给我看，那玉米颗粒密实而饱满，这是一种性价比很高的香甜糯玉米。他又摘下了一串豆荚来，那豆荚都已微微裂开了，露出一颗颗金黄脆亮的大豆，散发出成熟的香味。而此时，何强又进入了一年最忙的季节，北大荒拉开又一年丰收的大幕。这些天，他一直忙着对收获机车的行驶速度、割刀转速、割茬高度进行严格检查和反复调试。当他驾驶着联合收割机驶向田野时，我下意识地打量着这位像北大荒一样粗犷而壮实的汉子，兴许，只有这宽阔厚实的土地，方能生长出这宽广厚实的胸怀。

最早迎接太阳的地方

从八五二农场到建三江管理局,一路向东,奔向比东方更远的东方。风吹着我的脊背,仿佛有一种神秘的力量在推着我。

这里地处祖国最东方的三江平原腹地,是北大荒垦区最早迎接太阳的地方,与俄罗斯隔江相望,界江国境线绵亘两百多公里,区域内三江汇流,七河贯通,原本是大面积的沼泽地。1958年,王震将军带领十万转业官兵开进了这片还没有地名的亘古荒原,紧接着,大批的支边青年、大学生、知识青年来到了这里,在这片未被开垦的处女地上展开了一场有史以来第一次特殊战役——建设这片由松花江、乌苏里江和黑龙江冲积而成的平原。建三江,这个名字也由此应运而生。

随着越野车不断纵深驰驱,大片的玉米地、大豆地在风声嗖嗖中渐次隐向背后,那金黄色的稻田由远而近,又由近而远,一直绵延至天际。在我们的越野车里,一直往复回旋地播放着一首歌——《请到北大荒来》:"如果你没见过大海,请到北大荒来。这里绿浪翻滚,一直奔向天外。……这里金涛万顷,风吹汹涌澎湃。啊,北大荒,金色的海……"

这首歌,让我一下就找到了走进建三江垦区的感觉。

倘若时光倒淌半个世纪,这里还根本看不到水稻,小麦、玉米、大豆才是这大地上的主宰。北大荒的水稻,乃至整个北方的水稻,像一个人书写在大地上的传记或传奇,传主就是被誉为"北大荒水稻之父"的徐一戎先生。

徐一戎,1924年出生,辽宁北宁人,1943年毕业于奉天农业大学农学系,后又在东北大学农学院农艺学系深造,先后在东北人民政府农业部、北大荒莲江口农场、合江试验农场任农业技师、技术室主任、副场长。那时候,北大荒垦区大多是从沼泽湿地开垦出来的低洼易涝低产田,怎样才能将这低洼地变成高产、稳产田呢?一个念头在徐一戎的脑袋里一直酝酿着,这低洼地能不能种水稻呢？这在上世纪50年代简直是异想天开，像北大荒这样的寒冷地带，一直被视为水稻种植的禁区。但徐一戎很想试一试，若是试验成功，这将改变北大荒乃至整个东北麦豆一统天下的种植业格局，实现种植业结构的战略性调整，为国家重要商品粮基地建设提供有力的保障。为了能找到适合寒地种植的水稻品种，他走遍了内蒙古、新疆、宁夏等北方省区的所有水稻科研院所，对七百多份水稻品种材料进行了整理、分类、搞系谱，每年采集分析上万组数据，反复进行稻瘟病、抗倒伏性和耐寒性鉴定试验。在那熬油点灯的岁月，夜里他在简陋的实验室里钻研，白天在试验田里播种耕耘，那眼里的血丝和黑眼圈从未消失过。

当试验田的种子刚刚萌芽时，他却因大胆进言而被错误地划成了右派分子，他当时的行政职务和技术职务一下都撤掉了。他对于挨批、撤职、"戴帽"都不在乎，最让他辛酸的是，结婚刚刚两年多的妻子撇下他走了，还带走了两个年幼的孩子。从那以后，在长达二十多年的岁月里，他没有爱情，没有亲情，没有家。而一无所有的他，只提出唯一的要求，就是让他去一个有水源的地方种水稻。从此，他就一心扑在自己开垦出的一小片稻田里。他活着，就是为了水稻，水稻就是他的全部生命。

经过十几年的试验，他终于在北大荒试种出了第一茬水稻——这是中国稻作史上的奇迹，但他的命运却没有出现奇迹，在那错乱的时空中反而被推向了更深的低谷，天低垂着，他的头也低垂着。白天，他低着头，接受一轮又一轮的批斗，入夜，一天的折腾总算告一段落了，他的头依然低垂着。一个瘦长的身影，拎着一盏飘摇的马灯，低着头，钻进水稻试验地去观察、去记录。深夜，回来了，他还是低着头，又开始翻译那些外文的水稻资料。一个人，就这样为中国知识分子提供了一个最真实的形象，无论经历怎样的磨难和挫折，他从未忘记自己该干什么。

无论冬天多么漫长，终究是要过去的。1978年的春天，当大地解冻，一个科学的春天终于降临了,他培育出来的种子开始在北大荒大面积推广。北大荒低洼易涝的旱作物低产田进行改造之后,变为了高产、稳产的稻田,粮食产量一路飙升。而今,水稻产量已占全垦区粮食总产量的六成左右。那也是徐一戎大显身手的岁月,无论他走到哪里,不论是出差还是开会,徐一戎的房间里都满满地散发出泥土的气息、水稻的气息,还有农民身上特有的浓烈的汗腥味,这屋子里,全都是来向他请教的农民。有时,他在路上走着,突然就有人走过来,不用说,他就知道,又是认出了他的农民,只有农民才认得他。对于这些农民提出来的每一个问题,他都会一五一十地解答,不给农民的心里留下任何一个疙瘩。有一次,莲江口镇农民开着小四轮来求援,他二话没说,就爬上了那辆嘎嘎作响、突突冒烟的小四轮。别说他是个大专家,就他这样的一把年岁,这颠簸的小四轮也够他受的啊。然而,他知道,农民来找他,一定就是碰到解决不了的难题了。徐老在风沙中颠颠簸簸几十里,赶到莲江口,他都成了看不出鼻子眼睛的土人了。但那些农民还是认得他,他来了,农民的水稻就有救了。他也顾不得那么多,灰头灰脸的,就在马路上给农民上起了课,有啥不懂的,只管问。从水稻浸种、育苗、插秧,一直到灌浆、抽穗、收割,在水稻从春到秋的整个生产过程中,哪里的水稻出了问题,他就出现在哪里,哪里的稻农需要他,他就在哪里。这也是北大荒农民对他的评价,只要说到粮食,说到水稻,就会说到徐老,说着说着,眼里就含满了酸楚的泪水,好人啊!

建三江七星农场有个叫张景会的种粮大户,懂得一些种稻技术,但奇怪,产量就是一直上不去。徐老得知情况后,赶紧去给他诊断,看哪里出了问题。一看,各个环节都没有遗漏,就是技术操作的细节没有到位。细节决定成败,种稻也要特别注意细节。徐老就在他那里蹲下了,给他开小灶,进行规范化培训。经过徐老多次现场指导,老张的种稻技术水平提高得很快,现在他家种了六百多亩水稻,平均亩产一千多斤,而且种的是优质稻,年收入二十多万元,从种粮大户变成了"种稻大王"。

眼看着稻农的腰包越来越鼓,徐老为了查看田里的稻子,却经常瘪着肚子,连吃饭也顾不上。搞农业科技是件苦差事,跟搞地质差不多,野外作业多,生活没有规律,饭也是有一顿没一顿。但为了让更多的人吃饱肚子,他就只能自己饿肚子,为了让更多人吃上喷香的优质米,有个好胃口,他宁可自己得胃病。徐老不苟言笑,成天一脸肃然若有所思,但有时候他也挺幽默地摸摸自己的肚子,"说不饿啊,那是假的,但我每去过一块地,只要能指导农户多打一粒粮,我就满足了"。

徐老对农民的感情和对水稻的感情是联系在一起的,密不可分的。每当看到农民地里的秧苗长得不好时,他就弓起背,长久地、忧心忡忡地看着,秧苗长势不好,收成就会减少,农民的日子就不好过啊。如果是农技人员没有尽到自己的职责解决问题,这位慈眉善目的老人就会变得不讲一点情面。一次,他到一个农场,在一个育秧大棚里看到,由于没有浸种,秧苗到了季节都没有长出来,这不仅是浪费了稻种的事,更让农民这一年就种不上水稻了!徐老的脾气是有名的好,但这一次他发火了。他气冲冲地去找农场领导,一连声地质问:"这是农民的活命苗,怎么如此不负责任呢?这是哪个农技员负责的?"对于这种不管农民死活的农技员,他建议农场领导,一定要把这个技术员免职!

对于徐老,最好的休息就是在田间,最好的运动就是走田埂。无论刮风下雨,他都在田里转悠,越是酷暑季节,他越是要去田里看看,又怕稻田旱了,又怕水多了烂秧,每个夏天,他都要转上十多个水稻农场。每到一处稻田,一上田埂,他就越走越快,同行的小伙子都跟不上他了,对他说:"徐老师,在稻田地边上看一眼就行了吧,里面都是一样的。"徐一戎却说:"那可不一样。你们看着长相都差不多,但每一块田的播期、土壤条件、施肥量等,都会略有不同,水稻产量自然会有所差别。我看着秧苗的长势,就可以判断它的产量。"那一次,徐一戎每天走五六个生产队,一口气走了半个多月,同行人称他这是"水稻质量万里行"。回到家里,徐一戎脸被晒得黑黑的,整个人瘦了一圈。

随着年岁越来越大,徐老右腿膝盖有些毛病,蹲下去,僵久了,就站不起来。他曾经跌在稻田里好多回了,但他仍然坚持到田间去,每次到田间都要蹲下十几次甚至几十次,从不说一声累。他的学生们说:"徐老师不敢说累,怕别人以后不再让他下稻田了。"许多农场领导和稻农也都担心徐一戎年龄大了,常下稻田身体吃不消,不忍心再去向他求教。这让徐老十分焦急,一次,他跟一个农场的领导说:"我可以跟你们签字画押,如身体在下场时出现了任何意外情况,完全由我自己负责。你们要是真想让我长寿,就多让我到稻田里去几趟吧!"徐老几乎是在乞求了,如果不让他下农田,他就会急得在屋子里打转转,眼皮跳得凶,总担心稻子会出啥事。好在,人虽下不了地,还有电话和那些稻农沟通,他家里的电话很快就打得发热,打成了热线,每天能接到一百多个电话。他嗓子都讲得嘶哑了,但眼皮不跳了,不在屋里打转转了,夜里睡觉特别踏实了。

岁月不饶人。北大荒的水稻,那根系一年比一年蓬勃,根扎得越深,收成就越好。徐老也早已成了一个饱经沧桑的老人,半个多世纪以来,他研究推广了"寒地水稻旱育稀植三化栽培技术""寒地水稻生育叶龄诊断栽培技术"等多项在国内乃至世界领先的寒地水稻高产优质栽培技术,他的生命已与北大荒的水稻融为一体。他的神情仿佛永远只有两样:水稻长势好了,他就像看着那些有出息的儿孙,如数家珍般一粒粒地数着,絮絮叨叨地念着;只要听说哪里的水稻受了灾,长势不好,他脸就阴了,木木地弓着背,整天整天愁眉不展,一根接一根地抽烟。直到那些农技人员给他带来了好消息,他这阴雨天气才能过去。现在,毕竟是老了,不服老不行,但几天不下田,他心里就空落落的。在他的办公室里,没有养花,却养着几盆水稻。

徐一戎的寒地水稻栽培技术引起了学术界的广泛关注，"杂交水稻之父"袁隆平对徐一戎能在北纬45°以北的高寒地区种出千斤稻给予高度评价，对寒地水稻平均亩产实现超千斤、面积超千万亩赞叹不已。在袁隆平院士的力推下，农业部将寒地水稻列入"超级稻"攻关科研项目计划，并邀请徐一戎参与主持研究这一科研课题。

2014年5月13日，徐一戎先生在哈尔滨逝世，享年九十一岁。他用毕生心血研究出的一系列寒地水稻栽培技术成果，已在黑龙江、吉林、辽宁、宁夏、河北、内蒙古、新疆等地大面积推广。北大荒垦区改造利用了一千多万亩低洼易涝低产田，打破了半个多世纪以来麦豆一统天下的种植业格局，实现了种植业结构的优化，使垦区的水稻种植面积由二十多万亩发展到现在的近两千四百万亩。种植业结构的优化，助推了北大荒垦区粮食生产能力的大幅度攀升。北大荒垦区用了十五年时间才在1962年突破粮食总产二十亿斤的大关；从总产四十亿斤到百亿斤大关的跨越只用了十年时间；从1995年到2005年，还是十年，但粮食总产已从百亿斤跨越两百亿斤大关，十年翻了一番，实现了历史性跨越，而且依然保持着强大的张力，到2006年，黑龙江垦区粮食总产再登新台阶，达到226.4亿斤，创造了垦区发展史上的奇迹。

而在北大荒的稻田里，到处都是徐一戎先生的传人。

在七星农场的一片稻田里，我见到了一位叫周德华的中年汉子。他1995年从克山农校毕业，在农校里学习的寒地水稻育种和栽培技术，就是徐一戎先生编写的教材，而徐先生就是他心中的楷模。他也跃跃欲试，想找个一展身手的地方种水稻。对于他，家乡那片承包地太小了，又以种玉米为主，他感到"无用武之地"。1997年春天，他与妻子怀抱着刚满月的女儿来到了七星农场第四管理区，看到了一望无际、肥得流油的黑土地，还有大片大片的稻田，他便咬牙发誓："我一定要在这里扎根，成为这片肥沃土地上新一代的耕耘者。"而北大荒垦区也特别需要这种有专长、有梦想的农民。而今,周德华历经二十多年打拼,最初的梦想已经实现了,他在七星农场承包的水田从开始的一百多亩已扩展到现在的三百亩。这在我的家乡,差不多是一个村的土地,一百多人种下来还挺累。而眼前这汉子,看上去一点也不累,那模样简直不像是一个农民,穿着一身休闲西服,身上也不见一点泥巴,干干净净地站在阳光下。这就是北大荒的农民,从耕耘、播种、施肥、洒药、除草到收获,一条龙式的机械化作业,早已不是赤脚下田、一身泥一身水的农民了。北大荒的机械化程度有多高,接下来我将用一个专节来讲述。眼下,我最关注的是他今年的粮食产量和粮价。他捧起一把金灿灿的稻穗,数着谷粒,还用牙齿咬了咬谷粒,蛮有把握地说:"今年虽说遭灾了,但收成应该不会比去年差多少。"

我又问他一斤稻谷能卖多少钱,他咧嘴一笑道:"我不卖稻谷,只卖稻米,种得好,还要卖得好!"

听他一讲,我才知道,他不只是一个种粮的好把式,还挺有经济头脑。近年来,随着稻谷价格的下调、种植成本的增加,他就开始琢磨,怎样才能在丰收的基础上获得更好的利润,那就是在自己手里把稻谷变成大米。他种的是优质富硒水稻,全程使用有机肥料和绿色农药,这样才可以磨出好吃的大米。去年,他便带着样品去沈阳、天津、青岛等地寻找营销渠道,很快就把自己加工的大米全部卖出去了,每亩比直接卖稻谷多赚了三百元。而他不想这么一个人赚钱,又和其他种粮户一起组建了种植优质富硒水稻"共享农场",将优质水稻品种种植面积扩大到了两千余亩,在此基础上成立了粮食贸易公司,还注册了商标。在农场与管理区的协助下,他们还组装了一套优质米加工生产线,形成了"农业+公司+物联网"的完整营销模式,销路越来越广了。

今年,七星农场大力推进北大荒绿色智慧大厨房建设,周德华说:"这是最好的机遇。下一步,我们将成立大米协会,统一粳米品牌,带动更多的种植户转变种植方式,调整产业结构,开发创建地方特色稻米品牌,使绿色、健康、有机粳米品牌走向全国市场。"

周德华不只是建三江垦区的种稻能手和科技致富带头人,也是建三江人的一个缩影。今天的建三江辖区总面积达1.24万平方公里,约占整个北大荒垦区面积的五分之一,现有十五个大中型国有农场,耕地面积1141万亩,人口22万人,年均粮食产量约占黑龙江全省的十分之一,其中粳稻总产量占全省的五分之一。目前,建三江已经具备140亿斤的年粮食生产能力,又以生产绿色有机优质稻为主。建三江已构筑起产、储、加、销一体化粮食产业体系,致力于打造国家级和省级重点农业产业化龙头企业,被誉为"中国绿色米都"。

每到金秋季节,建三江管理局就要举行"建三江稻米节暨金秋稻米营销座谈会",来自北京、上海、广东等二十多个省市的粮食企业客商齐聚建三江,共谋粮食产销合作的新思路、新途径、新办法,以及加强稻米生产基地与粮食加工营销企业合作的新模式,就水稻种植、加工、物流运输、稻米区域品牌建立、稻米产业链延伸、"互联网+农业"等方面进行深入交流,并对建三江管理局在稻米产业营销、提高品牌价值等方面提出有价值的建议。这二十多个省市都希望与建三江在稻米产业方面加大合作力度,拓展大米营销渠道,共同打造绿色粮仓、绿色菜园、绿色厨房。

在建三江垦区,最让人震撼的是七星农场的"万亩大地号"。在雄健而浑厚的天地间,那一万多亩稻田犹如一块金黄色的巨毯,北大荒人采用七种颜色的水稻,栽植出一艘正在"金色的海"中昂首前行的航母。这是从黑土地上直接生长出来的图画——稻田画,也是最形象的写照,北大荒就是中国现代化大农业的航母。以粮食入画在中国有悠久的传统,起源于盛唐,又兴盛于清代,这是古人对五谷丰登、国泰民安的祈福。北大荒人不是在纸上绘画,而是用水稻直接种出来的画面,他们还用七色水稻,种出了"三江情、七星梦"六个生机勃勃的大字,放眼一看,这梦想在大地上是那样逼真地呈现了。——这"万亩大地号"的面积1.43万亩,由47个家庭农场组成,户均拥有土地三百多亩,采用良种良法配套、农机农艺结合、统一供应芽种、测土配方施肥、智能钵育机械摆栽、智能化节水灌溉、叶龄诊断等二十多项新技术,平均亩产达到650公斤。这是国家现代化大农业核心功能区的展示区,也是农业部水稻高产创建示范区。

在"万亩大地号"的远处还有一小块湿地,这块湿地是自然形成的,也是建三江垦区的原始面貌,而建三江人将这片湿地特意保护下来,让它见证北大荒的沧桑巨变。

2018年9月25日,北大荒刚刚度过首个"中国农民丰收节",习近平总书记抵达黑龙江考察,首站就来到了三江平原腹地的建三江垦区。他走进"万亩大地号"金黄色的稻田中,俯身拿起一把沉甸甸的稻穗,看谷粒,观成色,又在手里掂量着,脸上露出了欣慰的笑容。随后,他又走进了北大荒精准农业农机中心一楼大厅,这里有一溜展台,摆满了建三江垦区出产的米、油、豆、奶等各类农产品。他抓了一把大豆,放在手心里,凝神端详着,又用双手捧起一碗白花花的大米,意味深长地说出八个字:"中国粮食,中国饭碗!"

我来这里探访时,在北大荒精准农业农机中心广场上,竖立着一座中国饭碗的雕塑,基座造型是一座镌刻着稻穗浮雕图案的大米缸,象征共和国粮食之基,托起了一只盛满了白米饭的饭碗,那米饭都堆得冒尖了。这是北大荒农民的艺术,却揭示了一个朴素的真理:中国人的饭碗,在任何时候都要牢牢端在自己手里!

另一种铁马金戈

农业的根本出路在哪里？中华农耕文明最典型的就是精耕细作，在新中国成立后相当长的一段时间，农业生产主要依靠人力畜力，连畜力也严重不足，更别说全面实现农业机械化。有一些极端的声音甚至认为，我国"人多地少，不用机械化"。对此，毛泽东主席在1959年就提出了一个著名论断，为我国农业发展之路指明了方向："农业的根本出路在于机械化。"

农业机械化是实现农业现代化的重要标志，也是国家现代化的必由之路，而北大荒垦区走出了一条独具特色的农业机械化发展道路。习近平总书记在建三江国家农业科技园区考察时进一步强调，要把发展农业科技放在更加突出的位置，大力推进农业机械化、智能化，给农业现代化插上科技翅膀。

眼下，秋收在即，在北大荒金秋的阳光下，一排排现代化农业大机械如昂扬挺立、威武雄壮的铁甲战车，在广阔的田野上排成一行行、一列列，正整装待发。若是看到北大荒大型农机运作的航拍图，你会更加震撼，这由大型现代化农机组成的方阵如威武之师，简直可以看出大阅兵的感觉。

追溯北大荒的开垦史，最早也是从人拉犁开始的。如今，在北大荒博物馆第二展厅，还有一只很旧的老犁杖摆在显眼的位置，这就是北大荒拓荒者使用过的"第一犁"。这"第一犁"的背后，就是北大荒开垦者建立的第一个国营农场——松江省营第一农场。那是1947年6月，当时黑龙江省划分为五省一市（黑龙江省、嫩江省、松江省、合江省和哈尔滨市）。当年，根据中共中央东北局"要求建设一批国营农场"的指示，松江省政府主席冯仲云提出了建设一个五百公顷（7500亩）机械化农场的设想。这一设想把一个人推上了历史的前台，他就是北大荒第一个国营农场的主要创建者李在人。李在人大学毕业后奔赴延安投身革命，又从延安被派往松江省建设厅担任主任秘书,这次被冯仲云委以重任,负责筹建一个机械化国营农场。他的助手刘岑早年就读于北平大学农学院,当时也在松江省建设厅工作,是那个时代特别缺乏的农业专业人才。李在人和刘岑领命之后,便率领第一批开垦者,从哈尔滨奔赴珠河县(今尚志市)一面坡的东太平沟和小山子建点,并于6月13日宣告成立松江省营第一农场,经冯仲云签署任命,李在人任场长,刘岑任副场长。

这两位大学生场长走马上任时,松江省政府给他们配备了一名畜牧技师、一名办公室主任、两名通信员和一名木工,另拨给两台烧木炭的汽车。李在人和刘岑又在哈尔滨招收了十一名不同工种的工人,从阿城糖厂买了十一匹役马、三台胶轮车,在一个白俄开设的小工厂里买了日伪遗留下来的两台四铧沙克犁、两台圆盘耙及割草机、搂草机等十几件农机具,又从外县调来了日本拓殖团遗留下来的三台旧火犁。这就是北大荒第一个国营农场初创时期的全部家当。

1947年8月12日,松江省营第一农场开犁了,但荒原上坑坑洼洼,到处都是积水,泥土潮湿,又溜又滑,拖拉机一开进去便开始"画龙"——不断地打滑。有的挂上犁后东颠西歪,犁铧进不了土;有的犁口入土太深,负荷过大,一下就憋熄了火;有的勉强翻了一圈,不是立垡就是回垡。又加之进入8月份后,东北雨季来临,山水顺坡流淌下泄,低谷处成了烂糟糟的水塘,高岗地经雨水一泡,土质更加黏重,机车根本无法作业。经过几个月的实践,开垦者发现这一垦荒点土地零散,既难以形成规模,也不利于机械耕作。在万般无奈下,他们只能采用传统的老犁杖来开荒,这不但效率低下,无法进行大规模垦荒,也违背了松江省试办国营农场,进行机械化试验的初衷。李在人在向上级请示后,遂于第二年3月开春时,将人马搬迁到与珠河县相邻的延寿县中和镇一带开荒。这里有日本拓殖团的撂荒地,原始荒原一眼望不到边,但像东太平沟和小山子开荒点一样地势低洼,水荡密布,也难以进行机械作业。经省政府同意,他们又于当年8月向牡丹江地区转移,进驻宁安县兰岗、石头一带。这一次他们还真是选对了地方,当年便开荒两万多亩,超过了原计划的三倍。同时,农场还接收了原县大队畜牧场和护路警察队的垦荒点,并入耕地万余亩,牲畜近万头。1952年,该场正式更名为松江省国营宁安农场,如今宁安农场隶属北大荒农垦集团牡丹江分公司。这个农场经历了"三次开荒,两次迁场,三易场名",而历史也留下了北大荒"第一犁"这个历经沧桑的见证物,遥想七十多年前,北大荒的开垦是多么艰难曲折。

严格说,松江省营第一农场并非北大荒垦区的第一个机械化农场。北大荒的第一个机械化农场当是比它稍晚组建的通北机械农场。那是1947年夏季,东北行政委员会决定创办一个公营机械农场,派周光亚负责农场的筹建工作。周光亚是一位东北抗日义勇军的老战士,后奔赴延安,参加过大生产运动。抗战胜利后,他奉命开赴东北,先后担任辽北军区司令部作训科科长、肇东县县长、辽宁和牡丹江省建设科科长。这年7月,周光亚先到三河地区,对白俄经营的机械耕作农场进行了一个多月的考察。11月,他又带领三名通信员到通北县寻找场址。这一带位于通肯河北岸,原为清朝皇家围场地,在被封禁数百年后一片荒芜,直到清朝覆灭后才有人进入这一片禁地开垦。周光亚来到这里时,已是北大荒的隆冬季节,他们在荒原上实地踏勘时,呼啸的北风裹挟着纷飞的大雪,吹得他们摇摇晃晃,每走一步都是在拼命挣扎。而荒原上赖以栖身的唯一的房屋,是日本拓殖团留下的一座训练学校旧址。日军在溃败之际,对校舍设施进行了歇斯底里的破坏,只剩下一堆断壁残垣。周光亚从附近的老乡家里借来几块旧门板,又割了几捆草堵上窗户,在地面铺上厚厚的羊草,就算安营扎寨了。这屋子从房顶到四壁到处透风,周光亚戏称为"五风楼"。他们白天在荒原上奔走,晚上就在"五风楼"里摊开地图制订建场规划。夜间睡觉时,他们都穿棉衣戴棉帽,还是冻得缩成一团,浑身颤抖。为了抵御严寒,周光亚想出了一个绝招,他从废墟上捡些砖头回来,用火烧热后,并排铺在地上,像睡热炕一样。一位小通信员还从老乡那里抱了只小羊羔回来,毛茸茸的搂在怀里睡觉……

这年12月6日,周光亚用在老乡家找到的一块木板,工工整整地写下了"东北政委会通北机械农场"几个字,把场牌挂在"五风楼"破房框的门口。北大荒垦区的第一个机械化农场就这样开张了,可当时什么机械也没有,他们只能在冰天雪地里四处搜寻日本拓殖团遗留的机械。

第二年开春,有人发现在轱辘河桥下有一台日本拓殖团逃跑时丢弃的火犁,周光亚赶紧带领人马,驾着一辆大车去捞火犁。到那里一看,那火犁还像冰疙瘩一样结结实实地冻在泥潭里。周光亚带头,小伙子们一个个脱掉棉衣,抡起铁镐,围着火犁刨起冻土来。春寒料峭,河床土层上化下冻,站在泥水里,刨土使不上劲,又不能碰坏这娇贵的铁疙瘩。他们一个个刨得满头大汗,腿脚却又冻得瑟瑟发抖。而周光亚早有准备,带来了一壶烧酒,他们在桥边燃起了一堆火,每人轮流喝上一口,刨上一气就上来烘烘身子,然后接着刨冰。直到夜幕降临,他们才把那铁疙瘩刨出来,又用大车拽着铁疙瘩,利用雪道的滑力,又拽又拉地把它弄回了场部。这就是当年通北机械农场的第一台拖拉机。接下来,周光亚又派人四处侦察,在荒地、废墟里一共搜集到四台老火犁,它们的洋名叫福特、法尔毛、小松、卡特比诺,周光亚管它们叫"万国牌",这几台老火犁组成了通北农场的第一支拖拉机队。之后,通北机械农场又从苏联进口了十二台纳齐牌拖拉机。由于没经验,他们在订货时没订配套的农机具,只好组织人力搜集日伪丢弃的农机具和零件,架起小烘炉,自己铸造出了铧式犁、圆盘犁、旋耕机、圆盘耙、钉齿耙、弹齿耙等。这些粗笨的农机具,在北大荒拓荒之初堪称最先进的。这年,通北机械农场迎来了第一个金色的秋天,全场干部、职工加起来只有七十九个人,却在荒原上实现了当年开荒、当年播种、当年见效益的奇迹。

从松江省营第一农场到通北机械农场，这一批公营农场的建立，除了生产粮食，更大的意义还是锻炼队伍、摸索经验，为北大荒接下来的大规模开垦蹚开了一条路。

1948年，为提高垦荒人员的技术水平，李在人向省里请示创办拖拉机手培训班。他的倡议得到了周光亚的支持，通北机械农场决定派四十名学员参加培训，并承担相应的费用。这年11月，北大荒垦区历史上第一个拖拉机手培训班开学了，教师是从哈尔滨聘请来的，其中还有一位经验丰富的俄侨，而教具则是三台旧火犁。拖拉机手培训班连续举办了三期，这三期由北大荒自主培养的学员，后来成为北大荒大规模开发的排头兵和主力军，涌现出了一大批先进人物和机务骨干。

1954年，松江省与原黑龙江省合并，李在人被调任省国营农场管理局农机处处长，在北大荒的农业机械化进程中，他一直是重要推手。十年后，他主动请缨，从省里调到偏远的七星农场当了场长。那时的七星农场还只是个机械化程度很低的县营农场。农场在初创之际，实行三级核算制，而管理层级越多效率越低。李在人走马上任后，对该场进行了大刀阔斧的改革，撤销了七个分场，保留了十七个生产队和三个作业区，由三级核算改为二级核算，生产效益明显提升，这为推进农业机械化铺平了道路。李在人在七星农场工作了十三年，最突出的贡献就是提升了该场的机械化程度。当他调离时，七星农场已成为北大荒垦区机械化程度最高的农场之一，仅联合收割机就有六十台。随着全场机械力量大增，七星农场也获得了前所未有的大丰收。

李在人和周光亚都是北大荒垦区农业机械化的开拓者，而在北大荒垦区，还有新中国第一位女拖拉机手——梁军，第三套人民币一元券上那位一头短发、英姿飒爽的女拖拉机手形象，就是以她为原型创作的。

梁军原名梁宝珍，1930年春天出生于黑龙江省明水县一个贫苦农家，两岁时父亲在贫病交加中去世,勤劳而坚韧的母亲独自撑起了这个家,含辛茹苦地抚养着四个孩子。1941年,梁军的兄长已长大成人,母亲为给儿子准备彩礼钱,将还未满十二岁的梁军许给了表哥家做童养媳。这小姑娘从小就很懂事,她知道母亲这样做是为了这个家,便答应了母亲,但她提出要上学念书,一心想通过读书改变命运。她进入乡村学校念书后,既聪颖又刻苦,一直是班上的优秀学生。1945年后,黑龙江成为解放区,梁军迎来了命运的转机,随后她便考入了黑龙江省德都萌芽乡村师范学校。一开始,她立志当一名乡村女教师,然而,一部电影改变了她的人生方向,那是苏联电影《巾帼英雄》,女主人公帕莎·安格林娜是苏联第一位女拖拉机手,驾驶着拖拉机在田间创造了一个又一个奇迹。一个女性的那种自信,让十六七岁的梁军深受鼓舞,她也梦想成为一名女拖拉机手。

这个女孩并没有等待多久,就迎来了一个梦想成真的机遇。1948年2月,为了推进北大荒的机械化开垦,中央决定从苏联进口一批拖拉机,这就需要培养一批拖拉机手。为此,黑龙江省委决定在北安农垦的赵光农场举办拖拉机手培训班,分配给萌芽乡村师范学校三个名额。学校一开始想推荐三名男生,而梁军再三请求要参加拖拉机手培训班,在她的软磨硬泡之下,校长终于点头答应了。校长这一点头,不但从此改变了一位女性的命运,也创造了一段历史。在拖拉机手培训班的七十多名学员中,梁军是唯一的女性。就是在这里,她把一头秀发剪成了齐耳短发。白天,她和男学员一样在拖拉机上训练,晚上还要点着小油灯整理笔记。汗水和心血没有白流,她用双倍的努力,在全班第一个学会了驾驶拖拉机,还学会了简单的修理和保养。那时候拖拉机还很少,谁能成为拖拉机手,还必须经过严格的考试,学员分别被评定为驾驶员、助手和农具手。梁军以名列前茅的成绩考上了拖拉机驾驶员,成为新中国第一位女拖拉机手。随后,她和两位男同学驾驶着三台苏式"纳齐"履带拖拉机,轰轰烈烈地驶进了北大荒,那感觉就像驾驶着坦克冲上了战场。在荒无人烟的草甸子上,她也和男拖拉机手一样住马架子、开夜车。由于草甸子和马架子里都十分潮湿,梁军身上生了疹疮,可她舍不得花时间去医院治疗,哪怕疹疮化脓滴血,她也咬紧牙关坚持开荒。在开荒的第一年,梁军所在的机耕队便开荒三千多亩,播种了近两千亩小麦,收获了三万多斤麦子。梁军从小在半饥半饱中长大,还是第一次看见那堆得像山尖一样的麦子,她震惊了。这也是她对农业机械化的震惊,这机械化的力量真大啊!

随着新中国第一位女拖拉机手在北大荒纵横驰骋,梁军成了很多姑娘追逐和效仿的榜样,她们都把当一名拖拉机手作为自己崇高而光荣的梦想,1950年3月,又有十一名来自各校的女生参加了拖拉机手培训班。6月3日,当这一届培训班结业时,通北机械农场举办了一个仪式,宣布中国第一个女子拖拉机队正式成立,并命名为"梁军女子拖拉机队",梁军任队长。这年7月,《人民画报》创刊,在创刊号的封面上是毛主席挥手的彩色画像,而8月出刊的第二期封面,就是梁军和助手驾驶拖拉机的彩像,在她们前面是无边无际的荒原,在她们身后则是如波浪翻滚的沃土。她的形象也构成了50年代农场女工的经典形象。当年,梁军被推选为全国劳动模范,受到了毛泽东等党和国家领导人的亲切接见,《人民日报》也发表了通讯,梁军的故事风靡全国,还被编进小学国语课本教材中。就这样,梁军迅速成为新时代女性的杰出代表和闻名全国的劳动模范,并于1951年被保送至北京农业机械专科学校深造。第二年,她又考入了新成立的北京农业机械化学院(中国农业大学工学院前身),成为该校的第一批学生。经过大学深造,梁军打下了坚实的农机专业理论基础,由一个拖拉机手开始向农机专家转变。而此时,她又有一个梦想,那就是驾驶咱们中国制造的拖拉机,在中国大地上耕耘。

当王震将军率十万大军挺进北大荒,梁军等北京农业机械化学院全体五七届毕业生尚未毕业就被指派随王震将军来到密山担任开荒技术指导。

而梁军想要驾驶国产拖拉机的梦想，终于在1959年11月实现了。随着第一场瑞雪在黑龙江降临，首批十三台国产"东方红-54"拖拉机运抵哈尔滨，并在郊区农田举行了田间作业剪彩仪式。此前，梁军驾驶过苏联、德国、日本、英国、法国造的拖拉机，始终是进口拖拉机，当她第一次看到中国制造的拖拉机时，兴奋得一下跳上"东方红"，扬眉吐气地兜了一圈。这是历史性的一圈，新中国第一位女拖拉机手驾驶着新中国的第一批国产拖拉机，这一足以载入史册的画面，被许多在现场采访的摄影记者拍摄到了，一个女拖拉机手的形象日后出现在了第三套人民币的一元纸币上。

梁军不只是新中国的第一位女拖拉机手，也是新中国的第一代农机专家。1988年，梁军被评为教授级工程师，任哈尔滨市农机局总工程师。她借鉴国外先进技术，结合当地实际，制定了哈尔滨市农机工业的技术改造方案。她在改革开放后主持引进的汽车检测维修生产线，业务辐射至黑龙江全省及内蒙古部分地区，为解决当时这些地区该方面的社会急需起了关键作用。

2009年3月，梁军老人在八十寿辰时回首平生，"如果我能回到年轻时代，我还会去选择当一名拖拉机手"。

2020年1月14日，梁军在哈尔滨逝世，享年九十岁。而今，她驾驶拖拉机奔驰在黑土地上的故事，依然在北大荒广为流传。

若要追溯北大荒垦区乃至中国农业现代化和机械化，在时空中还有一个坐标——友谊农场，该场现由北大荒农垦集团红兴隆分公司管理，地处黑龙江省双鸭山市东部，三江平原大片沼泽地边缘。这是1954年苏联援助建立的大型机械化谷物农场，为纪念中苏之间的友谊，故命名"国营友谊农场"。

在北大荒垦区，友谊农场一直走在农业机械化的前列，然而它最令人瞩目的岁月，则是在1977年开启的。这年夏天，黑龙江省农垦总局领导赵清景到北京参加世界先进国家农机设备博览会,面对各种高性能的农机产品,他大为震撼:"过去总说垦区已经实现了机械化,现在一看,我们的农机设备比人家落后了半个世纪。"从此,搞一个全套进口装备试验点的设想在总局领导的脑海中形成了,经商议,地点就设在友谊农场五分场二连队。这一设想得到了国家的支持。1978 年,国家特批外汇数百万美元,决心先把五分场二连队武装成世界一流的农业生产队。

就在此时,一位美国人来到了友谊农场,他就是笔者在前文提及的韩丁。

韩丁,原名威廉·辛顿(William Hinton),1919 年 2 月出生,美国宾夕法尼亚州雷丁镇人。1936 年,十七岁的韩丁被哈佛大学录取,1939 年,韩丁转入康奈尔大学攻读农业,由此走上了农学家的生涯。1945 年,韩丁以美国战争情报处分析员的身份被派往中国,那正是国共两党重庆谈判期间,韩丁不满于国民党的腐败,这让他主动靠近中国共产党人,并结识了周恩来。1947 年,联合国救济善后总署捐赠了一批拖拉机给中国,并且招收志愿工人使用这些农机,韩丁应召作为拖拉机技师被派到东北工作,随后又志愿来到中国共产党所领导的河北解放区。在河北冀县的千顷洼,他创办了第一期拖拉机训练班,亲自担任教练员,为河北解放区恢复生产培养出第一代农机人员,这些人后来都成为中国农机战线的领导骨干。韩丁被誉为推进中国农业机械现代化第一人、"中国农业机械化历史上的白求恩"。

新中国成立后,韩丁继续留在中国,培训农业技术人员。1953 年,他从中国回到美国,被麦卡锡等人冠以"叛国者"罪名,遭受政治厄运。1971 年,中美开始对话,韩丁应周恩来邀请重返中国。在七个月的访问中,周恩来先后五次同韩丁会面,称他是"中国人民患难与共的老朋友"。在此后的三十年,韩丁多次来到中国,曾受聘为联合国粮农组织中国项目专家和中国农业部高级顾问。上世纪 70 年代,韩丁多次前往自己曾亲身经历中国土改的山西张庄,帮助当地搞了一套土洋结合的机械化设施,不仅设计了耕种、播种机械,还使灌溉、烘干也实现了机械化,使张庄成为农业机械化的模范。当时张庄有约三百人的劳动力,只需要十来个人就可以管理全村的土地,剩余的人就投身于副业中。

当韩丁来到北大荒时,他看到这里无论是自然条件还是制度条件,都特别适合推行农业现代化、机械化。但从技术条件看,北大荒垦区的机械大大落后于世界发达国家,很多机械还是西方发达国家20世纪30年代的设备。这次,接待他的是红兴隆管理局党委副书记兼副局长马连相,他当年在太行山解放区曾向韩丁学过开拖拉机。

韩丁直爽地对这个学生说:"你们不能再用30年代的设备干70年代的活了。"

在韩丁的帮助下,友谊农场确定五分场二连队为农业机械化和现代化试点单位,从美国引进六十多台(件)整套约翰·迪尔公司的先进农机具,率先在中国打开了农业对外的窗口,该场也成为新中国第一个成套引进具有国际先进水平农业机械的农场,五分场二连队从此成为中国农业现代化的起点。当时,这事在全国既引起了广泛的争议也产生了广泛的影响,五分场二连队在外界也有了一个别名——"韩丁农场",这也确实是韩丁在中国开辟的一片试验田。

韩丁在友谊农场待了两年,手把手教他的中国朋友如何使用机械设备,直到他们能够熟练使用和维修后,韩丁才离开。在韩丁远去的身影之后,留下的是让无数人震惊的奇迹,先进的机械设备带来了惊人的生产效率,在短短的两年里,二连队的耕地面积由原来的14890亩扩大到25000亩,而一线的农业工人由原来的三百多人减至二十人,全程实现机械化生产。到了收获季节,那些联合收割机更是大显神威,一个农业工人只要按五次电钮,就能完成从田间收割到粮食入库的全过程。友谊农场拥有当时世界最大的粮食处理中心,从清洗、烘干、贮存,到吹风降水、装车全部现代化,一小时就能加工粮食五十吨。那个金秋十月,第一个生产周期结束了,《人民日报》发表了来自新华社的消息《现代化农业初显神通,友谊农场五分场二队夺得大丰收,二十人耕种11000亩土地,平均人产粮二十万斤》。《人民日报》还特意加了编者按:"请大家都来看这个好消息……这个农业机械化试点的成功,是党中央决定利用外国先进技术来加快农业现代化的步伐的一个试验的初步胜利。它对于我国逐步改变几亿人搞饭吃的落后局面,为我国农业高速度发展带来了可喜的消息。"

1983年8月7日,邓小平同志来到友谊农场五分场二连队考察,他兴致勃勃地观看了大型先进农业机械的作业表演,详细询问了科学种田的技术问题,进一步指出,中国农业必须加快改革开放,走现代化的道路。

随着现代科技的突飞猛进,农业技术也实现了质的飞跃。到2002年,友谊农场再次成为我国第一个实施精准农业项目的农场,二连队被农业部确定为国家精准农业技术示范区,又购置美国多台高度自动化、智能化的大型机械设备。电子、液压和信息化技术在现代农业中的广泛应用,让每台大马力拖拉机就相当于一个移动的科研所。全球卫星定位技术、遥感技术、地理技术、计算机自动控制技术等现代科技成果,经过综合组装配套,使大马力机械实现了自动导航、精密播种、变量施肥、即时测产等精准化、标准化作业。

如今,在友谊农场第五管理区第二作业站(原二连队)农机管理中心,还保留有一台外观老旧的绿色轮式拖拉机。据它的主人张海介绍,这台拖拉机1978年从美国引进,是当时世界最先进的"约翰·迪尔4040",他是较早的一批驾驶员,这些拖拉机不仅操作简单,还有空调、收音机,后期还配备了对讲机。当北大荒垦区推行家庭农场承包制时,张海作为它的车长获得优先权,花七万元买下了它。在运行了十多年后,张海又花十多万元为它安装了GPS定位系统。一直到现在,这个在黑土地上耕耘了四十年的"老伙计"还没有退休,但和现在动辄超过500马力的大力士们比起来,这台111马力的拖拉机已退出主力行列。

张海抚摸着他的"老伙计"说:"现在,不再用它干重活了,主要是起垄和打打零工。"

在八五二农场,我见到了现代化农业高端装备的代表作——"亚洲第一犁"。

据农机技术人员介绍,这是2014年8月从法国引进的一台价值近百万元的"格里格尔贝松"十三铧液压翻转犁,在亚洲仅此一台,因此被人们称为"亚洲第一犁"。这套机械全部采用高强度材质钢材制造,有剪切式螺栓保险系统,保护犁铧不受损坏,并拥有高强度自磨式犁铲,悬挂作业配套拖拉机功率是600马力,犁架总长度为18.3米。在作业中结合田间作业环境,工作宽幅可调整在4.55米至7.41米之间,一个昼夜就能翻地1600亩。同时,根据土壤阻力、土质及工作条件,还可调节翻地的入土倾角,使土壤后翻能力加强,确保翻地质量。

从我见到的北大荒垦荒"第一犁"到这台"亚洲第一犁",给我带来了一种跨越时空的震撼。看着擦得锃光瓦亮的农机履带,我不禁抬起脚来赞叹:"这农机的'鞋子'都能和我穿的皮鞋有一拼了!"

当下,北大荒垦区和全国乡村一样,也面临着两个问题:谁来种田?怎样种田?这也是令国人充满忧虑的。走进田野,已很难看到青壮年农民,大多是一些年过半百的老农,而青壮年大多选择去城里或工厂务工。无论从现实还是长远看,这两个问题都只能通过科技来解决,那就是将传统农业向信息化、自动化、数字化、智能化和无人化的方向转变。而今,已进入了"5G+AI(人工智能)+云(云计算)"的时代,2019年9月25日,垦区首批中国移动5G基站在七星农场北大荒精准农业农机中心开通,为率先开展全程智能化农业试验示范，打造无人农场，推动无人驾驶农机等智能农机装备，以及物联网技术的规模化应用提供了优越的条件。接下来，该场将采用5G、物联网、大数据、人工智能、机器人等新科技，通过对设施、装备、机械等远程控制及全程自动控制或机器人自主控制，实现全天候、全过程、全空间的无人化生产作业模式。

2020年，中央"一号文件"提出要加强农业关键核心技术攻关，部署一批重大科技项目，抢占科技制高点。4月26日，一批来自全国各地的无人驾驶搅浆整地机车在七星农场正式下田，这些经过智能化升级改造的机车在标准化格田里，按照设定好的线路进行着搅浆整地。当整地告一段落，种植户手持一把遥控器，就能让轨道运输车把水稻秧苗从育秧大棚运到田间地头，随后，一批新型的无人驾驶插秧机在稻田里进行插秧作业。而在水稻生长的过程中，还有无人驾驶植保机和无人直升机在田间高精度地自动喷药、施肥。到了收获季节，一台台无人收割机在晨光中开足马力，驶向远处的稻田。在垄上辛勤劳作后，机身贮仓即将装满，无人接粮机随即跟上，将收割机收获的稻谷转运到粮仓中。

无人化作业的秘诀在于"大脑中枢"。在七星农场的一侧，农业物联网与大数据中心和农机管理云平台安静平稳地运作着。在这里，每台农机设备的作业状态、作业数据、作业轨迹等实时显示在屏幕上，农机设备接收的工作指令全部从这里发出。通过各类监测设备，田间土壤、农业气象、温度湿度、作物长势、病虫草害预警等信息一目了然。

近年来，北大荒垦区在不断完善栽培、耕作、良种、施肥、植保、水利等六大农业基本制度的基础上，对农业生产从产、供、销全过程超前设计，规划出一套科学、完整的生产程序和目标，把六大作物三十多个栽培品种的生产过程按照工厂生产流程模式，对农时控制、植保栽培、机械作业、田间管理、科技服务、产品销售、责任分工等程序实行现代化管理，像设计工程一样规划农业,像工厂车间一样流程管理,使农业生产全过程用数字说话,用微机控制。这是北大荒垦区在市场化农业进程中,运用现代系统信息理论对农业生产进行精准建设的新提升,为农业插上了科技腾飞的翅膀。

从北大荒七十多年的开垦史看,从最初的省营农场、铁道兵农垦局下属农场、黑龙江生产建设兵团到黑龙江省农垦总局,再到如今的北大荒农垦集团,尽管历经多次改制和改革,但从未动摇一个个国营农场的大框架。大有大的优势,那就是有利于土地的集约化经营,人多力量大,可以聚集起来办大事。北大荒人办成的第一件大事就是实现了农业生产的高度机械化,而北大荒从开垦之初的刀耕火种、人拉肩扛,到大型机械,再到如今的精准数字农业、智慧农业、"无人农场",生产方式发生了翻天覆地的变化,北大荒农业开发和建设的历史也是一部中国农业机械化发展的历史。这一个个现代化农场既是全国农业现代化发展的排头兵,也带动了全国农业的飞速发展。

在这片充满神奇魅力的土地上,无论你走到哪里,都能感受到另一种金戈铁马的气势和壮观。然而,我也不无遗憾,这些高端的现代化农业装备大多是从国外进口的。据国内专家对全球农业机械的综合实力分析,美国农业机械依然名列前茅,如约翰·迪尔、凯斯纽荷兰、爱科,在世界上独占前三;德国、日本、韩国、荷兰等发达国家的农业机械则为第二档。纵观中国的农业机械,目前还属于第三档,中低端农机产品国产份额较高,而高端产品依然依靠进口,我国收获机械、植保机械、播种机械等相关农业机械,与美国、德国、日本等国际农业机械强国相比,都有不同程度的差距,在整机制造方面,尤其表现在主要零部件,主要还是依靠进口。中国人若要把饭碗牢牢端在自己手里,在农业机械化的道路上,还有太多需要攻克的难关,任重而道远。

刻在北大荒的土地上

从第一次走进北大荒，到这次再上北大荒，感觉一直在路上。

北大荒路漫漫兮，或逆着风，或顺着风，我穿过了无数条河流交织的北方最纷繁复杂的水系，穿梭在北纬40°到北纬50°之间、海拔50米以下的这片浩瀚、深远而厚重的黑土地上，穿梭在岁月、自然、人类和梦境之中。我从一个局外人，仿佛也变成了一个亲身经历者。太阳，是每天最早看到的事物，这神奇的、北大荒的太阳，你明明看见太阳刚刚在一个地方升起，当你奔驰了数百公里之后，你看见太阳又在另一个地方刚刚升起。北大荒好像不止一轮太阳，每一个角落都是太阳升起的地方。

在晴朗的天空下，我遥望着北大荒的地平线，一代，一代，又一代的北大荒人，从黑土地上前赴后继地走过。七十多年，可以说是一段长长的过去时，这比共和国历史还漫长的北大荒开垦史，三代人大致经历了三个发展阶段：第一代北大荒人从1947年到1977年，用三十年的时间基本上完成了对北大荒的开垦，又通过架桥、筑路、开渠、兴修水库，建成了防洪、除涝、灌溉和水土保持四大水利工程体系，在一片空白的地图上标上了一个个国有农场的名字。——这也是北大荒垦区的第一次创业，北大荒的大框架已经粗具规模，这也为它未来的发展打下了基础，提供了一个宏大的发展空间。

以1978年中国进入改革开放的年代为标志，北大荒人开始了他们的第二次创业。就像当年挺进荒原一样，北大荒人开始向着一个陌生的领地进军，在他们尚不熟悉的市场拓荒。在这个过程中，北大荒人在思想上也经历了一次巨大变革。北大荒第二次创业的核心意图是实现两个转变：由传统农业向现代农业的转变，由计划经济向社会主义市场经济的转变。

进入新世纪之后，尤其是进入新时代后，在时代与命运的共同作用下，北大荒垦区进入了一个飞翔和升华的时代，从机械化农业向更具现代化的精准农业转变。他们引进世界先进的大型智能化农业机械,装备了两百个现代农机示范区。凭借着先进的农业机械和作业方式,北大荒垦区不但创下了中国农业人均劳动生产率的新纪录,而且创造出了世界一流的劳动生产率,目前,北大荒垦区人均劳动生产率已超过英法等西方发达国家。

那么,这些大量的农业剩余劳动力转移出来了怎么办?还是那句话,大有大的优势,大农业可以通过第一产业积累的原始资本来兴办企业,把农业剩余劳动力转移到集团内部的第二、第三产业。这些企业不但转化了农业剩余劳动力,更有效地延伸了第一产业链,反过来又带动了第一产业的发展。而北大荒的定义,也正在被时代改写,它的内涵已远不是当年的黑土地,而是中国五百强企业中农业企业排名第一位的大型企业——北大荒农垦集团。在它的旗下,拥有九个分公司、一百多个农牧场、一千多家企业、十八家科研开发机构,集团成员分布黑龙江省十二个地市、六十多个县市区,现已形成农产品加工、食品、农机、化肥、医药、建材制造、原煤和黄金采选、汽车配件和零部件等工业体系,其中完达山乳业、九三油脂集团、北大荒米业、北大荒麦业、北大荒麦芽、九三制粉等重点产业化龙头企业都已成为国内外知名品牌。我们不能忽视一个数字,北大荒的粮食产量在2005年就已突破两百亿斤,而且依然保持强劲增长的态势;我们同样也不能忽视另一个数字,北大荒集团年营收已达一千二百多亿元。北大荒已是名副其实的中国第一农业品牌,这一品牌的评估价值就高达一千多亿元。

大农业,必须开拓大市场。北大荒人说,当年的带头人带着我们拉犁,现在的带头人把我们拉向市场,拉向国际舞台。这让我又一次想到了唐人那句诗:"浩渺行无极,扬帆但信风。"北大荒这艘中国农业领域的航母,在中国加入世贸组织后,高扬起了在世界大潮中前行的风帆,从加强龙头企业建设入手,提升产业层次,树立北大荒的新形象已成为北大荒人的共识。现在,北大荒的新经济格局开始显山露水,以北大荒麦业为龙头的面粉加工企业正在加紧整合重组;具有独特优势的北大荒粮油批发市场,正在成为垦区乃至全省的商贸流通龙头企业。垦区已与三十多个国家和地区建立了贸易往来和经济技术合作关系,主要农畜产品出口世界二十多个国家和地区,对外合作不断发展。2002年,北大荒农业股份成功上市,一次性融资十五亿元,又发行短期债券十四亿元,实现了农场股份制改革和资本市场融资的重大突破。今日北大荒,以市场为导向,以科技为先导,崛起的是一条条农业产业化巨龙,黑龙江垦区正成为全国农业产业化的高地。

国内外产业与资本输出转移时时牵动着北大荒人的视线。北大荒集团享有进出口权的129家企业主动出击,与世界五百强攀亲结缘,搭起一座座通向世界市场的长桥。现在,他们正着手发挥垦区大米生产加工优势,积极拓展俄罗斯、韩国等周边国家和地区的大米出口规模;与此同时,他们还以豆油、豆粕、小麦、大豆、玉米等大宗农副产品出口,打开了一扇又一扇世界之门,还开发出了维生素E、刺五加、异黄酮等高科技、高附加值的生物产品,这将有力地提升北大荒出口产品的档次。在不远的未来,北大荒集团将建设成为一家能够与国际跨国公司一竞高下的大型农业企业集团。

北大荒无论怎么变,但万变不离其宗——粮食!

当年,他们唱着《青年垦荒队之歌》一路走来:"告别了母亲背起行装,踏上征途远离故乡……勇敢地向困难进军,战胜那冰雪风霜。在那荒凉的土地上,将要起伏着金色的麦浪,让那丰收的粮食早日流进祖国的粮仓……"种粮和种其他经济作物相比,从市场的角度看,实在不划算,可这是国家使命,所以说这是北大荒人的一种精神立场,他们坚持把最大的热爱献给祖国。

今天的北大荒垦区总面积达5.54万平方公里,是全国耕地规模和面积最大、现代化程度最高、综合能力最强的国家重要商品粮基地、国家粮食战略后备基地和国家现代化大农业示范区。北大荒从开垦初期年产粮0.048

亿斤到1978年产粮50亿斤；改革开放四十年，粮食产量一路飙升，从1995年的100亿斤到2005年的200亿斤；2009年的300亿斤到2011年突破400亿斤；2018年登上新的巅峰，收获粮食455亿斤。今天的北大荒已是当之无愧的"中华大粮仓"，粮食产量占全国各省（区、市）商品粮调出总和的四分之一，每年调出的粮食可供京、津、沪、渝四大直辖市和解放军等一亿多人一年的口粮。

随着粮食生产能力的不断提高，北大荒作为中国粮食供应调节器的作用日渐突出。如果出现粮食紧缺，北大荒能迅疾地调出数以百亿斤的粮食。这也是一般普通农村不可比拟的。为提高粮食生产能力，北大荒集团开始了由农业经济向多元经济的转变，由国家重要商品粮基地向重要食品基地的历史性转变。在市场上，北大荒产品的影响越来越大，举一个例子，目前在中国境内生产方便面的专用粉，有三分之一用的是北大荒旗下的丰缘面粉，这个数字意味着，在全国范围内，每五袋方便面中就有一袋用的是丰缘面粉。你可以想象，北大荒的粮食在中国食品工业里占有多大的比重——举足轻重！

今天的北大荒，不但是全国最大的商品粮基地，也是全国最大的绿色食品生产基地。无论走到北大荒的哪一个角落，你都能看到这样一个标志——黑土地上升腾着一轮绿色的太阳。

早在上世纪90年代初，国家推出绿色食品工程时，北大荒垦区就利用自己大农业的优势，率先开发绿色食品。在农业结构调整和面对加入世贸组织的新形势下，黑龙江垦区以可持续发展为原则，以生态农业为基础，全面实施绿色食品发展战略，把垦区建成全国最大的无公害绿色有机食品基地，让绿色有机食品成为北大荒产品的代名词和质量的象征。

经过近十多年的发展，黑龙江垦区绿色食品产业已成为新的经济优势，北大荒集团也成为黑龙江省绿色食品产业的主力军。如今，黑龙江垦区已有获认证的绿色食品产品一百多个,绿色、有机、无公害农作物面积达到一千多万亩,绿色食品生产企业五十多家,绿色食品种植养殖基地遍布六十多个农牧场,形成了绿色食品标志管理、质量保证、环境监测、生产标准、科研推广和生产资料保障体系。由绿色食品龙头加工企业、生产基地、专业市场、相关行业和技术支撑体系组成的具有北大荒特色的绿色食品产业已初步形成。

北大荒人创造了绿色农业的奇迹。众所周知,在过去的大半个世纪,粮食单产明显提高,化肥和农药的使用是重要因素。但数据告诉我们,超过一定限度后,持续加大化肥和农药用量,对提高单产几无意义。从1996年后,化肥和农药每亩用量持续增大,逻辑上有两种可能:其一,盲目施用;其二,长期使用化肥和农药,产生了"药物依赖",不逐步加量就可能减产。但北大荒人的实践为中国农业的未来走出了一条路,他们在大力推广绿色农业后,粮食并未减产,反而大规模地增产了。

绿色,不仅是一个产品标识,也是对生态和自然环境的保护。

维柯在《新科学》中说,世界上首先是森林,然后是茅屋,接下来是村庄和城市,最后是学院。这正好就是北大荒七十多年开垦史的真实写照。

北大荒的过度开垦,一直令人担忧。大规模的垦殖,让北大荒早已变成了北大仓,但今天的北大仓又面临着新的尴尬,北大荒的黑土地已越来越少,黑土区耕地表层有机质含量与开垦初期相比下降了一半左右。当森林被砍伐,湿地被开垦,风沙便成了大自然对人类的最严厉的惩罚。许多珍贵的动植物因此而消失了踪迹,没有了森林,没有了野狼的嗥叫,也没有了猎人,更没有人再看见蹲在老树洞子里打盹的黑瞎子——没有那么大的树,它只属于古老的传说。然而,人类却并没有过上轻松宁静的生活,他们开垦出来的土地一而再、再而三地遭受自然灾害的重创。现在,北大荒人又开始怀念狼了,怀念那些黑瞎子了,这些凶猛的野兽,原来并非人类的敌人,而是我们相濡以沫、患难与共的朋友。当它们消失,人类或许离自己的消失也不远了。现在,北大荒早已停止了对三江平原的开发,在这里,我见得最多的是两种界碑:一种是严格保护基本农田的"控建界碑",一种是严格保护湿地的界碑。当然,还有中俄界碑。但我以为,前两种界碑,丝毫不亚于国界碑的庄严,人类,的确应该为自己划定一些禁区,有意识地对大自然保持一些庄严的敬畏感。

随着人类开始向大自然做出必要的让步,许多当年人们流血流汗甚至献出了生命而辛勤开垦出来的土地,现在又不得不退耕还林、退耕还草了。这也难免有人说,当年从北大荒变成了北大仓,而现在,又要从北大仓变回北大荒。这种说法多少有些风凉的味道,但事实上,这并不是一个简单的轮回。以中国的人口之多、粮食紧缺的现实,把北大荒变成北大仓是完全必要的,而经历了现实创痛后人们已经有了清醒的认知:一方面,人类欠大自然的太多了,现在,不用谁来号召,北大荒人已经开始自觉地"还债"。如果你想在这片土地上继续生存,你只能心甘情愿地"还债"。另一方面,人类毕竟充满了智慧,他们最终会找到同大自然和谐共处的一种方式,而不是刻意缺席的一种方式。荒无人烟的北大荒,毕竟也少了一种生命,现在,北大荒有了人,尽管再也没有了莽莽苍苍的原始大森林,但人类重新栽上的树也早已在北大荒盘根错节。现在的北大荒,已建成了由六万条林带构成的四万个网格,基本实现了农田林网化,为农田建立了防风固沙的天然屏障,起到了抗旱、防涝和形成小气候的重要保障作用。北大荒,已经是名副其实的绿色北大荒。

我一直在北大荒的绿色中穿越。北大荒的大风,我领教过了。北大荒不能只有巨大的空旷感,树,已经是人类相依为命的东西。只要你走到这片树林的后面,你立刻就感觉到有谁替你把风给挡住了。对,是树,再也没有人会砍掉这些树,再也没有人觉得它们挡住了自己的生活,它们本身就是生活。现在人类明白了，树，并不就是一棵树。这是需要三代人才懂得的。如今，北大荒的河流、公路与田野，都笼罩在绿荫丛中，那近处的绿树、远处的青山，那一片片碧绿如毡的土地，这所有的绿色的生命，都在迎风茂长，郁郁葱葱。它们染绿了北大荒的土地，染绿了北大荒的灵魂。很多的野鸟、野兽也开始在这里安家了。置身于这片土地，你真的感到，空气是绿的，太阳是绿的。有时，我会情不自禁地俯下身，去看那些湿地上的水草，去看它们的根。我嗅着，黑土地里那种生长的气息、湿润的气息，让你不知不觉地就平添了吐故纳新的肺活量。

在树林中，呈现出来的是绿荫深处的一百四十多座明媚的农垦新城。这也是北大荒深深地吸引着我的。这不是通常意义的城市，你可以说它是农垦新城，也可以说是现代化的新农村。以牡丹江农垦分局为例，近五年来，他们撤并了许多过于分散的生产连队，按照城市定位和总体规划，在场部或分场部周边十公里半径以内，把管理区人口逐步向场部或分场部集中，逐渐打造三万到五万人口的农垦新城。——这立体多层的农垦新城，正是现代化大农业的本质。作为城市的意义，它从一开始就不缺乏经营城市的理念，从标志性建筑、生态环境、居民素质到文化设施，这些城市元素和有机功能，这里都应有尽有，既有人道和人性的情怀，又有人气支撑。这样一座农垦城，给居民提供了一个交通顺畅、服务完善、环境优美、空气清新的生活空间，同时也打造出一批精品性建筑。目前，牡丹江分局的十三个农场，都根据自己的特色规划出了农业生态园区、居民居住园区、休闲娱乐区、商业服务区、文化教育园区、工业开发园区和畜牧养殖园区等，每个农场都有自己独特的魅力。现在，这些农垦新城有的已被农业农村部和黑龙江省列为新农村建设试点单位。

作为新农村的意义，每一座这样的农垦城，在设计上的第一定位就是打造成一座生态园林城。它们被置于土地和农业生产的核心位置，其本质特征就是要把工农业生产、商业贸易和交通运输业、机关及学校等各种社会服务的三项主要职能紧密连接在一起,并以此为凝聚力,集合成一个人口密集、辐射面宽、超越某种行政区划范围而独立发展起来的经济社会载体,成为一个完整的系统。应该说,这样的农垦新城,在提高农垦职工整体生活质量的同时,还反映出北大荒垦区迈向现代化大农业的一种极具战略性的眼光。它有力地推动了当地二、三产业快速升级,从而派生了一百多家工、商、运、建、服企业,具备了向城市迈进的经济和社会发展的规模优势、科技优势和体制优势。毫不夸张地说,一个这样的农垦新城,就可以改变三五万人的命运。

没有在这片土地上开垦过,就发现不了这片土地的深层内涵。在北大荒博物馆里,一面二层楼高的红松木墙上镌刻着一万二千多个英名,他们都是长眠于北大荒的拓荒先驱,这不只是一个个名字,更是一个个血肉生命,他们把生命深深地刻在北大荒的土地上。他们还有着一个大写的名字——北大荒人。这些北大荒人在创造巨大物质财富的同时还创造了以"艰苦奋斗、勇于开拓、顾全大局、无私奉献"为内涵的北大荒精神。常有人形容这些老兵团战士是"献了青春献终身,献了终身献子孙",这话未免悲怆,而更实在地说,倒不如说是前人栽树,后人乘凉。那些开垦者的子孙后代,无疑也传承着上一代人的理想和信念,却不复再有那样的磨难。现在的北大荒,真是没有几个地方比得上的,也是值得他们的子孙继承的,一如诗人郭小川在《刻在北大荒的土地上》中的抒写:

> 继承下去吧,我们后代的子孙!
> 这是一笔永恒的财产——千秋万古长新;
> 耕耘下去吧,未来世界的主人!
> 这是一片神奇的土地——人间天上难寻。

在这样的土地上，人会变得格外豁达。如今已过耄耋之年的郑加真老人，一直在续写北大荒农垦史，他也被称为北大荒史志第一人。他早已摸到了北大荒的脾气，也早已参透了自己的命运。大凡这样的老人，都经历了常人没有经历过的苦难，他们轻易不会背叛自己，而磨难与痛苦，反而让他们拥有了更辽阔的胸怀。只有经历过、挣扎过，苦难才具有了更深广的意义。而从一开始，他要叙述的就不是为了单纯地展现北大荒的辉煌，而是以史为鉴，居安思危，以历史上的经验和失误，为北大荒赢得更美好的未来。是谁说过，我们解释历史的欲望反映了一种深层的直觉，那就是，通过思考历史，我们可以发现人类命运的秘密和本质。

第三章 | 藏粮于技

追逐太阳的人

中国粮食生产能够迈上一个又一个的新台阶，第一就要归功于科技这个第一生产力。

据 1996 年 10 月国务院发布的《中国的粮食问题》白皮书，"农业科技在中国农业增产中的贡献率约为百分之三十五"，而随着农业科技的迅猛发展，这个贡献率一直在不断攀升。据中国工程院院士、中国农业科学院副院长万建民介绍："农业科技对我国粮食安全的贡献率接近百分之六十。"这个比例意味着，科技进步对粮食增长的贡献率超过土地、资本及其他所有要素的总和。而在粮食生产中，水稻的贡献率尤其突出，中国约有 4.5 亿亩水稻，单产约 460 公斤，是世界平均水平的 1.7 倍。万建民院士认为，这在很大程度上归功于我国水稻科学领域的两次重大进步：第一次是上世纪 50 年代，以黄耀祥为代表的农业科学家培育出了矮秆和半矮秆水稻，使水稻大大增加了抗倒伏能力而提升了产量；第二次是上世纪 70 年代，以袁隆平为代表的农业科学家对水稻进行杂交育种，在中国的稻田里掀起了第二次绿色革命……

无论是黄耀祥培育出的矮秆和半矮秆水稻，还是袁隆平选育的杂交水稻，都是风靡全球的绿色革命在中国的延续。若要了解第二次绿色革命，还得从第一次绿色革命说起。

上世纪 50 年代初，一些发达国家和墨西哥、菲律宾、印度、巴基斯坦等发展中国家，开展了以利用矮化基因培育和推广矮秆、耐肥、抗倒伏的高产水稻、小麦、玉米等新品种为主要内容的生产技术活动，当时有人认为这场农业革命犹如 18 世纪蒸汽机在欧洲所引起的产业革命一样，故称之为第一次绿色革命。在这次风起云涌的绿色革命浪潮中,以"绿色革命之父"、美国著名遗传学家和植物病理学家诺曼·布劳格(Norman E. Borlaug)为首的小麦育种家,从上世纪40年代开始,利用日本冬小麦"农林10号"矮化基因的品系,与抗锈病的墨西哥小麦进行杂交,将半矮秆与光照不敏感性相结合,经过十六年的艰辛探索,培育出了三十多个植株矮、主茎强壮的矮生春季小麦品种,这些矮秆或半矮秆品种,具有抗倒伏、抗条锈病、高产的突出优点,并迅速在拉美、北非、中东、南亚等地区的一些国家大面积推广。这里以墨西哥为例,到1963年,墨西哥百分之九十五的小麦作物都是布劳格的新品种小麦,当年,墨西哥的小麦产量比布劳格刚来时的1944年翻了六倍,一个饥荒中的墨西哥,奇迹般地变成了一个小麦出口国。这是布劳格在墨西哥的麦田里掀起的一场绿色革命,随后便席卷全球,成为一场全球性的绿色革命,布劳格也因此而被誉为"绿色革命之父"。1970年,诺曼·布劳格因终身致力于解决世界饥饿问题而荣获诺贝尔和平奖。颁奖词中称:"他帮助一个饥饿的世界,为之提供了面包,这种帮助超越了同时代任何人。我们做这个决定是因为,得到面包的同时,也得到了和平。"

黄耀祥先生被誉为"中国半矮秆水稻之父",他从上世纪50年代末开始主攻水稻矮化育种,培育出来的种子促进了中国籼稻矮秆化,达到了显著的增产效果,居国际领先地位。在某种意义上说,这是第一次绿色革命的延续。而袁隆平在中国的稻田里培育出了杂交水稻,则是对水稻杂种优势利用的根本性突破,堪称第二次绿色革命的划时代杰作。

中国是水稻的故乡,据考古发掘,浙江余姚河姆渡遗址出土了大量距今七千年的炭化稻谷,这是世界上最早的人工栽培农作物。而水稻是我国第一大粮食作物,中国也是世界上最大的稻米生产国,占全世界总产量的三分之一左右。地球上除了南极洲之外,几乎大部分地方都有稻米生长。中国和世界上一半以上的人口以稻米为主食,如果解决了水稻增产、高产的问题,中国和世界的粮食问题就解决了一半。然而,在杂交水稻大面积推广之前,国内外的水稻产量一直在低位徘徊,即便在农业发达国家,亩产也只有两三百公斤。而在袁隆平之前,国内外很多科学家在杂交水稻领域倾注多年心血,试图利用杂种优势提高水稻产量,但他们研究出来的新品种也并非真正意义上的杂交水稻,也无法进行大面积推广。这是一道难以攻克的世界性难题。

那么,杂交水稻的密钥到底在哪里?水稻是雌雄同花的作物,雄蕊和雌蕊在同一朵花里,但是分开的。若要改变其自花授粉的天性,通过异花授粉进行杂交,第一就是要找到雄性不育系,即雄性器官功能丧失,但雌性器官仍可授粉结实的具有单一性功能的水稻,这样的水稻没有了雄性功能,自然不用进行烦琐的人工去雄,以此作为杂交水稻的母本,和其他水稻品种杂交,就可以培育出杂交种。一直以来,这个对于杂交水稻最关键的母本,就是很多稻作育种学家苦苦寻觅的,很多人为此而穷尽一生,到头来依然是两手空空。在我们早已知道一个结果之前,对于一切尚处于未知状态的袁隆平,他也极有可能成为一个为此而穷尽一生的失败者。而在一个神奇的发现被揭示之前,对于他,那还只是一个念头,他已隐隐觉得,在他眼前有一个偌大的、引人入胜的,又尚无前人进入的隐秘世界,从此他便一直执着于迈进这个世界,那是一个异常顽固的念头。

追溯前人探索的历程,在一粒改变世界的种子被发现之前,当时水稻育种一般是通过两个途径挑选品种:一是系统选育,就是从群体中选择表型良好的变异单株加以培养;二是从国外引种,然后在相应生态适宜区进行筛选和鉴定。限于中国当时的外部环境,最主要的方式,也是最直接、最有效的方法,就是系统选育。水稻从抽穗到成熟的那段时间,也是一年之中最热的时节。1961年的夏天,袁隆平还是湘西大山区一所偏远农校的教师,从6月下旬到7月上旬,袁隆平除了上课,一天到晚都栽在稻田里。那时他还是一个以教学为本的教师,科研只能利用课余时间。他放下教案,就直奔稻田,一手拿着放大镜,一手拿着镊子,去观察和挑选种子。那方法和农民选种差不多,拣穗子大、籽粒饱满的选。他没有助手,偶尔会带上几个有兴趣的学生,大多是一个人独来独往,一个孤零零的身影,像是一个被遗弃在世界之外的人,在炽热而炫目的烈日下一意孤行。当一个人处于孤立无援的境地,有时候也会表现出一种独特的优势,他只能开启自己的全部感官,全身心地调动自己的智慧和洞察力,往往会有更独到的发现。

每次下田,袁隆平就挎着一个水壶,揣着两个馒头,这是午饭,除此之外他不想带任何多余的东西,连草帽也不戴,光着头,在毒日头下长时间烤晒。"上面太阳晒,很热,下面踩在冷水中,很凉,因为没有水田鞋,都是赤着脚……"这水深火热的感受,来自袁隆平先生多年后的讲述。烈日蒸腾起一股股炙人的热浪,稻田里的水像是烧开了,冒起一串串咕咕响的气泡,他身上的每一个毛孔都晒得冒烟,那是被烈日蒸发的汗气。那浮现在稻田里的半截身体和一个被太阳晒得通红的脑袋低垂着,几乎紧贴着稻穗在缓缓挪动。他一次次地俯下身子,挨近稻穗,仿佛在倾听花开的声音、稻子的呼吸。这样的形容有些失真,他其实是在一穗一穗地挨个寻觅着,连眼皮也不敢眨,生怕一眨眼就把一粒种子给漏过了。那绽开的稻花一般人是难以看清的,它太渺小了。那稻芒很扎眼,针尖对麦芒,稻芒一如麦芒,当袁隆平躬身低头挨近稻穗,一不小心就会被稻芒扎伤眼睛,那是尖锐而又渺小的伤害,看不见伤口在哪儿,看得见的只有一双红肿的眼睛和眼泪。这是极其枯燥乏味而漫长的寻觅,脖子酸得抽筋,那长久地弯着的腰都直不起来了,每走过一块田,他就要捶一捶腰。太阳把他的影子从早上移到晚上,拉长或缩短,他就这样一天一天地坚持着,一直坚持到太阳落山时,他才一边擦汗,一边看着天边的火烧云,一天又一天,就这样过去了,每天乘兴而来,又无功而返。而当第二天太阳升起,他又挽起裤腿下田了。

尼采说过一句话：一切都是顺序。

尼采还说过一句话：一切美好的事物都是曲折地接近自己的目标。

袁隆平儿时就在母亲的影响下，开始阅读尼采。而一个哲学家的伟大洞见，在他年过而立之后才有了更深刻的体验。在1961年的夏天，岁月几乎隐藏了所有的时日，而属于袁隆平和杂交水稻的日子，其实就是一个瞬间，一个希望极其渺茫的寻觅者，终于曲折地接近自己的目标，他将发现自己生命中的第一株神奇的水稻——"鹤立鸡群"。

发现，永远都是神奇的。人类历史上的每一个重大发现，在何时何地发现，由谁来发现，看似有很多的偶然性因素，甚至是巧合，如"芝麻掉进针眼里"，这样的巧合也不是没有，却也极为罕有，而这偶然或巧合的背后，其实无不是苦苦求索的结果。然而，多少人上下求索一生，也未必就能求得一个正果。唯其如此，才让人感觉到天意和宿命的存在，天地间仿佛有某种神秘的力量，在冥冥之中给人以暗示和灵感，但不是每一个人都能接收到那神秘的信息，也并非每个人都会激发出那神奇的灵感，这又让你觉得，每一个神奇的发现又是必然的，你必须具备这种发现的综合素质和辨识能力，你必须知道，在你眼里出现的是什么，它对这个世界将有多么重大的意义和价值。一个最经典的案例，当一只苹果掉在牛顿的头上，他灵机一动，发现了万有引力定律，但那只苹果如果不是落在一个正在冥思苦想的物理学家头上，而是落在了一个对物理或力学没有长时间的知识积累、没有深入思考的人头上，譬如说落在了我这个科学门外汉的头上，结果很可能只是带来一次意外伤害。

在摒弃了天意、宿命和一切神秘主义因素后，我只能这样来解释袁隆平接下来的那个神奇的发现。你可以假设，如果换一个人，换一种可能……但历史或命运的选择没有假设，一切都是决定，几乎没有商量的余地，你只能接受一个既定事实。

在袁隆平先生后来的回忆中，那个日子已经变得不那么确定了。那是1961年7月的一天，此时还是农历六月，还没到早稻开镰收割的季节。他上完课后，像往常一样，在夕阳下走进了安江农校的水稻试验田，挽起裤腿在稻田察看。眼前的一切一如既往，这年风调雨顺，金黄饱满的稻穗沉甸甸地低垂着，连风也吹不动。袁隆平看着，心里自有一种像农人一样的丰收喜悦，却也没有太多的惊喜，这些长势喜人的稻子并没有什么特别之处。眼看太阳又将落山，袁隆平又将无功而返了。然而，一个神奇的瞬间，突然被一抹夕阳照亮了，袁隆平的一双眼睛睁大了，他眼里开始闪烁出一种奇异的亮光，这样的目光在他的一生中还将反复重现。此刻，在他眼里出现的是一株形态特异的水稻植株，它以鹤立鸡群的姿态，在挺立与沉重中保持着微妙的平衡。

袁隆平的心在狂跳，他先让自己平静下来，然后才缓慢地弯下身，挨近那株稻子。他的眼睛一辈子也没有近视，在仔细察看后，他发现这的确是一株非同一般的水稻，株型优异，尤其是那十多个有八寸多长的稻穗，穗大粒多，而且每一粒都分外结实、饱满，摸在手里，就像他在小提琴上触摸到的音符，充满了难以言说的韵律和节奏。慢慢地，他又蹲下身子，开始仔细地数稻粒，一数，竟然有二百三十多粒。他不敢相信，又数了一遍，没错，二百三十多粒。他又数了数旁边的一株普通稻穗，稻粒只有这特异稻株的一半呢。他在心里推算了一下，当时的高产水稻一般亩产不过五六百斤，如果用这株稻子做种子，哪怕打点折扣，水稻亩产也会过千斤，可以增产一倍呀，那可就不得了！许多年后，袁隆平回想起那神奇的发现，还按捺不住自己的兴奋："当时我认为是发现了好品种，真是如获至宝！"

在一片普通的稻田里竟然长出了这样一株稻子，简直是鹤立鸡群啊！他在心里这样赞叹着，也以"鹤立鸡群"给这株水稻命名，又用一条布带做了记号。到了开镰收割时，他把"鹤立鸡群"与别的稻子小心翼翼地分开，作为种子,这是一粒也不能混淆的。这些谷粒,他打算都留做来年试验的种子。

后来有人说,一次偶然的发现,让一个"泥腿子"专家成了一个幸运儿。

这话说的,还真是一句外行话,诚如他的弟子们所说:"袁老师绝不是第一个见到异型稻株的人,但却是第一个找到其本质规律的人。"这里,先且不论其本质规律,第一个,袁隆平绝非像某些人所说的那样是一个碰巧撞上了大运的"泥腿子"专家。一个农业科技人员,必须像农人一样赤脚下田,但这样的"泥腿子"不是一般的"泥腿子",而是一个术业有专攻的遗传育种学科研人员,但很多人一直在有意无意地混淆这两个概念。袁隆平的发现,也符合他那个众所周知的公式:知识+汗水+灵感+机遇=成功。而他尤其看重灵感。在某种意义上,他甚至就是一个艺术家,他在日常生活中充满了艺术趣味。他曾说过:"艺术创作要有灵感,灵感来了,一首曲子哗哗哗就流出来了。我们科研也有灵感,一定不能害怕失败,恰恰在失败中会产生灵感的火花。"可见,他对艺术的理解已超越了艺术的边界,给他的科研也带来了源源不断的灵感和意想不到的启迪,从而揭示其本质规律。

从1961年夏天的神奇发现,到1970年11月23日的又一个神奇的发现,袁隆平和他的助手们用了近十年的时间。这年秋天,袁隆平带着李必湖等学生和助手来到了海南黎族苗族自治州南红良种繁育场(南红农场),这里地处海南岛最南端的崖县(今属三亚),已是真正的天涯海角了。南红农场的一些技术人员也来跟班学习育种技术,这其中就有一个为杂交水稻立了大功的人——冯克珊。他于1963年农专毕业后就分配在南红良种繁育场担任农业技术员,然后又在袁隆平科研组跟班学习,也可以说是袁隆平的学生和助手。

据冯克珊回忆,一个多月里,他把记忆中每块野稻地都翻了个遍,就是找不到袁老师说的那种野生稻。一天深夜,他翻来覆去的,怎么也睡不着,又在床上苦思冥想,还有哪个角落没有找到呢?他慢慢想起来了,在离农场不远的那条老铁路边上有片野稻地给落下了。他一骨碌从床上爬起来，拿着手电筒就朝那儿跑。那天夜里下过一场雨，他深一脚浅一脚地踩着一条烂泥路，到了那里，用手电照着野生稻，一株一株地寻找，这是特别需要仔细又费工夫的，每一株野稻子都要看清楚，还要看清花蕊里边有什么异样。一块沼泽地走到尽头了，天也亮了。就在他失望地准备回去时，突然，一株异样的野生稻闪现在他眼前，那模样就是袁老师讲的那种野生稻！那一刻，他忘了自己是踩在烂泥里，兴奋得蹦了起来，结果一下子滑倒了，滚了一身烂泥。他爬起来后，便一路狂奔到试验基地，冲着李必湖大喊："找到了，找到啦！"李必湖还没等反应过来，就被拽着奔向了桥下的那片沼泽地。

据李必湖回忆，他跟着冯克珊走到那片沼泽地，看见了一大片长得稀稀拉拉的野生稻，正在抽穗扬花。这么多年来他一直跟着袁隆平，早已练就了一双火眼金睛，一眼就看见了三个有些异样的穗子。李必湖扒开杂草和别的野生稻，一株还处于半隐蔽状态下的野生稻，此时被阳光彻头彻尾地照亮了，那三个稻穗生长于同一禾蔸，是从一粒种子长出、匍匐于水面的分蘖。观察了植株的性状后，李必湖又用放大镜观察花蕊，发现其花药细瘦呈箭形，色泽浅黄呈水渍状，雄蕊不开裂散粉。这个过程只用了二十分钟，凭着敏锐的目光和丰富的感性知识，他初步估计，这应该就是他们一直渴望着、寻觅着的雄性不育野生稻！

当然，李必湖眼下还不敢确认这一发现将是多么神奇的一次发现，一切还有待于他们的老师袁隆平来进一步确认。李必湖几乎是跪在淤泥里，用双手一点一点地把带有三个穗子的稻株连根带泥挖出来，又小心翼翼地捧到岸上，然后脱下衬衣，像包裹刚出娘胎的婴儿，严严实实地把稻株连着泥巴一起包好，最少也有二十斤，他抱在胸前，既不敢抱紧也不敢放松，生怕一个闪失，就把那襁褓里的婴儿挤了、伤了。袁隆平拿出放大镜仔细观察，表面上一看，这株野生稻的性状与海南岛普通野生稻没有什么差别，株型匍匐，分蘖力极强，叶片窄，茎秆细，有长芒，易落粒，叶鞘和稃尖颜色为紫色，柱头发达外露。他高兴地拍了一下李必湖的后背，连声说："高级！高级啊！"

"高级"，这是袁隆平惯用的方言，意思是好得很、了不得。他马上采样镜检，发现其花药瘦小，黄色，不开裂，内含典型的败育花粉，这可不是一般的野生稻，而是一种极为稀罕的花粉败育型野生稻，袁隆平当即将其命名为"野败"。野稗，野败，后来很多人误会了，以为"野败"是"野稗"之误，还咬文嚼字，写信纠错，一个"泥腿子"农民科学家，怎么连稗子的"稗"字都写成了错别字呢？其实，不是袁隆平的文化水平低，而是这些人的科学水平太低了，到如今很多人也搞不清野稗和野生稻有啥区别，由于其外形特别相似，很多人以为野生稻就是野稗子，其实，两者还是有很大区别的。野稗是稻田里的恶性杂草，也是混生于稻子间的一种常见的禾本科野草，既然同属禾本科，自然也和栽培稻、野生稻沾亲带故，但其亲缘则比栽培稻和野生稻的关系更远，其体内也蕴含着可以利用的优势基因，这也是袁隆平在未来将要开发利用的。不过此时，他对"野败"的命名还真是与野稗毫无关系，"野败"，就是"花粉败育型野生稻"的简称，其国际上的学名为"WA"。

从概率看，"野败"的发现几可称为一个无法复制的传奇，但"野败"的基因却可以无限复制，这是科学的本质规律，具有可重复、可检验原则；这也是种子的本质规律，可复制、可繁衍、可以大面积推广传播。如今国内外的杂交水稻品种已经数不胜数，但大多数品种里都蕴含着"野败"的血缘或基因。对于这样一个极其渺茫而又神奇的发现，也难免有人觉得很偶然、靠运气。人类的每一个发现都有某种偶然性，自然也就有了运气或机遇，但诚如一代数学伟人华罗庚所说，"如果说，科学领域的发现有什么偶然的机遇的话，那么这种偶然的机遇只能给那些有准备的人，给那些善于独立思考的人，给那些具有锲而不舍的精神的人"。

一粒必将改变世界的种子已经找到了,但这还只是一个关键的突破口,还必须培育、繁衍出大量种子,以此为母本,然后按照袁隆平的三系法技术路线图,给它找到两个功能不同的"丈夫",这就是杂交水稻首先要闯过的第一关——三系配套关。这又是国内外杂交水稻研究者一直难以攻克的一道难关,早已有人预言:"三系三系,三代人也搞不成器。"

若要盘点袁隆平在杂交水稻上取得的实质性的科技成就,第一大贡献就是在我国率先开展三系法培育杂交水稻的研究,并成功实现了三系配套。这是比较严谨的评价,此前,日本研究者早已捷足先登,于1968年就搞成了杂交水稻的三系配套,这里且不说日本走到了哪一步,至少在国内,袁隆平是无可争辩的第一人。

这里还是从"野败"的繁育说起。袁隆平、李必湖将它移栽到试验田后,师徒几人便连续五天轮番守在田里等它扬花,袁隆平笑称这是"守株待花"。这野种好像在故意考验人类的耐性,开得特别慢。每开一朵,袁隆平和助手就小心地用镊子夹着栽培稻的雄蕊花粉与之杂交,然后再观察其结实情况,但结实率很低,共结出十一粒种子,而结实饱满的有效种子仅有五粒。这就是他们以"野败"为母本最早培育出来的五粒金灿灿的杂交种子。但这五粒种子有休眠期,不能立即播种。种子可以休眠,他们却不能眼睁睁地等待种子苏醒,袁隆平和助手们又采取"割蔸再生"的方式做无性繁殖试验。一粒种子的神奇就在于其源源不绝的繁衍力。那五粒杂交种子在1971年春天开始加速繁殖,袁隆平和助手用二十多个栽培稻品种与"野败"杂交,又获得了两百多粒杂交种子,一蔸"野败"通过繁殖,扩大到了四十六蔸。但直到此时,袁隆平还不敢百分之百地断定,"野败"将给他带来一个百分之百的结果。他后来也曾坦诚地说:"那时我还没有预见到它是一个突破口。第二年深入研究才发现,这家伙真是个好东西!"那四十六蔸不育株,百分之百都是雄性不育的。到了1973年,"野败"已繁育出了数万株,全都是百分之百的雄性不育株！

袁隆平兴奋地说："这个时候,我如释重负,感觉终于看到曙光了！"

然而,"野败"除了不育的性状外,其他性状基本上与普通野生稻一样,在生产上并没有直接利用价值,必须通过转育,才能把其野生的、雄性不育的基因转入栽培稻,进而培育出可用于生产的品系材料。——说到这里,又要交代一下,就严谨的专业术语而言,一粒种子只有通过严格的审定,在大田推广播种之后才能称之为品种,而在此前还只能叫作材料,科研试验材料。对于袁隆平,他又一次面临抉择,是把"野败"这一几乎绝无仅有的试验材料封锁起来,自己关起门来搞研究试验呢,还是把"野败"材料分享出去,让更多的科研人员一起来协作攻关呢？若从自身的功利考虑,袁隆平科研小组在占有材料的优势上是绝对领先的,一旦将"野败"分享出去,所有人一下就站在了同一起跑线上。而对于一个以造福人类为信仰的科学家来说,其实没有别的选择,在发现"野败"的第一时间,袁隆平就毫无保留地向国内同行通报了他们的最新发现,随后又将他们利用"野败"繁育出来的种子无偿地分送给来自全国十三个省区的一百多位科技人员。尽管每个省区只分到了十几粒种子,但每一粒都如同稀世珍宝,一粒粒种子在各省区的稻田里播种开来,"春种一粒粟,秋收万颗子",这何尝不是那远古神话传说中的神农撒种、"天雨粟"的又一个神话！袁隆平后来被誉为"当代神农",实在是一点也不夸张。正因为有了袁隆平科研小组的无私奉献,才大大加速了全国杂交水稻的科研进程,全国杂交水稻研究也随着一粒种子转变了方向,那就是以"野败"为母本,发起一场大范围的将"野败"转育成不育系的协作攻关。

1972年,袁隆平团队在攻克三系配套关中一马当先,利用"野败"和不同的籼稻、粳稻杂交,于1972年率先育成了我国第一个用于生产的不育系"二九南1号A"及同型保持系"二九南1号B",并开始向全国提供不育系种子。

随着三系相继告破,这年9月,在长沙马坡岭试验田,袁隆平团队转育的"二九南1号"不育系,经过连续三年共七代的测交和回交,十个株系共三千株试验稻终于达到百分之百不育且性状与父本完全一致的标准。百分之百,这意味着三系配套成功啦!

在闯过三系配套关后,袁隆平率协作攻关的科研团队又二闯优势组合关,三闯制种关。一粒小小的种子,其实是一个系统工程,育出了好种子,还要制出好种子,更要有人用种子来栽培出好稻子,一环一环,环环相扣。杂交水稻若要在生产上大面积推广,就必须大面积制种,这是从育种家的试验田走向寻常百姓家的关键一环,却也是一道让许多先行者望而却步的难题。日本、美国和国际水稻研究所在杂交水稻方面都曾取得了一度领先的研究成果,却在制种关上被死死卡住了,这让他们的成果仅仅是试验性的成果,一直没法走向杂交水稻的产业化,其后的研究也因一直无法从根本上取得突破,而不得不中断和放弃了。一项科研成果,如果不能从试验田走向老百姓播种耕耘的大田,从田野走向餐桌,也就失去了可推广的实用价值,更不可能成为一粒足以改变世界、改写人类命运的种子。这也让许多国内外科学家再次回到了先前的那个宿命般的预言:"即使你闯过了三系配套关、优势组合关,也难以闯过制种这一关,无法应用于大规模生产。"

袁隆平能攻下这最后一道难关吗?这里又得回到原点,从发现"野败"说起。袁隆平首创的中国三系法杂交水稻,是利用"野败"这株野生稻雄性不育株培育出来的,但它的杂种优势只能保持在第一代,若要将杂种优势延续下去,每年都要育种和制种。很多人都把育种和制种混为一谈了,其实根本不是一回事。杂交育种的初级阶段主要是品种间杂交,而回交育种又是杂交育种的一种重要方式,即从杂种一代(F1)起多次用杂种与亲本之一继续杂交,由于一再重复与该亲本杂交故称回交,而这种回交的过程其实也是一种测交,通过反复试验检测其遗传基因的稳定性,最终目的是育成纯合度高的品种。而这个过程并非在实验室里能够完成的,每一次杂交、回交都需要用一季稻子来做试验,只能在试验田里进行。培育出来的种子还不是在大田里推广应用的种子,还必须制种。这么说吧,育种是一个培育品种的过程,制种是一个生产这一品种的过程,对已经培育成功的作物品种在种子田里生产,生产出的种子才是用于大田播种的种子。

在杂交水稻初创时期,从育种到制种都是极为烦琐而细致的劳作,从浸种、催芽、播种育秧、移苗插秧,到之后一系列的田间管理,施肥、中耕、除草、喷药防病防虫、杂交授粉,最后收获种子,一环扣一环,一轮又一轮,如同永无尽头的轮回。想想他们,真不容易,风里来,雨里去,无风无雨的日子,头上便有烈日暴晒。袁隆平几乎整天泡在田里,有时脚指头都被泡烂了,流脓流血,痛苦不堪,可你怎么劝他歇几天,他也不肯离开稻田。夜深了,他还打着手电,对秧苗进行观察、测量。若把他们比作辛勤的农民,还真是低估了他们,他们比农民还辛苦,还累。一般农民劳作,通常是太阳出来做工,刮风下雨收工,再累,中午也要回家吃饭歇晌,但他们却不管天晴下雨都得往田间地头跑,时时刻刻都检查水位,秧苗水浅了,会被太阳晒死,水深了,又怕被淹死。而他们除了劳作,还要细心观察,做性状观察记录,时刻关注杂交水稻的长势长相,一旦遇到了什么难题或症结,还要绞尽脑汁地解决。几年下来,袁隆平和他的助手们记载的试验材料竟有几麻袋,比陈景润证明哥德巴赫猜想的演算草稿还要多。一些了解情况的农民兄弟说:"你们育种人比我们农民还苦啊,我们种田出汗出力,可你们不仅出力流汗,还要动脑,既是脑力劳动又是体力劳动!"而在整个杂交育种、制种的过程中,袁隆平他们就像水稻的亲生父母,精心呵护着自己的孩子,怕它冷了,怕它热了,怕它干了,怕它淹了。这样的细腻、悉心,也难免让许多人感叹,如果杂交水稻能开口说话,一定会叫袁隆平一声"爸爸",他真是一位名副其实的"杂交水稻之父"啊！

袁隆平很少提到自己制种有多苦，但通过他的一双手，你也能够想象有多苦。制种的关键就是人工辅助授粉，为了扫除人工授粉的障碍，先要割叶剥苞，还要赶粉。袁隆平先生的手特别大，其实很多杂交水稻育种人员都有这样一双手，那是在搞杂交制种授粉时炼出来的。你别看这些稻叶一片葱茏，煞是好看，但是特别豁人，稻叶上的毛齿就像锯子一样，而割叶、剥苞、授粉都是特别细致的活儿，又不能戴手套，只能任其在裸露的手上、臂膀上划开一道道血口子。一条小伤口无所谓，这样的伤口多了，也会让你两只手伤痕密布，严重的还会化脓，化了脓也得干，你不给它授粉，它就不给你结实。就这样，袁隆平和许多育种人的一双手在稻叶中经历了一个又一个季节，从被稻叶划伤，到化脓流血，再到结出一层层厚皮老茧，一双粗糙的大手就这么炼成了。

那时育种、制种不仅极为烦琐，产量也很低。以袁隆平和他的助手为例，袁隆平第一年制了两亩多田的种，每亩仅收获十七斤种子，这在当时已是高产了，而他的一个助手最低的亩产只有两斤种子。可想而知，一亩田只能生产出如此之少的种子，若在大田里推广应用，那投入的人力、物力该有多大，成本该有多高。就算杂交水稻能大大提高产量，从制种的成本看，那也是得不偿失！这是一个几乎令人绝望的难关，很多人一直都在苦苦地琢磨这个问题，但一直闯不过制种关，杂交水稻依然是一条死路。袁隆平也在琢磨，开始，他以为问题的关键在于水稻的花粉量不足，于是在制种试验中采取多插父本，让母本紧靠父本种植，他原以为这样就可以增加单位面积的花粉量，让母本接受更多的花粉，但试验的结果恰恰相反，种子的产量更低了。

那么，症结到底在哪里？袁隆平通过对制种田的详细调查和计算，发现水稻单株的花粉量确实比玉米、高粱等异花授粉作物少得多，但就制种田单位面积的花粉量来看，差异并不大，譬如"南优2号"制种田，每天开花二至三小时，平均每平方厘米面积上可散花落粉四百五十粒左右，这个密度相当大，完全可以满足异花传粉的需要。看来，问题不是出在水稻花粉少这一与生俱来的症结上，影响制种产量的根本原因并非花粉不足，而在于要使花粉散布均匀并精准地落在母本柱头上。一个症结解开了，关键是要让父本、母本的花时相遇。于是，袁隆平又重新设计了试验方案，采取一系列针对性措施，终于形成了一套比较完整的制种技术体系。按照这一体系制种，也并非一蹴而就，袁隆平用了一个形象的比喻，制种产量就像矮子爬楼梯一样，一步一步往上爬。

在攻克制种关时，袁隆平和助手舒呈祥、罗孝和也摸索出了一些独门绝技。如一种最简单但很有效的办法：首先将不育系和恢复系的水稻间隔种植，到了扬花期，将用于制种的父母本叶片割掉，扫除了花粉传播的障碍，在晴天中午时分，两人牵着一根绳子，或是一人举着一根细长的竹竿，徐徐扫过父本的稻穗，在风力的作用下，父本雄蕊的花粉就会均匀地飘落到母本颖花的柱头上，细小如尘埃，却也被阳光照得闪亮缤纷。这就是杂交水稻还处于初级阶段的关键技术之一——赶粉。这种"一根竹竿一条绳"的授粉方式看似原始，却解决了杂交水稻授粉的一道难题，很快就在育种人员中普及了。在不断摸索和试验中，舒呈祥又提出一套切实而有效的高产制种技术，而罗孝和则首先试验在水稻制种的花期喷施"920"，也提高了制种的产量。到1975年，袁隆平和他的科研组制种二十七亩，平均亩产接近六十斤（59.5斤），是一开始的三倍多，那人力物力的成本就大大降低了，这也标志着，他们在1975年就闯过了三系法杂交水稻的最后一关——制种关。

随着一道道难关被攻克，袁隆平于1964年勾画的三系法路线图已经全线打通，而他们摸索出来的"独门绝技"，也像稻田里的花粉一样纷纷传播。中国终于迈进了杂交水稻的时代，成为世界上第一个在生产上成功利用水稻杂种优势的国家。

每当历史告一段落，又该做一次回顾与梳理了。如果以1961年袁隆平发现天然杂交稻稻株"鹤立鸡群"为开端，他在这条路上已跋涉了十五度春秋。如果以1966年袁隆平发表了我国学术界第一篇关于杂交水稻研究的论文《水稻的雄性不孕性》为开端，正好贯穿了十年。而在这十年里，原本就是一身瘦骨的袁隆平，比原来又瘦了差不多三十斤。那种瘦，不是消瘦，而是削瘦，瘦得凌厉而刚劲，越瘦越是显出一身筋骨。这样一个人，无论经历了多少失败、挫折和打击，一直都没有偏离过自己预设的那条思路。如今，按照他的思路，三系配套终于成功了，他当年的假设已不再是假设，猜想也不再是猜想。

1978年注定是要铭刻在亿万中国人心坎上的一年，这一年被称为中国改革开放的元年，依然年轻的共和国迈进了一个黄金时代，而此时已年近天命之年的袁隆平也进入了春秋鼎盛的岁月。这年早春，那被冬日的阴云长久笼罩的北京，云开日出，而那让人们期待已久的春风，也给在春寒料峭中匆匆行走的人们吹来了丝丝暖意。袁隆平也从他南方的稻田里匆匆赶来了，赶来参加他绝对不能缺席的一次划时代的盛会。

1978年3月18日下午，全国科学大会在北京人民大会堂隆重开幕，这是一个伟大时代启航的盛典。在大会开幕式上，邓小平那充满了震撼力和穿透力的讲话，成为开启一个伟大时代的关键词，他指出"现代化的关键是科学技术现代化"，重申了"科学技术是生产力"这一马克思主义基本观点，再次明确提出"知识分子是工人阶级的一部分"。就这几句话，让一向不关心政治的袁隆平猛然间却有了切身的体验，他感觉那长期束缚着自己的无形绳子终于松绑了，那长期禁锢着自己的桎梏也应声而解了。

事实上，袁隆平首创的三系法杂交稻育种系统，还只是杂交水稻发展史上的第一阶段，也可以说是初级阶段，这也是袁隆平在杂交水稻研究上的第一个足以用伟大来形容的贡献。在共和国的历史上，第一次特等发明奖就授予了袁隆平领衔的全国籼型杂交水稻科研协作组,就是对这一发明创造的最高认定。此举,不仅在国内引起轰动,也引起了世界的极大关注。尤其是十万元奖金,在当时那可是名副其实的重奖,连袁隆平也说,"在那时候是很多的了"!但袁隆平拿到手的其实很少,经各协作单位分配后,他仅得五千元。一个伟大的发明和创造,当然不是奖金和荣誉能够衡量的,袁隆平主持研发的杂交水稻后来被称为中国继四大发明后的"第五大发明"。

从中国杂交水稻发展史看,一切的一切,归根到底,都离不开袁隆平在《水稻的雄性不孕性》一文中勾画出的杂交水稻选育思路和第一幅实施蓝图。唯其如此,国家科委在授予全国籼型杂交水稻科研协作组特等发明奖时,才把袁隆平摆在首位,这其实也是一种科学的认定。袁隆平是国内最早研究水稻杂种优势理论的学者,也是中国杂交水稻最早的、成绩最突出的实践者,无论在理论上还是实践上,他都是当之无愧的"中国杂交水稻第一人"。

从世界杂交水稻发展史看,袁隆平是世界上成功利用水稻杂交优势的第一人,而这正是杂交水稻或水稻杂种优势利用的关键所在。哥德巴赫提出了哥德巴赫猜想,但他没有证明哥德巴赫猜想,一个猜想没有证明永远只是猜想,而袁隆平不只是最终验证了水稻领域的一个哥德巴赫猜想,还纠正了以前的种种错误猜想,有的甚至是权威的定论。当世界上最权威的水稻专家都在一个大限前止步时,是中国的袁隆平和他率领的全国籼型杂交水稻科研协作组,率先突破了这个大限,攻克了一个人类久攻不下的世界性难题。他迈出的这一步,同别的科学家相比,也许仅仅超越了一步,乃至是半步,但却是一次关键性的、世界性的超越。这里不妨通俗地比喻一下,在别的研究者那里,不是胎死腹中,就是孕育已久却一直迟迟没有生出来,杂交水稻这一神奇的婴儿第一个在中国诞生了!

这么说吧,他干成了一件全世界的人都没有干成的事。

中国杂交水稻是在脱离了西方这个所谓农业科学源头的情况下，自己创造出来的一项成果。——这不是国内的评价，而是国际上的公认。美国普渡大学教授唐·帕尔伯格曾经当过四届美国总统农业顾问，他在《走向丰衣足食的世界》一书中，用了一个专章（该书第十六章）来写袁隆平和杂交水稻，对袁隆平给予了高度评价：袁隆平为中国赢得了宝贵的时间，他增产的粮食实质上使人口增长率下降了。他在农业科学上的成就击败了饥饿的威胁，袁隆平领导着人们走向丰衣足食的世界。他把西方国家抛到了后面，成为世界上第一个成功地利用了水稻杂种优势的伟大科学家。

1985年10月，袁隆平获得了世界知识产权组织（WIPO）颁发的发明和创造金质奖章和荣誉证书，这是他首次获得国际奖。总部设在瑞士日内瓦的世界知识产权组织是联合国组织系统中的十六个专门机构之一，是一个致力于促进使用和保护人类智力作品的国际组织，管理着涉及知识产权保护各个方面的二十多项国际条约。而袁隆平获得这一含金量很高的权威奖项，既是对他本人具有原创性和开创性的智力成果的认定，也标志着杂交水稻获得了联合国知识产权组织的正式认定，他们对袁隆平科技成果的认定，可以说是举世公认。

杂交水稻被誉为中国"第五大发明"，在2007年2月，又被评选为中国当代"新四大发明"之首，这一活动由搜狐网发起，评选标准为"具有原创性、具有世界级影响力、能产生社会效益"，经公众持续三个月的投票评选，最终入选的有杂交水稻、汉字激光照排、人工合成牛胰岛素和复方蒿甲醚。对杂交水稻，主办方给出了这样的评语："1973年，中国的袁隆平向世人捧出了杂交水稻这一震惊世界的答卷。这无疑是史书上值得浓墨重彩的一笔。人口众多、人均耕地面积不多的中国，不仅解决了自己的粮食问题，还为亚洲甚至全世界粮食产业做出了巨大贡献。"对于人类，还有什么比吃饭更大的事？杂交水稻以最高票当选中国"新四大发明"之首，也足以证明这一人类的共识。

杂交水稻是中国于20世纪70年代在世界范围内首先培育所得到的新型高产水稻品种,其亩产是普通水稻的两倍多,又被誉为"世界粮食的第二次绿色革命"。

随着三系法把中国率先推进杂交水稻时代,人类对水稻的杂种优势利用不再是神话,而三系法则是一个被反复验证、屡试不爽的神器,又被遗传育种学家称为经典的方法,按这一方法育成的种子,在中国、美国、印度和东南亚的稻田里掀起了一场绿色革命,产生了大面积、大幅度增产的奇迹。然而,这还只是杂交水稻发展的第一阶段,也是袁隆平对水稻杂种优势利用的第一个开创性的贡献。即便袁隆平就此止步,这样的成就也足以奠定他"杂交水稻之父"的地位。

但袁隆平注定是不会停下脚步的。作为三系法的总设计师,他在国家特等发明奖的颁奖大会上就自揭其短,指出三系法还存在诸多的缺陷和局限。这绝非过分的谦虚,而是一个科学家的本色,科学就是一个不断探索、修正和完善的过程,一旦发现问题就必须实话实说,寻求解决之道。三系法为什么会出现这样那样的缺陷?一直以来,袁隆平的每一个决定性的思考和抉择,都是从追问、怀疑和否定开始的。他从怀疑到否定米丘林的无性杂交论、经典遗传学的无优势论开始,从而迈出了关键的第一步,独辟了三系法水稻杂种优势利用的一条路。而这一次,他要否定的不是别人,而是"自我否定"。当时,杂交水稻播种到哪里,哪里都是一片丰收在望的景象,而他走到哪里,哪里都是一片啧啧称赞声。在农民眼里,这个"泥腿子"专家跟他们一样风里跑、雨里钻,成天巴着个水稻,可他有本事搞出花样,产量一年比一年高,让种田人一年比一年有奔头,"袁隆平,这三个字特值钱"!这是农民说出来的大实话,可这大实话背后却有他们尚未发现的隐忧,但这粒种子的创造者已经发现了。就在许多人为杂交水稻大推广、大增产而头脑发热时，他就发现问题了，用他自揭其短的话说，是"前劲有余，后劲不足；分蘖有余，成穗不足；穗大有余，结实不足"。他这样说，既是给那些头脑发热的人们浇浇冷水，更是冷峻地揭示出初创时期的杂交水稻还存在诸多绝对不能回避和掩饰的缺陷。

对于三系法技术体系，袁隆平此前曾打了一个形象的比喻，就像"一妻嫁二夫"的奇特婚姻关系，并且是包办婚姻，这就决定（甚至是命定）了在杂交组合上，作为母本的不育系（母稻）在选配保持系和恢复系这两个父本（公稻）时，由于受到遗传因素的制约，用专业术语说就是受到"恢保（恢复系和保持系）关系"的限制，其优势组合的概率极低，而难度又极大，若要选配一个具有杂种优势的组合，在现有籼稻品种中仅有千分之一可转育成不育系，只有百分之五可用作恢复系，这就造成了选配概率低、制种环节多、种子生产成本高、育种进度缓慢等诸多症结，而且难以解决杂交水稻高产与优质之间的矛盾。还有一个后遗症，随着亲缘关系在选配过程中相对拉近，其杂种优势也会裹足不前甚至逐渐减退，增产潜力越来越有限，这也就是袁隆平指出的"前劲有余，后劲不足"。

归根结底，三系法的所有症状都可归结为一个症结，就是其技术体系和育种程序太复杂、太烦琐。大道至简，如何才能化繁为简？这就是袁隆平一直在思考的问题，但要闯出一条路来又绝不简单。

1986年10月，首届杂交水稻国际学术讨论会在长沙召开，来自美国、日本、印度、菲律宾、澳大利亚等二十一个国家和地区的两百多名代表参加了会议，来宾遍及世界五大洲。像这样的国际学术讨论会，既有唇枪舌剑的激辩，也有欲说还休的试探，当然，还有一些在农业科技上一直领先的发达国家代表心高气盛，暗地里狠下决心，发誓要让自己的科技水准在这一领域赶超和领先中国。但有一个事实却是谁也不能否定的，从1976年杂交水稻开始大面积推广，到此时已整整十年，中国杂交水稻累计种植面积超过九亿亩,仅增产稻谷就超过了九百多亿斤,可以多养活一亿多人口。

一个黝黑而精瘦的身影,无疑是这次国际会议上最引人注目的身影。

袁隆平的学术报告,也是这次会议最受关注的主题之一。这不是一般的学术报告,而是他酝酿已久的关于杂交水稻分三步走的战略设想:从育种方法上说,杂交水稻的育种可分为三系法、两系法、一系法三个战略发展阶段,朝着程序上由繁到简而效率越来越高的方向发展;从杂种优势的水平上分,一是品种间的杂种优势,二是亚种间的杂种优势,三是远缘杂种优势。上述三种育种方法和三种优势水平之间存在着一定的内在关系,可以概括为三系法为主的品种间杂种优势利用、两系法为主的亚种间杂种优势利用、一系法远缘杂种优势利用。这篇题为《杂交水稻研究与发展现状》的学术报告,经与会代表一致认可,作为会议的主题写进了会议文件,随后又以《杂交水稻的育种战略设想》为题在《杂交水稻》1987年第1期发表,被业界视为杂交水稻发展的一份纲领性文件,被世界农业科技界称为"袁隆平思路",袁隆平也因此被誉为杂交水稻科研领域的"伟大战略家",这实在是当之无愧的。

从这一卓越的战略构想看,他已从理论上把杂交水稻的科学探索推向了又一个全新的境界,接下来的路,如他所预言的一样,在程序上将由繁到简,在效率上则越来越高,但在关键技术上也越来越难。这不仅仅是一个农业科学家的战略设想,一经他提出,随即就得到了国家的高度重视。1987年,两系法杂交水稻研究列入国家"863"计划,而袁隆平又一次肩负起国家赋予他的责任和使命,担任了"863"计划"两系法杂交水稻专题"的责任专家,主持全国十六个单位协作攻关。

此前,对于三系法为主的品种间杂种优势利用,我搞了很长时间才多少懂得了一点基本原理,而对两系法为主的亚种间杂种优势利用又如何去理解呢?水稻有籼稻和粳稻两个亚种,所谓亚种间杂交,说穿了就是籼稻和粳稻之间的杂交,如果这一技术能从根本上突破,就能从不育系、保持系、恢复系中省去一个保持系,这样就简化了种子生产程序,其最显著的优势还在于它不受"恢保关系"的限制,配组自由,同一亚种内几乎任何正常品种都可以作为其恢复系,因而在理论上更易于选配出杂种优势更强、增产潜力更大的杂交水稻新组合。然而,一句大道至简说来简单,若要省掉三系之一又何其难也。

为了让我这个门外汉一听就懂,袁隆平先生又打了个形象的比喻,同三系法那种"一女嫁二夫"而且是"包办婚姻"的奇特婚姻关系相比,两系法是"一夫一妻自由恋爱",而一系法则是"独身主义"。这个比喻让我忍不住乐了。说到这里还有一段趣话,福建育种专家刘文炳是一位名噪一时的"植物性学专家",他有一个创造,就是让水稻充分享受到"性福"。此事说来有趣,却并非异想天开,而是合乎生命规律的科学。水稻是植物,也是生命,培育良种,就是让水稻像人类一样优生优育。刘文炳在育种中发明了一套在水稻扬花期间让水稻享受"性福"的方法,具体怎么搞我也听不懂,但道理我懂,那就是给不育系催花煽情,让雌雄蕊更充分地"受孕结合",这样,结出来的谷粒才会丰富饱满,优质高产。这个道理,就像有着美满婚姻的夫妻,才能生出漂亮聪明的孩子一样。

所谓大道至简,其实是一个从简单到复杂又重新回到简单的过程,如以前的常规水稻品种其实也是一系法,在经历了三系法、两系法再到一系法,这个一系法就是培育不分离的杂种一代,将杂种优势固定下来,免除年年制种,凭借杂种一代植株的种子逐代自交繁殖,那便是一个更高境界的一系法了,那个简单已是非同一般的简单了!

当时,摆在袁隆平眼前的一个症结已经非常清楚。常言道,天有不测风云。自然温度变化莫测,比光照的规律更难以人为掌控。温度不可控,必然会给不育系的繁殖和制种带来极大的挑战。尽管此时袁隆平还不清楚育性转换与光温的作用机制,但有一点他已经认准了,既然温度是一个影响育性转换的主导因素,第一要考虑的就是育性对温度高低的反应,而不仅是光照的长短。据此,他率先提出了选育"实用光温敏不育系"的新思路,首先是要揭开水稻育性转换与光温之间的生命密码,探明其温敏感时期和敏感部位,以及导致雄性不育的临界温度。他的这一思路,在其后"能进一寸进一寸,得进一尺进一尺"的试验中得以验证。这是一条极为关键的技术路线,正是这一技术路线,让袁隆平一步一步地揭示出了水稻光敏核不育性转换与光、温关系的基本规律,从而提出了实用光温敏不育系关键技术指标选育理论及选育与鉴定技术,最终通过掌控临界温度的方法解决了这一难题。

这里就从那个临界温度开始,经反复试验,袁隆平和协作攻关的科研人员终于探悉了不育系育性转换的起点温度为23.5℃,当不育系在温敏感期的温度低于临界温度时表现可育,而高于临界温度则表现不育。一把密钥终于找到了,袁隆平又风趣地笑着打比方了,两系法虽说是"一夫一妻自由恋爱结婚",制种虽然少了保持系这个"丈夫",但母稻对"生儿育女"的要求很高,你对她的冷暖还得特别关心,稍不满意她就使小性子,一赌气又变成了原来的样子(常规水稻)。

在两系法的攻坚战中,袁隆平和协作攻关的科研团队几乎是一直在同温度作战。经反复试验,他和"863"协作组终于揭开了水稻光、温敏核不育系的秘密。1992年,袁隆平在《杂交水稻》上发表了论文《选育水稻光、温敏核不育系的技术策略》,正式提出了水稻光敏核不育的育性转换模式:"光敏不育系只能在一定的温度范围内,才具有光敏特性,即长光下表现不育,短光下可育,超出这范围,光照长短对育性转换并不起作用。当温度高于临界高温值时,高温会掩盖光长的作用,在任何光长下均表现不育;当温度低于临界低温值时,较低的平温也会掩盖光长的作用,在任何光长下均表现可育。同时,在光敏温度范围内,光长与温度还有互补作用,即温度升高,导致不育的临界光长缩短,反之,温度下降,导致不育的临界光长变长。品系不同,光温临界指标不同。"同时,他在论文中对温敏不育系也提出了育性转换模式:"品系不同,导致不育的起点温度不同。"——这两个模式,以严谨而清晰的科学思维理顺了水稻光、温敏不育系育性转换与光、温变化的关系,从而为选育实用的两用不育系指明了新的方向和技术路线。

为了使起点温度相对稳定,袁隆平和"863"协作组又经过反复试验和探索,设计了一套科学的原种生产技术程序。1994年,两系法杂交水稻专题研讨会在扬州召开,袁隆平在扬州会议上提出了"遗传漂移"理论及建立核心种子为主的不育系原种生产操作规程,既解决了育性稳定性问题,又针对不育起点温度低的特性,组织力量集中攻关,成功地探索出了冷水串灌技术,从而攻破了两系法育种繁殖的难关。其具体操作程序为:"核心种子→原原种→原种→制种",即每年用23.5℃的起点温度,在人工气候室筛选不育系的核心种子,用来生产"原原种",然后在严格隔离的条件下,用"原原种"繁殖原种,再用原种制种,用于大田生产。如此周而复始,就可保证不育起点温度相对稳定,从而就避免了两系法杂交稻"打摆子"和临界低温"漂移"现象。用这套技术方案指导制种,基本上就可以把自然因素所带来的风险化解了。如在湖南制种,始穗期放在8月中旬,从历史气象资料看,这一时段连续三天低于临界温度的低温气候仅为八十年一遇,遭遇的风险只有百分之一左右。这标志着两系杂交稻终于闯过了温度不可控这一难关,同时也攻克了两系法不育系繁殖的难关。

两系法攻关和三系法一样,也是一道难关紧接着一道难关,若要在大田推广应用,还有一道难关,就是亚种间的优势组合关。在如何选育亚种间的强优势组合方面,袁隆平又经过多年的研究试验,有针对性地提出了八条原则:"矮中求高,远中求近,显超兼顾,穗求中大,高粒叶比,以饱攻饱,爪中求质,生态适应。"这八条原则不但在两系法育种中屡试不爽,在接下来的超级杂交稻的选育过程中也成了法宝。

1995年8月,随着两系法杂交水稻相继闯过了不育关、繁种关和优势组合关等三道难关,袁隆平在1973年宣告我国籼型杂交水稻三系配套成功后,又一次向世界郑重宣告:"我国历经九年的两系法杂交水稻研究已取得突破性进展,可以在生产上大面积推广。"——这也是中国独创的两系法杂交水稻诞生的元年。

对于两系法该给予怎样的科学评价,这里借用袁隆平先生的说法:"两系法杂交水稻的成功是农作物史上的重大突破,继续使我国的杂交水稻保持了世界领先地位。"这一成果,也是举世公认的一项中国独创、世界首创的科技成果,在水稻杂种优势利用上,具有前所未有、无与伦比的优势,它真正达到了大道至简的效果,继续使我国的杂交水稻保持了世界领先地位,其育种程序大大简化了,在杂交组合上进入了更加自由和自然的状态,利用光温敏不育系育性转换仅受核基因控制的优势,选到优良组合的概率大大提高了,现有同亚种内水稻品种中的百分之九十五都可以用作恢复系,相对于三系法筛选出优良杂交组合的可能性提高了二十倍。当然,一切的优势最终都必须体现在大田生产上,这是一粒种子的终极目标。实践证明,两系法杂交稻一般比同熟期的三系杂交稻增产百分之十,而由两系法直接发展出来的超级稻,更是屡创高产奇迹,不仅产量提高了,米质也越来越好了。从科技创新的意义上看,袁隆平对两系法杂交水稻理论和应用技术体系的创建,既解决了水稻杂种优势利用的难题,还产生了"一法通,万法通"的乘法效应,很多其他领域的农作物专家借鉴其理论和经验,也开辟了杂种优势利用的新领域,如油菜、高粱、小麦等主要农作物,都相继迈进了两系法时代。

如今,中国早已跨入了超级稻时代,但其核心技术体系依然是两系法,也可谓是两系法的升级版,而袁隆平开创的这一技术路线,也为我国种业开拓国际市场提供了核心技术支撑。科学探索之路犹未尽也,两系法杂交水稻在1995年宣告育成后,还不能说是大功告成,作为三步走的第二步,此时也仅仅只是刚刚起步。每一项科研成果都需要经历长时间的探索试验,还要经历从试种到大面积推广应用的实践检验。2013年,在两系法杂交水稻诞生十八年后,由袁隆平主持的"两系法杂交水稻技术研究与应用"项目获得了国家科学技术进步奖特等奖,这是继全国籼型杂交水稻科研协作组在1981年获得国家特等发明奖后,杂交水稻研究又一次获得特等奖。但这两个特等奖是不能混为一谈的,前者是新中国成立以来的第一个国家特等发明奖,而后者则是国家科学技术进步奖特等奖。

岁月像一条深不见底的长河,那些前尘往事或随流水散去,或旷日持久地沉淀在河底,或化作带动后浪的前浪。袁隆平是一个从不耽于回忆的过来人,他那双眼从未深陷在岁月里,永远如初开的眼光,充满好奇地憧憬着未来。

一条科学探索之路漫长而又缓慢,一代代科学家也在这路上慢慢地变老。这也是袁隆平的切身感受,每取得一项重大突破,人就要老好多岁。他从五十七岁开始两系法攻关,到1995年他已六十六岁,换了一般人,他应该歇下来颐养天年了,但对于他,只是刚刚又打开了一扇门。"雄关漫道真如铁,而今迈步从头越。从头越,苍山如海,残阳如血。"一个伟人的长征诗篇,特别适合用来形容他此时的心境。这是一条关山重重之路,雄关之雄,漫道之漫,如铁一般凝重而遥远,每闯过了一关,他又要从头再做部署,而前途依然是苍山如海,残阳如血。如果没有那豪放劲健的气魄和顽强的意志,又怎能迈开下一步,闯过下一关?

当两系法杂交水稻开始在生产中推广应用之际,国际上早已掀起了超级稻研究的热潮。超级稻,亦称超高产水稻。说来,又是日本人先声夺人,早在1981年,日本农林水产省便组织全国各主要水稻研究机构开展题为"超高产水稻开发及栽培技术确立"的大型合作研究项目——"逆753计划"，这让日本成为世界上最早提出并开展水稻超高产育种及栽培研究的国家。按他们设想的路线，先通过籼稻和粳稻杂交的方法选育产量潜力高的新品种，再辅之以相应的栽培技术，计划在十五年内，把水稻单产提高1.5倍以上（将亩产从420至540公斤提高到630至810公斤）。在1981年至1988年的八年间，日本共育成了五个超高产水稻品种（明之星、秋力、星丰、翔和大力等）。按计划，日本的这一计划将在1995年实现，而中国独创的两系法杂交水稻也正是在1995年大功告成。不同的是，中国两系法杂交水稻搞成功了，而日本和他们此前在杂交水稻研究上的遭遇差不多，他们从未输在起跑线上，却总是在半途铩羽。他们培育出来的这些品种，大多在抗寒性、抗倒伏、结实率和稻米品质方面存在这样那样的问题，无论他们怎么左冲右突，都难以冲出他们的试验田而在大田里推广。

国际水稻研究所的研究起步较晚，他们于1989年正式提出水稻超高产育种计划，后又改称新株型育种计划，试图育成一种有别于以往改良品种的新株型水稻，并计划到2000年时，育成产量潜力比当时最高品种提高两成以上的超高产水平（从670公斤提高到800至830公斤）。1994年，就在袁隆平宣告中国独创的两系法杂交水稻可以推广应用的前一年，国际水稻研究所抢先一步向世界宣布，他们利用新株型和特异种质资源选育超级稻新品种已获成功，一些品系在小面积产比试验中的产量已超过现有推广品种的两至三成。实在说，这已是了不得的成就了，然而实在中还有实在，他们也像日本科学家一样遇到了很多难以攻克的难题，也同样走不出科学家的试验田。一项科研成果如果无法得到实实在在的推广应用，对水稻亚种间的杂种优势利用就如纸上谈兵。如果他们搞成功了，那就直接跨越两系法进入超级稻时代了。尽管这些先行者都没有搞成功，但不能不说，他们的探索有着开创性和启示的意义。袁隆平对他们的探索与试验也从不使用"失败"一类的词语，他只是说："由于指标高、难度大、受技术路线的限制，他们的计划仍在努力实现中。"换句话说，他们的目标至今也未实现。正因为超级稻一直难以从根本上突破，搞了许多年一直没有搞成功，也因此被人们称为一个"超级神话"。

那么，以袁隆平为代表的中国科学家，继中国独创的两系法之后，能否把一个"超级神话"变成货真价实的超级稻呢？当袁隆平把目光投向超级稻时，就有人早早为他捏着一把汗了。按一般人的想法，他在三系法杂交水稻研究成功后，就已功成名就，成为享誉中外、当之无愧的"杂交水稻之父"。如今又锦上添花，育成了两系法杂交水稻，最要紧的是要"爱惜羽毛"，不能再冒险了，何况他年岁实在不小了，这么多年来一直风里来雨里去，也该享享清福了。事实上，无论此前还是此时，都有人好心好意提醒他："您现在已是国际同行公认的'杂交水稻之父'了，国家和省里都对您寄予了厚望，万一搞砸了，岂不坏了名声？"

这种担心并非多余，任何科学技术都有失败的可能，而失败的概率比成功率要高得多，有人说，成功是"万一"，甚至连万里挑一都不止，而不成功则是"一万"，这世上有多少科技人员在默默无闻地探索着，又有几人能功成名就？如此渺茫的成功率，也让一些成功者抱有见好就收的心态，这也是一种比较普遍的心态，有些人取得了一项成果，便会百般爱惜和呵护，在科学探索之路上变得谨小慎微，生怕一个什么闪失就毁掉了自己得来不易的一世英名。然而，以袁隆平的人生境界，他考虑的又岂是自己的一世英名，他的人生目标是造福人类，何况长江后浪推前浪是自然规律，杂交水稻更新换代也是必然趋势。袁隆平一直在鼓励也真诚希望后来者能够超越自己，这也是必然趋势，但他也一直在不断实现自我超越。一生酷爱运动的袁隆平，他能走得这么远，一方面得益于从小就一直锻炼自己的体魄，另一方面也得益于运动让他领悟到了其间的人生与科学哲理。他常用跳高来打比方："搞科研如同跳高，跳过一个高度，又有新的高度在等你。要是不跳，早晚要落在后头,即使跳不过,也可为后人积累经验。只要能解决老百姓的吃饭问题,个人的荣辱得失又算得了什么?"

从三系法到两系法,袁隆平一直走得稳健而从容,但他也有压力,也有危机感和紧迫感,他说过这样一番话:"人类的历史像江河之水,总是奔流不息;科学技术似接力赛跑,你追我赶,强者胜。杂交水稻的研究,亦如江河之水、赛跑之势,在绿色革命运动中,你追我赶,形势逼人,压力很大。"

这压力不仅仅来自国际科技竞争,更多是出自一个农业科学家的天职,让每一个长了嘴的人都能吃饱肚子。这其实也是一个国家不可动摇的意志,那就是保障国家粮食安全。

直至今日,人类一直不遗余力地提高农作物的单产,主要是通过两条途径:一是品种改良,一是形态改良。这两条途径并非平行线,可以交叉兼容,把两种优势结合在一起利用,所产生的不是加法效应而是乘法效应,甚至可以促使农作物呈几何级数增产。

从品种改良看,最原始的方式就是农民在稻田里选种,拣穗子大、籽粒饱满的选,留作来年的种子,还有就是"施肥不如勤换种",在同一块田里,老是种着一样的种子,那种子再好也会退化。在杂交水稻问世之前,农业科技人员主要是通过改良常规品种和改变育种技术、栽培技术而提高作物的产量,但这样的改良增产潜力有限。直到杂种优势利用的潜力被开发出来,才让品种改良出现了质的飞跃,事实上这已经不是改良而是一场革命,而杂交水稻就是袁隆平在中国稻田里掀起的一场划时代的绿色革命。

从形态改良看,主要是因地制宜,改良株型,以提高作物的光合效应和抗逆性。如黄耀祥先生开创的水稻矮化育种及其培育出的半矮秆水稻,就是一个经典之作。以国际水稻研究所为代表的各国水稻育种家,一直以来主要就是采用改良常规品种和改良株型这两种方式,也曾创造了不少奇迹,但他们在超级稻上却没能再创奇迹,难以实现超高产的预期目标。这是被实践验证了的事实,无论是对常规品种的改良,还是单纯的形态改良,增产潜力都很有限,这也是人类把目光转向杂种优势利用的主要原因,而且成为20世纪农业科技革命和绿色革命的主题。

按袁隆平早已提出的分三步走的战略构想,从三系法、两系法到一系法,与之对应的则是杂种优势利用的技术路线,很多人误以为超级稻就是比两系法更高级的一系杂交稻,这是一个大误会。超级稻是一个以一定产量指标来衡量的概念,无论常规稻,还是杂交稻,又无论三系法杂交稻,还是两系法杂交稻,只要达到了预定的产量指标,均可称为超级稻。具体说到超级杂交稻,从袁隆平接下来的试验和实践看,主要是两系法和亚种间杂种优势利用,但那也只是两系法杂交稻的发展和延伸。通俗地说,就是杂交水稻的升级版和加强型,其基本原理和两系法一样,也是采用水稻的两个亚种——籼稻和粳稻进行杂交。这反过来又验证了,袁隆平从三系法到两系法这段路没有白走,它本身就是一道连接过去和未来的桥梁。谁又不想获得跨越式发展呢?但无论你采用怎样的科技创新手段,也只是让你的脚步加速,那一个接一个的关键步骤,你是不能骐骥一跃而跨越的。尽管两系法对亚种间的杂种优势利用比三系法的品种间杂交可以释放出更强大的能量,但超级杂交稻也吸收了三系法中的一些经典的方法,而当超级杂交稻发展和延伸到后一阶段,它将越来越接近一系杂交稻的一些特征,如远缘杂种优势利用或分子间杂交。一句话,超级稻就是利用水稻的一切杂种优势来追求高产优质的目标。从三系法、两系法到超级杂交稻,一向喜欢拿比喻说事的袁隆平又开始打比方了:"如果常规稻是鸟枪,杂交稻就是大炮,而超级稻就是核武器!"

按水稻领域的主流观点,水稻只有籼稻和粳稻两个亚种,也有一些科学家认为爪哇稻是水稻的亚种,但主流观点则认为爪哇稻属亚热带粳稻。从中国稻作区分布看,一般是南籼北粳,这两个亚种的亲缘关系比较远,而亲缘越远，其远缘杂交的生物学优势就越强，但两者之间也有一个大限，由于亲缘太远了，亚种间遗传分化程度大，就会不亲和，存在一定的生殖隔离，从而导致杂种受精结实不正常，看上去穗子很大，但大部分是空壳，一般只有两三成的结实率。据袁隆平当时估计，如果结实率正常的话，通过籼粳杂交将产生强大的杂种优势，亩产可达到九百公斤甚至突破一千公斤大关，这在当时可真是一个"超级神话"了。但袁隆平坚信这个神话是可以实现的，关键是如何突破不亲和这个生殖隔离的大限。

对于亚种间的生殖隔离，早在上世纪 70 年代，辽宁省农科院水稻研究所的杨振玉等科研人员就开始了打通籼粳之间生殖隔离的尝试，他们通过连续六年的试验，首创了"籼粳架桥"制恢（人工创造恢复系）技术，这一技术对两系法杂交稻的探索具有借鉴意义。日本科学家在这方面也做出了难能可贵的尝试，如袁隆平的老朋友池桥宏早在 1982 年就揭示了籼粳稻的不亲和性以及由此引起的杂种结实率低的原因，并首次提出了"水稻广亲和现象"，在籼稻和粳稻两个亚种间找到一些中间型的水稻，如爪哇稻，这种中间型的水稻品种具有广亲和基因，无论是与籼稻杂交，还是与粳稻杂交，试验显示都能正常结实。池桥宏的发现，为袁隆平攻克生殖隔离的大限找到了突破口，他针对中国水稻具有丰富的广亲和资源、亲和谱各异等特点，在攻克两系法时就主张把光、温敏核不育基因与广亲和基因结合起来，随后又在国内率先提出水稻亚种间亲和性模式，进一步阐明和发展了池桥宏提出的水稻广亲和现象，从而提出了比池桥宏更全面、更深入的广亲和基因和辅助亲和性基因的理论，按亚种间亲和性表现，将水稻品种分成广谱广亲和系、部分广亲和系、弱亲和系和非亲和系。在这个理论基础上，袁隆平和他的科研团队对广亲和资源进行了大量的筛选和遗传研究，发现广亲和材料中还存在另外一些广亲和基因，这些基因在克服亚种间杂种的不育性方面同样具有重要作用。经过协作攻关，以袁隆平为代表的中国科学家终于为水稻亚种间的杂交打通了生殖隔离，又攻克了一道世界性难题。池桥宏虽说是提出水稻广亲和现象的第一人，但他的设想在日本没有实现，而是在中国长沙付诸实施的，这让他对袁隆平、对长沙抱有很深的感情，他先后五次来长沙和袁隆平探讨交流，两人在稻田里结下了深厚的友谊。科学无国界，这也是一个典型事例。

袁隆平一只眼盯着种子，另一只眼盯着株型。想想也知道，那超高产的水稻倘若结出了沉甸甸的稻子，如果没有强有力的稻株又怎么能承受得起？在杂交水稻诞生之前，水稻育种的技术路线主要是从植株的高矮、形态着手进行改良，如黄耀祥先生当年培育的半矮秆水稻，就是这方面的经典范例。矮化育种可提高水稻的抗倒伏能力，在大田推广后的亩产为两百五十公斤上下，这在当时已很了不起了，而按农业部分期制定的中国超级稻产量指标，第一期（1996—2000 年）亩产就要达到七百公斤，那该要多么高大的稻株才能支撑起这么多稻子？很明显，矮秆和半矮秆株型是不成的，必须拥有高大的株型。但稻禾一高就容易倒伏，这就必须培育出一种高大壮实的株型，既具有高度的抗倒伏能力，又能承载起高出半矮秆水稻产量两三倍的稻子。而中国稻作区分布广泛，从平原沼泽到丘陵区、山区，由于生态条件复杂、气候变化多样，在株型设计上均要立足当地，到什么山上唱什么歌，这就需要众多的科研人员参与，也是协作攻关的意义所在。每个协作攻关的科研人员都必须因地制宜、对症下药地琢磨如何改良株型。袁隆平一直紧盯着长江中下游流域，这是中国最重要的稻作区，播种面积约占全国水稻总面积的近一半，若能大幅度提高这一地区的水稻产量，对确保我国粮食安全将具有举足轻重的意义。

有人把袁隆平喻为一颗持续发光、热力不减的恒星，倒不如说他一直在经受烈日的长久考验。当田间的农人都回家歇晌后，那几个依然在稻田里俯身寻觅的身影，便是他和他的助手们了。在茫茫稻海中想要寻找到一种理想的稻株希望非常渺茫,而偶然又必然的发现已是袁隆平一次次为我们展现的神奇风景。这一次发现并未来得太迟,就在中国超级稻育种计划启动的第二年,1997年,袁隆平在观察两系法杂交组合"培矮64S/E32"时,便发现这是一个株型优良、极具高产潜力的组合。这一组合以湖南杂交水稻研究中心选育的低温敏核不育系"培矮64S"为母本,经罗孝和研究员与江苏省农科院邹江石研究员等协作攻关,最终筛选出了一个两系法杂交稻新组合,既可作为中稻栽培,又可作为连作晚稻,还是作为再生稻的理想品种。当然,袁隆平最看重的就是它的株型,其株高超过一米一,秆高超过一米,那深绿色的叶片又厚又直,尤其是那三片功能叶,其横断面呈瓦状(V形),剑口清秀挺拔,剑叶角度小。这稻禾让袁隆平眼前豁然一亮,又灵机一动,顿悟出超级稻的理想株型模式。这样的灵感或顿悟,在袁隆平的一生中频频发生,正所谓"迷闻经累劫,悟则刹那间",那句他最满意时的夸奖不禁又脱口而出:"高级!高级啊!"

但要塑造出超级稻的株型模式,单凭一个灵感或顿悟是不可能完成的,还必须反复观察、分析和试验。农作物高矮之间的关系,涉及一个力学公式,稻秆是空心的,这里就以一个空心钢管为例,它所承受的压力和它高度的平方成反比,钢管越矮,它所能承受的压力就越大,经测试,一根高七十厘米的钢管,比高一米的型号相同的钢管所能承受的压力高一倍。按这个力学公式,袁隆平参照"培矮64S/E32"的植株形态,并针对长江中下游流域的气候与水稻的性状特点,对超级稻的生长态势进行了量化分析,从而设计出了理想的超高产稻株形态模式:一是冠层要高,即上面的叶子高度要在一米二以上,这有利于水稻的生长和结实,而抗倒伏是超高产的一个前提,一倒了就会减产甚至颗粒无收,因此斜都不能斜,斜了以后,叶片就会相互遮阴,光合作用受到影响,养料运输受到阻碍,就不能达到超高产。这就必须对上三叶进行塑造,叶片要轻,并且是长长地、直直地向上举着,这样既能增强其抗倒伏能力，又不会遮挡照射下来的阳光，还能充分提高群体的光能利用效率，实现有效增源。二是穗层要矮，即稻穗的位置矮，当稻子成熟的时候，穗尖离地只有六七十厘米，它所有的重量（重力、重心）自然下垂，这样才有更强的承重力。为了让广大农技推广人员和稻农们熟记这些诀窍，袁隆平把理想的超级稻株型概括为几句口诀："高冠层、矮穗层、中大穗、重心低、库大而匀，高度抗倒。"

从中国杂交水稻发展史看，这是一个在探索、发现、创造和实践中不断演进的过程，也是杂交水稻学这一新兴科学的知识体系逐渐形成和不断完善的过程，作为总设计师的袁隆平在这一过程中的科学预见能力也在进一步强化，每到一个承上启下的关键点，他都会从理论和技术路线上做出纲领性的阐述。1998年8月，第十八届国际遗传学大会在北京国际会议中心开幕，这是20世纪国际遗传学界的最后一次盛会，大会的主题是"遗传学——为民造福"。中国现代遗传学奠基人之一谈家桢院士在致辞中以"人寿年丰"高度概括了遗传学对于人类的意义：人寿，就是提高全人类的生命质量；年丰，就是提高全人类的生活质量，丰衣足食。袁隆平院士做了题为"超高产杂交稻选育"的学术报告，对超级杂交稻理论和选育技术路线进行了极具指导性的阐述，他提出超级稻必须以增源为核心，并由此而提出了超级稻产量指标、株型模式和选育的技术路线，育种应采取旨在提高光合效率的形态改良与亚种间杂种优势利用相结合，辅之以分子手段的选育综合技术路线。此外，还要针对超级杂交稻的特点，建立与之相适应的超高产栽培技术。

按照袁隆平设计的技术路线，他率协作攻关的科研人员发起了一轮轮攻关。

1999年，多年来一直担任袁隆平助手的罗孝和研究员和江苏省农科院邹江石研究员合作，由罗孝和提供母本，邹江石育成了世界第一个投入大面积生产的两系法杂交稻组合"两优培九"。这一成果通过鉴定，被国家农业部、科技部认定为超级稻,该组合也被袁隆平院士认定为超级杂交稻的先锋组合。这标志着,中国第一个超级杂交稻组合诞生了!这种水稻根系十分发达,茎秆粗壮,穗形大,杂种优势非常强大。每一个新品种在科研人员的试验田里试种后,还必须按照严格的科学程序走,逐渐扩展到示范片试种,示范片一般由当地农民种植管理,但有科研人员的悉心指导,而示范片也是不断扩大的,从百亩示范片扩大到千亩示范片,示范片的数量也会不断增加,并且分布在不同的地区,除了测试种子的效果,还要测试各种不同地域环境因素的影响。这是一个反复试验、不断修正的过程,对种子的选择是一个十分严格的过程,一粒种子可以承载人类的命运,也可以给人类带来难以估量的灾难,科技人员在自己的试验田里可以大胆试验,但在大面积推广应用之前必须慎之又慎。对于科学,"面面俱到"从来不是贬义词,而是一种全面而严谨的科学精神,每走一步都谨小慎微,连每一个细节、每一个在试种过程中发现的或可能出现的问题都必须考虑到。一句话,试验可以失败,但大面积推广应用绝不能失败。

这年的试验结果显示,"两优培九"仅在湖南就有四个百亩示范片平均亩产超过了七百公斤,若按农业部分期制定的第一期超级稻产量指标,已经达标了,但这年并未做出达标的认定。一粒种子的普适性十分重要,还必须在更大范围内试种。到2000年,"两优培九"又进一步扩大试种范围,8月25日、9月10日,在湖南郴州两个示范片举行了中国超级杂交稻现场验收会,经专家现场测产验收,两个示范片均达到第一期超级稻产量指标。而在当年,全国有十六个百亩示范片和四个千亩示范片亩产均达到和超过了七百公斤,大面积的试种结果充分验证了这一品种既可在一般生态条件下大面积推广,也可在地形复杂的山区推广。除了产量,还有质量,经鉴定,第一期超级杂交稻的米质就达到农业部规定的二级优质米标准。这也标志着,从1996年中国启动超级稻育种计划,到2000年,历经四年,在人类跨入新千年、迎接新世纪的2000年,中国超越了日本和国际水稻研究所等先行者,率先迈进了超级稻时代。

随着粮食单产的大幅度提高,袁隆平在2006年底又提出了"种三产四"丰产工程,即种三亩超级杂交稻,生产出种四亩现有杂交水稻品种的粮食。这一工程于2007年率先在湖南示范,湖南省针对水稻生产的不同条件,同步采取三套增产方案:一是在中低产田实施"种三产四"丰产工程,通过超级杂交稻早稻加超级杂交稻晚稻的"双超"等五种模式,实现粮食大面积丰产;二是在高产田实现"三分田养活一个人"的目标;三是抓紧第四期超级杂交稻攻关,实现早、中、晚超级杂交稻百亩片平均亩产分别达到六百公斤、一千公斤和七百五十公斤的目标。实践证明,无论哪一种方案或模式,都大幅度提高了现有水稻的单产和总产,到2011年时,湖南省的"种三产四"丰产工程新增稻谷就超过了十亿公斤。袁隆平计划到2015年,在全国推广"种三产四"丰产工程六千万亩,实际上相当于八千万亩的生产水平,每年新增稻谷就可以多养活两三千万人口。这一目标如今已经实现了。

2020年,杂交水稻从研发到成功已过去了半个世纪,三系配套育种奠定了水稻杂交的理论基础,二系配套育种让杂交变得简单,超级稻则一次又一次冲击和刷新世界纪录。2020年11月2日,中国科学院院士谢华安率领的测产专家组走进了湖南省衡南县清竹村,对袁隆平团队种植的超级杂交双季稻进行了现场测产,亩产突破1500公斤大关,再次打破纪录!谢华安兴奋地说:"看到一大片稻子长得这么整齐、这么诱人,大家都在称赞,也为袁隆平团队的创新成果感到骄傲。"

近年来,袁隆平团队在不断冲击水稻超高产纪录的同时,还在进行海水稻——耐盐碱水稻攻关。

在我们这个蔚蓝色的星球上,有着大量未开垦的盐碱荒滩。根据联合国教科文组织和粮农组织不完全统计,全世界盐碱地的面积为9.54亿公顷。

我国也有大量的海滨滩涂和内陆盐碱地，面积位居世界第三，全国盐碱化土地面积约为9913万公顷（14.9亿亩），大部分都处于荒废状态。

人口不断递增，而土地则不能增加，甚至有减无增，为了应对粮食危机带来的严峻挑战，早在上世纪三四十年代，一些沿海国家就把开发和改良盐碱地，利用海水灌溉种植水稻作为了探索的方向，但却一直难以从根本上突破并推广，关键还是产量太低，亩产在一百公斤左右。这也让国内外的遗传育种专家不得不正视，海水稻和杂交水稻一样，从一开始就是一个世界性的难题，这一难题也被公认为"一个稻作界的哥德巴赫猜想"。

自2017年起，袁隆平团队组织开展国家耐盐碱水稻联合体试验，分北方中早粳晚熟组、黄淮粳稻组和南方沿海籼稻组三组，在全国沿海滩涂及盐碱地不同生态区进行试种，这是"藏粮于地、藏粮于技"战略的科学试验和实践。研发海水稻可以充分利用盐碱地和海洋滩涂解决粮食问题。而海水稻具有抗涝、抗盐碱、抗倒伏、抗病虫等能力。海水稻的种植还能有效改良盐碱地，在沿海地带防风消浪、促淤保滩、固岸护堤、净化海水和空气，具有如红树林一般的生态价值。

按袁隆平设计的技术路线，第一步是培育出亩产能达到三百公斤的耐盐碱水稻品种，这一目标现已实现而且超过了预期。第二步，中国海水稻研发团队将在未来的八至十年内选育出可供产业化推广、亩产一千公斤以上的耐盐碱超级杂交稻新组合，推广面积达一亿亩。这笔账，袁隆平早已算过，若在大规模推广后平均亩产达到三百公斤，每年就可增产三百亿公斤粮食，可以多养活近八千万人口。如果更乐观一点，若是推广达两亿亩，按照亩产四百公斤计算，可以多养活两三亿人口，这将是中国的福音、人类的福音。

当下，海水稻的大规模推广还面临很多困难。由于我国盐碱地面积大，性质差异大，需要根据不同类型的盐碱地建立相应的示范推广模式，这项工程开发难度大，商业风险高，仅凭单一单位的力量实施难度高。为保障开发的有效性和可持续性，需要与当地政府合作搭建稻作改良示范研究平台，开展在不同盐碱地类型、不同气候区的试验测试，建立配套生产技术体系，在此基础上进行产业化开发。而从国家战略上，也需要国家能够在新品种选育、综合技术配套、基本农田认定政策、上下游产业配套等方面给予支持，通过政策引导，在典型区域建立示范工程，推动耐盐碱水稻的大面积种植。

袁隆平用一粒种子改变了世界，但每一粒种子都来之不易，更不会一劳永逸。而这位从未停止脚步的老人，哪怕在九十高龄时，依然在阳光下奔走，不是在试验田就是在去试验田的路上。他说："我还想再活十年，十年后，超级稻还将夺得更高的产量，海水稻肯定能推广到一亿亩，中国人一定能把饭碗牢牢地端在自己手里！"

"肯定！"他一向是不说满话的，但这次他说的是肯定。我注意到，他说这话时，眼里闪烁出一种奇异的，甚至是神奇的亮光。我也深信，随着他向水稻王国的极限、向人生与生命的极限发起挑战，一个人和一粒种子的故事还将续写，那不是传奇，更不是神话。事实上，他早已不是在向世界挑战，而是一直在向自己挑战。

麦田里的守望者

小麦和水稻一样，也是人类赖以为生的主要粮食作物。说来有趣，稻米被称为大米，而小麦却被称为小麦，但这小小的麦粒却支撑起了人类世界的三分之一，全球三分之一以上的人口以小麦为主粮。这一粒麦子为人类带来了千变万化的美食和花样百出的滋味，从奶油意大利面到兰州牛肉面、河南烩面，从法式面包到河南老面馒头，从墨西哥卷饼到山东煎饼，还有饼干、泡芙、包子、饺子、花卷、烧饼……这一切皆是小麦出神入化的化身。

追溯小麦的历史，中国是世界上较早种植小麦的国家之一，但不是最早的。据考古发掘,在中东地区的一座古墓里就发现了一粒小麦,距今已大约一万年,这是小麦属中最原始的栽培种,在农学界就叫作"一粒小麦"(Triticum monococcum),原产小亚细亚,穗小,每小穗上仅一有芒的花结实,这个小穗上只结一粒种子。这也表明,在那个时代,小麦的产量很低。几千年过后,"一粒小麦"遇到了一种田间杂草——拟斯卑尔脱山羊草,"一粒小麦"与山羊草发生了天然杂交,这就是小麦与野草的第一次远缘杂交,这种野草就把它的一些特性也可谓优势基因传到小麦里边来了,"一粒小麦"就变成了"二粒小麦"(Triticum dicoccum Schuebl),一个小穗上长两粒种子,两粒种子当然比一粒种子产量高了。大约在公元前5000年的时候,"二粒小麦"又和另外一种山羊草相遇,进行了第二次远缘杂交,小麦的面粉产生了非常大的变化。此前,"一粒小麦"和"二粒小麦"的面粉都是不能发面的,在第二次远缘杂交后,这个面粉才能够发起来。我们今天能够吃到馒头、面包,就是因为能够发面。这个基因是哪里来的?就是它的第二个衍生亲本粗山羊草贡献了这个基因。这两次远缘杂交都是大自然的奇妙安排。先民们发现"二粒小麦"后,进行人工栽培繁殖,年复一年地在麦田里挑选更好吃的、产量更高的种子,这个过程被科学家们称为驯化。从"一粒小麦"开始,由三种野生植物经过两次远缘杂交,经历了上万年的自然选择和人工选择,才形成了我们今天的普通小麦。

据专家推测,大约在四千年前,小麦经草原通道和绿洲通道两个途径从小亚细亚传入中国黄土高原和黄河中下游。到了春秋战国时期,小麦已是中原最常见的农作物。据《左传·成公十八年》:"周子有兄而无慧,不能辨菽麦,故不可立。"这个"不辨菽麦"的典故,原意指愚昧无知,连豆子和麦子也分不清,能不蠢吗?而这也表明,当时我国北方已广泛种植小麦,人们普遍都能分清大豆和小麦。而到了汉唐盛世,小麦已取代谷子(古称稷、粟,即小米)成为国中的主粮。白居易在《观刈麦》一诗中描绘了麦收季节繁忙的丰收景象:"田家少闲月,五月人倍忙。夜来南风起,小麦覆陇黄……"

千百年来,小麦一直是我国第二大粮食作物,也是北方的第一大粮食作物,现在播种面积占我国农作物面积的百分之二十七左右。我国每年小麦总产量超过一亿吨,是世界上最大的小麦生产国。然而,在相当长的一段时间,优质小麦种质资源一直被西方发达国家所垄断,而中国小麦农家品种缺少更新换代,产量低,抗逆性差。我国小麦在育种上的革命,赵洪璋先生是最早的开拓者之一,并形成了别具一格的育种技术体系。

赵洪璋,1918年6月出生于河南省淇县的一个农民家庭,从小目睹农民食不饱腹、衣不遮体,灾荒之年背井离乡、家破人亡的凄惨情景,这是他青少年时代的心头之痛,也是他选择学农的根本原因。1940年,他从国立西北农林专科学校农艺系毕业后,任陕西省农业改进所大荔农事试验场技佐,选择了陕西关中地区主粮小麦作为研究对象,以改良品种作为突破口。那时候关中一带的农家麦种俗称"蚂蚱麦",长得稀稀拉拉,亩产不到一百斤,还容易感染条锈病,长大后又容易倒伏。这让他产生了"改良品种,兴农富国"之抱负。1942年初,他被调回母校担任助教。从此,他便一边教学,一边搞小麦杂交育种试验。他利用当地广泛种植的"蚂蚱麦"作母本,用来自美国的品种"碧玉麦"作父本进行杂交,一年不成,第二年接着来。小麦杂交育种是一项复杂的系统工程,环节多、年限长,在此过程中需要精心设计、精密施工。赵洪璋将此总结为:"制定育种目标是运筹于帷幄之中,育成品种是决胜在十年之后。"

关中风沙大,在田野里忙上一天,回来一身灰扑扑的,连嗓子眼里都充满了灰尘。赵洪璋对他的学生说:"搞咱这一行,不吃半车土怎么能行?"就在尘土飞扬中,经过六年的培育和试种,他终于在1947年秋天选育出了丰产抗锈(条锈病)的六个品系——"碧蚂"1—6号。其中,"碧蚂1号"是我国早期育种中通过中外品种间杂交创造小麦新品种最出色的范例,也是我国有史以来适应性最广、种植面积最大的农作物品种,种植近千万亩,创造了我国乃至世界上一个小麦品种年种植面积最高纪录。

那是新中国成立之初,全国各地粮食紧缺,赵洪璋培育的"碧蚂1号"大面积提高了小麦产量,毛泽东主席在接见他时,称赞他"一个小麦品种挽救了大半个新中国"。

1950年,赵洪璋被授予全国劳动模范称号。1955年,赵洪璋以副教授的身份当选为中国科学院生物学地学部委员(院士)。

赵洪璋在中国选育出杂交小麦和"绿色革命之父"诺曼·布劳格博士在墨西哥稻田里掀起的第一次绿色革命是在同一时间。赵洪璋对中国小麦杂交育种的开创,也堪称中国麦田里的第一次绿色革命。

李振声则是继赵洪璋之后,为小麦育种做出了划时代贡献的开拓者。

在中国乃至世界的稻田里,袁隆平是家喻户晓的"杂交水稻之父",而在中国的麦田里,李振声则是当之无愧的"中国小麦远缘杂交之父"。在中国农业领域,"南袁北李"并驾齐驱,袁隆平被誉为"当代神农",李振声被誉为"当代后稷"。

传说炎帝神农氏是中国农业开创之神,为了耕耘大地,他变成了牛头人身,绷紧了脊梁,把一个硕大的脑袋深深埋向大地,从嘴里喷吐出大口大口的热气,每一个毛孔里都热汗淋漓。这其实是一副远古人类的农耕图,拖着犁铧走在前头的是牛,而扶犁走在牛后的是人,若是不经意地看上去,人和牛恰好构成了一个重叠的影像,一个牛头人身的神农形象便逼真地出现了!为了寻找种子,神农氏还发明了一条赭红色的神鞭,"以赭鞭鞭百草,尽知其平毒寒温之性,臭味所主,以播百谷"。相传这条神鞭把五谷百草都赶到了大地一边,然后神农挨个挨个地尝,选出了人们可以吃的五谷杂粮,他也被誉为"五谷之神"。

后稷,则比神农稍晚出现,相传为黄帝玄孙,为周族始祖。他身世奇特而悲惨,据《诗经·大雅·生民》,后稷是他的母亲踏着上帝脚印生出来的,少年时被父母抛弃,所以名弃。但他有相地之宜,善种谷物,教民耕种与稼穑之术,尧舜时,"举弃为农师,天下得其利",后被尊为"司农之神"。他第一个建立粮食储备库和畎亩法,放粮救饥,赐百姓种子,被认为是禹最倚重的三公之一。又据《竹书纪年》所载:"尧水九年,汤旱七年,天下弗安,黎民饥阻,拯民降谷,功在后稷。"

说来,李振声的命运和后稷还真有相似之处,他也生长于灾难深重的岁月。1931年2月,一个春寒料峭的日子,李振声出生于山东淄博一个农民家庭,他比袁隆平小一岁。在他们出生的那段不堪回首的岁月,全世界都发生了大饥荒。那在世人眼中如同天堂一般的美利坚,在经济大萧条中有数百万人非正常死亡,很多人都是饿死的。而中国在兵荒马乱的军阀混战中,大西北和华北几乎同时发生了赤地千里的大饥荒,据史家估计,至少有上千万人饿死,即便不是直接饿死的,也是与饥饿有关的非正常死亡。每逢天下饥荒,粮食已不是用升斗来量,连黄豆、豌豆都被穿成串儿来卖,想想那粮食有多金贵,只有有钱人才能买得起。

李振声出生于饥荒岁月,即便风调雨顺,一家人也只能靠窝窝头和棒子面养命,只有过年过节的时候,才能吃上一顿香喷喷的白面。在他少不更事的年岁,连做梦都想天天吃白面,但这几乎是白日梦。同玉米、土豆等粗粮相比,小麦是细粮,单产低,在旧中国亩产只有一百多斤,又容易遭受大面积的病虫害,搞不好就会绝收,一般人哪里吃得起白面,只要能填饱肚子就谢天谢地了。李振声到了八九岁的时候,在日寇铁蹄的踩躏之下,一场旷日持久的特大干旱横扫了以中原大地为中心的黄河中下游两岸,将田野变成荒丘,把生灵化作白骨。

当时,地处黄河下游的山东更是这场大灾荒的重灾区,那难以忍受的饥饿让李振声一辈子铭心蚀骨。他十三岁那年,像牛一样忠厚勤劳的父亲在饥病交加中去世,他们兄妹四人是母亲含辛茹苦拉扯大的。但这位穷苦的母亲,哪怕饿肚子也要送孩子们读书,直到李振声的兄长长大成人后,这家里的日子才稍微好过了一点。在哥哥的资助下,李振声一直读到高中二年级,哥哥便再也无力支撑。1948年夏天,李振声辍学后,背着一个包袱只身来到济南,想托人找个活儿干干,可人海茫茫,到处都是穿着破衣烂衫、面黄肌瘦的穷苦人,很多乞丐在垃圾堆里翻捡食物,连老鼠都不肯放过,这昏天黑地的世道,哪里才是活路啊!当他饿得两眼发青时,眼睛忽然闪了一下,他在街上看到了山东农学院的一张招生启事,这学校最吸引他的是不收学费,还可以提供吃住。对于一个饥不择食的穷学生,这可真是天大的好事,既有饭吃,又能上大学!他小心地从墙上揭下了招生启事,按照上面的地址去报考了。他连高中都还未毕业,只是抱着试一试的心态,没想到一下就考上了,这是他人生的一大转折,又仿佛是宿命的安排。

  李振声上的是农学系,系主任是著名农学家沈寿铨。沈寿铨1922年毕业于金陵大学农学院农学系,1932年获美国康奈尔大学农学硕士学位,曾任燕京大学作物改良试验场场长,中央大学农学院院长,上海圣约翰大学农学院教授、植物生产系主任。沈寿铨先生在20世纪30年代主持育成了"燕京白芒白""燕大1885""燕大1817"等小麦良种并推广种植,这些成为我国运用现代技术改良作物品种并应用于生产的最早一批成果。他站在讲台上,像农人一样穿着一身粗布衣服,仿佛随时都会奔向田野,又像刚刚从田野里归来。他从不捧着高头讲义照本宣科,而是结合自身实践加以论证,从小麦的进化、分类到育种的理论与技术,深入浅出又如在现场,这大大激发了李振声对育种的兴趣,也让李振声形成了对小麦突变现象和分布规律等问题的深度思考。还有一位余松烈教授,浙江慈溪人,是中国小麦栽培学的奠基人,讲授遗传课。余松烈教授没有任何架子,但有自己的脾气,总是逼着学生去独立思考。他说:"我可以给你们传授知识和经验,但我不能帮你们思考,你们的脑袋长在你们自己的脖子上!"

这两位恩师的传道授业,使李振声从理论上提高了对小麦遗传育种的认识。当时,学校农场还繁殖推广了几个优良小麦品种——"齐大195"、扁穗小麦、"鱼鳞白"等,李振声将这些优良品种引回家乡,种植后确实比当地老品种增产了不少,乡亲们都争着来换种,这让李振声看到了老乡们对良种的渴望,一粒种子就可以改变许多家庭的命运,让勤劳而贫苦的农人解决最基本的温饱。可惜,人多种少,看着那些空手而归的老乡们,李振声感觉欠了老乡们一笔债。在毕业之前他就打定了主意,这辈子就搞小麦育种研究,让穷人们都能吃上白面。这也是他从小的梦想。

1951 年,李振声以优异的成绩从山东农学院毕业,被分配到中国科学院遗传研究所。他原本想从事小麦育种研究,院里却分派他搞牧草研究。从种麦到种草,一个原本已确定的人生方向就此发生了偏移,这让年方弱冠的李振声既迷茫又沮丧。而命运有时候挺有意思,这一次偏移却在未来岁月给他带来了意外的惊喜和发现。

李振声在中科院搞了五年牧草研究后,1956 年响应中央支援西北建设的号召,背起行李,从首都奔赴西北一隅的小镇杨陵,到中国科学院西北农业生物研究所工作,从此开始了他在大西北三十余年的科研生涯。杨陵位于关中平原中部,地处鄂尔多斯地台南缘的渭河地堑,南侧为中国南北方地理分界线秦岭山脉,北侧为横贯陕西中部的渭北黄土塬,渭河自西向东流经这一带。这得天独厚的地理环境,让杨陵成为中国农业的发祥地之一。相传,后稷曾经在这一带"教民稼穑,树艺五谷",而今这里还开辟了一片"教稼园",一座后稷的雕像伫立在园子里,那一双睿眼,依然深情地注视着这片黄土地。年轻的李振声来到杨陵,便以"拯民降谷"的后稷自励,只是没有想到,多年后他在中国的麦田里被人们称为"当代后稷"。

杨陵也是西北地区现代高等农业教育的发源地之一。早在 1934 年,这里便建起了国立西北农林专科学校。新中国成立后,这里又相继建起了西北林学院、中国科学院西北农业生物研究所、中国科学院水利部水土保持研究所、水利部西北水利科学研究所、陕西省农业科学院、陕西省林业科学院、中国科学院西北植物研究所等科教单位。1999年9月,经国务院批准,这些科教单位合并组建西北农林科技大学,是全国农林水学科最为齐备的重点大学,而杨陵也成为全国第一个农业高新技术产业示范区。

然而,当李振声初来乍到时,杨陵在很多领域还处于拓荒阶段,还有太多的难题等待着他们去攻克。就在他来到西北的那一年,中国爆发了历史上最严重的小麦条锈病。条锈病,俗称黄疸病,是一种真菌引发的病症,真菌寄生在小麦叶片上,破坏光合作用,掠夺小麦养分水分,染病植株的叶片上会出现鲜黄色条状的孢子堆,破裂后会产生锈褐色的粉状物,看上去锈迹斑斑。这种病又称作"小麦癌症",一旦发病就难以有效地控制病情,传播速度快,危害面积大,往往一夜之间就导致小麦大面积患病,造成减产乃至绝收。那时候,我国的粮食总产只有约四千亿斤,小麦产量更低,上世纪50年代,我国小麦平均亩产只有一百多斤,而因为条锈病就减产了两三成,一年累计减产达一百多亿斤。在粮食短缺的岁月,这么多减产的粮食能养活多少人口啊!这不是数字,而是一个个血肉生命。

这种病不只是发生在中国的麦田里,乃是全球麦田里频发的病症。据二十五个国家统计,条锈病平均五年半就能产生一个新的毒性更强的病菌小种,而小麦育种的速度缓慢,八年才能育成一个小麦新品种。由于育种速度远远赶不上病菌变种的速度,仅仅依靠小麦种内的资源是很难育成持久的抗病品种的。如何解决条锈病,一直是无解的世界性难题。

李振声通过田野调查,发现了一个让他奇怪的现象,农民种了那么多年的小麦,这小麦还是体弱多病,而那些天生地长的野草从来没人管,却长得生机勃勃,没有什么病虫害,这表明野草里边有天然的抗病基因。这让李振声突发奇想："能不能通过小麦与天然牧草杂交，来培育一种抗病性强的小麦品种呢？"这是李振声提出的一个科学设想，通过远缘杂交，将天然牧草的抗病基因转移给小麦，从而选育出持久性抗病的小麦品种。然而，让野草和小麦杂交，在很多人看来这简直是风马牛不相及，国内还从没有人尝试过。

那年，李振声才二十五岁，人微言轻，他对自己提出的设想心里也没有底，但他的想法得到了一位前辈的支持，那就是著名小麦育种专家、西北农学院教授赵洪璋。而对于李振声这位小麦杂交育种的后继者，赵洪璋院士无论在科学信念上，还是在技术路线上，都给予了指导和支持。多年后，李振声饱含深情地追忆："赵洪璋院士是我们的良师益友，每当回忆起当时他指导我们进行小麦育种工作的情景，仍记忆犹新，历历在目。他在小麦育种方面的丰功伟绩，在 20 世纪 50 年代就已广为流传，名扬天下。赵洪璋老师经常说，小麦杂交育种要做到少而精，选出的杂交亲本在地里如果表现好，排名靠前，那么育种目标主客观就实现了一致，育种就算成功了。我在选育'小偃'系列品种时，就借鉴了赵老师的育种方法。"

赵洪璋院士在小麦品种选育上探索出了三大经验：一是要在亲本的"选"与"配"上多下功夫。二是把杂种分离第二代选择作为重中之重，"杂种二代没有货，希望就不大了"，这是他对选择杂种分离第二代的独到见解。当然对二代中植株后代的进一步选择，他也非常重视，而且在决选时，他还留有余地，即不只保留一个品系，如丰产麦就留了一、二、三号，最后大面积推广的是"丰产三号"。三是尽力延长推广品种的使用寿命。在小麦育种中，他采用良种提纯复壮，方法是"单株选、分系比（选优汰劣）、混系繁"。在创新的基础上，赵洪璋建立了自己的杂交小麦育种系统。

如果没有赵洪璋等前辈育种专家的开拓性贡献，李振声无疑将会在杂交育种上摸索更长的时间。但李振声设想的杂交小麦又不同于前辈的杂交小麦。赵洪璋的杂交小麦,是小麦品种之间的杂交,无论是中国的"蚂蚱麦",还是美国的"碧玉麦",那都是小麦,两者之间没有太大的生殖隔离。而李振声设想的则是小麦与天然牧草(野草)的远缘杂交,两者之间的生殖壁垒更大。但李振声这个大胆设想也并非异想天开或天方夜谭,从小麦演化的自然史和栽培史中就可以寻找到科学的线索和证据。

既然小麦可以和野草天然杂交,那么能不能通过人工的办法,把另外一些野草的优势基因加到小麦里边来呢?李振声深信,从自然规律上看,应该是可行的。但小麦的前两次远缘杂交都是大自然经过上万年的千挑万选才偶然发生的,而人类要将小麦和野草进行远缘杂交,摆在眼前的有三大难关:第一是杂交不亲和——在亲缘关系较远的两个物种间由于有生殖隔离,因此一般无法进行交配生殖。第二是杂种不育——即便杂交成功以后,也极难产生可育后代,难以繁殖和大面积推广。第三是后代"疯狂分离"——由于两者的特性差异很大,杂种分离得形形色色、各种各样,而且很不容易稳定。

这三大难关是无数前辈遭遇过的,在小麦遗传育种领域,连第一道难关也无人闯过。但作为一个科研工作者,李振声没有犹豫,至少可以试一试吧。赵洪璋院士也鼓励他大胆尝试和探索,"科学是干什么呢?科学有两个任务,第一是认识自然,第二是运用了解了的自然规律去改造自然"。——这是科研工作者的天职。而李振声在大学里就开始钻研小麦遗传育种,在中科院又搞了五年的牧草研究,收集了八百多种牧草,对这些牧草的特性都做了比较详细的研究,这是他的强项。借用他一句自我调侃的话说,"我是小麦育种领域比较懂牧草的,又是牧草领域里比较懂小麦育种的",这又何尝不是一种学科上的杂交优势?

在试验的头一年,李振声带着几位助手选了十二种天然牧草和小麦做杂交。当第一代小麦和野草的杂交品种到了成熟季节,李振声和助手们一个个都傻眼了,小麦既遗传到了牧草抗病的特性,却也遗传到了牧草的另一特性——光长叶子不结果。这种被称为杂种一代(F1)的东西长得一点也不像小麦,反倒像野草一样疯长。有人笑话了:"哈,你们这是种小麦还是种牧草啊?"但李振声两眼却兴奋得发光,他指着这麦子不像麦子、牧草不像牧草的东西说:"你们看,这麦田里的条锈病大大减轻了啊!"

这第一次试验,有三种牧草和小麦的杂种一代(F1)没有得条锈病,从它们的后代来看,小麦和长穗偃麦草杂交的后代长得最好。长穗偃麦草是一种优良牧草,和小麦是"远亲"。李振声当即决定,接下来就集中精力来做小麦和长穗偃麦草的杂交试验。为了找到更优良的长穗偃麦草,李振声时常要踏着危岩险径爬上人迹罕至的山野。那挂在崖壁上的羊肠小道上长满了青苔,又陡又滑,李振声在鞋底绑上了草绳还是不断打滑,每一步都提心吊胆,随时都会摔下悬崖。有的地方根本就没有路,那些人迹罕至、枯枝摇曳的崖壁,连大峡谷里的老猎人都没有爬上去过。给他带路的山民害怕了,腿肚子颤抖着,再也不肯往前走了,但越是人们难以涉足的地方,越有可能找到被大自然挑选的而又没有遭受人类干扰的优势基因。一次,李振声爬到一道陡壁上,上去时,眼前还有一些东西遮挡,手指抓住崖壁的缝隙,还有一种向上的力量支撑着意志,可从那山上下来时,他朝山下看了一眼,感到自己一下悬空了,眼下只有黑魆魆的深不可测的谷底,两边几乎是垂直的山崖,山风呼啸,刮起岩石表层的尘屑,沙沙沙,飞沙走石打在脸上生疼。老天,这可怎么下去啊!说不害怕那绝对是假的,他害怕得不敢睁眼但又不能不睁大眼睛,只能死死地盯住那一条狭窄陡峭的绝径,两手抓着岩壁上的野草和小树根,用屁股蹭着地,一点一点地慢慢往下滑。终于滑到山腰了,他还在浑身僵直地大声喘着粗气,那是死过一次又重生般的感觉。

李振声走过的这条路,就是艰险的科学探索之路啊,若没有亲身经历过,谁都以为这是一种矫情的形容,而这条路,李振声是用生命来体验过的。

在两年多时间里,他找到了一株株具有天然优势基因的长穗偃麦草,经过一轮轮回交——子一代与亲本杂交,用于加强性状表现,基本上攻克了小麦与长穗偃麦草杂交的前两个难关——杂交不亲和、杂种不育,但第三个难题一直久攻不克,一直没有选出性状稳定的植株。从外观上看,杂种分离的类型很多,而且很不稳定,有时一个杂种看着很好,到下一代就面目全非了。这是怎么回事呢?李振声做了大量的细胞遗传学的研究,终于弄清了问题的实质——所有非整倍体杂种都是不稳定的,只有恢复到整倍体以后才能稳定下来。整倍体是体细胞的染色体数为基本染色体组(X)整数倍的个体,普通小麦系由山羊草属、广义的冰草属和小麦属三个属的种类杂交形成的,其染色体组为六倍体,若要让新的杂交品种稳定下来,其染色体组也必须是整倍体,如八倍体、十六倍体等。这里边还有很复杂的异代换系——某种植物的个别染色体被外源植物的一些染色体所代换而形成的新类型称异代换系,还有易位系——某种植物的一段染色体被另一物种或属的一段染色体所代换而形成的新系统。

这一发现,对于李振声来说,还只是从理论上找到了突破口,而要攻克第三道难关,谁也不知道还要多久。白天,他待在试验田里,弯腰弓背地进行田间观察,一天下来,腰都伸不直了,年纪轻轻就腰椎间盘突出。晚上,他还要在实验室里,对着显微镜搞细胞遗传研究,颈椎比腰椎还疼得厉害。实在太累了,他就趴在显微镜下眯一会儿,醒了,又睁着一双通红的眼睛继续观测显微镜里的细胞。这可不是一天两天、一年半载的坚持,他这样没日没夜地干了六年,终于攻克了第三道难关,培育出了性状比较稳定的植株。

无论杂交还是回交,都要进行人工去雄和授粉。小麦实在太小了,不仅名字里有"小"字,麦粒也如此之小,以至于单粒都不好称其重量,人们只好拿一千个麦粒来称重,叫作"千粒重"。而小麦花就更小了,给小麦人工授粉,这是极为缓慢而又细致的工作。加之小麦和长穗偃麦草的花期不同,不能在同一时间进行杂交授粉,李振声和助手们一道,天天倒时差,晚上用灯光延长光照时间,硬是把长穗偃麦草的花期提早了两个月,赶上了小麦的花期。就这样,终于把偃麦草耐寒、耐干热风、抗病害等优良基因转移到小麦中,选育了一系列远缘杂交小麦品种——小偃麦系列。

  1964年,他们进行大田试种时,一开始小麦长势苗壮,然而在成熟之前,却连续遭遇了四十多天的阴雨天气,而小麦从抽穗灌浆到成熟收割大约需要四十天,这个阶段是小麦增产丰收的决定性时段,天气晴朗高温、阳光充足是小麦籽粒饱满、增加千粒重的先决条件。如果是阴雨连绵、低温潮湿的天气,就会影响到灌浆,从而影响麦粒的淀粉密度,使小麦减产。李振声和助手们一个个急得围着麦田团团转,他们仰望着上苍,何时才能云开日出啊？然而,这种自然现象是任何人无法改变的。他们能够做到的,只能是做好病虫害的防治和挖沟排涝。到了6月14日这一天,天终于放晴了,太阳出来了。一开始大伙儿都兴奋得不得了,然而这突然暴晴的天气,却是又一场灾难。多年后,李振声依然清晰地记得那个日子,眼看太阳越来越高,如同一个燃烧的火球,人在烈日下,连眼睛也睁不开。随着温度陡升,到中午时,他的脑袋都被太阳晒得滚烫,而那久经阴雨的小麦在太阳的高温暴晒之下,一天之间几乎都青干了。青干,是一个农业专用术语,指庄稼的籽实还未长饱就干浆了,如白居易在《杜陵叟》诗中所云:"九月降霜秋早寒,禾穗未熟皆青干。"

  当时,李振声已经培育出许多小麦杂种后代,单是试验田里就种植了一千多种。李振声和助手们在麦田里反复察看,无论走到哪里、看到哪里,眼里都是干枯的。这么多年他们经历了无数的煎熬和苦累,谁都没有绝望过,然而这一次,他们是真的绝望了,有的人已经瘫倒在地上,喃喃地悲叹:"完了,全完了……"

  然而,天灾往往也是天机。就在绝望之际,李振声的眼睛又猛地亮了一下。他弯着腰,瞪大眼睛,定定地看着一株麦子,叶片还是金黄色,麦子还没有青干。他赶紧剥开一粒麦子,用随手带着的放大镜察看,发现籽粒饱满,充满了活力。那一刻,他瞪大眼睛看着,这株小麦确实在他眼前,却又感觉像是在做梦。他使劲揉了揉眼睛,指头湿漉漉的,不知是泪水还是汗水,随后,他兴奋得一下叫了起来:"你们来看啊,这株麦子长得多好啊!"几个人过来一看,都有一种绝处逢生之感。这株麦子经历了这么长的阴雨,又经历了突然的高温暴晒,还长得这么好,表明它既抗阴雨又抗高温,而且抗病害。他们给这株麦子做上标记,待到成熟时,他们小心翼翼地把每一粒麦子都收获下来作为种子,并命名为"小偃55-6",这就是后来推广面积最大的"小偃6号"的"祖父"。

在接下来的几年里,李振声和助手们利用"小偃55-6"经过两次杂交,又经过多年的选育、试种,终于培育出了小偃麦系列中最出色的品种——"小偃6号"。这是一个具有相对持久的抗病性、高产、稳产、优质的小麦新品种,它抗病能力很强,能同时抗八个生理小种。在当时的小麦品种中,无论是产量还是品质,"小偃6号"都是出类拔萃的品种。小麦的品质主要表现在面粉上,一个是做馒头要白,一个是做面条要有劲。在这两点上,这一品种都很出色。随着"小偃6号"在黄淮流域大面积推广,一句民谣在麦田里不胫而走:"要吃面,种小偃。"

"小偃6号"的育成和大面积推广,证明远缘杂交确实是改良小麦品种的一条重要途径,给黄淮流域带来了大面积增产。尤为重要的是,这一品种还成了中国小麦育种的重要骨干亲本,其衍生品种五十多个,累计推广三亿多亩,增产小麦超过150亿斤。由小偃麦衍生出的品种"高原333"还创造了单产最高的世界纪录。

李振声和他的同事们用了二十多年,采用远缘杂交技术培育出了以"小偃6号"为代表的小偃麦系列。二十年对于人生是漫长的,一个当年二十多岁的小伙子,这么多年来一直守望在大西北的麦田里,已经变成了一个饱经风霜的中年汉子。但从另外一个角度来说,李振声和他的同事们在二十年里就让小麦走过了自然界要用几千年才有可能走完的路,这就是科学的力量。

不过,李振声在欣慰之余也不无遗憾,这种远缘杂交的方式育种过程耗费的时间太长。为了加快培育新品种的进程,在上世纪70年代中后期,李振声又借鉴美国小麦遗传学家西尔斯(E. R. Sears)的经验,开展了染色体工程研究。西尔斯在美国和加拿大的麦田里创建了一套染色体工程工具材料——"中国春"单体系统。"中国春"原本是种植在成都平原的一个地方小麦品种,早在20世纪初,由传教士传入西方,成为小麦遗传学最重要的遗传材料和工具,促进了小麦细胞遗传学的大发展,同时也直接推动了黑麦、大麦、燕麦等其他近缘物种的遗传研究。上世纪四五十年代,西尔斯通过研究,从"中国春"衍生出一系列小麦染色体材料,通过这套材料可以将远缘植物的染色体转移到小麦中。1973年,我国从加拿大引进了这一系统,但是,这套系统利用起来存在一些困难,这套材料的保存与利用都须通过显微镜下的细胞学鉴定才能完成。为了有目的、快速地将外源基因导入小麦,李振声在这一领域进行了创新,他带领助手运用从偃麦草中得来的蓝粒基因创造了一套蓝粒单体小麦——"小偃蓝粒"。所谓蓝粒,就是蓝色籽粒,蓝色色素受基因控制。经李振声首创,在一个麦穗上可以长出四种颜色的种子,深蓝、中蓝、浅蓝和白粒,不需要用显微镜,只根据种子颜色就可以知道它的染色体数目,深蓝的四十二条,中蓝和浅蓝的四十一条,白粒的四十条。四十条染色体的小麦叫缺体,用它与远缘植物杂交,可以较容易地将外源染色体转移到小麦中。李振声还建立了快速选育小麦异代换系的新方法——缺体回交法,这为小麦染色体工程育种开辟了一条新途径,这是中国麦田里的第二次绿色革命。

李振声创建的蓝粒单体小麦和染色体工程育种新系统,受到西尔斯等国际小麦遗传育种学家的好评。在西尔斯等国际著名小麦遗传育种学家的支持下,1986年,李振声作为地方组织委员会主席在西安组织了第一届国际植物染色体工程学术会议。1993年,又在北京组织了第八届国际小麦遗传学会议,扩大了我国小麦遗传育种研究在国际上的影响。

　　李振声不但是中国小麦远缘杂交育种奠基人,也是一位卓越的农业发展战略专家。李振声带领中科院农业专家组通过三个月的调查研究,提出了在黄淮海地区进行中低产田治理的建议。在时任中国科学院院长周光召的大力支持下,李振声率先组织实施了"农业黄淮海战役",带领本院二十五个研究所的四百名科技人员投入冀、鲁、豫、皖四省的农业主战场,与地方政府联合,与兄弟单位合作,开展了大规模的中低产田治理工作,为促进中国粮食增产发挥了带动作用。

　　1995年,为打破中国粮食生产四年徘徊的局面,李振声向中央农村工作会议提出《我国农业生产的问题、潜力与对策》的报告,提出了实现粮食产量增加一千亿斤的对策。1999年至2003年,中国粮食生产出现连续五年减产时,他又及时提出了争取三年实现粮食恢复性增长的建议。

　　李振声在小麦遗传育种领域的开创性贡献,为人类带来了福音,也赢得了世人的尊重,他于1990年当选第三世界科学院院士,1991年当选中国科学院院士。2000年,袁隆平因在杂交水稻上的巨大贡献,获得了2000年首届国家最高科学技术奖;2006年,李振声因在小麦遗传育种上的卓著贡献,荣膺国家最高科学技术奖。在短短六年里,国家最高科学技术奖两次授予了两位粮食育种专家,这足以证明国家对粮食安全的高度重视。

　　在中国的麦田里,还有无数像赵洪璋、李振声一样的守望者。李振声在中国麦田里掀起的第二次绿色革命,在后继者的手里传承着、延续着,刘秉华就是其中的一位传承者和佼佼者。

刘秉华，河南鄢陵县人。鄢陵位于河南省中部、千里伏牛山脉之东的黄河南侧，历来为小麦主产区。然而，他从小也难以吃上白面，也曾经历过忍饥挨饿的岁月。在农村插队时，他和农人一样辛辛苦苦地种麦子，但这养命的麦子，却一直难以填饱人们的肚子。那时候，经过赵洪璋、李振声等前辈科学家的努力，小麦亩产逐年提高，在风调雨顺的年景亩产已达到三四百斤，但一旦遭遇风灾，就会大面积倒伏、减产乃至绝收。这让他萌生了一个念头，怎么才能培育出抗倒伏的小麦种子？在农村锻炼一段时间后，他被选拔到一所乡镇中学任教，在教学之余，他四处搜寻遗传育种方面的书籍。没有老师指点，他就一句一句地啃、一段一段地思索，做了数十万字的读书笔记，还编写了上百道遗传学题，自己给自己布置作业。他用自己所学的知识到麦田里去观察，躬身向老乡们请教，那随身带着的本子上记满了老乡们种麦子的经验，也有太多的教训和疑问。这麦田，仿佛总是逼着他在思考、在琢磨，那紧皱的眉头，从来没有舒展过。老乡们都说："这小伙子就爱琢磨个事儿，不出名堂不罢休。"

这样一个总是在麦田里琢磨的乡村教师，终于迎来了一个命运的转折点。1979年，新中国成立三十年，在这拨乱反正的岁月，中国农业科学院恢复了停招多年的研究生招生，刘秉华凭借在遗传育种上的多年自学钻研，以令人惊异的成绩考取了中国农科院作物所的研究生，导师是著名遗传育种专家邓景扬研究员。

邓景扬先生原是在法国和瑞士经商的华侨，但其志不在经商，更钟情于自然科学，尤其是农业科学。新中国成立后，他远在西洋，心系祖国，最为关注的就是中国的粮食问题。为此，他在年过而立时毅然决然放弃经商，半路出家，1950年，以一个旁听生的身份，进入日内瓦大学开始学习自然科学。1959年，他获得了该校自然科学博士学位，并提出了"营养物质与开花物质相互制约"的新观点，被国际上称为"邓氏理论"，这一理论如今还经常在国际书刊中被引用。他拿到博士学位之际,正值国内的困难时期,邓景扬决定放弃瑞士舒适的生活环境和优越的工作条件,回国效力。他的导师、日内瓦大学科学院院长苏达教授一再挽留他,而他的回国之心急切,在战争废墟上建起来的新中国最需要的就是人才,"我是中国人,越是在祖国困难时,越是要尽一己之力报效祖国"!

1960年春,邓景扬携带着家人,还有种子和仪器,踏上了归国的漫漫旅程。

回国后,他就一头扎进了麦田里,搞小麦品种改良研究。而当时,导致小麦减产乃至绝收的主要危害,一是病虫害,二是倒伏。对于病虫害,还能防治,可风太大,干脆就绝收了。而小麦主产地遍布华北平原和东北平原,一马平川,最怕的就是大风,一场大风席卷而来,小麦就会大面积倒伏,用农民的话说:"谷倒一把糠,麦倒一把草。"如何解决农作物倒伏问题,也是一道世界性难题,农学家们都想通过降低小麦的株高来抵御风灾。株高是农作物中相当重要的性状,传统而言,农民更喜欢看上去高大、结实的小麦,植株高的小麦能进行更多的光合作用,但当谷粒产量增加时,植株高的小麦就可能引起倒伏而减产,一旦遭遇风灾,更容易大面积倒伏。

如前文提及,早在上世纪40年代第二次世界大战期间,美国遗传学家、植物病理学家诺曼·布劳格博士就在墨西哥的麦田里从事矮生小麦的研究,他在墨西哥麦田里掀起的"绿色革命"之风也吹进了神州大地。这里又要说到赵洪璋先生在中国麦田里的另一个开创性贡献。1958年,赵洪璋针对当时普遍出现的小麦倒伏问题,考察了不同类型的高产试验田,亲自进行品种、肥力、密度等因子的研究,并在赤日炎炎下观察麦田群体的透光情况,在风雨交加中研究抗倒伏植株的结构特点,从而提出了以矮化株型为突破口的新的育种目标。1964年至1965年,赵洪璋利用矮秆多穗型材料"咸农39"、本单位的早熟选系"58(18)2"和推广品种"丰产3号"组配了新的杂交组合,于七十年代选育出中国第一批在黄淮麦区推广种植的冬性半矮秆品种"矮丰"1、2、3、4号。它们的株高约八十厘米,抗倒性突出,每亩穗数多,经济系数高,使小麦单产再上了一个新台阶。

赵洪璋先生开创了我国小麦矮化育种的先河,其中最突出的是"矮丰3号",这是我国小麦生产史上第一个大面积推广的半矮秆品种,对我国矮化小麦育种产生了深远影响。但这种半矮秆品种一旦遭遇大风灾,依然难以抗倒伏,而杂交方式又必须靠人工去雄授粉。大凡人工去雄,科技含量不高,原理不难,但操作太难。小麦和水稻都是雌雄同花,一朵花只结一粒种子,几十、上百粒种子结成一穗,几穗乃至十几穗合成一株,而人工去雄要一朵花一朵花进行,如此烦琐而细致,产生的种子数量又极为有限,但又找不到别的路径。在袁隆平之前,国内外的小麦和水稻育种家走的都是人工去雄这条路,一直在为如何改善人工去雄的方法、效果,提高杂交结实率以期获得大量的优良杂种而不断地摸索、改进,但却一直没什么进展。1970年,袁隆平和他的助手发现了一株改变历史的野草——"野败",这是一株天然雄性败育的野生稻,利用它对水稻进行杂交育种,再也不需要烦琐的人工去雄了。

那么,在中国的麦田里能否找到一株既能天然杂交又能矮化育种的"野败"呢?邓景扬先生也一直在寻找。直到1972年,山西省太谷县农民技术员高忠丽发现了一株特殊的小麦,远看穗子半透明。这种特殊的小麦,经邓景扬鉴定,其雄性败育彻底,雌蕊发育正常,他将其命名为"太谷核不育小麦",这是世界上首次发现的小麦天然突变体,也是后来"矮败小麦"的祖宗。1980年,邓景扬与高忠丽在《作物学报》联合署名发表论文,明确"太谷核不育小麦"是由显性雄性不育单基因控制的不育小麦,它的细胞质正常,开花时颖壳张开角度大,雌蕊柱头外露,便于接受外来花粉,在麦类育种和遗传研究中有重要价值。但此时还不知道,这一对显性基因到底在二十一对染色体的哪一对上,这是接下来的重要课题——对这个基因进行染色体组定位。只有准确定位这个显性不育基因,才能广泛而有效地利用这个基因。为此,邓景扬在分享"太谷核不育小麦"的试验材料时就请教了数位国内专家,但谁也没有给出完整定位方案。随后,邓景扬又访问了美国、英国、法国和国际小麦改良中心,向多位专家请教太谷核不育基因的定位方法,都没得到明确答复。当时,如何定位小麦雄性不育基因,在国内外都还没有一个十分成功的方法。

刘秉华考上了邓景扬先生的研究生后,随即就加入了邓景扬领导的"太谷核不育小麦"课题组,用他的话说,"我来到农科院时,一下子就撞上了矮败小麦的祖宗,是命中注定的事儿"。从此,刘秉华的人生乃至生命与矮败小麦"血肉相连"。在导师的指导下,他一边查阅国内外的科技文献,一边绞尽脑汁地思索,寻求为那个显性不育基因定位的方法。那时,对小麦进行基因定位的常规方法是单体分析,单体是能与同种或他种分子聚合的小分子的统称,但太谷小麦的不育株只能作母本,经邓景扬先生反复试验,对它很难进行单体分析,必须另辟蹊径。为了寻找到一种新的分析方法,刘秉华连走路和吃饭时都在思考,有时候在路上走着走着,他突然蹲在地上,抓起一根小树枝就地演算起来。有时候正吃着饭,他忽然拿起筷子就在桌上划拉起来。那时候,陈景润的故事正在广泛流传,同学们笑着说:"刘秉华啊,你也快变成陈景润了!"刘秉华抬起头来说:"咱们搞科研的,还真是要向陈景润学习,无论成败,都要不惜一切地去努力!"

一天中午,刘秉华躺在研究生集体宿舍靠窗的上铺,别的同学都在午休,他却怎么也睡不着,两手交叉枕在脑后,两腿伸直,两脚盘起,两眼一直盯着天花板。在兀自沉思了一会儿后,他忽然冒出一个灵感:"既然单体分析行不通,能不能用端体分析?"端体是染色体末端的 DNA 重复序列,作用是保持染色体的完整性,这很可能会成为一个突破口。他急忙坐起来,按这突如其来的想法演算了一遍，感觉那被卡住了的思路像电流一样通了。他兴奋得一下从床上跳了下来，赶紧跑去将自己的思路告诉了导师。邓景扬先生是一位严谨的科学家，他仔细听了刘秉华的想法，沉声道："这是前人没用过的方法，能行吗？"刘秉华也不知道能不能行，随后又反复演算了多遍，依然觉得这条思路确实是可行的。邓景扬先生看了他的演算，又沉声说："那我们就按照这条思路进行试验。试验嘛，就是失败了也是正常的。"

这一课题由邓景扬先生领头，从国内外收集齐四十二个"中国春"小麦端体，在试验田和温室里播种、杂交、取材，还到昆明、西宁进行加代繁育。刘秉华白天在试验田里忙碌，取样后，晚上还要待在实验室里对着显微镜一个幼穗一个幼穗地观察，逐株记载染色体组成。农业科研的进程是极为缓慢的，刘秉华在导师的指导下，用了四年时间，采用染色体排除和端体分析相结合的方法，终于在1983年完成了"太谷核不育小麦"的基因定位，将其精准定位在4D染色体短臂、距着丝点31.16个交换单位处。——这是世界上首次发现并定位小麦控制不育的基因，堪称遗传育种领域的一大突破。这一成果不仅在遗传学界占有一席之地，刘秉华和他的导师邓景扬还以此创立了太谷核不育基因定位新方法。这一成果受到中国现代遗传学奠基人谈家桢院士、小麦遗传育种学家庄巧生院士的高度评价，也得到了国外同行的好评，国际上将太谷核不育基因命名为Ms2。这项基因定位与发现、鉴定等成果其后获得国家技术发明二等奖，刘秉华研究生一毕业，就当选为中国遗传学会植物遗传委员会最年轻的委员，并留在中国农科院作物所继续从事科研工作。

接下来，刘秉华在基因定位的基础上，试图经过连续大群体测交筛选和细胞学研究，培育出既表现矮秆又雄性不育的材料。"太谷核不育小麦"的后代，只有在扬花时仔细观察雄蕊才能知道哪些不育、哪些可育，怎样才能一眼就看出来呢？这必须有标记。遗传育种学家都非常重视寻找或创制标记性状,以便根据标记性状间接地或及早地对目标性状进行选择,以提高品种改良成效。如蓝粒小麦,就是"中国小麦远缘杂交之父"李振声首创的,专门供育种家们用于性状标记。刘秉华先是借鉴李振声院士的方式,给"太谷核不育小麦"做蓝粒标记,用蓝粒小麦与不育小麦杂交,想把蓝粒性状与不育性状连在一起,可是,培育出来的后代,要么"不育"与"蓝粒"不连接,要么连上了,后代又分开了,总不能紧密地连在一起。

这是怎么了?刘秉华反复思考这个问题,认为蓝粒基因是位于4E染色体长臂,很难与位于4D染色体短臂的不育基因紧密连锁。就在这时,他看到《作物学报》上一篇关于"矮变一号"小麦基因定位的论文,实验做得好,资料也完备,只是分析出了点问题,把矮秆基因定位在2A和4D上。刘秉华综合分析前人实验资料,进一步明确矮秆基因与2A无关,只位于4D染色体上。这时他自然联想到自己定位太谷核不育基因在4D上的结果,用矮秆给"太谷核不育小麦"做标记性状的想法油然而生——用"太谷核不育小麦"和"矮变一号"小麦为亲本进行杂交。一个是雄性败育彻底而稳定,自1972年发现至今未见自交结实之事例;一个是世界上最矮小麦,株高三十厘米左右。他相信两个基因之间总会有间隔,有间隔就可能发生断裂、交换和重组,这样一来,不育基因与矮秆基因就能走到一起,从而获得矮秆不育小麦。

1986年,刘秉华开始独立承担科研课题。在他独当一面的第一年,院里只分给了他的课题组一间简易的平房,既办公又做试验。而在当年播种之际,院里还没来得及分给他试验地。用刘秉华的话说,"没有试验地,如同猎手没了猎场",但"材料要种,试验不能停"!他带着助手杨丽来到自己原先的试验地,在冻僵的土地上播种冬小麦。寒风像刀子一样刮在脸上,他抡着锄头在前边埋头开沟,杨丽亦步亦趋地跟在后边点种。一周后,那嫩生生的幼苗在风雪中出土,刘秉华和杨丽也在风雪中观察和照料这些幼苗。在经过漫长等待之后,到了翌年5月初,小麦陆陆续续抽穗了,他们又一株一株量株高、查育性,这一茬小麦总共是3248株,高的不育,矮的可育,却没能找到一株他们望眼欲穿的矮秆不育株。从试验结果看,刘秉华试种第一茬矮秆不育小麦失败了,但从过程看,就像他的导师邓景扬先生所说,就是失败了也是正常的,在科学探索之路上,有些弯路你是必然要走的,若是不把一条道走到底,又怎么知道那是弯路?又怎么能避开那些弯路?

第二年,院里分给刘秉华三分试验地,这是一片旁边长满籽粒苋和堆满垃圾的荒地。为扩大试验面积,他和助手杨丽带上铁锹和耙子,除杂草、清垃圾,干了一个星期,又多开出了半亩地。就在这块地上,他们种上了第二茬麦种,将测交群体增加到5216株。到了1988年5月初,小麦又开始抽穗了。刘秉华和杨丽每天在试验田里观察,量株高、查育性,而结果依然是高的不育,矮的可育,一直找不到那个深藏不露的矮秆不育株。在苦苦寻找了一个月后,阳光渐渐变得灼热了,"六月辣日天,人都要晒蔫"。刘秉华头顶烈日,连手里拿着的放大镜都沾上了一层热汗。他用衬衫揩拭着放大镜时,眼光忽地一闪,随即便定定地盯住了一株麦子。这麦子就在他的手边,个子矮小,只有五十厘米,雄性特征完全失去,颖壳夸张地张开。他用放大镜反复观察之后,那一直弯着的腰背终于伸直了,长长地舒了一口气。随后,他急急地呼唤助手:"杨丽,杨丽,快过来看!"杨丽赶紧奔了过来,端详着他指着的矮个子麦子。

刘秉华说:"这株矮个子小麦雄花完全败育,就是我们想要的啊!"

杨丽弯下腰,把脸贴在这株麦子上,又仔仔细细看了一遍,眼眶里泪花闪烁。为了这样一株麦子,他们已经苦苦寻找了三年,一株一株地测交了八千多株麦子,连想一想也知道有多渺茫,而那奇迹般的希望,又总是蕴藏在这渺茫之中。

这株小麦,就是具有"太谷核不育小麦"基因标记的矮败小麦。矮,就是矮秆;败,就是败育,败育就是不育,不育分为雄蕊不育、雌蕊不育,这里指雄蕊不育。这种小麦既是矮秆的,又是雄蕊不育的。

到了成熟季节,刘秉华将矮败小麦的种子一粒一粒地收下了,一共是235粒种子,从它的价值看,这每一粒种子比黄金还珍贵。接下来,又是一轮的播种,又是漫长的望眼欲穿的等待。当又一年的抽穗时节来临,在235株中分离出108个矮秆株,表现雄性败育,另有127个非矮秆株,表现正常可育。这完全符合预期结果,矮秆不育小麦衍生后代群体的一半是矮秆不育株,另一半是非矮秆可育株,两者的株高差异一目了然,从而省去了人工区分育性的烦琐过程。

在矮败小麦群体中,接受花粉的不育株在下,提供花粉的可育株在上,异交结实率高。矮秆不育株靠异交结实,而非矮秆可育株靠自交结实。这不仅是一种特异小麦,更是一种特别好用的小麦育种工具,它不需要此前缓慢而繁复的人工去雄授粉,就可以选育出大量的杂交种,杂交效率可大大提高。如果说"野败"是袁隆平在稻田里的一个关键性突破口,矮败小麦则是刘秉华在麦田里的又一个关键突破口。就凭这一点,刘秉华也是当之无愧的"矮败小麦之父"。

但若要培育出突破性的品种,还要有相应的方法与技术。接下来,刘秉华又开始了新的试验,那就是探索出一套高效育种方法。在此后的十年中,他仿佛从人们的视线里消失了,同行们只闻其声,看到他发表的一篇篇论文,却难见其踪影。很多人都在打听,刘秉华去哪儿啦?——他在中国的麦田里奔波,不是在北京的试验地,就是在新乡的试验地。而他在新乡的试验田,是应一个农民的请求开辟的。那是1991年,刘秉华培育出矮败小麦的消息在各地的麦田里不胫而走,新乡县农民张清海给他写了一封信,恳求能得到一些矮败小麦种子,在他的麦田里试种。刘秉华从这封散发着泥土和汗水气息的信中,想起了自己的父老乡亲,更看到了农民对良种的渴望,他马上回信,寄给这个农民比金子还宝贵的二十粒种子。到了播种季节,他又去了张清海家的麦田,在这里开辟了又一片试验田。这是一个农业科学家和一个农民手拉手的试验,从此,他就在北京和河南新乡的试验地来回奔走,一条科技探索之路,从北京中国农科院的试验田延伸到了河南新乡一个寻常百姓的麦田,其实,这正是一粒种子的使命。

一个小麦育种专家,也只有这样在麦田里反复走、反复看、反复想,才能蹚出一条路来。在刘秉华的词典里,用得最多的一个词就是——反复,他的每一次突破、每一个发现,都是这样反反复复搞出来的。在农民张清海看来,刘秉华不像是一个专家,而是一个比农民更勤劳的农民。他来新乡后,就住在张清海家里,每天一大早就裹着一身晨雾下地,天黑了又裹着一身夜雾回家。他的脸比农人还黑,鞋子上沾的泥土比农民的还多。饿了,他就蹲在地头吃几个馍馍或一碗捞面,跟农民一个样。每逢刮风下雨,别的农民往家里跑,他却顶风冒雨地往麦田里跑,他要看看那矮败小麦有没有倒伏,若是出现倒伏,那就意味着又失败了。

1992年,刘秉华组建了第一个矮败小麦轮选群体,而轮选育种成败的关键在于能否使群体逐轮优化,能否把优良后代选出来,培育成好品种。他精心挑选了二十个亲本,其中有主栽品种,抗病、抗倒伏的,有北方及黄淮麦区的品种,还有三分之一是名不见经传的遗传种质,构成遗传多样性丰富的群体。通过群体内不育株与可育株杂交,进行基因交流,才能产生新类型,经过反复选择,才能优化基因。经过一轮又一轮的杂交与选择,群体不断得到改良。群体内每个可育株都是一个复交F1,一亩轮选群体有上万种基因组合,要从中不断选出各具特色的新品种。

就在这一年,农业部组织召开"矮败小麦创制与高效育种技术新体系"成果鉴定会,经李振声、庄巧生等五位院士组成的鉴定委员会鉴定,矮败小麦"这个独特的遗传资源属国际首创","该项研究创新性强,应用效果好,发展潜力大,总体上达到国际领先水平"。诺贝尔和平奖获得者、"绿色革命之父"诺曼·布劳格博士也一直关注着中国矮败小麦,将其誉为"小麦育种的革命"。

刘秉华不但选育出了矮败小麦,还建立了矮败小麦高效育种技术平台,他采用轮回选择和分子设计育种,开启了创新小麦育种方法之门,为小麦大面积增产装上了加速器,比常规小麦育种方法功效高了上百倍,使我国小麦育种技术研究实现了革命性突破,更加确立了我国小麦育种技术在世界上的领先水平。在2003年的国家小麦新品种展示试验中,产量位居前十名的小麦品种中,用矮败小麦技术育成的品种占五个,而刘秉华育成的新品种包揽了前三名——"轮选987""轮选981""轮选201"分居第一、第二、第三名。"轮选987"是其中最杰出的代表,这一品种不仅产量潜力大,而且具有广泛的抗逆性——抗寒、抗叶锈病和白粉病、抗倒伏、抗吸浆虫、耐旱、抗干热风和穗发芽。这年,京津唐地区的小麦白粉病发病严重,不少品种大面积倒伏,而"轮选987"不仅没有感染病害,还表现出了良好的抗倒伏性。当年,这一品种参加国家区域试验,平均比对照品种增产百分之十五左右,区域试点最高亩产715公斤。这一品种深受农民的欢迎,在生产上大面积推广十四年而不衰,老乡们说:"'轮选987'好种易管,产量高,一亩多收一两百斤。"

刘秉华还将矮败小麦及其高效育种方法无偿提供给国内小麦育种单位,全国百分之八十以上的育种单位在利用该技术选育新品种。由于"轮选987"配合力好,北方冬麦区育成的大部分品种都有其血缘。迄今,矮败小麦已应用到上百个单位,育成了四十二个品种,还有数十个品种参加各级区域试验,展现出广阔的发展前景。而今,应用矮败小麦育种技术已经育出六七十个优良品种,累计推广面积超过三亿亩。

刘秉华在育种过程中和新乡结下了不解之缘,这北依太行、南临黄河的中原腹地,也是小麦育种的福地。他向中国农科院建议,在新乡建立矮败小麦研究中心。2006年5月,国家矮败小麦育种技术创新中心在新乡正式挂牌成立。从小片试验田到一个国家级的育种技术创新中心,刘秉华已走过整整二十年。2010年,刘秉华凭其矮败小麦高效育种新技术新体系,获得了国家科学技术进步奖一等奖。对于他,这是迟到的加冕,他谦逊而又充满信心地说:"一等奖不是我们的目标,矮败小麦还只是刚发力,我们会走得更远。"

他在人民大会堂领奖之后,随即又奔向了新乡的麦田。此时正值小麦抽穗的时节,在碧浪翻涌的麦田里散发出一阵一阵新鲜的麦香。他深深地吸了一口气,又俯下身子,一头扎在麦田里,静静地听着,仿佛在倾听小麦的心跳……

穿行在中原一望无际的原野,还有无数像刘秉华一样的麦田守望者,在倾听小麦的心跳,在观察麦子的长势。远远地,我就看见了一个高大壮实的庄稼汉,他头戴一顶被烈日晒蔫了的草帽,那凝然不动的身影就像生长在这片麦田里一样。走近了,才看清在光影交错中露出的一张粗糙、黢黑的面孔,那一双眼睛正长久地注视着眼前的麦子。

这位种了大半辈子麦子的庄稼汉,看上去像中原的泥土一样浑厚朴实,他就生长在这片土地上,却不是一般的庄稼汉,这是一位将种子撒遍黄淮麦区的育种专家——茹振钢。追溯每一位育种专家一路走过来的经历,都与他们的人生命运有关。1958年12月,在一个风雪肆虐的日子,茹振钢降生于河南沁阳的一个农家。沁阳乃是一个北依太行、南瞰黄河的千年古邑,河朔名邦,为中原小麦主产地。茹振钢降生在这里是幸运的,而他对这片土地像对母亲一样爱得深沉,用他自己的话说:"生在这片土地,长在这片土地,这片土地的味道永远萦绕在我的呼吸之间,因为我对她爱得深沉。"这片土地的味道,其实就是小麦的味道。然而不幸的是,他刚一降生就赶上了粮食短缺。嗷嗷待哺的幼年,他是靠吃稀面糊糊活下来的。到了张嘴吃饭的年岁,由于兄弟姐妹多,年景不好,粮食一直紧缺。那时候,除了逢年过节,乡下人难得吃上白面馍馍,一天三餐都靠红薯来填饱肚子。"红薯面,红薯馍,离了红薯不能活",这曾是河南农民的生活写照,也是茹振钢不堪回首的记忆,那红薯吃多了气鼓气胀,胃里一阵一阵泛酸水。而他连做梦都想吃几个白面馍馍,这让他从小就萌生了一个梦想,那就是种出能让天下人都能吃饱肚子的麦子。

在那段岁月,茹振钢一直没有放弃学业,越是饥饿,他越是发奋读书,这是他缓解饥饿的一种方式,仿佛书本也能填饱肚子。在沁阳一中上高中时,他的命运和国运都有了转机。1977年,国家恢复了中断十年的高考,这是直接改变命运的机会,那也是一个科学的春天,科学家重新赢得了人们的尊重。茹振钢的班主任、物理老师高树义给了他一套科学家传记,尤其是里面记述的攻克"哥德巴赫猜想"的陈景润,成了一个时代的精神偶像。这些科学家的故事,深深地吸引着也激励着茹振钢,他的学习劲头更足了,也时常闹出陈景润式的笑话,不是穿反了鞋子,就是扣差了扣子,同学们都叫他"小陈景润"。1978年,茹振钢在高考恢复后的第一批应届生中脱颖而出,这一年沁阳一中八百多名学生仅有十二人高考上榜,他是其中之一。在填报志愿时,他终于有了自己选择命运的机会,但他几乎连想也没想就选择学农为第一志愿,这就是他认定的命运。但一心盼着儿子跳出农门的父亲却很不理解:"咱们家祖祖辈辈都是种地的,你好不容易考上大学了,怎么还要去种地?"

茹振钢却咬了咬牙说:"我要种出不一样的地!"

那时候,中国的麦田最缺乏的就是良种,为了提高产量,不得不从国外引进种子,在中原的麦田里很多都是播种意大利品种。这让茹振钢产生了一种强烈的危机感:"咱们种别人的种子,咋能守住自己的粮袋子?"正是在这种危机感的驱使下,他开始拼命钻研小麦遗传育种知识,一心想培育出中国自己的良种。凭着这股拼命劲儿,他的专业成绩一直名列前茅。1981年,茹振钢从河南农业学校毕业,被分配到河南科技学院前身——百泉农业专科学校,给小麦育种界赫赫有名的黄光正教授当助手。该校位于河南省新乡市辉县市百泉湖附近,是黄淮小麦育种的一个重镇。从1958年开始,在黄光正教授的主持下,根据黄淮生态条件,围绕河南小麦生产特点制定育种目标,先后培育并推广了一批"百农"系列高产品种。

  茹振钢很幸运,一毕业就成为黄光正教授的助手,在这样一位名师的指导下,他很快就进入了角色。最初,他不怎么被人看好,因为长相憨厚,看上去有些傻头傻脑的。每次吃饭时,他总是先掰开一个白面馒头,习惯性地伸着鼻子贪婪地嗅着,大伙儿看着他这傻样儿都乐了,他却一脸认真地说:"真香啊,闻着都想多吃两个馍!"他吃馍时不就菜、不喝汤,一眨眼的工夫,几个馍馍就下肚了,吃完了也不打声招呼,一转身就走了。当大伙儿都愣愣地看着他的背影时,黄光正教授却说了一句话:"这小子能干成大事,搞科研,就要有股傻子精神,你们就等着瞧吧!"

  一直以来,黄淮地区既是小麦主产区,也是棉花的重要产区,然而却存在一个田野上的难题:小麦和棉花不能轮种。轮种又称轮作,简单说,就是采收完这一茬农作物后,再根据季节变化换种其他作物,这样不仅可以高效利用土地,还可以提高抗病虫害的能力。但黄淮地区的农家麦种属于晚熟品种,在种了一茬小麦后,这麦地就会闲置半年,这对原本就人多田少的黄淮地区是极大的浪费。若要解决这一难题,就必须培育出晚播早熟的小麦品种,这样就能赶上种一季棉花,吃的穿的都解决了,收入也将翻倍。茹振钢认准了要攻克这一道难题。他先对黄淮地区的生态环境进行了田野调查。那时候交通还很不方便,长途客车开到乡镇上后,就只能靠两条腿来走了。茹振钢每次出门都带着三件宝:一个装有工具和资料的黄布挎包,一个灌满了水的军用水壶,还有一袋皮蛋。为啥要带皮蛋呢?这也是他摸索出来的经验,皮蛋比馍馍保存时间更长,也更顶饥。他在调查中发现,若想培育出晚播早熟的小麦品种,关键是要提升小麦对光照的利用率,这就必须找到可以最大限度利用光照的小麦优势基因。为了广泛研究不同地域的小麦属性,茹振钢提出了"空间变时间"的大胆设想,将视野扩大到了全球。那些靠近两极的地区光线弱,而靠近赤道的地区光线强,这相当于一天中早晚的光线弱,中午的光线强,如果能把这两地小麦品种的优势基因结合起来,培育出一个新的小麦品种,这样的小麦在一天内都能最大限度地吸收利用太阳光,就会缩短生长周期,达到晚播早熟的目标,而产量也必然提升。这一设想在理论上是可行的,可真正要培育出一粒种子又太难了。茹振钢在全球采集了两百多个小麦样本,经过五年的育种对比试验,他发现靠近地球两极的小麦耐弱光、叶片薄、颜色深,靠近赤道的小麦耐强光、叶片厚、颜色浅,于是他将两者结合,终于培育出了叶片厚且颜色深的小麦品种,最大程度地利用了阳光,增强了小麦的光合作用,这就是他成功育成的晚播早熟品种"百农62",由此解决了黄淮地区小麦和棉花不能轮种这道久未攻克的难题。

  这一难题的解决,给茹振钢又带来了新的启示:高纬度地区的小麦耐弱光,低纬度地区的小麦耐强光,若是把高低纬度地区的小麦进行重新组合,会是什么样的结果呢?按茹振钢的设想,那就是利用优势基因的组合,培育出既耐高温又耐寒、既耐干旱又耐涝、既耐瘠薄又耐肥的"最完美"小麦品种。为了搜罗种质资源,茹振钢南下北上,将一粒粒种子搜寻回来试种。北方作为小麦主产区,麦种资源还比较容易搜集,而在低纬度地区,如广东、福建等南方省份,早已不种麦子了,一种难求啊。一次,茹振钢听说福建武夷山一带还有少量的麦子,他赶紧奔赴武夷山,翻山越岭,终于找到几株麦苗,他连根带泥挖出来,像捧着心肝宝贝一样捧回了河南新乡,在试验田里进行繁育。种子的繁育功能是强大的,一粒种子就能繁育出几百粒种子。经过多轮繁育,他在试验田里播种了五万株小麦,只有大面积进行选育观察,才能优中选优,挑选出目标品种。这是长久的功夫,也是极其渺茫的寻找。天寒地冻时,正是观察小麦抗寒抗冻的最佳时机。大年初一,一家人正等着吃团圆饭呢,茹振钢却换上胶鞋,奔向了寒风呼啸、大雪纷飞的试验田,一株一株地察看麦苗,给那些经受住严寒的植株做上标记。他的双手冻裂了,那流出的鲜血其实就是最鲜明的标记。而在太阳当顶的酷暑季节,又是观察小麦耐高温的最佳时节,他头顶烈日在麦田里观察,在这片麦田里,他就像是最耐高温的一株麦子。这样的日子,对于他不是一天两天,也不是一年两年,而是漫长的十年岁月。在经历一次次严寒酷暑的极端天气考验后,五万株小麦最后留下了一百多株,这是物竞天择、自然选择的结果,而茹振钢还要进行人工选育,最终选出了最优的一株。这就是育种成功的概率,五万分之一!

茹振钢将这一小麦新品种命名为"百农矮抗58",这是一种高产多抗小麦品种,当时被业界称为"我国近三十年来最具突破性的小麦新品种",麦秆光亮,穗大粒多,根系强壮,具有抗冻耐旱、抗病、抗倒、高产稳产等优势,在生产上大面积种植一般亩产五百至六百公斤,比一般小麦亩产高出一百多公斤,而高产示范田的亩产可超七百公斤。这也是迄今为止黄淮南部麦区种植面积最大的小麦品种和全国小麦主导品种,已累计种植超过三亿亩,占全国小麦播种总面积的十分之一,被誉为"黄淮海第一麦"和"中国第一麦",还获得了2013年度国家科学技术进步奖一等奖。

对于主粮来说,产量和质量是一枚硬币的两面。若要端稳十几亿人的饭碗,第一就要在产量上有保障。在"十三五"期间,我国小麦播种面积非但没有增加,反而还因各种原因减少了1980万亩,但小麦总产量却有增无减,一直牢牢锁定在1.3亿吨以上,稳坐世界头把交椅,这得益于科技创新和种业革命,不断推高小麦单产。数据表明,这一期间,我国小麦平均单产比美国、加拿大、澳大利亚、俄罗斯等小麦出口大国高百分之七十左右,而我国小麦品种全部是国产自育,从种子开始,中国人就牢牢地端稳了自己的饭碗,这也是茹振钢倍感自豪的。这位农业科学家说起话来还颇有豪情和诗意:"当沉甸甸的小麦把穗头垂得更低,中国小麦育种人的腰板就挺得更直!"

不过,随着小麦单产越来越高,也有人开始担心,这小麦的品质和味道会不会变差?这种担心并非多余,小麦作为主要口粮之一,当人们解决了肚子的问题——吃得饱,自然就会注重舌尖上的味道——吃得好。茹振钢是一位对味道特别敏感的农业科学家,如果说"百农矮抗58"归功于阳光的味道,他接下来的创新则得益于"妈妈的味道"。这位粗犷的北方汉子,在情感和嗅觉上却极为细腻,他充满深情地说:"最好的饭菜就是妈妈的味道,农业育种要让食物留住原有的醇香。"在小麦实现稳产高产后,他又把重点转向了品质,"中国人不仅要吃饱,更要吃好、吃香","要做好馒头,关键要有好麦子"。从本世纪初开始,茹振钢根据黄淮麦区生产需求,制定出"增穗壮秆强根系,优化品质聚抗性"的高产小麦育种策略和多性状聚合技术路线,他带领李淦、胡铁柱、李笑慧、冯素伟等研发团队成员采用高光效材料"百农高光3709F2"和"百农矮抗58"杂交,经过十六年的反复试验,终于定向选育出国内首个高光效小麦品种——"百农4199"。这一高光效小麦新品种于2017年通过河南省农作物评审委员会审定,在科技创新上,"百农矮抗58"关键在于调和了小麦的耐冻和抗旱基因,而"百农4199"则是协调了小麦的耐强光和耐弱光的矛盾,既耐弱光又耐强光,适应性广泛,抗冻性好,灌浆速度快,高产早熟,麦子含有三十五种香气物质,加工出的面粉饱含着小麦最原始的醇香,口感远远超过一般的小麦,很多人在品尝之后都啧啧称叹,这就是"妈妈的味道"啊!

在茹振钢看来,科技创新是一次没终点的旅行,每培育出一个新品种,都是迈上了一个新台阶。在踏入农业育种领域的第一天,他就暗暗给自己定下了目标,麦子作为中国的主粮,绝不能任人主宰,"中国人必须牢牢掌握住小麦的话语权,才能把粮袋子抓在自己手里"。他说:"美国在玉米杂交育种上掌握了话语权,袁隆平院士在水稻杂交育种上占领了制高点,我们要在杂交小麦上抢得先机!"近年来,茹振钢又带领团队与全国顶尖专家联合攻关杂交小麦技术,育成了拥有完全自主知识产权的 BNS 型二系杂交小麦,他配制出的一个杂交小麦组合实现亩产 898 公斤。据茹振钢估算,这一新型杂交小麦如能在国内全面推广,相当于新增加了一个河南麦区的产量。他还发现并培育成了小麦雄性不育育性转换系"百农 S",表现出不育彻底、转换彻底、恢复彻底三大特点,在小麦主产区有极高的利用价值,初步配制出杂交小麦强优势组合,比常规品种增产近百分之二十。这一科研成果受到国家"863"专家组、"973"专家组的高度重视,已应用到杂交小麦超级品种选育研究,并在全国开始联合攻关。

  2017 年 10 月,正在麦田里埋头攻关的茹振钢,当选为党的十九大代表。这也是一位最接地气的代表,当他走进人民大会堂时,浑身还散发着阳光、泥土和麦子的气味。他倾听着,那也是最接地气的声音。习近平总书记在十九大报告中,对中国粮食、中国饭碗高度重视,一再强调要"确保国家粮食安全,把中国人的饭碗牢牢端在自己手中",还郑重指出要"实施食品安全战略,让人民吃得放心"。这让这位小麦育种专家感到肩上的责任更重了。而他瞄准的主攻方向,就是在国家粮食安全、食品安全战略上下功夫,从技术路线上,将小麦基因中加入草的特性,把小麦和草的特性结合起来,培育耐旱、抗病,产量更高、更安全的品种,实现成套技术的组装,培育"新核型"完美小麦新品种。

  随着他向瞄准的目标一步一步接近,新中国迎来了七十华诞。2019 年 10 月 1 日,茹振钢受邀乘坐"不忘初心"彩车,缓缓驶过天安门广场,向全国人民展示"出彩中原"。而河南作为中国粮食第一大省,最出彩的就是粮食,还有不断刷新的粮食生产纪录。

当茹振钢培育出一粒又一粒高产优质小麦新品种时,他既有太多的欣慰,也有难以弥补的亏欠和愧疚。他倍感欣慰的是,他用一粒粒种子在中国的麦田里赢得了话语权,更改变了亿万农民的命运。这么多年来,茹振钢带领他的团队共培育推广二十多个小麦新品种,累计推广面积四亿多亩,全国八个白面馒头中就有一个来自于他培育的小麦品种。这些小麦新品种的增产效益达三百多亿元,帮助一百多万户农民脱贫致富。如新乡市朗公庙镇崔庄村的刘继光,就是靠种植茹振钢培育出来的"百农矮抗58",走出贫困、走向小康,如今已成为一位带领一方百姓奔小康的种粮大户。刘继光试种的"百农4199",亩产达到八百多公斤,比他种了多年的"百农矮抗58"还要多打一百多公斤!

而数十年来茹振钢一头扎进麦田里,几乎顾不上家庭,最亏欠的就是自己的家人。茹振钢和妻子原连庄是大学同学,两人于1984年结婚。丈夫主攻小麦育种,号称"麦爸",妻子则主攻蔬菜育种,有人戏称她为"菜妈"。茹振钢一年到头都在田野里奔忙,这大大小小家事全靠妻子来承担。妻子原连庄曾患过三次大病,是在生命的刀尖上爬过的人,可是每次一出医院,她连养病的时间也没有,就投入到了繁忙的科研和家务中。在妻子生病时,甚至生孩子时,他这个丈夫还在麦田里忙活,一忙就"忘乎所以"了,在他眼里除了麦子还是麦子。女儿出生后,他这个父亲几乎没有管过。有一次过了大半年,他从麦田里回家,一脸胡子拉碴,在家门口看见一个蹦蹦跳跳的小丫头,他竟然好奇地问妻子:"这是谁家的小丫头啊?"妻子哭笑不得地戳着他的额头说:"你真是个傻子啊,除了麦子,你简直是六亲不认!"他不认得女儿,女儿也不认得他,问妈妈:"这是哪里来的一个胡子伯伯?"而女儿从幼儿园到大学,都是妈妈一手带大的。现在,女儿也选择了和农业科技相关的生物技术专业,正在读博士后,主攻苹果育种,而女婿则主攻牛奶方向。这又是茹振钢在愧疚中的欣慰了,他笑着说:"我们这一家人,都是围着一张餐桌在忙活啊,从主食、副食到辅食,几乎全包了。我们就是想让中国老百姓的餐桌更丰盛,更色彩斑斓,吃出幸福感和自豪感!"

一茬一茬的麦子种了,又熟了,一个育种专家也不知不觉地老了。四十多年的小麦育种之路,风吹、雨打、日晒,让茹振钢看上去比一个老农更像老农,"抬头满脸尘土,低头两脚泥巴",那黢黑的脸上布满了深深的皱纹,浑身上下散发出泥土与麦子的气味。这位麦田里的守望者,也是一位麦田里的诗人,他在一首意气风发的诗中抒写了自己不改的初心:"纵然是时间的霜染了鬓,岁月的刀刻了额,怎奈我初心不改、豪情如昨!"

奇异的谷物

玉米,在分类学上属于禾本科玉蜀黍属植物,因而又称玉蜀黍,在我国还有很多充满了烟火气的名字,苞米、苞谷、棒子等,这都是各地老百姓叫出来的。这是与水稻、小麦并称的三大谷物和世界三大主粮之一,而且超越了水稻、小麦,是全球第一大粮食作物。有一种说法:"欧洲文明是小麦文明,亚洲是稻米文明,拉丁美洲则是玉米文明。"

据考古发现,早在一万多年前,拉美地区就有了野生玉米。一般认为,玉米祖先是原产地在南美洲的大刍草。而墨西哥、秘鲁及中美洲地区则是玉米的发源地。考古学家们曾在墨西哥南部的特万特佩克地峡遗迹中,发现有最古老的野生玉米果穗。而在秘鲁的海岸附近至今还保存的古城遗址中,出土的陶器和建筑物上也嵌有大量的玉米籽粒和果穗图案。"秘鲁"一名,在印第安语中就有"玉米之仓"的意思。据此推测,印第安人大约在四千至五千年前就开始广泛种植玉米。直到1492年哥伦布到达美洲大陆后,才有了关于玉米的文字记载,并由此向世界各地传播。当哥伦布刚刚踏上美洲西印度群岛时,就被印第安人种植的一望无际、高大挺拔、别具一格的庄稼吸引住了。他在其航海日记中记述:"我发现了一种奇异的谷物,它的名字叫马希兹,甘美可口,焙干,可做粉。"——这是哥伦布发现新大陆后的又一伟大发现,马希兹就是欧亚大陆当时还闻所未闻的玉米。哥伦布把玉米带回欧洲,献给了西班牙国王。一粒粒玉米种子,随后便开始在西班牙、葡萄牙等国家繁衍种植。

随着16世纪世界性航线的开辟,玉米又沿着三条线路从美洲传播到欧洲、非洲和亚洲。1511年,葡萄牙远洋航队来到亚洲,几年后首航至我国广州,大约就在此后,玉米渐渐传入了中国。六十年之后,在浙江人田艺蘅所著的《留青日札》中,第一次出现了一种叫"御麦"的食物,并有如下记载:"御麦出于西番,旧名番麦,以其曾经进御,故曰御麦。秆叶类稷,花类稻穗,其苞如拳而长,其须如红绒,其粒如芡实,大而莹白。花开于顶,实结于节,真异谷也。吾乡传得此种,多有种之者。"这"御麦"传入中国民间后,名字入乡随俗,渐渐也演变为了"玉米"。而今,玉米是中国和世界上最普及的农作物之一,而它比水稻、小麦有更顽强的生命力,在苦寒山区也能生长。

中国大约有五百年的玉米种植史,但在传统农耕时代,我国玉米品种主要是推广引进开放授粉品种,并结合自然选择和人工选择获得适应我国环境的农家品种,由于对品种缺少改良技术,产量一直很低。直到上世纪五十至七十年代,在杂交育种等农业科技的推动下,我国玉米单产才大大地提高,并逐渐取代了高粱、甘薯等粗杂粮,成为中国的第三大主粮。玉米不但是人类可以直接食用的粮食,也是家禽牲畜的主要饲料来源,用老百姓的话说:"要吃肉奶蛋,全靠玉米换。"

若要提高玉米产量,必须先从改良品种开始。从国外看,在玉米育种上大致经历了混合选择改良、杂交育种和转基因育种等三个阶段。据有关文献记载,大约从16世纪开始,随着玉米在北美洲大面积播种,在长达两个多世纪的时间里,美国人就对玉米品种进行了混合选择改良,先是选择早熟、大穗和多穗，采用多个优良玉米自由授粉品种，经人工控制授粉或在隔离区内多代随机授粉并定向选择，从而选育出相对稳定的品种。到18世纪初，美国育种家开展了混合选择——选择多种优良的自交系或农家种，以杂交方法混合后，再通过改良培育出用于生产的品种。这些种质资源成为美国和世界上玉米育种重要的种质基础。

在世界三大谷物中，玉米是单一性功能的异花授粉的作物，因此在杂交时不需要去掉其雄性（去雄），也就相对比较容易杂交，利用玉米的杂种优势，也就成为人类在三大谷物上的第一个突破口。这里先说被称为"杂交玉蜀黍（玉米）之父"的谢尔（Shull），他是美国《遗传学》杂志的创办者，也是"杂种优势"（heterosis，hybrid vigor）的第一个命名者。谢尔在1906年、1907年的两年间，将玉米植株进行自交，同时也将其中一些植株做了杂交，通过比照试验发现，自交授粉影响了玉米的长势，降低了产量，而自交系的杂交后代则产生了意想不到的生长优势和增产效果。但他的试验还不是玉米杂交种诞生的雏形，只是一项试验性成果。而后，差不多又进行了一代人的探索，美国科学家终于培育出了可推广的杂交玉米种子，并于1933年开始在生产上应用，但一开始的播种面积很小，由于增产效果显著，到1945年时，美国杂交玉米的种植面积已达到百分之九十，如今杂交玉米已基本上覆盖了美国乃至全球的玉米地。

如果要用一句话来概括杂交玉米的划时代意义，可以借用袁隆平先生的一句非常精辟的评价：杂交玉米开创了异花授粉作物杂种优势的先河。

追溯杂交玉米育种的历程，美国作为世界玉米主产国，首先便占得了先机，早在上世纪30年代，美国先锋种子公司就利用杂种优势，育成并开始推广杂交玉米种，这让其玉米产量突飞猛进。到1996年，美国孟山都公司（Monsanto）推出了世界上第一个转基因玉米品种，把玉米推进了转基因育种的时代。到2019年，美国种植转基因玉米3714万公顷，种植比例高达全美玉米种植面积的九成以上,其分子标记、双单倍体、智能化雄性不育技术等现代高新生物技术的应用,进一步促进了传统玉米育种朝精准化和工程化方向发展。如今,美国已是世界玉米生产的第一大国,玉米产量约占世界总产量的一半左右,而且从种子到玉米深加工一条龙地掌控了全球玉米产业链。

面对这样一个巨无霸式的、欲抢占中国市场的玉米帝国,中国只能在玉米杂交育种上奋起直追,若要端牢自己的饭碗,先要将种子牢牢掌握在自己手里。在这些奋起直追的玉米育种专家中,吴绍骙是当之无愧的"中国杂交玉米之父"。

吴绍骙,号又骙,安徽省嘉山县三界镇人,1905年2月出生于一个九世以儒为业的书香世家,1924年考入金陵大学预科,后转入该校农学院农艺系。他的业师沈宗瀚博士毕业于美国康奈尔大学研究院,主攻作物育种学。沈宗瀚于1927年学成归国,担任金陵大学教授和农艺系主任,他不但教学生专业知识,更教他们钻研学问的方法:"余在康大,得三种宝贵训练,即精密的思考(心到)、勤练的双手(手到)与敏锐的观察(眼到),于我以后研究学问有益,做事处世亦有益。"吴绍骙深得师传,学业精进,是沈宗瀚先生的得意门生。1929年夏,吴绍骙大学毕业,经沈先生推荐到浙江省棉业改良场萧山育种场任技术员兼主任,后又转任安徽省建设厅技士。这两三年里,他一直从事棉业改良与推广。1934年4月,他以名列榜首的成绩考取安徽省留学欧美公费生,赴美国明尼苏达大学研究院留学,其导师是国际著名抗病育种学家、美国杂交玉米育种的先驱之一——海斯(H. K. Hayes)。当吴绍骙看到美国杂交玉米的惊人产量比中国玉米的农家品种高出了几倍时,他就在心里暗暗发誓,一定要在美国取到真经,回国后为中国农民培育出高产的玉米种子,解决中国的饥荒问题。从此,他就确立了一生为玉米育种的专业方向。

1935年，美国中西部遭遇近半个世纪未有之大旱，吴绍骙在试验田里种植的玉米自交种全部旱死。由于他的博士论文研究材料不足，不得不延长一年学业，但这一场大旱也让他对如何引入玉米的抗逆基因有了更深的思考。而若要提高玉米的抗逆性，就必须选育出综合性状优良、生长健壮的自交系。在玉米育种上，将从品种中选到的自交系称为第一环系，从杂交后代中选到的自交系称为第二环系。第一环系的基本材料是普通品种，由于品种在长期栽培中，花粉不加控制，遗传基础比较广泛而且复杂，对当地的自然条件有比较强的适应性，从中选得的自交系也往往具备这种特性。用作第一环系的材料，不包括其他品种的血缘，只是把该品种群体中在遗传组成上是杂合的某些优良性状，经过若干代自交使其性状分离，从中选择纯合的个体。第二环系则来源于杂交种（或综合种）的自交后代，基本材料是经过控制授粉的。在遗传组成上，仅仅包含有某些特定的若干亲本自交系的血缘，因此，遗传组成就较品种简单，自交系后代的性状分离就不如品种那样复杂。由于第二环系的基本材料是以各种优良的杂交种为基础的，因而就可能把来自自交系的优良特性结合起来，再一次经过自交，选择分离新系，往往容易选到配合力高、综合性状优良、生长健壮的自交系，这是玉米育种上选育新自交系的重要途径之一。1938年，吴绍骙在实验的基础上，完成了题为《玉米自交系血缘与其杂交组合之间的关系》的博士论文，他以具有说服力的数据论证了亲本的亲缘远近与杂种优势高低之间的密切关系，为玉米育种采用第二环系方法培养自交系和配制杂交种奠定了理论基础，他也因此成为利用第二环系配制玉米杂交种最佳的倡导者和创始人之一。

　　1938年11月初，吴绍骙还未及参加授予学位的典礼，就心急如焚地起程回国。他和另一位回国的留美学生蒋德麒带回了四十多个玉米双交种和五十多个玉米自交系。蒋德麒在美国明尼苏达大学研究院学习，于1938年毕业获得农学硕士学位，但他此后投身于水土保持的科研和实践，成为我国著名水土保持学家。而吴绍骙则认准了玉米杂交育种的方向,成为中国现代玉米育种的启蒙者。那正是抗日战争最严峻的关头,祖国半壁河山沦陷在日寇的铁蹄之下,他的家乡嘉山县城三界镇已遭日寇三次蹂躏,六条主要街道被日寇放火烧了一大半。而战乱必然会引起饥荒,这也是他急于回国的原因,他要用良种来拯救乱世饥民。但他有家不能归,只好绕道香港,越南海防、河内,经滇越铁路抵达昆明,又经业师沈宗瀚推荐到贵州省农业改进所任技术专员,从事玉米遗传育种研究。他带回来的玉米双交种和自交系由中央农业实验所主持分别在成都、贵阳、昆明、柳州等地进行比较试验,并选出了几个有利用价值的玉米杂交种。

在贵州山区,玉米一直是山民们养命的粮食,但山地贫瘠又加之种子问题,产量一直很低。吴绍骙换上了一身山民穿的粗布短衫,穿着草鞋,翻山越岭深入山民家中,手把手地教他们改良玉米品种。几年下来,贵州的玉米产量有了明显提升,老百姓在填饱肚子后,也有余粮支援前线的抗日将士。

1942年8月,吴绍骙受聘到当时西迁成都的母校金陵大学农学院任教授。抗战胜利后,他随金陵大学回到南京,但在几经辗转之中,他从国外带回来的玉米自交系材料已荡然无存,一切都要从零做起。而在抗战之后接下来又是内战,在国民党统治区掀起了"要饭吃、要和平、要自由,反饥饿、反内战、反迫害"的学生运动。吴绍骙看在眼里,急在心里,身为一位粮食专家,他眼睁睁看着这饥饿的世界却一筹莫展,这乱糟糟的天下,还哪有一片可以让他埋头耕耘的田地?

1949年3月,吴绍骙应邀前往南迁苏州的河南大学农学院任教。不久,苏州解放。同年7月,河南大学农学院迁回开封后,改为农林研究所,吴绍骙受聘为农林教研室主任,并独自担任重建农学院的重任。随着新中国的建立,吴绍骙渴望的和平年代终于来临了,而一个在饥饿和半饥饿的土地上建立的新中国,首先就要解决老百姓的吃饭问题。这年11月,新中国召开了第一次全国农业工作会议,吴绍骙应农业部的邀请,以特邀代表的身份参会。他根据1947年在金陵大学农学院主持的玉米品种杂交研究结果和1948年奥尔相斯基(M. A. Olshansky)在全苏列宁农业科学院举行的年会上所做的研究报告提供的资料,在会上做了《利用杂种优势增进玉米产量》的专题报告,并就我国开展玉米杂种优势利用的步骤发表了精辟的见解。他认为,玉米杂交优势利用的彻底而基本的办法,就是采用第二环系——选育自交系间杂交种,但鉴于自交系杂交种的选育需要的时间较长,而新中国必须迅速解决严峻而迫切的粮食问题,他从当时的国情出发,建议在玉米育种上分两步走,在育成自交系间杂交种之前,先采用第一环系——推广品种间杂交种,时间短、见效快,可以迅速提高玉米产量,缓解粮食短缺的燃眉之急。他还提出了品种间杂交种的亲本选配原则,"要想获得大而强的杂交优势,必然要注意到两个父母亲本的品种,凡是亲本的血统较远的,一般说来,能获得杂种优势的机会就较大"。为此,他建议"在国内应当用各地原有的玉米品种(硬粒种,即燧石种)和美国的马齿种杂交,来获得较有把握的杂交优势"。这也是新中国最早提出培育和推广杂交玉米,提高粮食产量的建议。

1950年3月,农业部又召开了玉米专业座谈会,邀请吴绍骙参加,并由他主持制定了《全国玉米改良计划(草案)》,这一计划延续了他分两步走的思路,根据当时的技术条件,确定采用简而易行的人工去雄选种增产措施和利用品种间杂交种来提高玉米产量。李竞雄、张连桂、刘泰、陈启文等玉米育种专家参加了计划的起草工作,他们都是中国利用杂种优势理论选育玉米自交系间杂交种的开创者,而最早大面积应用于生产的品种间杂交玉米种,则是陈启文在山东解放区主持育成的"坊杂2号",1952年在山东省推广面积达13.3万公顷,比当地农家品种增产百分之二十到三十。上世纪50年代,采用第一环系培育和应用品种间杂交种成为我国玉米增产的重要措施之一,全国农业科研单位和农业院校又相继育成400多个玉米品种间杂交种,在生产上应用的有60多个,推广种植面积达2500多万亩。——这是新中国在玉米杂交育种上迈出的第一步,开创了我国在大面积玉米生产上改农家种为杂交种、农作物利用杂交优势的新时期。

1952年,河南农学院从河南大学独立出来,在开封禹王台建校,由省农业厅厅长刘潇然兼河南农学院院长。吴绍骙任副院长,主持学院全面工作,他同时还担任省农业厅副厅长。为了加强对科研工作的领导,河南农学院又于1954年成立了科学研究委员会,由吴绍骙担任主任。而他不只是主持学院工作,还要奔赴全国各地的玉米地。1950年至1951年,为了实施全国玉米改良计划,吴绍骙受农业部的委派,前往玉米生产大省山东省指导玉米杂交种选育工作。连续两年暑假,正值七八月份的玉米授粉阶段,别人放了暑假,他却一头钻进了闷热的玉米地里,从早到晚进行跟踪、观察、记录,那奔涌的汗水浸湿了田间笔记,也洒遍了齐鲁大地。与此同时,他还在农学院开展自交系间杂交种的选育研究。他从广西柳州沙塘农业试验站引进了一批单交组合材料,又选用当地农家品种洛阳小金籽作为对照种,分别在洛阳和开封两地进行产比试验,试验结果表明,有相当数量的单交种比对照种成倍增产。正当他要把试验田的种子推向农田时,苏联掀起了一场对孟德尔、摩尔根遗传学说的批判。

自从孟德尔、摩尔根的遗传学说问世后,科学家们都已知道,植物的每一个重要的变化都是由一个或者几个基因促成的,只需要改变某一个基因,就能达到增产的效果,还能让优良高产的品种扩大种植范围。吴绍骙也是孟德尔、摩尔根的科学信徒,他的探索都是从孟德尔、摩尔根的遗传学出发的。从纯粹的自然科学来看,吴绍骙选择改良品种的主要突破口就是玉米自交系——在人工控制自花授粉的情况下,经若干代,不断淘汰不良的穗行,选择农艺性状较好的单株进行自交,从而获得农艺性状较整齐一致、遗传基础较单纯的系,称为自交系,进而获得纯系品种。优良自交系间杂交所产生的生命力强、产量高的杂种后代,称为自交系间杂交种,其理论基础就是孟德尔、摩尔根的遗传学说。然而,这一早已被实践验证了的科学真理,却被苏联首席科学家李森科痛斥为"反动的、唯心主义的、形而上学的、资产阶级的"学说。当政治凌驾于科学之上,经典的遗传学在苏联被取缔了,取而代之的是李森科借助于浮夸和弄虚作假的所谓"获得性遗传"。李森科在苏联掀起的这场声势浩大的运动,随后也波及中国,一时间风高浪急,而吴绍骙这位留美博士,首当其冲地被席卷到风浪之中。

当年,在武汉召开的一次学术讨论会上,主持人先是援引李森科的观点,对孟德尔、摩尔根的遗传学说痛批了一通,然后把手在桌上狠狠地一拍:"纯系学说可以休矣!"在座的人有的鼓掌,有的沉默,有的面面相觑。这时候,吴绍骙慢慢站了起来,他的声音不高,脸上的表情也很平和,但他的观点却是针锋相对的:"自交系并非纯系,而且将大有用途!"此言一出,令主持人为之一震,满座专家为之愕然,一个个都抬头看着他,那眼神紧张惶恐又在替他担心,他却淡然一笑,依然泰然处之。在他心里,只有科学,只有真理,没有权威,更没有凌驾于科学之上的权威。

吴绍骙认准了,在玉米育种技术方面,以杂种优势利用为核心的种质改良始终是提高玉米产量的基石。可惜他随后就被迫停止了玉米自交系的试验,在课堂上也被迫中断了对孟德尔、摩尔根的遗传学说的讲授,他的几个研究助手也相继星散。而在一切以李森科的学说为准则的大背景下,吴绍骙依然"一意孤行",在沉重的压力下一直坚守着自己的学术见解,这是一个知识分子的底线,而这条底线随时都会遭遇挑战。一次,有一位苏联专家盛气凌人地质问他:为什么非搞自交系不可,难道不能用李森科的方法吗?吴绍骙还是淡然一笑,淡定地看着那位苏联专家说:"自交系间杂交种显然比品种间杂交种增产,这是我们在实践中验证了的,为什么要放弃不搞?难道我们不需要增产粮食？"那位苏联专家一下子无言以对,却用一双眼睛惊愕地盯着他,好像不敢相信在中国还有这样一意孤行的人。

在那场针对孟德尔、摩尔根遗传学说的批判中,吴绍骙最担心的就是玉米自交系的试验材料遭受破坏,一旦失去就难以复得,而能保全这些材料的就是田地。为此,他冒着极大的风险,将由十二个自交系组配的九十一个单交种(其中包括二十七个正反交组合)的越代种加以混合,配成综合品种,并取名"洛阳混选一号",在洛阳农业试验站播种。只有播种,才能保持种子的生命力。

1956年春天,毛泽东提出"百花齐放、百家争鸣,应该成为我国发展科学、繁荣文学艺术的方针"。"一花独放不是春,百花盛开春满园。"随着李森科学说"一花独放"的垄断地位被打破,孟德尔、摩尔根遗传学说也可在争鸣中吸收了,吴绍骙一度中断了几年的玉米自交系选育工作又可以在朗朗阳光下开始研究试验了。翌年,吴绍骙应邀出席了中国农业科学院成立大会,在中国农业科学的最高殿堂里,他宣读了自己此前一直难以公开发表的论文——《从一个玉米综合品种——洛阳混选一号的选育推广谈玉米杂种优势利用和保持》。他认为:"当双交种育成之前,或是双交种种子产生的量还不够普遍的时候,利用综合品种推广种植,可以收到增产效果,值得加以提倡。尤其是在目前我国农家品种产量水平不高的情况下,综合品种的产量是很容易超过农家品种起到增产效果的。"他还对综合品种的作用及其优缺点做了科学的分析:"综合品种不是完美无瑕,它的缺点在于产量不及双交种高。但有其优点,如配制成一个综合品种所需要的时间远比双交种短,而且种子繁殖简易。尤其值得重视的是,配制综合品种可以作为培育双交种过程的副产物,并可把它看成推广双交种的先驱者。"他还着重强调:"综合品种不仅可以直接推广于生产,还因其由数目众多的亲本配成、遗传基础复杂而成为选育自交系的理想源泉。"

"日月不肯迟，四时相催迫。"每一个农学家都有一种时不我待的紧迫感。为了夺回失去的时间，加速我国玉米自交系的选育，吴绍骙依据获得性状不能遗传、基本株的配合力基本稳定等遗传育种学原理，并根据新中国成立初期河南与广西相互引种自交系和杂交种的实践经验，在1957年大胆提出了玉米自交系异地培育方法，即利用我国南方冬季气候温暖，适于玉米生长的有利条件进行加代选育，借以缩短育种年限。这不仅是玉米育种史上一项重大科研创举，更是中国农作物育种史上一个划时代的创举——南繁北育。吴绍骙是中国第一位提出南繁理论（当时称异地培育）的作物育种学家，并于1957年11月开始南繁实践，这为后来的"杂交水稻之父"袁隆平和众多的作物育种学家开拓了一条前所未有的道路，袁隆平就是在海南南繁育种时找到了野生的雄性败育稻——"野败"，由此为攻克一道世界难题打开了关键的突破口，而他开启的密钥就是吴绍骙先生率先提出的南繁理论和实践。

而在当时，吴绍骙的这一创举，首先就要突破李森科等苏联专家提出的环境决定遗传的外因论，这也是当时笼罩着中国作物育种乃至整个生物学界的权威理论。若按照这种观点，玉米根本不能异地选育。而吴绍骙对这一观点大胆地提出了质疑，他坚信通过实践可以验证谁对谁错。为此，他与广西柳州沙塘农业试验站、河南省农业科学院等单位合作，将北方玉米育种材料送到南方进行选育，一年种植两代。此举开辟了我国南北穿梭育种的先河，不仅有利于缩短北方杂交种的选育年限，还通过互相交换而丰富了双方的育种材料。实践证明，玉米自交系的配合力不因异地培育而发生变化，这是大地上的真理，证明李森科的环境决定遗传的外因论是一种错误学说，同时也树立起玉米创新育种的又一科学论断，从而改变了在固定地点进行新品种选育的传统做法。吴绍骙成功地创立了异地培育理论，对促进我国玉米育种事业的发展起到了重要作用，从而奠定了他在中国玉米育种事业上开拓者的历史地位。

在我国玉米双交种尚未得到普及推广的过渡时期,吴绍骙提出了选育与推广综合品种的主张,与墨西哥国际玉米小麦改良中心在第三世界的一些国家推广综合品种的做法不谋而合,而且走在了他们的推广工作之前。同时,也正如他所预见的,一些育种单位以"混选一号"作为选育自交系的基本材料,从中分离出了高配合力的自交系。在玉米杂种优势利用方式上,吴绍骙力主由双交种改为单交种。在他的指导下,河南省新乡地区农科所于1963年育成了单交种的种子"新单一号",这一品种的生产程序更简单,增产潜力更大,各地纷纷以单交种代替双交种,使我国成为最早普及推广单交种的国家之一,推广面积超过一千万亩。随后,各地又以"新单一号"为亲本选育出了"517"以及"太183""太184""武102"等自交系。

1962年,为了培养急需的玉米育种人才,经教育部批准,吴绍骙在河南农学院招收了首批研究生,这在当时是河南省高校中唯一招收研究生的。1964年,吴绍骙又创建了河南农学院玉米研究室。在接下来的几年里,吴绍骙在杂种优势理论和应用研究上都进入了黄金时代。然而,一场风暴随之来临,吴绍骙被迫卷起铺盖,来到商丘县五里杨公社三刘庄大队"接受贫下中农的再教育"。他和老伴及小外孙住在一间比牛棚还狭窄的小磨坊里,在炎热的夏天忍受蚊虫的叮咬,而在寒冬腊月四壁透风,这小磨坊就像冰窖一样。此时,他已六十五岁,还得像壮劳力一样挣工分,每天起早贪黑下田干活。一家三口,每月只有二十元生活费,又加之粮食产量低,一亩地也养不活一口人,他和当地农民一样,连玉米棒子也吃不饱。再苦再累,他也能够忍受,最难受还是看着老百姓缺粮。作为一个育种专家,他心里有愧啊。

若要改变这乡村的命运,只能从一粒种子开始。这一带属于豫东平原的玉米主产区,种的都是产量很低的农家品种,若不更新换代,随着种子退化,产量还会越来越低。为了给老乡们换种,他冒着极大的风险把自己此前培育的玉米杂交种"洛阳混选一号"引进到三刘庄来试种，又手把手地给老乡们传授玉米制种技术，还举办业余培训班，十里八乡的老乡们像赶庙会一样争相参加技术培训。农民都是像土地一样的实在人，他们从来不认别的，只认种子，哪种种子能增产，种出来的玉米好吃，那就是好种子。当他们眼睁睁地看见吴绍骙培育的玉米种比当地农家品种要增产三成至八成，最高亩产达 1100 斤时，一个个争先恐后来找他要种子。眼看着玉米产量噌噌往上涨，五里杨公社很快成了河南省玉米高产典型。随着农民互相串换，"洛阳混选一号"不推自广，仅在豫西丘陵地区，推广面积就超过两百万亩。粮食，从来就是用生命来计算的，这样的良种若是能够大规模推广，将要养活多少人？

吴绍骙在三刘庄接受了五年贫下中农的"再教育"，却改变了一方水土的命运，而他本人的命运在 1971 年也有了一线转机，在河南省委主要领导的多次过问下，年近古稀的吴绍骙终于恢复了工作。此时，他早已过了退休的年龄，许多人看见他拖着年高体弱之躯，还在玉米地里奔波，都劝他要保重身体，安度晚年。他抹了一把满脸的热汗，发出一声长叹："若是中国人都能吃饱肚子，还有足够的余粮，我也想安度晚年啊。可现在，还有多少人粮食不足，我又怎么能安心啊？"

吴绍骙早已为自己写下了一个座右铭："宁尽瘁于案首，毋垂殁于牖下。"

为加速河南省玉米杂交种的更新换代，吴绍骙在 1975 年向省科委提出建立一个集科研、教学、生产、销售、服务于一体的全省性玉米科研推广协作组的建议，经省科委批准后，由他担任协作组的顾问。在他的主持下，河南农学院玉米研究室（1982 年改为玉米研究所）先后育成了"豫农 704""豫单 5 号""豫双 5 号""豫玉 22 号"等优良杂交种，吴绍骙带着协作组的科技人员在全省广泛布点，一大批优质高产玉米品种在中原大地迅速得到普及和推广,仅"豫玉 22 号"的推广面积就达 2500 万亩,这一品种的主要优点是果穗较大,抗病能力强,产量高,具有亩产 750 公斤的增产潜力。这是河南省第一大玉米推广品种,也是全国第二大玉米推广品种。

1986 年,吴绍骙已是一位年过八旬的老人,因患膀胱癌和前列腺炎住进医院手术治疗,出院时,主治医师再三叮嘱他在家静养,不宜劳累,但他一出医院,就奔向了玉米地,几个学生和助手都劝他回家养病,他却故意虎着脸说:"这病算什么啊?若不工作、不活动,一天到晚躺在床上,反而浑身不舒坦,小病变大病,没病都有病!"他在八十四岁高龄时,还远涉千里,奔赴巴山蜀水,顶着烈日高温深入玉米地,拿着放大镜观察玉米的长势,戴着助听器倾听农民意见。陪同人员多次劝他坐下来歇一歇,他笑呵呵地说:"看到玉米长势这样好,我真是打心眼里高兴啊,看了还想看!"

1998 年 3 月 30 日,又一年迎来了玉米播种的时节,吴绍骙这位在玉米地里忙碌了一生的老人在郑州溘然长逝,享年九十四岁。这位一生坎坷的长寿老人,用一生的心血和智慧,在中国的玉米地里开创了多个第一:一是首倡玉米品种间杂交;二是首倡利用优良单交种下代的种子继续混合播种以制成综合品种;三是首倡异地培育,从北种南繁到南种北育;四是在国内最早肯定单交种在生产上的可能性。他的这些具有开创性的贡献,在中国的玉米地里掀起了一场绿色革命,他也被誉为"中国杂交玉米之父"。在培育出一粒粒优质高产玉米种子的同时,他还培养出了苏桢禄、陈伟程、任和平、汪茂华、石敬之、刘宗华、陈彦惠等数十名教授和玉米育种专家,在天南海北的玉米地里,都能看见他们躬身播种的身影。

如今,中国已发展成为全球玉米种植面积最大的国家,但在玉米产量上美国依然雄踞第一,中国名列第二,这个差距就在于科技。这是你必须正视的差距,人家以比你更少的土地,却种出了比你更多的粮食。为了缩短这个差距,中国玉米育种专家一直在奋起直追。在山东半岛,有一位叫李登海的农民育种专家,从追赶到超越,在中国的玉米地里创造了一粒种子的神话。他不是吴绍骙先生的弟子,却也是玉米杂交育种的真正传人。

2020年秋天,正是玉米飘香的季节,在山东莱州一片金黄的玉米地里,一位脸膛黝黑的老汉在黄灿灿的阳光下忙碌着,他脚蹬一双胶鞋,穿着一身"登海种业"的工装,乍一看,就像种业公司雇用的一位老农,谁也想不到,眼前这位憨厚而勤劳的老农,竟然靠种玉米种成了一位亿万富翁,他就是李登海。在亿万中国农民中,他把自己活成了一个传奇,而他的传奇也源于一粒种子。

李登海与新中国同龄,1949年10月(农历九月)出生于莱州市后邓村。莱州市位于烟台市西部,西临渤海莱州湾,是山东半岛的玉米主产区。山东人把玉米习称为玉米棒子或苞米棒子,久而久之,外省人也把山东人习称为"山东棒子",这没有任何贬义,还很传神地形容出了山东汉子一种坚忍而又硬朗的性格。

玉米,这吃苦耐劳的庄稼,养活了吃苦耐劳的庄稼人。

过去乡下人吃粮最好的是白面,这东西稀罕哪,只有过年过节才能吃上一顿;其次是亚麦,只有富裕人家才能吃得起;再次是玉米,尽管这苞米棒子是排在第三的粗粮,在山东半岛却是庄稼人养命的主粮;第四是高粱,这是酿酒的好东西,但若当饭吃,口感差,蛋白质的质量在粮食作物中也最差;最后是玉米、高粱等杂粮加麸皮或糠杂拌在一起吃。李登海从小就是吃苞米棒子长大的,但也只能吃个半饱,有时候还得加麸皮或糠杂拌在一起。那时候庄稼人都有一个老习俗,每年收割之后,都会把一棵最壮实的老玉米留在田野上,期盼来年每棵玉米都长得这样壮壮实实。这原本是一个吉祥的象征,然而在那荒岁,这老玉米也留不住了,连根都被人刨出来给吃掉了,一个吉祥的象征也因此而变了模样。每当青黄不接的季节,一村的老老小小都眼巴巴地盼着苞米棒子赶紧成熟。李登海小时候最爱听掰老玉米的声响,咔嚓一声，就像从胸腔里发出，让他心里怦然一动，啊，玉米熟了。他从小最爱闻的味道就是烤玉米的香味，农家的孩子若能把苞米棒子或饼子放在火盆上烤着吃，那可真是天大的享受啊，连那香气也不放过，一口一口深深地往肚子里吸。

这样一个苞米棒子养大的乡下孩子，小时候连个正儿八经的名字也没有，乡亲们都叫他"小棒子"。直到上学时，他才有了一个学名——李登海。从小学到初中，他的学习成绩在班上一直名列前茅，然而，1966年当他初中毕业时，一场风暴席卷而来，他再也没有升学的机会。这年，他还不到十七岁，只能回家务农，像祖祖辈辈一样种玉米。哪怕种地，他也很用心，小时候忍饥挨饿的经历，让他一心想在土地里多种出一点粮食来。他们村里人多地少，人口不断增加，而土地却不会增长，只有不断提高单产，才能养活增长的人口。为了多打点粮食，他跟村里的老农勤学苦练农用技巧，很快就成了一个种地的好把式。当听说莱西有个农民种出来的玉米产量比自己村里亩产要高出十几斤，他在呼啸的寒风中骑着自行车奔驰了三百里，去看人家是怎样种地的，用的是什么种子，还换了一些种子回来试种。这一趟没有白跑，他们村的玉米单产还真是提高了。那年头，亩产若能提高十几斤，就能多养活几张嘴了。

李登海凭自己钻研农业科技的那股劲头，十八九岁时就当上了村里的农科队队长，这让他劲头更足了，一心想把玉米产量继续提高。他感觉提高单产的秘诀在育种上，然而却又苦苦找不到门道。1972年春天，李登海看到了一份中国农业专家赴美国考察农业的考察报告，里边介绍了美国的玉米育种情况，还特别介绍了美国先锋公司总裁华莱士先生。华莱士原本也是一个美国农民，但是一位受过高等教育的农民。上世纪20年代，玉米杂交技术正是各个农业大学研究的重点。华莱士一直感觉到有一种使命在呼唤他，他最大的愿望是"让玉米种植者拥有一个安全的世界"。他全力投入了高产玉米育种试验，培育出了首批可用于生产的高产玉米杂交种，并于1926年成立了世界上第一家培育、生产和销售杂交玉米种子的公司——先锋公司，创造出亩产2500多斤玉米的美国最高纪录。这一举世震惊的成就，在美国人看来乃是只有上帝才能创造的奇迹，华莱士因此被称为"上帝的宠儿"。李登海看到华莱士创造的玉米单产量，一下震惊得瞪大了眼睛，老天，人家的玉米单产竟然这么高啊！当时我国玉米的亩产量仅有二三百斤，人家差不多比咱们高了十倍！若是咱们的粮食也能达到这个产量，这一村的土地就等于翻了十倍啊！李登海作为毛泽东时代的热血青年，在强烈的反差、极大的震撼之中又打心眼里不服气。毛主席说过一句话："我们中华民族有同自己的敌人血战到底的气概，有在自力更生的基础上光复旧物的决心，有自立于世界民族之林的能力。"他想："中华民族是世界上最聪明、最勤劳的民族，外国人能办到的事情，中国人也一定能够办到！华莱士是个农民，我也是个农民，外国人能办到的事，我们中国人可以做得更好。"

就这样，那个大洋彼岸的美国农民华莱士既成了李登海效法的榜样，也成了他暗中较劲的对手。其实，他是跟玉米也较上劲了。然而，他只是一个初中毕业生，深感自己在农业科技领域的知识太少了，用他在日记中的一句话说，"求知的欲望就像玉米渴望阳光"。他四处借阅玉米育种方面的科普书籍，其中就有吴绍骙先生的著作。吴绍骙多次到齐鲁大地指导玉米杂交种选育工作，他的著作对山东杂交玉米育种很有针对性。李登海对着书本边学边干，遇到了难题，就骑着单车去向农业科技人员请教，但还是有太多的技术难关，一次又一次地把他卡住了。就在他苦苦求索时，1974年，一个机遇降临在他头上，县社推荐他去莱阳农学院（现青岛农业大学）进修一年，而他又幸运地遇到了一位恩师——刘恩训。刘恩训教授是1965年北京农业大学毕业的研究生，也是一位玉米杂交育种专家，先后育成玉米杂交种"鲁玉4号""鲁玉10号"，都是山东增产效益明显的玉米良种。在刘恩训的指导下,李登海用一年的时间就学了遗传学、栽培学等大学四年的专业课程。回到家乡,他就开始了玉米杂交育种试验。

育种,是典型的慢工出细活,十年磨一剑,必须具有超强的耐力和韧性。在我国北方,一年只能种一季玉米,而培育一个玉米新品种至少需要七八年的时间,为了提高玉米育种的研发效率,还必须到南方进行加代繁育,这也是吴绍骙先生率先开创出来的一条穿梭育种之路。1978年冬天,李登海告别了年迈的母亲、贤惠的妻子和刚刚三岁的儿子,踏上了远赴海南岛的漫漫征途,这也是他人生中的第一次远行。那天一大早,天上还闪烁着几颗寒星,他就悄悄起床了。他原本不想惊动家人,一个人悄悄地走,但母亲却拄着拐棍、妻子抱着三岁的儿子,在呼啸的老北风中走了两里多路,一直走到镇上车站为他送行。这一走,何时才是归期啊?一家人都满腹惆怅,却又强装着笑脸。他看着妻子冻红了的脸,给她捂了捂被风吹开的围巾,又亲了亲儿子的小脸蛋,而他最放不下的还是老娘啊,他是个远近闻名的孝子,一心想要留在母亲身边尽孝,但为了一粒种子,他却要奔赴天涯海角。此时,母亲一双老眼被风吹得泪汪汪的,她瑟缩着身子颤声说:"儿啊,你去吧,娘知道你干的是大事,不扯你的后腿,在外不要惦记家里,娘的身子骨还硬朗……"

李登海一边使劲点头,一边使劲忍着,可一上车那眼泪就奔涌而出。

从那以后,年复一年,李登海像候鸟一样奔波于莱州和海南之间,冬去春来,南繁北育。南繁育种,一年可以繁育三季,用李登海的话说,"把一年掰碎了当三年用",这比一年一育要付出三倍的艰辛,也把自己的科研生命拉长至三倍。在海南岛的最初几年里,李登海和几个育种人员吃的是从家乡带去的干萝卜丝、海带丝和窝窝头,住的是用木棍搭起来的茅草棚子。每当海风吹起的时候,棚子便吱吱嘎嘎地摇晃个不停,李登海还笑哈哈地给这棚子起了一个名字——"风摇楼"。而海南岛是热带风暴以及台风多发地区,每一次台风席卷而来,整个棚子都会被呼啦啦地吹走,但只要人没有被吹走，那就重新再盖。对于来自北方的育种人，最难耐的还是海南岛潮湿闷热的天气。育种，堪称世界上最繁重也最焦虑的事业，既劳心又劳力，既让人充满了希望也充满了悬念。自从开始育种以来，李登海每天工作十四五个小时。一大早，太阳还没露脸，他便带着同事穿着胶靴，踩着露水，一头扎进玉米地，而当玉米高过头顶时，他们仿佛消失了，直到夜幕降临后，他们才汗流浃背、腰酸背痛地走向归途，而疼痛只有自己知道。夜里，终于可以歇一歇了，却又有蚊虫叮咬、蛇蝎出没。一天早上起来，李登海猛然发现床边蜷着一条蛇，他倒抽了一口冷气，没有惊动棚子里还在睡觉的同事，悄悄把这条蛇夹到了棚子外边。还好，这是一条吃蚊虫的水蛇，没有什么毒性，却也挺吓人的。就是在这样艰苦的环境里，李登海和几个育种人员从整地起垄开始，然后是播种灌溉、除草施肥、打药治虫，每一个环节都要记上田间观察笔记，不能漏掉成长过程中的任何一个关键数据。等到玉米开始抽穗扬花时，海南岛也到了最炎热的季节，太阳一出来就热气蒸腾，到了中午，就如蒸笼一般闷热了。这是杂交育种最关键的时刻，他们每天都要顶着烈日在田间套袋授粉。这一茬玉米种下来，每个人都要晒脱一身皮，瘦掉十几斤，如脱胎换骨一般。

  对于玉米育种人，吃苦耐劳是百分之百的概率，但育种的成功率却远远低于万分之一。有人统计过，玉米杂交育种的成功概率只有十二万分之一，为了这极其渺茫的希望，多少育种人穷尽一生的心血，也难以培育出一粒成功的种子。李登海是幸运的，在南繁育种的第二年，他就选育出了第一个突破我国玉米高产纪录的玉米杂交种——"掖单2号"，获得了国家星火科技一等奖。这是一种紧凑型玉米杂交种，他们在后邓村的试验田里试验种植，亩产776.9公斤。这不仅刷新了我国当时夏玉米单产的新纪录，更重要的是进一步发现了紧凑型玉米的高产潜力。而在此前，李登海在家乡已进行了一百多个平展型玉米杂交种种植，没有一个亩产突破七百公斤。"掖单2号"

的突破,让他更坚定了培育紧凑型玉米杂交种的方向。

李登海再接再厉,差不多用了十年时间,在实践中摸索和总结出"紧凑株型＋高配合力"的玉米育种理论,在1989年培育出了我国第一个株型紧凑兼大穗型玉米杂交种——"掖单13号",亩产1096.29公斤。这是我国第一个亩产突破一千公斤大关的夏玉米,也创造了夏玉米的世界高产纪录,比吴绍骙先生培育出来的"豫玉22号"还高出了250公斤。这一品种于1998年通过全国农作物品种审定委员会审定,具有高产、稳产、品质优良、抗多种病害的特点,被农业部确定为"八五"期间紧凑型玉米的首推品种和"九五"期间重点推广品种,并被全国农技推广中心和各省市确定为区域试验的对照品种。据全国农业技术推广服务中心的不完全统计,该品种在1991年至2001年的十年间,累计推广2.26亿亩,增产玉米244.5亿公斤,净增产值244.5亿元,取得了显著的经济效益和社会效益,获国家科学技术进步奖一等奖。这是一个农民育种专家在中国麦田里创造的神话,而在这个神话的背后,该要付出多少心血和汗水,甘苦寸心知啊!

除了心血和汗水,还有漫漫无涯的孤独。李登海在海南连续度过了三十七个春节,来时顶着一头茂密的黑发,而今已是白发参差。这漫长的岁月,他没有在老家过一个春节,每年的大年三十和正月初一,他都是在南繁育种的玉米地里度过的,他陪伴着玉米,玉米也陪伴着他。玉米也有情啊,而人非草木,孰能无情,每当万家团圆、热热闹闹过大年时,一个远离家乡的育种人,在玉米地里思念着远在五千里外的母亲、妻子和孩子,那像海水一样咸涩的泪水也在眼眶里打转了。当泪水夺眶而出时,他就用他粗犷而悲怆的嗓音唱起《三百六十五里路》:"睡意朦胧的星辰,阻挡不了我行程,多年漂泊日夜餐风露宿,为了理想我宁愿忍受寂寞,饮尽那份孤独……"

最难忘的是2002年春节,他终于把九十高龄的老娘和妻儿接到了海南,一家人在育种的工棚里过了一个团圆年。为了这一天,老母亲已期盼了多年，她一直想亲眼看一看自己儿子背井离乡育种的这个地方。李登海对母亲和妻儿充满了歉疚，这么多年他没有尽到一个儿子的孝道，也没有尽到一个丈夫和父亲的责任，这次终于有了尽孝的机会，他早早就准备了一把轮椅，推着白发似雪的老娘在田间地头转了一圈。老母亲看着碧波荡漾的玉米秧苗，那昏花的老眼里也泛起了一片绿色的波光，她抚摸着秧苗说："儿啊，这秧苗长得多壮实啊，娘看一眼也觉得值了啊！"

母亲的一句话，又让李登海的泪水在眼眶里打转了。这么多年，他育成了一个个玉米良种，就像娘说的一样，哪怕付出得再多，也值啊！而他在育成"掖单13号"后，接下来又育成了"登海"系列玉米新品种，这一系列成为中国跨世纪的玉米主推品种，其中最优秀的是"登海9号"，具有优质、高产、多抗的突出特点，在2005年创造了夏玉米亩产1402.9公斤的世界纪录，这是全国当年玉米平均产量的四倍，这也是他对自己的又一次超越，其产量比"掖单13号"还增产百分之十以上。经国家审定，这一品种为早熟、耐密、高产型玉米，适宜在东北、黄淮海、西北及南方玉米区种植，现已累计推广面积两千多万亩，累计增产粮食十多亿公斤。

就在李登海培育出一个个玉米新品种时，随着中国加入世界贸易组织，逐渐对外开放种业市场，那些早已对中国市场虎视眈眈的国际种业大鳄，如美国先锋、孟山都等公司纷纷在中国抢滩登陆，顷刻间便搅起了惊天巨澜。这给中国民族种业带来了前所未有的挑战，在中国的农田里到处都是一片惊呼："狼来了！"但你又不得不承认，那些国外进口的玉米、大豆种子又确实高产、抗病、质量好，而农民只认种子，谁的种子好就买谁的。结果，人家用了不到十年的时间，就占据了我国玉米、大豆等主要农作物耕种面积的源头供给，而同先锋、孟山都等种业公司相比，我们的民族种业最缺乏的还不是育种技术，而是经营规模。有人把跨国种业巨头比喻成"航空母舰"，把我们国内种子企业比喻为"小舢板"，这也确实是我国民族种业与国外种业巨头存在的差距。这个差距既体现在企业规模、科技创新能力上，更体现在科研体制、经营方式和投入的研发经费上，人家一个公司的研发经费就等于我们整个种业公司的年市值。而今，痛定思痛，谁都知道，喊"狼来了"没有用，想关上打开的大门，既不可能，也没出息，在优胜劣汰的市场法则下，唯一的选择就是把自己做强做大。

这也是一个农民育种专家认准了的一条路。在培育玉米良种的同时，李登海还投资创办了自己的玉米研发机构和种业公司。早在1985年，李登海就率先在我国成立了第一个民营玉米产业化的种子企业，最初，这是一家只有两万元资产、几个人组成的"科技个体户"，而科技创新为这家小小的公司插上了腾飞的翅膀。在李登海的带领下，"登海种业"以一年三至四代的育种速度开辟着中国玉米育种的创新事业，现已选育出一百多个紧凑型玉米杂交种，其中九十个通过审定，获得十一项发明专利和一百多项植物新品种权。为确保育种工作再上台阶，"登海种业"在全国设立了三十多处育种中心和试验站，建成了遍布全国的国内最大的玉米育种科研平台。公司与国内大专院校广泛合作，开展分子标记、单倍体诱导、细胞工程、辐射育种、航天育种等高技术育种研究工作，连续四十多年持续不间断地进行玉米高产栽培攻关研究，连续七次创造和刷新了我国夏玉米高产纪录。目前，全世界只有两家公司连续多年进行玉米高产攻关探索，一个是美国先锋种子公司，一个就是中国的登海种业公司。而"登海种业"还在国内率先将玉米育种与高产栽培相结合，开创了紧凑型玉米育种的先河，走利用良种良法配套栽培技术进行高产攻关的玉米高产道路。面对全球经济一体化的挑战，"登海种业"也一直在借鉴发达国家跨国种业集团的经验，进行机构改革和机制转变，由普通型的育种向市场竞争力强的品种（包括超级玉米）选育方向转变，由代繁代制的基地生产向自繁自制的生产基地转变，由普通生产加工方式向烘干加工生产高质量的种子方向转变。在降低每亩用种量、不损害农民利益的前提下,由卖斤向卖粒的方向转变,由按重量(斤)包装向按粒包装转变,由多量播种向精量播种转变,由种子的低价位向高质量、高价位的种价转变。

如今,"登海种业"已发展壮大成为正式发行上市的现代化大公司。山东登海种业股份有限公司入选农业农村部公布的第六批农业产业化国家重点龙头企业名单,这也是一位农民育种专家创造的神话之一。

李登海是我国新一代的农村知识青年成长起来的科学家,从他开始玉米育种到如今,四十多年过去了,从家乡到异乡,从少年到白头,李登海历经了145代的品种选育和研发创新,他将杂种优势与群体光能利用的理论融为一体,提出了株型与杂交优势互补的论点,选育了三十多个高配合力玉米自交系,组配了三十多个紧凑型玉米杂交种,创造了七个中国夏玉米高产纪录、两个世界夏玉米高产纪录、一个"中国春"玉米高产纪录。四十多年来,他培育出五代紧凑型玉米杂交品种,从亩产700公斤、900公斤、1100公斤、1400公斤,到如今已经登上了亩产1500公斤的台阶,这已远远超过了他一直在暗暗较劲的那个美国农民华莱士,他选育的"掖单"系列、"登海"系列玉米品种已在全国近三十个省区市累计推广十三亿多亩,而今,全国每三颗玉米种就有一颗是李登海培育的种子。他还充分利用黄淮海区的光热资源,开展了小麦、玉米一年两季创高产栽培研究工作,连续十六年一年两季亩产突破吨半粮,实现了从一亩地养活一个人到一亩地养活四个人的转变。他也因此荣获国家科学技术进步奖一等奖,被评为第二届全国道德模范、"百位新中国成立以来感动中国人物"、全国优秀共产党员,当选为中共十八大代表、第十二届全国人大代表,2019年被授予"最美奋斗者"荣誉称号。

李登海眼光从来不是只盯着自己的玉米地,而是一直盯着中国和世界。目前,我国玉米品种选育正从稀植、高秆、大穗型向多抗、高产、耐密、广适、宜机收(适合机械化收割)的方向发展,在现代育种核心技术创新与应用方面,近年来突破了单倍体、基因编辑、转基因、全基因组选择等关键育种技术瓶颈,极大地提升了我国玉米育种创新能力。从整体上看,近二十年来我国玉米平均亩产达到421公斤,比世界平均单产高出了百分之八左右,这是了不起的成就。但同欧美发达国家相比,美国玉米平均单产比我国还高约百分之四十,欧盟较我国高约百分之二十,这就是差距,而且是相当大的差距,咱们还得奋起直追啊!

春去秋来,日月轮回,一个种了一辈子玉米的庄稼人,也把自己种成了一棵老苞米棒子,看上去就是一位实实在在的老农,风霜染白了他日渐稀疏的头发,那粗粝而黝黑的脸颊爬满了一道道皱褶。由于长期奔劳,又加之多年埋头育种患上的职业病,李登海先后动过五次手术。2015年,他因腰椎劳损再次被送上手术台,出院后,在两节合金椎间盘、六根钢钉的支撑下,他又一头扎进了玉米育种田。育种人都爱做梦,而育种一旦深入进去就没有止境,一个梦想实现后还会有新的梦想产生。李登海也道出了他的一个梦想:"我的前半生,所培育的高产品种已累计为国家增产一千亿公斤。下半生,我还要争取超级玉米能为国家再增产一千亿公斤!"

听这话语,看那神情,一位年过古稀的农民育种专家,依然在时不我待的紧迫感中蕴含着一股执着的冲劲。当我和他挥手道别后,又下意识地回头看了他一眼,一个种玉米的老人,已被比人还高的玉米丛淹没了……

大豆强国的追梦人

大豆,俗称黄豆,古称为菽。据专家考证,中国是大豆原产国,一说原产地在云贵高原一带,但也有很多植物学家认为,大豆是由原产中国的乌苏里大豆衍生而来。河南舞阳贾湖遗址考古发现了距今八千多年前原始人类留下的采集野生大豆的遗迹。1993年,考古人员又在洛阳皂角树二里头文化遗址发现了近四千年前的炭化大豆籽粒,既有野生的,也有栽培的。可见在商代早期,中原地区就已经食用野生大豆和人工栽培大豆了,到了春秋战国时期,大豆已是中华民族的主要粮食作物之一。中国古代的主粮即五谷——稻、黍、稷、麦、菽,在《诗经·小雅·小宛》中便有广为传唱的农事诗:"中原有菽,庶民采之。"

大豆是一种富含油脂和丰富植物蛋白质的作物,在中华民族的繁衍生息中,这是我们生命中不可磨灭的基因。对于农耕民族来说,大豆既是重要的植物油来源,又是优质且相对廉价的植物蛋白质来源,自古以来就在中国人的饭桌上扮演着花样百出的角色,被勤劳而聪明的老百姓制作为豆浆、豆腐脑、豆腐、豆腐皮、腐竹、大豆油、酱油、豆瓣酱……由于其营养价值高于一般的豆类和谷物,大豆被誉为"豆中之王""田中之肉""绿色的牛乳",在数百种天然食物中是最受营养学家推崇的蛋白质食物。尤其是豆浆,雪白如乳,含有丰富的植物蛋白和磷脂,享有植物奶之美誉,有诗赞曰:"白雪姑娘哪里来?黄衣脱尽玉颜开。"

大豆是中国各地广泛种植的农作物,而辽阔的东北大地则是全国最主要的大豆种植区。这里有着得天独厚的自然条件,土地广袤而肥沃,黑土层达一米多深,特别适合大豆生长。这里也是全中国太阳最早升起的地方,夏天日照时间长,作物得以充分吸收营养,而这里高纬度的寒冷气候,又可以大大减少病虫害。然而,由于受高纬度有效积温低、降水不均等自然资源条件的约束,东北大豆产量年际变化较大,单产和种植效益一直在低位徘徊。

说来,又岂止是东北,整个中国的大豆产业都处于一种相当尴尬的状态。中国是世界上播种大豆面积最大的国家,是名副其实的大豆大国,但却不是大豆强国,上世纪80年代,我国大豆单产每公顷只有一吨多(亩产七十多公斤),还不到美国的一半。世界各国栽培的大豆都是直接或间接从中国传播出去的,美国约于1804年引入大豆,到了上世纪20年代,他们靠中国大豆品种资源和加工技术起家,投入大量资金、人力和物力用于科学研究和技术开发,掀起了大豆种业革命,仅用了短短的几十年时间,就跨越了中国几千年走过的道路,一跃成为产量高居世界第一的大豆生产国和出口国。美国大豆产业的异军突起,也是美国农业创造的一大奇迹,而奇迹的背后就是科技创新和种业革命。

反观中国,在20世纪初,中国还是世界最大的大豆生产国,大豆一度出口到世界各国。据统计,在1994年之前,中国还是大豆的净出口国,每年大豆出口超过一百万吨,完全不需要进口。究其原因,并非中国大豆产量高,而是由于我国养殖业、油脂工业在当时还没有大规模发展起来,大豆的需求量远远没有今天高,国产大豆完全可以满足国内需求,还有部分盈余可供出口,这也让不少国人觉得高枕无忧,却忽视了世界上两个大豆大国之间越拉越大的差距,这就是科技的差距、种子的差距。

随着改革开放,中国人走出国门、走向世界,开始以世界的眼光来审视这个差距。孙寰先生就是一位先行者,他1939年出生,1963年毕业于吉林农业大学,随后又考取了我国第一批全国统招的硕士研究生,主攻耕作栽培专业。1968年研究生毕业后,他被分配到吉林省农科院工作。然而,一个当时非常稀缺的农科研究生,还没有来得及开始科研工作,就在那荒诞岁月被迫来到试验农场当了一名农工。很多科学试验也被迫中断了,孙寰的专业知识一直难以派上用场,但他从来没有虚度岁月。白天,他诚心诚意、实实在在地"接受贫下中农的再教育",从播种、栽培到收割,跟着父老乡亲勤学苦练,练成了一个种庄稼的好把式。夜里,他一直坚持学习英语和农作物栽培知识,他坚信这些知识总有一天能用得上。

孙寰在农场干了十一年后,中国终于迎来了科学的春天,孙寰和广大科技工作者一样归队了。当时,农业部把大豆研究中心设立在吉林省农科院,院里成立了大豆研究所,孙寰被分配到大豆研究所搞大豆遗传育种研究,从此他便与大豆结下了不解之缘。而大豆也与吉林有着不解之缘,吉林素称"大豆之乡",长春则被称为"豆都",乃是中国大豆研究中心。由于十多年的荒废,那时候精通英语的人才已寥寥无几,而孙寰一直坚持学习英语,此时终于派上了用场,他能查阅大量英文科技文献和育种系谱,这让他对美国的大豆科技有了初步涉猎,更有了深入探究的渴望和憧憬。

就在他的憧憬中,一个机遇降临了。上世纪70年代末,世界银行为了加强同中国的合作,在中国选拔精通英文的中青年人才,在严格的英语考试和笔试中,孙寰是国内唯一一个通过的人。在那个谁都渴望走向世界的时代,这是他改变自身命运的一次绝好机遇。正当他要到世界银行报到的前一天,又一个机遇降临在他的命运中。当时农业部为了培养中青年大豆育种专家,正在物色一些懂英语的专业技术人员去美国进修,孙寰入选了,他毫不犹豫地放弃了第一个机遇,毅然选择了他命中的大豆,随后便被派往美国艾奥瓦州立大学进修。艾奥瓦州是仅次于加利福尼亚州的美国第二大农业区,也是美国人均收入最高的农业州,素有"美国粮仓"之称,主要农产品为玉米和大豆,而艾奥瓦州立大学也是玉米和大豆等农作物的科研中心。孙寰的导师是大豆遗传与育种专家R. G. 帕尔默教授,孙寰一边跟着导师研究处于世界前沿的大豆育种技术,一边在艾奥瓦州的大豆地里进行田野调查,并对中美两国的大豆产业做了对比,一个是历史上的大豆王国,一个是当今的大豆王国,而两者之间竟然产生了如此巨大的差距,这让孙寰心里很不是滋味儿,用他的话说是"很不舒服,也有点不服气"。然而,差距就摆在眼前,科学就是科学,你不服也得服!

中国大豆生产最薄弱的一环也是摆在眼前的,你种了几千年的大豆,亩产还不到几十公斤,而人家一亩田就能种出你几亩田的大豆。若要缩短差距,只有一条途径,那就是大幅度提高单产。但怎么才能提高单产呢?美国主要是通过基因技术(包括转基因)改良大豆品种,提高大豆产量。除此之外,帕尔默教授所主持的大豆品种改良实验室,也在进行大豆雄性不育研究,这是对大豆杂种优势利用的关键一步,这家实验室的这项研究当时在国际上首屈一指,但却没有开展与生产杂交种密切相关的细胞质雄性不育研究。如果在该领域有所突破,既可在学术上有根本性的创新,又能培育出杂交大豆。而帕尔默教授没有走出的这一步,就是孙寰选定的一生的研究方向——大豆杂种优势利用。他认定了,"我国是大豆资源最丰富的国家,但大豆面临的最主要问题就是单产不高,而提高单产的最有效途径就是杂种优势利用"。

孙寰认准的这条路,的确是一条最有效的途径,却也是一条前人没有走过的路。尽管那时杂交水稻、杂交小麦、杂交玉米都已相继问世并大面积推广,但在世界上的田野里,杂交大豆还是一片空白。对大豆杂交育种,很多科学家认为不可能,大豆是严格的自交作物,闭花授粉,而杂交大豆是指用两个自交系杂交生产的杂种大豆。关键的第一步是找到大豆花不能产生可育花粉,要通过异花授粉才能结果的雄性不育系,第二步是培育出雄性不育保持系,第三步是通过反复试验获得雄性不育恢复系,最后实现三系配套,再经过大量配制杂交组合,研制出大豆杂交种。——这是袁隆平研究杂交水稻所采用的经典的方式,但在杂交大豆上还从来没有人走通过。有些专家认为,即便三系都找到了而且配套成功了,要从试验田推广到农田里去大面积播种也不现实。最难的就是制种关,靠一朵花一朵花地人工授粉,小面积可以实现,而大面积人工授粉则要付出大量的人力成本,就算有所增产,终归也是得不偿失。无论别人怎么说,孙寰一旦认准了,就要付诸实施,对于能否成功他心里也没有底,但哪怕失败了,那也绝对不是徒劳的失败,至少能为后来者积累一点经验,就算是失败的教训,对后来者也是一种启迪。

1983年,孙寰怀揣着振兴中国大豆的梦想,毅然放弃了在国外继续深造的机会,回到了祖国。此时他已年过不惑——四十四岁,有一种时不我待的紧迫感，随即便开始了大豆杂交育种研究试验。万事开头难，他既没有申请到课题，也没有研究经费和配备助手，只能靠国家资助的一万元留学回国人员经费开始做起，为了节省资金，他只用了一个工人。这第一步，就是要找到适用于杂交种生产的细胞质不育系，再通过一年生野生大豆与栽培大豆远缘杂交。这样的寻找如同大海捞针。为了充分利用我国的大豆种质资源，他从北纬22°到北纬45°，分别在福建泉州、湖南长沙、浙江杭州、河南郑州、江苏徐州、吉林公主岭等地设了六个试验点，跨越二十多个纬度，几乎纵贯了整个中国大陆，选用不同类型栽培大豆与野生大豆广泛杂交，通过两年的反复试验，终于在1985年发现地方品种"汝南天鹅蛋"（代号167）含有不育细胞质，以此为母本的杂交组合，其杂交一代（F1）出现了高度不育的现象。这条前人没有走过的路，终于迈出了关键的一小步。这一发现引起了吉林省有关部门的关注和重视，从而在省科委正式立项，孙寰至此才结束了几年来无课题、无经费、无助手的"三无"科研的尴尬局面，可以全身心地投入杂交大豆的科研中。科研之路坎坷而漫长，又过了整整八年，经过五代回交，孙寰于1993年育成世界上第一个大豆细胞质雄性不育系OA和同型保持系OB。与此同时，他还进行了遗传学、细胞学和生态学等综合性研究，使该不育系的研究达到了实用化阶段。国内著名专家一致认为，该不育系的研究达到了国际领先水平。美国两位从事玉米、大豆不育系研究的权威专家在现场考察后做出了这样的科学评价："这是迄今为止，我们亲眼看到的第一个真正的大豆细胞质雄性不育系。"

这是孙寰创造的第一个世界第一，世界上第一个细胞质雄性不育系的育成，为大豆杂种优势利用打开了突破口。这年，正好是他归国十年，此时他已年过天命，五十四岁了，但在一条前人没有走过的路上，接下来还有他天命中更艰难的路。经过两年的测交和回交，孙寰又于1995年育成栽培豆不育系YA和YB，并成功地找到了恢复系，终于实现了三系配套，但要对大豆杂种优势进行利用,还要经过各种试验。

从三系配套到育成第一个通过品种审定的大豆杂交种——"杂交豆1号",孙寰又带领他的科研团队攻关了七个年头。经过多次对照试验,"杂交豆1号"比常规品种增产两成以上,而且这一品种抗病性强,品质优良,符合农业部高油大豆标准。2002年12月,经吉林省农作物品种审定委员会审定,这一品种被正式批准上市推广,这标志着"杂交豆1号"成为中国和世界上第一个可供商业化生产应用的大豆杂交种。这是孙寰创造的第二个世界第一。这年,孙寰年过花甲,已六十三岁了,但他还必须攻克大豆杂种优势利用的最后一道难关——制种关。

杂交大豆大规模制种,是许多专家在此前就早已预料到的一道技术瓶颈。为了攻克这一难题,孙寰制定了"扩大育种规模,缩短育种周期,重视多点产量鉴定,加强资源和育种中间材料研究,面向种子市场,开展不同学科间的协作"的方案,并在内蒙古地区找到适合制种的数万亩农田开展制种工作。从2006年开始,他连续三年去内蒙古考察制种基地和开展试验,每年春夏秋往返三次。在反复观察后,他发现蜜蜂等昆虫传粉的效率远远高于人工授粉,但仅仅靠昆虫自然传粉是不够的,为此,他独具匠心地开发出第一个利用昆虫传粉、大量生产杂交种的高效制种方法,还设计并制定了"以网室隔离、昆虫传粉为主要手段,以杂交一代(F1)表型观察和两次多点测产为主要环节"的杂交大豆育种程序,首创了"昆虫—环境—作物三位一体综合调控"理论和制种技术体系,制种产量达到每公顷一千公斤。这一科研成果获得了农业部科学技术进步奖二等奖和国家技术发明二等奖,并在中国、美国和日本申报了"细胞质雄性不育大豆及生产大豆杂交种的方法"专利。

为了保持大豆雄性不育系和杂交种的育性稳定性,孙寰还设计利用防雨旱棚控制土壤水分,并初步明确了不育系和杂交一代(F1)花粉育性与土壤水分的关系。他亲自选型,购置先进的人工气候箱,设计了试验方案,在控光控温条件下,开展精确的育性稳定性研究。他还第一次在栽培大豆中发现两个染色体倒位系"微大鱼"和"孙吴小白眉",并进行了深入的细胞学研究,证明与已有的野生豆倒位系不同。此前,我国在大豆染色体畸变研究领域几近空白,孙寰对此进行了成功的研究探索,推动了我国大豆细胞遗传学的发展。2009年,孙寰先生在年过古稀之年,获得了"何梁何利基金科学与技术进步奖",这一奖项授予在特定学科领域取得重大发明、发现和科技成果者,尤其是在近年内有突出贡献者。

大豆是世界主要农作物中最后一个利用杂交优势的品种,而中国是世界上第一个利用大豆杂种优势的国家。我国的大豆杂交种研究成果具有独创性,具有完全自主的知识产权,如今已在世界上二十多个国家申请了发明专利。这一切,都离不开孙寰先生开创性的贡献,他是当之无愧的"杂交大豆之父",但只要有人这样称呼他,他就会十分严肃地纠正:"千万别叫我什么'杂交大豆之父',我就是一个杂交大豆育种人。"

一位育种人,在他认准的路上一步一步走过来,一走就是一辈子。岁月不饶人,孙寰如今已年逾八旬,却依然像一个老农一样在大豆田里忙碌着。

当一位八十高龄的老人在吉林的大豆田里育种时,在黑龙江省海伦市的一片大豆田里,有一位年过半百的大豆育种专家,也正在辛勤地忙碌着,她就是豆农们心中的"金豆娘娘"李艳华。

海伦,位于松嫩平原东北端、小兴安岭西麓,地处黑龙江大豆主产区腹地,全市每年种植大豆二百多万亩,这里黑土肥沃,土壤富含钾离子,出产的大豆颗粒饱满,蛋白质含量高,因而被誉为"中国优质大豆之乡"。

要想有优质的大豆,先要培育出优质的种子。在海伦市郊区有一个树影婆娑、分外幽静而造型别致的院落,这里是中国科学院东北地理与农业生态研究所海伦农业生态实验站,也是目前国内唯一从事黑土农业生态系统长期定位监测与研究的野外台站。黑土生态与大豆科学是海伦农业生态实验站的主要学科方向和重点研究内容,这院里有不少试验田。走向一片大豆地,地头上插着各种各样的标牌,"东生17号""东生19号""东生22号""海6055"……这些都是正在试种的高产优质大豆品种。此时,正值金秋十月,大豆黄了,凝神静听,在风中听得见那摇铃般的声音,清脆、圆润,剥开豆荚一看,一颗颗豆子金黄灿亮。一个穿着白大褂的身影正弓着身子在试验田里忙碌着,那白大褂早已被汗水浸黄了,湿漉漉地贴在她瘦削的身体上。她一直低着头,一头夹杂着银丝的短发偶尔被风吹起,露出一张黑红色的脸庞。她一边擦拭着额头的汗水,一边数着豆荚和豆粒,在小本上记下了一个又一个数据,那眼角和嘴角绽开了一丝丝不经意的笑纹。

眼看着大豆一茬一茬地成熟,李艳华在丰收的喜悦中也难免有韶华易逝的叹惋。1966年,她出生在海伦市一个普通的农家,家里几代人都以种大豆为生,但那些当地农家品种产量一直很低。她还是个小姑娘时就特别懂事,看着父母那样辛辛苦苦种大豆,一年却只有那么一点儿收成,她就在心里暗暗着急:能不能培育出更好的种子呢?这个念头在她幼小的心灵里一旦萌生,就一直缠绕着她。1986年,当她在填报大学志愿时,又一次被这个念头深深地攫住了,她没有丝毫犹疑,就填报了东北农业大学作物遗传育种专业。一个女孩子,好不容易跳出农门,却要选择学农,这让她的父母都有些想不通。她也知道学农有多苦,连男生都不愿意选择学农,但为了一个执着的念头,她却从未后悔过。

1990年夏天,李艳华大学毕业,被分配到海伦市农业局农科所工作,但她刚到单位没多久,就被推荐到海伦农业生态实验站实习。对此,她倒也没有感到意外,一个大学毕业生在参加工作后都要经历一段实习期,而海伦农业生态实验站是中国科学院直属单位,对于她,这可是一个磨炼和提升自己的好机会。此时她还不知道,这实习背后还有文章。当年,实验站有一位研究大豆杂交育种的老研究员金振宇即将退休,在退休之前一直在物色一个大豆杂交育种的接班人,对于接班人的选择,他只有一条要求——"传男不传女"。这倒不是他重男轻女,只因这份工作实在是辛苦,而育种又要经历漫长的周期,若能用十年的时间培育出一个新品种来,就要谢天谢地了。这漫长而又繁重的劳作,对女生来说太残酷了,因此他只想找一个既吃苦耐劳又长得壮壮实实的小伙子。可他在退休前找了好几年,一直没有找到这样的小伙子。李艳华毕业那年,金振宇眼看自己就要退休了,这时候有人向他推荐,海伦市农科所刚刚分来一个女大学生,在大学里成绩挺优秀,又是土生土长的海伦人,对这一方水土很熟悉,可以先让她过来试一试。金振宇挠了挠花白的头发,既有些不甘心,又抱着一线希望说:"那就先让她过来实习吧,往后是去是留,就看她自己的造化了。"

就这样,李艳华走进了海伦农业生态实验站。乍一看,金老师心就凉了半截,这个女生一脸青涩,还长得这么瘦弱,哪像是一个育种的材料啊,但她既然来了,也就只有留下来试一试了。就这样,李艳华暂时留了下来,既是实习生,又是临时工,每天只有两块零六分的工资。对这些她一点也不计较,一心只想跟着金老师多学点技术。育种有多辛苦只有育种人知道,尤其是大豆杂交育种,更是苦不堪言。农作物都有自己开花授粉的时间,而大豆的花期很短,一天当中真正能进行杂交试验的时间也就两三个小时,最佳授粉时间又是在清晨。为了能够抓紧时间给大豆杂交授粉,每天一大早,李艳华就跟着金老师去地里,从晨雾弥漫一直干到烈日当顶,那身上的雾水和汗水又被太阳烤得冒烟。大豆根茎粗壮,长满了又密又长的黄绿色硬毛,在这大豆地里干活,浑身都是毛刺刺的感觉,又特别燥热,还有蚊虫四下叮咬,一个大姑娘家,脸上和手脚上被叮满了红疙瘩,但她愣是一声不吭。在试验田里忙碌了一天,晚上她还要钻进实验室,在显微镜下分析标本。一连数月,李艳华每晚干到深更半夜,就睡在实验室里。这一切,金老师都看在眼里,一个女生能这样坚持一天都挺不容易了,而她不但一天一天地坚持下来了,还冒出了许多新想法,看来,这确实是一块育种的好材料啊!而对于一位育种专家,发现和培育人才,又何尝不是育种?

1991年春天,又一茬大豆播种了。在金振宇的推荐下,李艳华成了中国科学院海伦农业生态实验站的一名正式员工。金老师终于可以放心地退休了,他又挠了挠那花白的头发,欣慰地说:"丫头,这大豆育种事业就交给你了,我相信自己没有看走眼!"

金老师那殷切的眼神,李艳华一直难以忘怀,她暗暗发誓,一定要培育出优质高产的大豆种子,这也是父老乡亲一直渴盼的。

从到海伦农业生态实验站的第一天起,李艳华就确定了自己的目标,培育适应东北高寒地区种植的高产优质大豆品种。然而大豆育种除了烦琐与劳累,在技术上又何其之难!国外大豆主要是采用转基因技术,而中国大豆新品种则是采用杂交育种。杂交试验中所需的大豆被称为材料,为了搜集更多的育种材料,李艳华无论是在南方北方、国内国外出差,还是在科研院所、展会或农民家里,一旦见到合适的大豆就两眼发亮,对这些育种材料她是绝不会放过的。她无论走到哪里都爱逛超市和农贸市场,但不是为自己家里买什么,而是为了搜集育种材料。由于科研经费紧张,这些材料她大多是自掏腰包购买,而她那时候的工资又低,有时候还要借钱买材料,这让她的一些亲戚朋友很不理解,奇怪地看着她问:"你这样干还有啥意思啊?你看看谁像你那么虎(傻)呢?"李艳华总是莞尔一笑,让他们更加莫名其妙。而育种,还真是一件奇妙的事,一旦钻进去了,别说钱,你连什么都愿意为之付出。

或许只有土地和种子,才能真正理解一个育种人的艰辛。这么多年来,李艳华一直脚踩大地,素面朝天,她待在田里的时间比一个普通农民都要长,也更累。每年的6月至9月,是李艳华一年最忙碌的时候,从遴选豆种、人工授粉到鉴定试验,她不是在试验田里,就是在实验室里。在实验室的一个角落里,放着一张折叠式帆布躺椅,上面还放了一件旧军大衣,多少个夜晚,李艳华在实验室里干到深夜后,就在这躺椅上眯一会儿,那件军大衣就是她的被子。而她每每在凌晨入睡,天还没亮就起床下地了。尽管大豆杂交育种是农业领域的高科技,但在育种的过程中则是采用传统的精耕细作的方式,播种、收割、脱粒、筛选,这些过程都要人工完成。在播种后,她每天都要查看大豆的长势,观察其抗虫、抗草、抗风的特性,哪一点也不能落下。每一茬大豆种下来,她都要处理三四千份大豆材料,每一个豆荚、每一个豆粒都要仔细观察。到了收获季节,她就像农妇一样坐在地上,用筛子筛选种子,然后装袋,用作接下来的育种材料。这每一个细节都要记录在案,每一个数据都要准确无误,一个数据的错失,往往就会让一年的心血和汗水前功尽弃。有一年,李艳华培育的一个大豆材料产量特别高,几个同事都喜出望外,觉得这是一个突破口,李艳华一开始也挺兴奋,但突然的高产却又让她感到有点不对劲,为谨慎起见,她又用这种材料试种了一年,结果产量又降下来了。她反复查找原因才发现,由于工作人员在收获时不仔细,导致数据记录出了问题,而耽误一个数据,一年的工作就白干了。

对于每一个育种人,最难熬的就是漫长而又繁复的育种周期。一个大豆新品种,从进行第一代杂交育种(F1)开始,但培育出来的这一代是不稳定的,还要在此基础上继续培育第二代、第三代……每培育一代就需要一个生长季,在黑龙江,一年只有一个生长季。直至第六代左右,才可以进行决选。决选,还只是选择优质的品种进行一到两年的鉴定试验,试验通过后才可以送到有关部门参加审定,审定时间又需要三四年。因此,一个大豆品种从开始培育到最终通过审定,一般要经历十年到十二年的时间,而成功的概率还非常低。

李艳华也是一位母亲,她深有感触地说:"怀胎十月,就能生孩子了,而育种比孕育孩子难十倍。"其实,孕育和抚养孩子也不容易,而她在培育种子上比抚育孩子付出了更多的心血。这么多年来,她对家庭、对女儿实在有太多的亏欠,她在心里也一直感念家人对她的理解、丈夫对她的支持。当她在大豆地里忙不过来的时候,丈夫、妈妈和婆婆都来帮着播种、除草、施肥、浇灌、收割、筛选种子。女儿出生不久,她还没休完产假就一头扎进了试验田;孩子需要喂奶时,丈夫就把女儿抱到地里,她蹲在大豆地里给女儿喂奶后,丈夫再把女儿抱回家。丈夫开玩笑说:"这大豆才是你的亲孩子啊!"她听了,只是愧疚而又无奈地一笑。对大豆的生长,她每一个细节都清楚,而对女儿,她都不知道这孩子是怎样长大的,从吃喝拉撒、打疫苗、生病进医院到上下学接送,她几乎没有管过女儿,全靠丈夫一个人又当爹又当妈。别人家孩子有事都找妈,他们家的孩子有啥事就找爸,因为妈妈抓不着影儿。说来还有一件让李艳华有几分苦涩的事情,那是女儿上幼儿园期间,有一天早上李艳华正好得空,要送女儿上幼儿园,但小丫头说啥也不肯去上学了,还一直往下扒她的衣服。她奇怪地看着女儿,这是咋回事呢?折腾了半天,她才哑然失笑,这丫头是嫌妈妈身上穿的衣服太差、太旧了,不像别的小朋友的妈妈穿得那么漂亮光鲜。

李艳华何尝不想成为一个打扮得漂漂亮亮的母亲,但李艳华又哪来的时间梳妆打扮啊?她每天一大早就要去试验田,对衣着的唯一要求是要能穿着下地,既结实耐用,又透气透汗。她这一身朴素的衣着,又加之长年累月在地里干活,乍一看,土得掉渣。有一次下乡,她甚至被一位乡镇干部误认为是一位农村妇女。还有一次,一位电视台记者到实验站采访,直接就把她当成了当地农民,搞得她哭笑不得。闹出的误会太多了,李艳华也早已习惯了、坦然了,她笑着说:"我生下来就是一个农村姑娘,而今也还是一个农民。"

在育成第一个品种前,一个专业育种人员的科研成果往往会出现十多年空白。就在李艳华埋头育种的第一个十年里,和她同一届毕业的大学同学大多评上了高级职称,而她既没有科研成果,也没有时间去写那些评职称的论文,职称一直没有晋升。职称上不去,工资待遇也上不去,直到上世纪末,李艳华的工资还只有一千多元,一家人还住在简陋的平房里。有些同事为她打抱不平,说她"把论文写在大地上",然而在评职称时却没有这一条,要么你在科研上拿得出实实在在的成果,要么你在核心期刊上发表了多少论文。对此,李艳华从来不计较,一个育种人,最重要的就是能沉得住心气,耐得住清贫和寂寞。其实,只要她脑子一转,就能换一种让人羡慕的活法。1998年,一家种子企业邀请李艳华去当副总经理,拿年薪,每年外加四五千元的分红,并承诺分给她一套楼房。面对这个增加收入的好机会,还有一套唾手可得的楼房,谁又会不动心呢?但李艳华还真是一根筋,她没有给自己任何犹豫的机会,就一口回绝了。

直到2004年,这已是李艳华进入海伦农业生态实验站工作的第十三个年头,她终于培育出了第一个优质大豆品种——"东生1号"。这一品种适合在黑龙江省第三积温带松嫩平原中部温凉半湿润区的土壤上推广种植,具有明显的增产效果,在2002年区域试验中平均公顷产量2613公斤(亩产174.2公斤),较对照品种增产百分之十四左右。这一品种不但有明显的增产效果,还有很强的抗病性。其籽粒色泽浓黄,圆滚滚的,特别适合做豆芽,生出的豆芽又直又长,产品率高,口感好,在推广种植后几乎成了发豆芽专用品种。这种大豆做豆腐也挺好,蛋白高,比一般大豆更能出豆腐。由于它有很多优点,每斤比其他品种的收购价高出了一毛五。"东生1号"一经推出,就被豆农们争相播种。由于一开始培育的种子还不多,一种难求,很多农民都来实验站找李艳华要种子。

李艳华此时的心情就像一位母亲,她为自己培育出了这样一个有出息的孩子而欣慰,却也看到了这一品种离国际大豆高产品种还有相当大的差距。而这还只是她迈出的第一步，接下来她还将培育一系列"东生"大豆品种。

就在"东生1号"开始大面积推广之际，中国大豆市场已是风高浪急。

一方面，由于人民生活水平的不断提高，居民营养膳食的蛋白质结构发生变化，中国人对肉禽蛋奶的需求不断上升，势必导致对动物饲料的需求上升，大豆提取豆油后得到的豆粕，由于含有高蛋白质而成为鸡、鸭、猪、鱼、牛的主要饲料。随着中国养殖行业的工业化，对豆粕的需求呈现了爆发式的增长。这强劲的需求仅靠国产大豆已无法满足，从而促使中国大豆进口量逐年飙升，在短短的二十年时间里，中国就从一个大豆净出口国成为世界最大的大豆进口国。另一方面，中国大豆的种植面积居世界第一，但总产量却远远低于美国。美国大豆产量不是靠扩大种植面积，而是凭借转基因等科技手段提高了单产。2000年，中国加入世界贸易组织，粮食市场进一步放开，而在耕地面积极为有限的情况下，中国首先要保障稻谷、小麦、玉米等三大主粮的种植面积，这也让进口大豆成为必然的选择，又加之我国大豆单产和种植效益一直比较低，这让国外粮商有了可乘之机，大豆，就是他们瞄准中国粮食市场的第一个突破口。

如今，很多人都在痛定思痛后追问，为什么偌大的中国竟没有挡住国际资本巨鳄对大豆市场的蚕食？在食用油高价背后是一场怎样的市场博弈？且看这些跨国粮商是如何操纵中国东北大豆价格的。从2004年开始，国内很多媒体都在关注国际农业资本对国内大豆和食用油市场的争夺，首当其冲的就是国内油脂加工企业。经过几年拼杀，公开数据显示，到2008年，国内九十多家主要榨油企业已有六十四家变成了外商独资或中外合资企业，其合计控制了中国百分之八十五的食用油加工量。而就在这场几乎是你死我活的争战中，老百姓最真切的感受是一直在低位徘徊的食用油价格突然出现暴涨，并长期维持高位。这就是跨国粮商操纵和长期控制油料作物尤其是大豆价格的结果。对此,国家有关部门没有袖手旁观,在这场争夺战中多次出台政策保护国内豆农的利益,维护国家粮食安全。为了平抑食用油的价格,中储粮一度向市场紧急投放了二十万吨食用油,结果却如石沉大海,竟然悄无声息,连个泡泡也没有出现。这又是怎么回事呢?原来,中储粮投放的这些平价食用油百分之七十被跨国粮商买走了,你要平抑物价,他们要维持高价。不仅如此,这些跨国粮商一个个野心勃勃,在攻陷中国大豆产业后,又在中国悄悄布局稻谷、小麦、玉米等三大主粮,甚至跑到东北等粮食主产区,动起了基层粮仓的念头,而基层粮仓往往也是最薄弱的突破口。这让一些国内专家学者充满了危机感,北京大学中国区域经济研究中心研究员陆德就发出了危言:"粮食的定价权在别人手里,进口也由他们来进,这两条一卡死,中国将会很危险!"

对此,黑龙江龙江福粮油有限公司董事长宋胜斌有最直接也最深刻的感受,他用"来势汹汹"这个词来形容已经打入黑龙江的"丰益国际"。这家准备斥巨资收购东北大豆的跨国企业,在黑龙江的第一个大动作就是圈地建厂,建立自己的"根据地"。他们的工厂距宋胜斌的粮油加工企业还不到四百米。而这个厂的规模将会成为黑龙江省内最大的一个大型油脂加工厂,占地十多万平方米。宋胜斌虽然只是一家民营大豆油脂企业的老板,但在业内早有"油王"的称号,可见其实力。他的厂已经不小了,但跨国粮商的这个厂要比他的大好几倍,这个新邻居的到来让宋胜斌和业内的同行们如坐针毡。宋胜斌说:"他要垄断了,因为他有这样的实力,整个对货源进行控制,那就会对价格走势造成很大的影响。"

事实上,这些跨国资本最擅长的手段就是利用资金优势,通过资本运作消灭对手,垄断市场,从而实现操控价格、牟取巨额利润的目的。他们的实力来自雄厚的资本。在来中国之前,他们已经用这样的办法控制了整个拉美的粮食市场,非洲、东南亚更不在话下。现在,他们盯住的是中国,中国大豆！他们首先利用期货把大豆价格一路拉到了每吨4300元的历史最高价，诱使国内榨油企业集中采购了三百多万吨美国大豆，随后又一路把价格打压到每吨3100元，只这一下，就使中国油脂企业半数破产。这当然还不是他们的全部目的，随着这些企业的破产，他们又开始以并购、参股、合资等各种资本运作方式，一下控制了中国五分之三以上的油脂企业，连北大荒集团旗下的九三集团也一度传出有外资试图参股的消息。要知道，九三集团是国内目前最大的油脂加工企业，背后还有北大荒集团这样一个中国农业的巨无霸做后盾，而这些跨国企业也像狼一样盯上了他们，眼里眈眈地发着绿光。

这些跨国粮商在中国办了很多大型加工企业，但是他们不是为了通过加工企业加工产品在市场上赚钱，而是要通过办加工厂来消化他们从国际市场上倒来的大豆，他们主要是为了卖大豆。许多外商也与国内油脂企业谈过合作的问题，他们都有一个相似的条件，就是合作可以，但是你必须买我的大豆！

那些跨国粮商也毫不掩饰他们就是通过控制原料来赚取利润的赤裸裸的目的，这对于他们，是资本与市场成功运作的与生俱来的荣耀。市场是博大的，也是残酷无情的，有时候酷似物竞天择的自然法则，适者生存。狼来了，可能会吃掉你，也可能会逼迫你加快奔跑的速度，强健自己的筋骨，让你的血肉进一步丰满。如果你不想被他们吃掉，你就得拥有比他们更强壮的力量。但从中国的大豆产业看，显然还不具备这个实力，在跨国粮商的操纵下，中国进口大豆价格从每吨两千多元一度猛涨到了六千多元，其中每吨四千元的差价流进了国际粮商的腰包。一个利润并不丰厚的油脂行业，炼油脂被他们变成了奇妙的"炼金术"。

然而，这些跨国粮商在中国的布局并未结束，还仅仅只是开始。很多中国人突然发现，这些跨国粮商开始干蠢事了，他们大量收购非转基因大豆，竟然又把高价生产的非转基因大豆油用远低于转基因大豆油的价格推向了市场。这不是干了世界上最大的蠢事吗？谁都知道，非转基因大豆是稀缺资源，非转基因大豆油是上等油，应该卖个好价格，可他们对一桶转基因大豆油的标价是五十六元，又特意在转基因大豆油旁边放一桶非转基因大豆油，标价却是三十五元，然后，他们告诉消费者，哪个油好看标价就知道了，可等到消费者真要买这瓶非转基因大豆油时，他们却不卖！其用心可想而知了。这其实就是跨国资本惯用的价格战略。他们在上游环节有丰厚的利润，可以从中拿出来一部分打价格战，为了争夺一个市场，他们可以在两三年内把产品价格压得很低，让竞争对手跟不上，一般的企业都赔不起。结果不出所料，随着他们的低价油抛出，国内油脂企业再次遭遇滑铁卢式的重创。而与此同时，跨国资本却迅速扩张，丰益国际旗下控制的大豆压榨企业迅速达到了十二家，年压榨能力超过一千万吨，稳稳地占据了中国小包装食用油近百分之八十五的市场。

至此，在第一个回合的争战中，在中国粮食企业和跨国粮商上演的大豆争夺战中，中国大豆产业的阵地就这样沦入他人之手。眼睁睁地看着这些跨国粮商牢牢地掌握着大豆控制权、定价权，大把大把地从中国人身上赚取巨额利润，而国内企业却毫无还手之力，完全失去了话语权。对于中国粮商，最大的危险还不是市场被人家占领了，更可怕的是原料被这些跨国粮商掌控之后，大豆价格起伏不定，企业经营风云莫测。以龙江福粮油有限公司为例，尽管凭着丰富的经验几次都躲过了这些跨国公司的围堵，可面对越来越高昂的原料价格却一筹莫展。

这些跨国粮商在控制大豆产业上还有更狠的一招，也可谓绝招，就是掌控大豆的种子，这也是最根本的控制。自上世纪 70 年代以来，基因改造技术在美国实验室里诞生，从而掀起了一场以使用新型的转基因种子为主要特征的基因革命，此后，美国政府对这一广受争议的技术一路绿灯。美国孟山都公司就是转基因种子市场的垄断巨头,在玉米、大豆、棉花等多种重要作物的转基因种子市场上,占据了百分之七十乃至百分之百的份额,而全世界百分之九十以上的转基因种子都在使用它的专利。转基因植物具有高产、抗病虫害等优势,但跟传统植物相比,在开花结果后却不能留种。若你自行留种,种子也不如第一代好,产量会大大降低。因此,转基因作为一种核心技术,也可谓是一种"绝技",你只要选择用某一家的转基因品种,就必须年年购买他们的种子。在美国和加拿大,农民在购买转基因种子时,需要和种子公司签订协议,保证不能自行留种。为了防止农民自行留种,孟山都公司做得更绝,他们设计出一种绝育种子,并给它起了个狠毒的名字——"终结者"。在控制种子的同时,这些外国种业公司还与跨国粮商合作,组成了拥有共同利益的农业复合体,为种植他们种子的农民提供农药、化肥,形成一条龙式的垄断经营。

中国大豆若要缩小与西方的差距,也只有从根本上突破,加快优质高产大豆的育种进程,而杂种优势利用,就是一条最有效的途径。如中国杂交水稻育种就一直远远领先于世界,这也让转基因水稻在中国没有空子可钻。但在杂交大豆上,这个优势还没有凸显出来。2002年底,孙寰先生育成的"杂交豆1号"经审定后,2003年开始在大田推广。实践证明,这确实是提高单产的最有效途径,将单产提升了百分之二十以上,但亩产还只有三四百斤,而美国转基因大豆亩产达五六百斤。在国外转基因大豆的冲击下,国产大豆种植面积进一步萎缩,若要从根本上缓解愈演愈烈的中国大豆危机,中国人若要把大豆端在自己的饭碗里,还必须进一步提升杂交大豆的产量,这是我国对抗转基因大豆的关键。在这种危机感和紧迫感的驱使下,中国涌现出了一批"大豆强国"的追梦人,李艳华作为中国杂交大豆的第二代育种人,倍感责任重大。别看她外表柔弱,那骨子里却有一股东北人的倔劲儿,她咬牙说出了这样一句话:"天上的火箭不让人落下,地里的种子也不能!"

黑龙江是大豆种植的沃土,但在大豆育种上却过于缓慢。这里每年有一半时间处于漫长而寒冷的封冻期,农作物一年一熟,培育一季大豆需要一年的时间,对于育种人来说,一年只能培育出一代育种材料。若要加快育种进程,就必须缩短育种周期,把在东北培育的种子带到南方去加代繁殖——南繁北育。在东北满打满算一年只有一个生长季,在海南一年则有两到三个生长季。这种方式一年就可以培育三代育种材料,大大提高了育种效率,可将育种进程缩短三至四年。

2000年后,李艳华也踏上了南繁北育的漫漫长旅。为了节省宝贵的科研经费,她来来回回都是坐火车硬座。一串绿皮车厢晃荡着,从中国最北端的黑龙江开往中国最南端的天涯海角,迢迢四千多公里,那可真是"八千里路云和月",一趟就要五十多个小时。伴随着列车哐当哐当的轰鸣声,在拥挤得透不过气的车厢里,一路上坐得浑身酸疼、两腿浮肿。实在太累了,她就钻到座位底下缩着身子睡一觉。谁能知道,谁敢相信,这位睡在火车硬座下面的竟然是中国科学院的一位育种科学家?很多人还以为她是一个去南方打工的乡下女人。而那时邮寄东西慢,往往是人到了海南,而种子还在路上,谁也不知道这种子何时才能抵达。有时候为了赶急,她就随身携带一些种子,其他随身物品能不带就不带。她还担心种子冻坏了,把种子裹在腰上,用自己的体温为种子保温。有些人看着她凸起的腰身,还以为她是一个孕妇。她也确实是一个"孕妇",一位孕育着种子的母亲。

到了海南三亚,天涯海角是令无数游客向往的风景名胜区,李艳华的南繁育种试验田离那儿并不远,但她却没有时间去欣赏风景。那是离她最近的风景,也是最遥远的风景。而在她眼里,最美的风景就是一小片试验田。每年秋天一到南繁育种基地,为了抢季节,她就得赶紧翻地播种。在接下来的日子里,她就住在试验田旁临时搭建的棚子里,在蚊虫叮咬、毒蛇出没的田野里,一天二十四小时守护着秧苗,既要察看秧苗的长势,还要防范神出鬼没的田鼠和飞来的鸟雀偷食种子和秧苗。每天一清早起来,她就在水沟里捧把水洗洗脸,一不小心就会捧起阴绿色的蚂蟥。每年的南繁育种,从头年的十月到翌年的五月初,她大半年的时间都是在潮湿闷热、烈日炙烤的海南度过的,那脸上被阳光灼伤的痕迹迟迟难以消退。大豆在海南加代繁育,每一代都要经历播种、收割、脱粒、筛选,这让育种工作变得更加繁忙,却也多了几轮收获的快乐。无论有多累,收获的季节总是快乐的。这时候,她像海南的农村妇女一样,头戴斗笠,围着丝巾,席地而坐,与当地农民一起筛选大豆,这时候你根本分不清哪是育种专家,哪是农民。

杂交组合是大豆育种的基本方式,将大豆品种不同的性状通过杂交集中到一起,称作一次杂交组合。经过近二十年的南繁北育,李艳华做了三千多个杂交组合,培育出"东生"系列七十多个品系,筛选出了十一个经过审定的优质大豆品种。从她培育出的第一个品种"东生1号",如今她已培育到了"东生22号",在海伦农业生态实验站的一间实验室里,玻璃罩内摆满了她几十年来培育出的大豆标本,豆株上挂着密密麻麻的豆荚,这都是李艳华培育出来的"东生"系列大豆品种。一般大豆多为两粒荚,农家品种还多空荚,因而产量低,而"东生"大豆荚宽粒大,三四粒荚多,荚密,籽粒圆形,种皮黄色,匀称而有光泽,用专业术语说,就是圆、黄、匀、亮,这是优质高产大豆的典型性状。在另一间实验室的架子上,还一层层放满了用小网兜装起来的大豆种子,每一袋上都贴着品种的标签。对于不同品种的豆株和种子,普通人一般很难分辨,只有看标签才知道是哪个品种,李艳华却一眼就能分清,她说:"这主要是从豆粒的圆度、色泽来区分,但有时也说不清楚,就是凭感觉,因为接触太多了,有时闭着眼闻一闻,就知道是哪个品种。"

这每一粒种子都是她亲手培育出来的,她熟悉得像自己的手指一样。

她指着一袋浑圆、饱满的大豆说:"这是'东生7号',属优质高产高蛋白大豆,特别适合做豆浆,纯正浓香,入口绵柔,您早上在早餐店喝到的热乎乎的豆浆，很大一部分就是用的这种大豆。"

她又指着一种椭圆形大豆说："这是'东生10号'，属中早熟高油大豆品种，2015年经第三届国家农作物品种审定委员会第四次会议审定通过，平均每公顷产量2851.5公斤（亩产190.1公斤）。"

李艳华如数家珍，而最让她自豪的还是正在试种的"东生22号"和"海6055"，不少豆荚每个有四粒豆子，每公顷产量超过三千公斤（亩产超过二百公斤），这个产量已达到国际领先水平，品质也提高了，大豆蛋白含量由以前的百分之三十九提高到了百分之四十四，超过了很多进口大豆。在未来两三年，这两个新品种有望成为当地大豆的主打品种。

说到这里，李艳华不知不觉挺直了背脊，而中国大豆依靠科技的力量，也终于在沉沦中挺起了脊梁。

人生岁月，在一茬一茬的大豆地里演绎着季节更替，每一粒种子都是"汗滴禾下土，粒粒皆辛苦"的诠释。这么多年来，李艳华一心埋头育种，从来不计较个人得失，然而桃李不言，下自成蹊。2015年，她因科技成果转化成绩突出，被破格晋升为研究员。2017年，她又荣获了"中国科学院关键技术人才"荣誉称号，奖励她在大豆育种领域解决了一系列关键技术问题，以及在推动技术创新方面所取得的成果，其培育的多个品种达到国际先进水平，在一定程度上解决了我国高纬度地区大豆品种较为单一的问题，为种植结构调整储备了不少早熟品种。对于任何人，这都是一份难得的荣誉，中国科学院东北地理与农业生态研究所建所几十年来，加上李艳华，全所一共才有三人获此殊荣。对于一位拼搏了二十多年的大豆育种专家，这其实也是迟到的加冕。蓦然回首，谁能想到，一个当年的临时工，而今已成为中科院大豆育种的关键技术人才。面对荣誉，脚踩大地的李艳华却有一种天高云淡的境界，她说："这些奖项不只是给我个人的，更是给和我一样奋斗在各个行业努力拼搏的人的。未来，我会在大豆育种这条路上一直努力下去，培育出产量更高、品质更好、更适合深加工的大豆新品种。"

这位辛勤耕耘的育种专家,也赢得了国际同行的尊重。2018年夏天,中国科学院东北地理与农业生态研究所在海伦农业生态实验站举办了一场国际研讨会,邀请来自美国、加拿大、以色列等国家和地区的农业部门、科研院校专家学者参观考察。这些专家久闻李艳华之名,很想见见她,与她一起交流大豆育种方面的技术。李艳华平时不爱打扮,但为了表示对客人的尊重,她还是特意带来了一双黑色高跟鞋,准备在会面的时候穿。在外国专家抵达之前,李艳华一刻也闲不住,她把高跟鞋放在地头,又像往常一样穿着可以防露水的雨靴下地干活了,干着干着就把会见外国专家这事儿给忘了。

那些外国专家来到试验田参观,他们很仔细也很严谨,有的用卷尺测量株高,有的数着豆荚。普通大豆的株高一般在半米至一米之间,有些矮秆品种就更矮了,而试验田里的大豆株高都在一米以上,有的竟超过了一米三,株高秆壮,一株的豆荚竟然有七百多个,那饱满的籽粒,一看就是高蛋白、高油大豆品种。这让那些见过大世面的外国专家大开眼界,发出一片惊呼。他们急于和这位中国大豆育种专家好好交流交流,可她人呢?一双双眼睛在大豆田里搜寻,只看见了一位戴着草帽、埋头干活的农妇。当有人告诉他们,那正在干活的就是李艳华时,外国专家一个个都惊奇地瞪大了眼睛。在国外,专家就是专家,农民就是农民,专家都是穿着皮鞋站在地头指挥雇用的农民干活,而中国的育种专家竟然像一个地地道道的农民。那双放在地头的高跟鞋,更是让外国专家感到奇怪,当李艳华笑着讲清了事情原委后,他们一个个都为李艳华竖起了大拇指。

一位老外风趣地说:"high heel(高跟鞋)可以带来 high yield(高产)!"

这些外国专家还特意邀请李艳华和她的高跟鞋,与他们一起合影。七个人围成半圆,李艳华穿着雨靴居中靠前站着,中间就是那双还没来得及穿的黑色高跟鞋。这张与高跟鞋合影的照片,还真是一张特别有纪念意义的照片,但这样的故事和背景,只可能发生在中国。

李艳华不但赢得了国际同行的尊重,更是农民打心眼里尊敬的"金豆娘娘",她培育出来的种子,可真是撒豆成金啊!

张文昌是海伦市共合镇增产村的一位农民,祖祖辈辈靠种大豆为生。他们家原来种的是当地农家品种,产量和质量一直上不来,这不是一个普通农民的困境,而是海伦市大豆种植的困境。那时候农户们种植的大豆品种又杂又乱,很多普通农民眼花缭乱,不知道怎么选种才好。由于品种品质难以保证,每到秋收时,各种参差不齐的品种混在一起卖,导致价格偏低。最近几年,海伦市大力引导农民种植"东生"系列优质高产高蛋白大豆。张文昌一开始还不敢大面积种植,只试种了一垧(公顷)地,到了秋收时,才发现这种子的威力大啊,过秤后,这一垧大豆的产量竟然比农家品种高出上千斤!张文昌抓着那黄灿灿、圆滚滚的大豆又是搓,又是闻,又是咬,既兴奋又后悔,若是早一点选用这种子,该增加多少收入啊。在尝到甜头后,他在第二年将家里所有的田地都种上了"东生"大豆,地还是原来的地,人还是原来的人,可在换了种子之后,每年都比之前多挣十几万元。由于"东生"大豆的抗逆性好,也比一般品种更能抵御病虫害和自然灾害。2020年,东北大地遭受低温多雨天气和三次台风的袭击,导致许多农家大豆品种大面积倒伏、减产和绝收,而"东生"大豆依然夺得了丰收。只要说起李艳华,张文昌这位憨厚实诚的农民就难掩激动之情:"我老感激了!这些年,我种的'东生'品种,产量一年比一年高,质量又好,一般大豆每斤卖一块八毛钱,我家大豆卖两块五一斤,而且是订单回收,不愁卖,如今每垧能增收两千块钱!"

像张文昌这样的农民到处都是。李艳华时常坐着拖拉机一路颠簸,满身风尘,去田间指导农民播种,帮他们解决种植过程中的各种疑难。她做这些事从来不辞辛苦,也不计报酬,那些淳朴的农民们为了感谢她,给她送来了夏天的土鸡蛋、冬天的黏豆包,还有刚刚收获的大豆。这是农民的心意,她实在是不忍拒绝,但每次都要偷偷地把钱塞给他们,或回报给他们别的礼物,这样的交往就像走亲戚一样。海伦市共合镇主力村农民林凤在种植"东生"大豆喜获丰收后,为了感谢李艳华,一针一线地给她缝制了一双千层底的手工布鞋。克山县西建乡一位叫林忠堂的豆农不知怎样感谢李艳华才好,他听说此事后灵机一动,写了一首诗:"礼物虽小意非同,一针一线表赤诚。一颗拳拳赤子心,大豆缔结鱼水情!"

一粒种子改变了许多普通农民的命运,也改变了一方水土的命运。海伦市在大力推广优质高产大豆之后,2015年海伦大豆通过国家地理标志保护产品认证,2017年海伦又凭其优质高产大豆的产业化而被确定为中国特色农产品优势区。在推广优良大豆品种的同时,海伦市还大力扶持大豆种植合作社。如海伦市自新农机农民专业合作社,在2020年种植了四千多亩大豆,采用"东生7号"种子,又通过大机械精量播种、大垄垄上三行密植、测土配方施肥、病虫草害综合防治等技术手段,亩产达到二百公斤,每公顷获得了六千多元的效益。这些遍布海伦的大豆种植合作社,以科技为先导,以市场为向导,在大豆振兴上发挥出了普通农户难以比拟的作用。通过其带动示范,很多农户也踊跃加入了合作社。

中国大豆产业一直存在链条短、产品附加值低、精深加工薄弱等方面的短板,而今,海伦大豆产业正从种植逐步向食品化、餐桌化转型。龙海食品有限公司就是近几年海伦着力补大豆加工短板的一个缩影。这是一家豆制品深加工企业,走进公司的生产车间可以看到,经过多道复杂的程序后,一袋袋包装好的豆浆粉从流水线上源源不断地生产出来。该公司现已推出了十多种适合不同年龄段的豆浆粉。拿起一袋速溶豆浆粉,倒入水杯中,加入热水,浓郁的豆香扑鼻而来。由于方便适用,口感营养俱佳,这种速溶豆浆粉深受年轻人欢迎,尤其是在生活节奏快的沿海地区特别畅销。此外,入驻海伦的还有黑龙江冬雪生物科技有限公司,该公司被评定为"农业产业化国家重点龙头企业",依托黑龙江地产非转基因大豆资源,重点开发、生产科技含量大、产品附加值高的大豆功能性生物制品,主要产品有大豆分离蛋白、大豆组织蛋白、大豆脱脂蛋白粉、大豆低聚糖、大豆膳食纤维、低温大豆粕(白豆片)和大豆磷脂等,产品以出口为主,主要销往俄罗斯、日本、韩国及欧盟等国家和地区。从进口大豆到出口大豆精深加工产品,这是中国大豆振兴的一个发展方向。

从大豆销售看,传统贸易方式也在向现代市场体系转型。穿行在海伦市海北镇的一条主街上,随处都能看到挂着"收购大豆"招牌的粮贸企业。海北镇目前有一百多家大豆经销企业,是东北地区最大的大豆集散地,周边很多县市的大豆都运到海北镇交易,贸易量达一百万吨左右,约占黑龙江大豆贸易量的五分之一。海伦大豆不仅畅销全国,还远销日本、韩国等多个国家和地区。为了进一步扩大大豆现货交易和物流集散的规模,海伦市决定在原有大豆批发市场基础上新建大豆期货电子商务交收库、大豆期货交易所等现代化的大豆交易平台。走进海伦市东安街,这里是黑龙江省大豆交易中心所在地,那些铺满墙面的电子屏幕上显示着最新的大豆市场信息。这个大豆交易中心于2017年6月初步建成,随着对软件设施的进一步优化升级,将逐步形成线上电子交易和线下物流运送相互促进、双轮驱动的格局,全力打造全国高蛋白大豆定价交易中心,每年可实现大豆现货交易、物流集散三百万吨,线上线下交易总量达到一千万吨。随着大豆市场体系的完善,金融支农作用愈发突出,海伦市正在推进"保险+期权"试点,农民种地时即锁定售粮底部价格,封死价格下跌空间。

但若要掌握价格杠杆宏观调控的主导权,关键还在于振兴大豆产业。这里就以新冠疫情爆发的前一年为参照,根据国家统计局的数据,2019年,国内大豆产量增加到1810万吨。而根据海关数据,从2019年1月到12月,中国总共进口了8851.1万吨大豆。这意味着,中国对大豆进口的依存度依然高达百分之八十三,进口量为历史第二高,自给率仅为百分之十七。打一个更形象的比喻,这相当于每天约有二十多艘满载大豆的万吨巨轮从世界各地络绎不绝地开进中国港湾,才能满足中国对大豆的需求。如此之高的依赖度已经很被动,更被动的是,大豆定价话语权还掌握在别人手里,这意味着很容易被国际粮商钻空子、卡脖子。如果国际豆粕的价格大幅上涨,势必带动一个养殖周期后的国内肉禽蛋奶涨价。而在国际粮商的操纵下,大豆油价也会随之大幅上扬,直接影响国家的粮食安全。

王震将军曾经说过:"北大荒也是战场!"这句话如今又被赋予了另一重意义。

为了摆脱国产大豆的被动局面,2018年我国增加了大豆种植面积一千万亩。2019年,中央"一号文件"提出要实施大豆振兴计划,进一步强调要增加国产大豆的种植面积,提高自给率,同时推动大豆生产实现"增产、提质、绿色"的目标,打造绿色有机品牌,进军高端市场,这是中央调整农业供给侧结构的重要举措之一。中国大豆产业在沉沦多年后,终于迎来了发展的大好机遇。若从根本上看,国产大豆之所以在国际市场竞争中处于弱势,说穿了就是输在了产量(单产)、质量和投入成本上,一旦能实现高产、优质并降低成本,就能为国产大豆在国际大豆市场的激烈竞争中"杀开一条血路"。

为了振兴中国大豆,李艳华作为一位大豆育种专家,一次又一次地发起了优质大豆超高产攻关,在她瘦弱的身体里,仿佛有使不完的劲儿。迄今为止,她培育出了十多个大面积推广的优质高产大豆品种,累计推广优质大豆五千多万亩,单产达到国际先进水平,增产二十多亿斤,为农民增加效益四十多亿元。在这个"互联网+"的时代,她被拉进了各种跟大豆有关的微信群里,在她的微信朋友圈里有四千多好友,其中大部分是农民,还有一些大豆经销商,他们每天在群里七嘴八舌地交流种植经验以及遇到的各种问题,在秋收后分享收获的喜悦,发布产品信息,热闹得像个线上大豆交易所。李艳华也在群里发布大豆新品种的信息,开办网上课堂,传授农业知识,解答农民的疑问。这无形的网络拉近了一个育种专家和农民的距离,在很多农民的心里,这位"金豆娘娘"就像邻家大姐一样。

说来又有些尴尬,这么多年来她不知与多少农民打过交道,但她是一个脸盲,见了好几面的人,还是记不住。在她眼里,每一个农民都是一样的,她从来都是一视同仁的。她虽说认人费劲儿,但一眼就能认清谁家的地里种的是什么种子。这是一个一辈子认准了种子的人。她说:"我们是大豆的故乡,更应该研发出最好的大豆种子,把中国人的饭碗牢牢端在自己手中!"

第四章 藏粮于地

第四章 藏粮于地

借问中原种粮人

每到春夏之交，中原大地便换了一种姿色。当白云从天空飞过，天愈发地蓝了，而遍地阳光都是金黄的，农人们那被太阳晒得流油的脸庞也开始闪烁出金黄色的光泽。南风推拥着麦浪，那起伏的麦浪中开始散发出一阵一阵的麦香，这是温暖而又迷人的中原味道。

中原，本意为"天下至中的原野"，后泛指黄河中下游地区，狭义上指今天的河南省。自古以来，中原就是中华农耕文明的发祥地，而今，河南是全国小麦第一生产大省，被誉为"中原粮仓"。有人如此形容河南在国家粮食安全中的地位："中国每十碗粮食就有一碗产自河南，每四个馒头就有一个用的是河南面粉。"

我国小麦按播种期分为冬小麦和春小麦两种，东北因冬季太冷，播种的是春小麦，而华北、中原及以南地域则是播种冬小麦，一般于头年9月的中下旬到10月上旬播种。在接踵而至的冬天，厚厚的积雪像棉被一样覆盖在麦苗上，雪的温度高于空气温度，隔绝了寒冷的空气，待到春回大地，冰消雪融，那被冰雪捂了一个长冬的麦苗便在阳光、春风和冰雪融水的滋润下开始返青、拔节、灌浆、扬花、抽穗。到了芒种季节，知了叫了，麦子黄了，农人们一个个敞开了胸襟和肺腑，在暖洋洋的风中深深地嗅着麦子的香气。

我来探访的这一方水土，原为号称"千乘之国"的古息国，公元前682年，楚文王灭息，在华夏大地上首次设县，从此古今相延不易"息"名，不改县治，这如中原的沃土一样古老而深厚的息县，堪称郡县制的活化石，号称"中华第一县"。这一带位于中原腹地南侧，千里淮河上游，"河之南葱翠秀丽，河之北坦荡宽广"，一直是中原的良田沃野，人道是"有钱难买息县坡，一半干饭一半馍"。远的不说，只说近年来，息县连续九年蝉联"全国粮食生产先进县"，这里是中原粮仓一个坚实的底部。

如今，很多人都在问：谁在种粮，怎么种粮？我也是带着这些疑问而来，而能解答这些疑问的，最直接、最实在的就是那些面朝黄土背朝天的种粮人。我在中原的田野调查中发现，除了一家一户的种粮散户，也涌现出了许多种粮大户，一个种粮大户的种植面积，往往会超过一个村庄乃至一个乡镇的种植面积。在息县彭店乡大张庄村，就有一个远近闻名的种粮大户，他就是被誉为"中原粮王"的柳学友。

我见到他时，他正走在一条平展的村道上。路旁的柳树、水杉、银杏、白杨、梧桐高低错落，白鹭飞舞；一排排农舍层次分明，院前屋后的油菜花正开得肆意。这乡村的田园风光，还有村民们眼里溢出来的笑意，让一个古朴的村庄透出一股安逸而祥和的气息。柳学友顺着村道走到村口的一处麦田，站在田埂上静静地望着远方，嘴里一直吧嗒吧嗒抽着他喜欢的"黄金叶"。他用泛黄的食指弹了弹烟灰，一抹夕阳刚好照在他那张黝黑的脸上。乍一看，这样一位年近花甲的老农，仿佛有一种参透人生之感。人这一生，就像这一茬一茬的麦子，从播种到收获，该经历的你都会经历。而当双脚伫立于黄昏的那一刻，一位老农总是感慨万千，那心中总会控制不住地涌起一些源于生命的往事。

那是1963年秋天，在一阵寒潮过后，大张庄村比平时多了几分暖意，村街两旁的白杨树看上去显得格外精神，它们迎着平原上的秋风左右摇摆，像是在等待一则特别的消息。傍晚，一个农汉刚从地里回来，未等他擦去额头上的汗珠，只听一阵嘹亮的啼哭声从房间里传了出来，他连忙冲了进去，一把抱起孩子，兴奋得大呼一声："好哇，咱们家里又多了一个种庄稼的好把式！"

这个刚出生的婴儿，后来有了一个大名——柳学友。就在他出生后不久,一场灾荒便席卷而来。一个父亲尚未从喜得贵子的快乐中缓过神来,饥饿的阴影便很快笼罩了这个农家。由于饥饿的母亲缺少奶水,柳学友就在半饥半饱中长大。他还记得自己三四岁的时候,在一个苦寒而饥饿的大年夜,屋外大雪纷飞,屋里,在一盏昏黄摇曳的油灯下,一个穷愁的母亲搂着几个饥饿的孩子,一直在苦苦地等待着什么。当一股寒风吹开了吱吱嘎嘎的大门,父亲裹着一身风雪钻进了屋子,手里拿着一把麦秆,那积年的麦秆质地变得柔软,全身残留着一丝金黄的色泽,上面还挂着一些沾满了尘土的麦粒儿。母亲先把麦粒一颗一颗摘下来,在小石磨上磨成了一小碗麦浆,裹上树叶和菜叶,然后用火柴点燃了手中揉搓成一团的麦秆。灶台的火迅速燃烧起来,火舌吞吐着,舔舐着沾满黑色灰尘的铁锅,一阵馍馍的香味儿伴随着阵阵热气蒸腾而上,弥漫在整个屋子里。裹挟着麦浆的蒸汽不时把锅盖顶起来,锅盖偏移了一点方向,转瞬却又被另一旁的蒸汽恢复到原有的位置,锅和锅盖的边沿留下一道道细长的白色麦浆。柳学友兄弟几个抽着鼻子贪婪地吸着气,馍馍味儿从鼻尖沁入心扉,他们脸上露出如痴如醉的神情,不停地吞咽着口水。尽管一家人没有吃上真正的馍馍,但这顿散发着馍馍香味的年夜饭成了柳学友一辈子永远抹不去的记忆。

这其实不是他一个人的经历,而是一代人的经历。只有经历过饥荒的人,才会用生命去理解那养命的粮食,粮食确实让你又爱又恨。柳学友从小就暗暗发誓,长大后一定要成为一个种庄稼的好把式,让一家人能够丰衣足食。

上世纪80年代初,二十出头的柳学友就当上了生产队长。大张庄生产队实际是一个自然村,村里有六百多亩土地,一年辛辛苦苦种下来,产量还不到一万斤,就在一村人为吃饱肚子而发愁时,农村开始了"大包干"——分田到户。这一场农村变革让老乡们的干劲更足了,可产量还是一直上不来。柳学友虽说没读多少书,但他一直坚信知识可以改变命运。多少年来,柳学友一直弄不明白一件事：同样的土地、同样的汗水，为什么种出来的小麦产量有高有低？这是一个农人朴素的问题，他也找到了一个朴素的真理，要想提高产量，必须科学种田。应该说，柳学友是一个有觉悟、有思想的农民，为了钻研小麦的种植方法，他买了不少书回来自学，晚上趴在油灯下一页一页地啃，白天在田间照着干，但还是有许多问题琢磨不透。一个大冬天，天刚微微亮，整个大张庄村还沉浸在一片寂静中。柳学友轻轻推开院门，大雪把村子裹得严严实实，一股寒气陡地袭来，他倒吸了一口冷气，又在掌心里哈了几口气，就迈开两腿奔向了几十里外的县城。此时，一村人还在睡梦中，或许只有大雪知道，他是大张庄村第一个在黎明留下脚印的人。在县农技站开门上班之前，柳学友就赶来了，他站在寒风和积雪中，就像一个白乎乎的雪人，等待着上班的农技人员。农技人员被这一幕深深感动了，对他那满脑子的疑问，也一一给予了深入浅出的解答。后来，他们还三番五次来到大张庄村，在田间指导柳学友和村民们如何选良种、用良法种麦子，大张庄村小麦的产量眼看着就噌噌往上长，几年工夫就解决了温饱问题。

柳学友是一个能干的队长，带着一村人把小麦单产提高了不少，但村里的田地实在太少了，人均还不到一亩三分地。河南原本就是一个人多地少的农业大省，全省耕地面积居全国第三，但人均耕地面积只有1.12亩，低于全国人均水平，这是一直困扰河南的一个窘境。而大张庄村在解决温饱后也遇到了很多农村遇到的一个普遍问题，一直难以走上小康之路。到了上世纪90年代末，柳学友听说新疆有不少荒地尚未开垦，这让他眼前豁然一亮，随后便带着村里的一帮种田能手远赴新疆去开荒种田。新疆有着中国最大的荒漠化地区和最大的盐土区，约占全国盐渍土面积的三分之一，而现有耕地的三分之一已出现次生盐渍化，这也是农业低产的主要因素之一。由于新疆地处内陆封闭环境，丰富的盐类物质只能在区内循环，致使土壤残余积盐和现代积盐过程都十分强烈。多少年来，人们一直想通过各种方式

第四章 藏粮于地

改造盐渍化土地,让它成为种植农作物的良田。上世纪五六十年代,新疆生产建设兵团第二师的一些团场土地由于盐渍化程度太高,曾被苏联专家判定:人类无法在此生产和生存。

有的人来到这里,一看那盐花花的荒原就开始打退堂鼓了,这地咋能种庄稼呢?柳学友抓起一把盐碱土在手里搓着,用鼻子嗅着,还用牙齿咬了咬,然后吐出一句硬邦邦的话:"老乡们,你们既然跟着我来了,我绝不能让你们空着手回去,就是一块硬骨头,咱们也要啃下去!"乡亲们听了他这番话,也感到心里平添了几分底气,那就试试看吧。柳学友还是像先前一样,一边自学,一边向当地农技人员请教治理盐碱土的方法,又把方法手把手地传授给老乡们。第一年,单产不高,但由于他们开垦的荒原面积大,总产量也不低,比在大张庄种地的收成高多了。随着他们的经验越来越丰富,盐碱地也越种越熟,盐碱度一年比一年低,产量一年比一年高,几年过后,这盐碱地就变成了良田。到了2004年,柳学友和老乡们一个个都在裤腰带上裹着挣来的大把票子,兴冲冲地回到大张庄村。村里人一看他们那神情和模样,第一个感觉就是,这些家伙们比出去时腰杆子硬了!

柳学友在阔别家乡数年后,刚一回来都有点认不出自己的家乡了。村里人越来越少了,四处都是撂荒的土地,野蒿子长得比人头还高,一看就荒废不少年了。这土地就是农人的命根子啊!他还记得,刚刚分田到户那会儿,家家户户为了多分一点地,一个个争得面红耳赤,连眼珠子都瞪出来了。可如今,村里的青壮年都到外地打工挣钱去了,只有几位老人坐在屋檐下没精打采地晒太阳,就是想种地也没有力气了。柳学友从他们身旁经过时,他们都木木地看着柳学友出神,那眼神既焦虑又茫然,这么多撂荒的土地,谁来种啊?这一村老少的粮食,谁来管啊?

柳学友在村里转了几圈,又转出了一个想法。那些从新疆回来的老乡,第一件事就是把挣来的钱用来盖房子,而他的想法不一样,当他看到这么多好端端的耕地长满了荒草,真是痛心啊,他想把这些撂荒地转包过来,这地里就藏着养命的粮食啊。当他把自己的想法跟妻子提出来后,妻子白了他一眼说:"要是种地能赚钱,谁会撂荒啊?"他吧嗒吧嗒抽了几口烟,又把半截烟狠狠一戳说:"这地我是种定了,要是谁都不种地,往后咱们吃啥呢?我可真是饿怕了啊!"这就是他转包土地的初衷,但一开始他还不敢大干,第一年只承包了村里的三十亩撂荒地。那时转包费很便宜,每亩才十五块钱,这对于那些撂荒的村民真是求之不得,这地荒着也是荒着,现在多少也能挣到一笔转包费了。有的农户更实在,他们不要转包费,要柳学友把转包费折算成麦子给他们。用土地换粮食,这也是流转土地之初颇为流行的一种模式。经过一年尝试,柳学友眼看收成还不错,就想大干一场了,他一口气把大张庄的几百亩荒地都承包下来了。他觉得还不够,又承包了周边村庄的撂荒地和附近一支驻军的农场。这一年,柳学友总共包下上千亩土地,他可以放开手脚大干一场了。为了规模化种植,他将一块一块的小田平整出来,变成了机械化耕种的大田。他又请来县里的农技人员当顾问,通过科学种田来降低成本、提高产量。眼看着粮食一年一年大丰收,他的干劲更足了,还想再承包一千亩地。而那几年由于各地粮食丰收,一度出现了卖粮难的问题,就是卖出去了,粮价也不高,有的粮站还要打白条。有人劝他不要盲目扩大规模了,种再多的地也不赚钱。他却信心十足地说:"那要看怎么种粮,只要路子走对了,一定能种出个百万富翁来!"

然而,接下来他就遇到了发展中的瓶颈。在种粮大户中流传着一句话:"太有钱的不种地,没啥钱的种不起。"种粮大户们大多是白手起家的农民,从小户逐渐积累变成大户,在这个积累和扩展的过程中,从地里挣来的钱又几乎全部投入了土地,这还远远不够,若想继续扩大规模,遭遇的第一个瓶颈就是资金短缺。而随着中央一系列惠农政策出台,那些往日没人要的撂荒地也渐渐变得值钱了,土地流转费越来越高,一亩地从原来的十五元租金到2009年已涨到了每年四百块钱以上,翻了几十倍,而这些年粮价却没有涨多少。你要租,还得先付钱,租上一千亩地,光是租金就得四十万,再加上农机、种子、化肥、农药等投入,还有农忙时雇工,每亩地还要投入七八百元,一千亩地又得投入七八十万元,两项加起来就一百二十多万元。这笔钱从哪里来?种粮赚钱原本就慢,若是靠一个种粮户慢慢赚,发展也就更慢了。

柳学友遭遇的困境也是种粮大户普遍的困扰,农业生产的周期很长,若要实现真正的现代化大农业经营模式,仅仅靠种粮大户赚钱、投资、投资、赚钱的小循环,只能形成小气候、小规模。种粮大户们都盼着能得到金融部门的支持,可贷款实在太难了。当时,柳学友和农户们签订了再转包一千亩地的协议,他把多年打拼积累下的资本倾囊投入后,还差五六万块钱。为了这点钱,他连跑了几家银行,得到的答复却让他大失所望,最高只能贷两万元,而且贷款周期只有一年,每个季度还要付一次利息。这真是一分钱难倒英雄汉哪!就在他为资金而头疼不已时,当地邮储银行推出了小额信贷业务,他看到了一线希望,抱着试试看的心态去邮储银行问了一下,第二天工作人员就到田间实地看了他承包的土地,第三天,他就和担保人一起去邮储银行办理了贷款手续,马上就拿到五万元贷款。这笔贷款对于一个种粮大户只是杯水车薪,却又实实在在帮了柳学友的大忙。没有这五万块钱,他和农户的协议就没法兑现,而只要有几家农户退出,他就无法承包连片的土地。

对柳学友来讲,2008年是他扩大种植规模的一个转折点。当又一个春天来临,那从冰雪中苏醒的麦苗在春风里碧波荡漾,天气也一天比一天暖和起来。这是一个风调雨顺的春天。然而,到了春夏之交,眼看着麦苗开始拔节了,太阳就像个泼了油的火球,火辣辣地悬在天空中,向外散发着灼灼火气,就连仅剩的一丝遮蔽的云彩,也在太阳的蒸腾中消失了。那些昏了头的知了躲在大树的肘腋下,热得也有气无力地喊叫着。大地被太阳烤成赤铜色,地上的蒸汽顺着太阳的光束往上攀爬,田野里的庄稼如同在闷热的烤炉里扭曲挣扎，和焦急的农人一起等待大雨的到来。但那渴盼的雨水却迟迟落不下来。这是河南自1951年以来遭遇的最严重的干旱，连续一百多天滴雨未下，而在分田到户后，农田水利设施年久失修，渠道沟港茅荒草乱，到处淤塞，就算能从远处的河流引水，也无法流进这干得冒烟的农田。柳学友眼睁睁地看着小麦在热浪中备受煎熬，抚摸着那一株株干枯的麦秆，心像刀割一样。如果再不下雨，这两千亩小麦就要绝收，他多年打拼的血汗钱就要打水漂，还将背上一屁股债务。

万般无奈之下，柳学友想到打深井，两千亩地要打五眼井，至少要七万多元，而买一台打井机还要三万多元。此时，他已经没钱投入了，这十多万块钱到哪里去借啊？正当他心急如焚的时候，突然接到了一个电话，让他赶到许昌去参加一个会议。一开始他还不想去，在这火烧眉毛的时候，他还哪有心思去开什么会啊！当他听说是河南省部分地市的旱情和抗旱情况汇报会，他才赶去了。到了会场，他一下瞪大了眼，这次来河南调查旱情、听汇报的竟然是时任国务院总理。尽管他此前只在电视里看见过总理，但总理那亲切和蔼的表情让他敞开了肺腑。在这次会上，他以一个农人的直爽，讲述了旱情的真实情况。一般农户和种粮大户搞农田水利建设的能力弱，再加上多是流转的土地也不敢多投入。而一旦遇到旱涝等灾害，他这个种田大户，连打井的钱都掏不出来，更不用说那些一家一户种地的散户们了。若要旱涝保收，保障粮食安全，政府就必须在高标准农田建设上多下功夫。总理一边听，一边在本子上记录着，还不时冲他点头，鼓励他说下去。柳学友便把那憋了一肚子的话像竹筒倒豆子一样说了出来，如土地流转成本高、融资困难，还有年久失修的农村水利问题等，他讲的都是实话、心里话。总理当即指示在场的有关人员尽快解决这些问题，尤其在抗旱的节骨眼上，要在信贷上给予农民大力支持，并将打井机纳入农机补贴范围。

这让柳学友又一次睁大了眼睛，他没想到这么快就能解决问题。

第四章 藏粮于地

柳学友回来之后,很快就得到了贷款,买了一台打井机,打了五眼深井,不但解决了自己承包地的抗旱,还帮助了周边的村民抗旱。这一年他的粮食虽然减产了,但没有赔本,还略有盈利。而更重要的是,在经历了一场大旱后,河南更扎扎实实开展农田水利的基本建设,采取了整修疏浚田间灌排渠系、平整土地、扩大田块、改良低产土壤、修筑道路和植树造林等一系列措施,建成高标准农田六千多万亩。多少年来,农民们一直盼着风调雨顺,这其实是一种看天种田、靠天吃饭的心态。天有不测风云,若要旱涝保收,老天爷是靠不住的,还得靠农田水利基本建设打下的基础。只有这样,才能藏粮于地啊!正是在这一基础上,柳学友这个种粮大户才能充满底气地一年一年扩大种植规模。而今,他早已实现了自己的诺言,"一定能靠种粮种出个百万富翁来"!

柳学友从年轻时当生产队长开始,就有了一个始终放不下的心愿,那就是带着父老乡亲一起发家致富。为此,他牵头组建了柳学友种植专业合作社。一开始有些农户还在观望:这加入合作社有什么好处?而这些好处很快就显现出来了。那些普通农户的零散地块不适合大型机械作业,还是小农经济的模式,又苦又累。尤其到了麦收季节,你那东鳞西爪的麦地,更不适合机械化收割,四十块钱一亩地别人都不愿意收,而合作社的地块面积大,又平平整整,人家都抢着来收,一亩地的收割只有十八元,成本一下降下来了,这就是规模化经营的好处。而合作社在选用良种、科学种植、优质高产上更具有不可替代的作用。2004年以前,息县小麦亩产一直在四五百斤徘徊,有些专家也认为这一带小麦亩产最多不超过七百斤,而柳学友种植合作社现在亩产小麦已超过一千斤,仅此一项每亩地就能增收几百元钱。在产量提升的同时,合作社的小麦质量均达到优质,一般小麦当时每斤的价格只有八九毛钱,而柳学友种植合作社的小麦每斤可以卖到一块二。同样是种麦子,零散农户更劳累,却很难赚到钱,甚至还会赔本,而合作社由于是大面积种植加上机械化作业,既减轻了劳动量,降低了成本,又提高了产量和质量。如此,柳学友才那么有底气地发问:"谁说种粮不赚钱?那要看你怎么种!"农民都像土地和粮食一样实在,眼看着柳学友种植合作社办得红红火火,许多人都放弃了外出打工的念头,带着土地加入了合作社。——从流转土地到农民带着土地入股,这是柳学友在经营方式上的一次变革,也是农户的一次人生转型,更是广大农村继家庭联产承包责任制后的又一次变革,他们既当股东,又当农工,既拿工资,又有土地入股分红。而今,大张庄村很多背井离乡外出打工的村民都回来了,只因在柳学友种植合作社里,既能守着老婆孩子热炕头,而挣到的钱又比在外地打工还要多。

在接下来的两三年里,柳学友种植合作社流转土地超过一万六千亩,占息县全县耕地的百分之一,他也成了名副其实的"河南粮王"。换句话说,息县若有一百个柳学友这样的种粮大户,就能把全县的耕地承包下来了。随着合作社的粮食单产不断提高,原来四亩地种出来的粮食,如今只需三亩地就能达到同样的产量。这节省下来的土地,柳学友在市场调查后,决定种植优质高粱。

高粱,素称"五谷之精,百谷之长",是中国古代的主粮之一。据有关出土文物及农书史籍记载,我国高粱种植至少也有五千年的历史,直到如今,高粱也是重要的粮食作物,高粱米在中国、朝鲜、俄罗斯、印度,以及非洲等地皆为食粮。然而由于其口感差,蛋白质中赖氨酸含量和蛋白质的质量在谷物中最低,现已退出了我国主粮行列。但高粱有一大优势,淀粉含量高,这是产生酒精的主要物质,因而被誉为白酒的灵魂,而酒乃粮食之精华,需要优质高粱来酿造。

2010年,柳学友拿到了为贵州茅台酒厂供应优质高粱的订单,第一笔订单的经营规模就达到了一千亩。订单农业的第一大好处就是对方有前期投资,接下来也不愁销路。然而,这一年柳学友却吃了一个哑巴亏,他原本想

第四章　藏粮于地

买优质高粱种,结果买到了假种子。这买到了假农药、假化肥,多少还有一点收成,若是买到了假种子,那可就完了。这一年,柳学友种植的春高粱绝收了,赔了上百万。赔了血本还不说,那方圆几十里的老乡们都在摇头啧啧:"还是什么种粮大王,连种子的真假都分不出来!"柳学友这样一个种庄稼的好把式,听了这些风言风语,还真是哑巴吃黄连——有苦说不出:"那种子看上去比真种子还好呢,谁能知道那是假种子啊!"

不幸中的万幸,在他最艰难的时候,当地邮储银行没有催他还贷款,还帮了他一把,又给他贷了一笔款,这可真是雪中送炭啊!他赶紧买来了夏高粱的种子。这一茬种子货真价实,一亩地纯收入就有上千元,一千亩地纯赚一百万,刚好把赔掉的血本扳回来。

柳学友兴奋地搓着手说:"咳,高粱也是粮食啊,我第一次真正看到了种粮的希望。"

这何尝又不是绝望后的希望?而今,他已将优质高粱种植面积扩大到了五千亩。

我来到这里时,春高粱尚未成熟,但已长出了高粱穗子,沉甸甸的,连风都吹不动。柳学友的妻子顶着一头高粱花子,正在地里忙活呢。她抹了一把满脸的热汗,喜滋滋地说:"这高粱好得很,耐旱又耐涝,一年还能种两季,一亩地的收入翻了倍!"

就在柳学友种植合作社不断扩大种植规模、转变经营方式之际,当地邮储银行举办了首次"创富大赛"。柳学友就是邮储银行扶持起来的一个创富典型,每当他陷入困境,邮储银行就会雪中送炭,对这种支持农业发展的金融机构他充满了感恩之情。他赶紧报名参加了大赛,倒不是冲着奖杯而来,而是想通过这次各显神通的大赛,看看其他创业者的经营方式,寻找更多的致富门路。在这次大赛中,柳学友还真是大开眼界,激发出了一个又一个的灵感,第一个就是成立种子公司。他们种出的优质高产小麦亩产超过一千斤，这是粮食也是良种，一些种子公司买过去后，经过挑选和包装，每斤就可以卖到一块五以上，这对于柳学友种植合作社也是一个商机，他们完全可以自己精选良种然后包装出售，为合作社的农户增加更多的收入，在良种推广过程中还能带动粮食大面积增产。第二个灵感是就地取材，建设一座有机肥基地。那些种粮产生的秸秆，往往都被一把火给烧掉了，搞得田野林地乌烟瘴气。若是能将这些秸秆回收利用，生产有机肥，就能进行有机粮食精细化种植。第三个灵感是为种植合作社生产的优质小麦、有机粮食注册商标，然后卖往全国各地的粮食市场和商场超市，有了条件还可以在全国各地成立专卖店。通过多年的苦心经营，他的这些梦想都一个一个地实现了。

现在，柳学友种植合作社已是息县科技化程度最高的种植合作社。"种地靠四宝，一个不能少，少了就要倒。"这是柳学友多年来摸索出来的经验。这四宝，一是政策，二是科技，三是农田水利基本建设，四是农业机械化。中原地貌以平原为主，适宜大型农业机械化作业，又加之国家陆续出台了定额补贴、自主购机、先购后补、县级结算、直补到卡（户）的农机购置补贴方式，让河南农民尤其是种粮大户购买农机的热情不断升温。在柳学友的机库里，摆放着联合收割机、播种机等大小机械七十多台，有个人购置的，也有政府奖励的，还有他因地制宜自己研制改造的，每一台机器都擦拭得锃光发亮。而让柳学友喜出望外的是，2019年，信阳市一家企业给柳学友提供了十台无人植保机，让他试用。春耕后，进入了喷药、浇水、施肥的时节，这些无人机第一次派上了用场，水箱两侧伸出长长的布满喷头的喷管，药雾精准地喷洒在庄稼上，那可真是大显神通，几分钟就能喷洒十几亩地，一天能喷几百亩，这比人工打药要精准得多。而喷防用水量比人工节约六成，人工成本则从原来的每亩六元降到了一元以下，这节约下来的钱就是实实在在的收入啊。

柳学友一只眼睛看着农田，一只眼睛盯着市场。近年来，由于小麦常规品种生产过剩,又加之经营成本不断上涨,致使不少种粮大户种得越多,亏得越多,有些人已经撑不下去了。柳学友对这些种粮大户充满了同情,但他觉得,越是在困难的时候,越是要增强种粮的信心,"这个信心千万不能丢,丢了就不好再聚了"!他一边给种粮大户们鼓劲,一边劝他们改变经营思路。这么多年来,很多种粮大户只管埋头种地,不大关注市场,种了多年还是原来的普通小麦。如今早已不是饥不择食的年代,老百姓越来越看重粮食的口感、味道和营养了,推广优质绿色品种是当下也是未来的趋势,谁能抓住这个趋势谁就先挣钱。在柳学友种植合作社的麦田里,选种的是优质强筋小麦品种"西农979",这是由西北农林科技大学小麦育种研究室选育的小麦新品种,是一个优质、高产、多抗、广适兼得,且农艺性状优良的好品种,适宜在黄淮南片广大麦区种植。2019年,是黄淮南片小麦病害多发的一年,导致许多农户和种粮大户的小麦产量和质量双双下滑,但柳学友种植合作社选种的"西农979"却显示出了顽强的抗病害能力,平均亩产达到九百斤,而这种优质强筋小麦真是"皇帝的女儿不愁嫁",每斤比普通小麦的市场价高出了三四角钱。当别的种粮大户叫苦不迭时,柳学友却对种粮有了更大的信心,接下来,他还要进一步扩大"西农979"的种植面积。

2020年是一个特殊的年份,一开春,一场疫情就汹汹而来,而在大疫之下,粮食问题又一次成了全球最关注的问题,如果因疫情而引发粮食危机,那将是雪上加霜。柳学友堪称是一个麦田里的逆行者,在搞好疫情防控的同时,他带着合作社的农工早早就下地了。在小麦的生长期,返青、拔节、抽穗、开花、灌浆……每一个农时都没有耽误。眼下,这金黄的麦子快要开镰收割了,柳学友摘下一支麦穗,数着麦粒,这麦子粒大饱满,光亮透明,连我这个路人看了也觉得又是一个丰年。柳学友抬起头来说:"今年的亩产应该超过一千斤!"他挺有把握地搓了搓手。

手机又响了。每到这个季节,他的手机就成了热线电话,有洽谈合同的,有预订粮食的,一个接一个,打得手机发热,而他一想到今年的优质小麦又能卖上好价钱,心口也一阵阵发热。

当一个种粮大户连年获得丰收时,中原的粮食也获得了大丰收。在2020年夏粮收获的成绩单上,河南夏粮播种面积、总产量和单产均居全国第一,中原粮仓在大疫之年扛稳了保障国家粮食安全的重任。这样一个人口和农业大省,用全国十六分之一的耕地生产了全国十分之一的粮食,不但解决了本省一亿多人口的吃饭问题,而且每年还外调原粮及加工制品六百亿斤,让中国饭碗里装上了更多的中原粮。

柳学友不仅是一个种粮大户,他还从农业跨越到林业,成了一个"种树大王"。说来,这也是逼出来的。中原风沙大,一场沙尘暴席卷而来,就会将田野掩埋在沙尘中。在农田基本建设中,必须推进造林绿化和生态防护。为此,柳学友投资了一千余万元,流转了六千多亩土地,用于种植白杨、柳树、水杉、银杏、梧桐等树木。走进柳学友种植合作社的承包地,一道道绿色的林带镶嵌着金黄色的田野,除了麦子、高粱散发出的香味,还有树木散发出的清香,白鹭飞舞,知了鸣唱,这一幅中原的现代农耕图,让我流连忘返,迟迟不愿离去。

一位年近花甲的老农,面对自己创造的这个图景,在夕阳下又一次敞开衣襟和胸怀,他吧嗒吧嗒抽着"黄金叶"说:"种粮种树同时进行,让我尝到了甜头,我这个生产队的老队长,自然也得带着村民们过好日子啊。"这是掏心掏肺的话,也是一句大实话,不说别的,他种植合作社里的一百多位村民,每人每年的分红就有七八万元,每月的工资也有五六千元,一个人一年在家门口就能挣到十几万,谁还愿意到外边去打工挣钱啊,而打工又能挣多少钱呢?

只要说到这些事,那些在田间劳作的村民们一个个就乐得合不拢嘴。一位满脸黢黑的中年汉子笑呵呵地对我说:"咱们种的还是自己的地,吃的还是自己种的粮,这地里还能长出钱来,这粮食也越来越好吃了!"

这话让我心里怦然一动,忽然觉得,这就是一个种粮大户的价值啊!而透过一个麦穗里的农人,我仿佛看见了麦穗里的中原,辽阔而博大的中原。

玉米飘香的黄土地

晚霞漫天的黄昏,落日的余晖挥洒在黄土高原上,那一片玉米地闪烁着金黄的光芒。夕阳下的农家老汉,泥土上的荒凉与质感,成了很多陕北人记忆中的精神胎记。从田间地头归来的农人在河水里洗去劳作的沉重,坐在门槛上抽起了旱烟。电线杆上的麻雀依次排开,叽叽喳喳地讲述着一天里的见闻。一户人家的炉火通红,飘出一阵阵玉米的香味。等待喂食的骡子和牛羊的叫声此起彼伏,母鸡咯咯了几声,便钻进了自己的窝。当月光爬过低矮的院墙照在地上,犬吠声和蛙声混合在一起,夜幕已把整个小山村裹得严严实实。

这是黄土高原乡村日常生活的图景,只要锅里有煮的、碗里有吃的,老乡们的日子就会这样一天一天地过下去。然而,亘古以来,这样的日子在沟壑纵横的黄土高原上并不多见。俗话说,靠山吃山,靠水吃水,但有的地方山也靠不住,水也靠不住。这一带是世界最大的黄土沉积区,位于黄河中游地区,地势高亢,河谷深切,又加之常年干旱少雨,地下水非常贫乏,一方水土养不活一方人。

在宗孝玉的家乡,流传着这样一句话:"十年九旱,靠天吃饭。"

当人类把自己的命运交给了上苍,也就只能任凭老天爷主宰了。

在这个世上,每个人都有一段难忘的童年。当秋日的凉风吹散夏日的燥热,黑河便不再吱声,渐渐沉浸于一个秋水澄澈的境界,河流伴随着鸟鸣风吟而婉转流淌。黑河是河西走廊西北部的一条内陆河,也是一条短暂的季节河,在毛乌素沙漠的边缘流过。一个人生活在黑河边上是幸运的,也是不幸的。幸运的是,这河流会养育你的生命,以及生命中所需要的一切;不幸的是,在干旱少雨的黄土高原,一旦遇到大旱,这条河就会干涸以至枯竭。在黑河边上长大的宗孝玉,对水的渴望是与生俱来的,守在河边没水喝,是他小时候最干涩的记忆。而干旱带来的饥饿,在他脸上和骨子里留下了深刻的印记,那张脸看上去像黑河边上的土地一样贫瘠,露出了坚硬而嶙峋的骨骼。这幅形象一旦长成,就再也不会从骨子里改变。

上世纪70年代初,在经历了一场旷日持久的大旱后,十六岁的宗孝玉便跟随父母从靖边老家迁到黄龙县三岔乡孟家山村。那是一个异常寒冷的冬天,北风在黄土高坡的山冈上呼呼地吹,像是一匹饥饿的狼在哀号。这一次背井离乡的迁徙,对一家人来说是难以割舍的,又是迫不得已的。当一方水土养不活一方人,你只能换一个地方去寻找活路。黄龙县位于陕西省中北部,地处黄土高原丘陵沟壑区。第一次走进孟家山村的记忆是深刻的,在那个炊烟四起的黄昏,宗孝玉饥肠辘辘地跟着父母走在凹凸不平的石板路上,玉米的香味透过一扇扇虚掩的大门飘溢而出,他的喉咙里突然有一种从未有过的"痒",这种"痒"成了宗孝玉记忆里挥之不去的滋味。如果没有亲身经历,怕是很难体会到那种饥饿带来的刺激。而就在这时,一扇门朝着他打开了,一位当地老乡给他递来一个香喷喷的烤玉米棒子……

这是一个依山傍水而建的陕北山村,一排排老式窑洞散落在黄土高坡,一条弯弯的小河绕村而过。这一方水土的老乡们,世世代代在黄土高坡上以种玉米为生。黄龙县最大的优势就是人少地多,全县人口仅五万,在陕西省乃至全国都是人口最少的县之一,但黄龙县的面积却有近三千平方公里。早在1939年,这一带就设立了陕西黄龙山垦区管理局。同宗孝玉的老家相比,这里还有大量的荒地可以开垦,这也是宗孝玉一家迁徙而来的原因。宗孝玉在家排行老大,为了给父母减轻养家糊口的负担,他读到初中毕业就回

第四章　藏粮于地

家务农了。一个尚未成人的少年,从此挑起了家里的重担,不但要养活自己,还要帮着父母养活一家子。刚搬过来的时候,他还充满了对故乡的思念。他时常站在孟家山村,望着逶迤起伏的黄土高坡和那些稀稀拉拉的树木,有一种莫名的感伤。那感觉就像一棵树,从一个地方移植到另一个地方,为了在这片陌生的土地上生根发芽,你只能豁出自己的汗水来浇灌。

一个外来户,想要融入这个陌生的村庄,必须付出加倍的努力。宗孝玉的父亲是面朝黄土背朝天磨砺出来的一个典型的陕北汉子,也是一个种地的好把式。宗孝玉跟着父亲勤学苦练,十七八岁就成了生产队的壮劳力。这一家外来户,很快就赢得了孟家山村老乡们的尊重,谁也不把他们一家当外人了。进入80年代后,宗孝玉已在孟家山村结婚生子,他们家也按人口分到了责任田。一旦吃饱了肚子,他更感到有使不完的力气,除了种好自家的责任田,他还四处开荒,在每一个旮旯里都种上了玉米。这是一个农民的"野心",一心想要靠种田发家致富。在分田到户的头几年里,他们家也确实成了村里的富裕人家。可在接下来的几年,村里的青壮年纷纷外出打工,他们挣到的钱比宗孝玉在地里挣的要多得多,他们还见到了宗孝玉从未见过的世界。这让宗孝玉心动了。在一年春节过后,宗孝玉蹲在自家的门槛上,默默地看着门前那条弯弯的小路,村里的青壮年又背着行囊从这条路上出发了,他想起父母在这条黄土小路上走了一辈子,始终没有走出这黄土高坡,这让他心里一阵发紧,仿佛从这条风尘仆仆的小路上看到了自己的宿命。当他站起身的那一刻,一缕早春的阳光照进他的眼里,这让他心里又是一阵触动。他下意识地咬了咬牙,发誓要闯出自己的一片天地。

第二天一大早,宗孝玉出门上路时,本想瞒着父母悄悄走,可刚迈出几步,就被父亲拦住了。父亲老了,他挂着一把锄头支撑起枯瘦的身体,指着那一片片抛荒的土地说:"娃呀,你瞅瞅,这么多地都荒在这里了,谁来种啊?你这一走,咱们家的地也要撂荒了,我实在是种不动了啊。"看着父亲那发红的眼眶和浑浊的老泪,宗孝玉的心一下软了。而更让他迈不开脚步的还是从小忍饥挨饿的经历,倘若这大片的土地都抛荒了,你就是挣到了钱又上哪儿去买粮食啊?

宗孝玉刚刚上路就被父亲堵回来了,但他实在不想回到原来的起点,一辈子走父亲的老路,既然要留在家里种地,那就要种出一点名堂来。而父亲的话也深深地触动了他:那大片抛荒的土地谁来种啊?我来种吧!

许多种粮大户一开始都是从这种朴素的心愿开始的。当宗孝玉想要把这些抛荒地转包过来时,宗孝玉的老父亲又连连摇头了。这个老实巴交的庄稼汉认为,一个农民就应该老老实实种好自己的一亩三分地,你要种了别人的地,迟早会种出麻烦来。很多村民也好心好意地劝宗孝玉:"你可千万不要瞎折腾,到头来说不定是竹篮打水一场空。"但这一次,宗孝玉显得特别执拗,别看这汉子外表憨厚,看上去一副老实巴交的样子,但在他的骨子里却生长着一颗不服输的种子,就算是竹篮打水一场空,他也要试一试。

头一年,宗孝玉转包了五十亩抛荒地,这在当地也算是种粮大户了。以前,勤劳的庄稼汉们都是下死力气种地,而这么多地你就是再下力气也种不过来。怎么办?其实他在转包土地之前就有了自己的想法。他虽说没读多少书,但也听过不少农技人员讲课,必须采取选用良种、精量播种、测土配方施肥和病虫害综合防治等农业生产技术。粮食要高产,种子是关键。很多农民一旦认定了某种种子,就会年复一年种下去,既怕买到假种子,又怕换了种子减少产量。由于种子长年得不到更新,哪怕是良种在种了多年后也会自然退化,产量就会逐年降低。宗孝玉在农技人员的指导下,在黄龙县率先使用了当时还没有大面积推广的玉米新品种。播种后,他又开始尝试测土配方施肥。在此前,何时施肥,施何种肥,全靠庄稼汉摸索出来的经验,很多农民种了一辈子地,从来就不知道自己种的是怎样一块土地。而测土配方施肥,是指根据地块的肥力、酸碱性、微生物等情况进行定性或定量分析,从而得出该地块适宜种植哪些农作物品种,对所种植的农作物所需的各种肥料、需要的用量,以及对肥料成分进行分析,并做含量勾兑的一种科学方法。这是提高土地利用效率,科学种田的有效手段。诚然,像宗孝玉这样一个只有初中文化程度的农民,也不可能独立完成测土配方施肥,但宗孝玉不懂就问,经常把农技人员请到田间地头来指导。他对这些农技人员充满了感激,他们给他把土壤里现有的营养成分摸清了,把玉米生长需要的营养弄清楚了,连不同时期需要施肥的单子都开好了。宗孝玉说:"这些农技人员就像庄稼的保姆,甚至比保姆还贴心,农民只要按时按单子施肥就行了。"

玉米除草,一直是庄稼人的苦累活,而大规模种植玉米根本不可能人工除草。就在宗孝玉犯难时,农技人员又给他开出了除草良方:在玉米苗前或苗后三叶期前,每亩用百分之四十的"玉农思"或百分之四十二的"玉草净"除草剂趁湿喷施,避免中午高温使用,具体使用技术要掌握好"早、湿、量、好"四点:"早"指用药早,土壤处理剂的作用是封闭杂草,用药尽可能在杂草出土前或杂草二到三叶期;"湿"指土壤用药前,要保持一定的湿度,从而保证药剂很快到达杂草的吸收部位;"量"指适当的用药量,严格按照使用说明,如杂草过大,应增加用药量的百分之二十,同时增加同比例的兑水量;"好"指喷药技术要好,喷药要均匀,不要重喷或漏喷。这种因地制宜的除草配方,既保证了玉米的健康生长,又降低了玉米的生产成本。农技人员还传授给了宗孝玉宽窄行高密度种植技术,比传统种植的亩株数增加了一千株。这种宽窄行技术能充分利用光、热、气,达到增产的目的,还能增强植株抗倒伏性。

当宗孝玉和农技人员在地里忙活时,老乡们都好奇地在地头观望,都想看看这小子是怎样出洋相的。宗孝玉的父亲也挂着锄头在一边吹胡子瞪眼睛:"老子种了一辈子地,还没看见这样种地的!"宗孝玉抓起一把泥土笑道:"你们现在看不清门道,那就到秋天来看收成吧!"

当又一年的秋收季节来临,在这片黄土高原上,他让人们看到了不一样的金黄。那年头,黄龙县的玉米亩产只有三百斤,而宗孝玉在流转土地的第一年就将产量翻了一番,玉米亩产六百多斤,这把方圆几十里的老乡们都震惊了,纷纷赶到他的玉米地来观看,眼见为实啊,那玉米棒子一个个长得可真结实,每一粒玉米都金灿灿地发亮。这让那些种庄稼的好把式一个个开眼了,不服气不行啊,他这一个玉米棒子就抵得上你两个玉米棒子了。

宗孝玉尝到了甜头,第二年又通过土地流转将优质玉米种植面积扩大了一倍。孟家山村和周边村庄的老乡们也转变了态度,争先恐后跟着宗孝玉买种子,在黄土高坡上掀起了一场"玉米良种种植运动"。而宗孝玉通过农技人员的指点,又加上自己的实践,在科学种田上的技术也越来越高了,只要乡亲们遇到了难题,他就会去给他们讲解,毫无保留地将自己的技术和经验传授给他们。就这样,宗孝玉自然而然地成了一位"带头大哥",在他的带动下,黄龙县的玉米获得了大面积增产,许多在贫困中挣扎的老乡们都渐渐脱贫了。

然而天有不测风云,在一个阴霾沉沉的秋天,由于缺少光照,玉米在霜降之前还没有成熟,而接下来的霜冻让玉米大面积减产。这让宗孝玉损失惨重,而那些减产的农户更是灰心丧气,一个个脸色就像被霜打了的茄子,除了埋怨,就是后悔,许多人又想退回原来的老路,那种惯了的农家品种虽说产量不高,但比这些新品种靠得住啊。

一夜之间,宗孝玉这位科学种田的带头人几乎成了罪魁祸首,走到哪里都有人在背后伸着指头戳他的脊梁骨,但他那脊梁骨却挺得笔直。他也知道,庄稼汉都是最实在的人,这一年的损失也是实实在在的,但光埋怨没有用,必须想办法找到在霜降之前就能成熟的品种。他就像小说中梁生宝买稻种一样,背着一个包袱,从县城到延安,挨家挨户考察各个种子公司,寻找在霜冻之前就能成熟的玉米新品种。当他把种子买来后,这次比以前要谨慎得多,先是在自己的承包地里小面积试种,然后才开始大面积播种。他种出来的玉米,又一次让老乡们刮目相看了。

吃一堑长一智啊!这次种植的成功,不但让宗孝玉挽回了损失,也让他感慨良多,在选择新品种时既要大胆尝试,更要小心谨慎,哪怕再好的种子,也要先进行小面积试种,然后才能大面积推广。从这往后,宗孝玉就在大胆和小心中逐渐扩大种植规模,他流转的土地也从最初的五十亩发展到了现在的两千多亩,年纯利润近二百万元。

若要大规模发展玉米产业,就必须走机械化道路。这黄土高原的丘陵沟壑区,只有通过治沟造地,才能营造出整片的土地。曾几何时,在"农业学大寨"的年代,这一方水土和黄土高原上的许多地方一样,大搞"大寨田",开山造地,结果是生态遭受严重破坏,造出来的田地很快又被滚滚黄沙和泥石流掩埋。近年来,黄龙县在退耕还林的同时,一直把淤地坝建设作为黄土高原水土保持的一项重大工程措施来抓,这里的水利部门不叫水利局,也不叫水务局,而是叫水土保持局。水土保持,是这里人最重要的使命和责任。他们在治沟造地时,将田、坝、路、林、渠道、排水、产业相结合,既把治沟造地作为黄土高原生态环境建设、水土流失治理的一项生态工程,也作为一项造福一方的惠民工程。他们采用筑坝淤塞沟床的方式,有效地改善了沟道地形。每一次山洪暴发,就是通过这些沟沟壑壑冲刷下来的,而水土流失,也是从这些沟沟壑壑里流走的。因而,在治沟造地时,既要充分利用陕北黄土高原独特的地形地貌,更要遵从自然规律。通过这样的治理,全县的水土流失基本上就控制住了。而今,黄龙县已是全国八大防护林区之一、陕西省五大林区之一,也是全省重要的水源涵养地和水土保持区,被誉为陕北黄土高原上的"绿色明珠"、"黄河绿洲"和陕西的"一叶肺"。

对退耕还林和治沟造地,陕北农民说得很形象:"树上山,粮下川。"

在保护生态的同时,他们还特别注意淤地坝与林草、农田、道路、前期水面利用和乡村建设等综合治理措施相配套，按照整流域推进、集中连片开发、统一规划、一次治理的原则，采用沟道治理、盐碱地改造和旧村庄整治等多种形式，着力解决过去淤地坝建设"小多成群、无骨干"等问题，建成一系列具有拦泥、生产、防洪和改善生态环境多重功能的重点坝系。而人们从坡耕地上退出来的口粮田，不但不会减少，而且有所增加，保证老百姓有比原来更好的口粮田。在治沟造地的同时，还打通了一条条乡村公路和机耕道，原来的许多断头路，现在都一直修到了村民的家门口、田垄边。这是事实，我们乘坐的汽车就一路畅通无阻地开到了这片坝田边上。这既便利了交通，也为陕北农业实现机械化、现代化打下了坚实基础。

宗孝玉指着一大片平整的田园说："我们黄龙人就是要再造一个现代化的陕北南泥湾！"

如果没有生态治理和农田水利基本建设，宗孝玉就是有再大的雄心，也不可能成为一个种粮大户。在国家农机补贴的支持下，宗孝玉创办的生态农场已基本实现了玉米生产从整地、施肥、播种、除草到收获、脱粒全程机械化。机械化不只是把农民从繁重的人力劳动中解放出来，还能抓住农时，提高效率。黄龙县的玉米从整地到播种，一般在四月中下旬十来天时间，这也是决定一年收成的最重要时节。"人误地一时，地误人一年。"宗孝玉在流转土地的前几年，还是采用牛耕地，随后便逐渐使上了小四轮拖拉机、大"50"拖拉机耕地，那产量的差别是明显的，牛耕地种的玉米没有小四轮耕地产量高，小四轮种的地没有大"50"拖拉机种的产量高。这是因为机械化作业比牛耕地效率更高，更能抓住农时，而牛耕地犁地浅，机械化作业犁地深，只有深翻地才能产量高。

在科学种田和农业机械化的推动下，黄龙县的玉米生产也从单纯的为了解决口粮向发家致富转变，从小片种植向大面积发展，从种自家责任田向专业大户种植发展，而宗孝玉一直走在最前面。2011年12月，他被国务院授予"全国种粮大户"称号,国家还奖励他一台价值二十万元的大马力拖拉机。宗孝玉激动而又直爽地说:"以前我光考虑多打粮、多收入,没想到国家还给咱这么高的荣誉,这让我在种粮上是更有信心了。"

我来这里探访时,是2020年阳春季节,风呼呼地刮着。宗孝玉正驾驶着国家奖励他的那台大马力拖拉机往地里运肥料。这是一个热情豪爽的陕北大汉,长着一副结实的身板,那黝黑的脸膛凸显出倔强的棱角。当我的手和他那粗糙的大手握在一起,立马感觉到一个庄稼汉的力量。我笑道:"哈,你这力气可真大啊!"他也哈哈大笑起来,又甩了甩手说:"我就是力气再大也种不了现在这么多地,还多亏了大伙儿一起齐心协力地干呢。"

他这话又是一句大实话。一个种粮大户就算有三头六臂,靠单打独斗也形成不了太大的规模。经历了这么多年的发展,宗孝玉越来越清醒地认识到,个人的成功总是离不开政策的支持。近年来,国家一直在创新体制机制,提高粮食生产组织化程度,推动农村承包土地所有权、承包权、经营权"三权分置"有序实施,培育新型经营主体和服务主体,发展土地流转型和服务引领型规模经营,促进小规模、分散经营向适度规模、主体多元转变,支持农民通过股份制、股份合作制等多种形式参与规模化、产业化经营,完善针对小农户的扶持政策,把小农户引入现代农业发展轨道。这也是宗孝玉多年来的梦想,他想把那些种粮散户组织起来,一起发家致富,这才是他的初心。当那条蜿蜒的黄土小路变成了宽展的机耕道,宗孝玉从未忘记曾经的来时路,他永远忘不了第一次走进这片土地时,老乡给他递来一个香喷喷的烤玉米,他也一直在加倍报答老乡们的恩情。多年来,他主动为村里的种粮散户提供收割机、耕整机、种子、化肥、农药,但这样的帮助很难从根本上解决种粮散户们的困境。为此,他不断创新发展经营模式,联合本村及周边的两百多个农户,成立了玉米专业合作社。

陕北有句俗话:"众人一条心,黄土变黄金。"在他看来,凝聚人心,还要把先进的经营制度与规范的管理制度有效结合在一起,才能实现规模化种养殖、集约化经营,带动周边群众一起发展。在他的主导下,合作社采取"产权明晰、责任明确、自主经营、自负盈亏"的经营方式,实行"政府引导、合作社运作、农户参与"的运行机制和"农场+合作社+农户"的运行模式。同时,按照"小田变大田,小钱变大钱"的思路,宗孝玉又进行土地流转,实现生产订单化、管理科学化、营销网络化、技术标准化和产品品牌化,将合作社打造为全县第一绿色生态农场。

黄龙县玉米产业既有传统优势,又有政策优势。在延安市和黄龙县的政策扶持下,这里的玉米种植面积、总产量均位居全省前列,亩产量位居延安第一。玉米不仅是一种粮食产品,而且已成为农民致富的金色阳光产业。在玉米专业合作社成立后,宗孝玉充分利用政策的优势,根据黄龙县提出的生态强县、产业富民思路,进一步拓展优质高产玉米的种植规模,被市县两级作为推广示范点。宗孝玉因地制宜,总结出一套适合当地玉米高产的技术,针对川道地和沟道地,根据土壤墒情、肥力、光照和气候条件的差异,玉米播种采用宽窄行,机器播种不间苗,收获时秸秆全部还田,春播前深翻土地,一次施足底肥。现在,他们合作社的玉米每亩可以打九百公斤,高的达到了一千公斤。这么高的产量,在二十多年前,谁敢相信啊?

庄稼地一旦遇上对的人,就会开出不一样的花朵,结出不一样的果实。这些年,许多种粮散户由于一直走不出那一亩三分地,只能解决自家的口粮,而宗孝玉的玉米合作社,粮食产量和收入一年比一年高,家底也一年比一年雄厚,现有大小拖拉机、播种机、旋耕机等农业机械十几台(套),除了少量沟坡地机械施展不开外,其余的基本上实现了农业机械化。而他们今年种植的春玉米,墒情好,出苗率高,一株株长得高大壮实,向上张开的叶儿在阳光下随风招展,焕发出一片金色的光芒。

宗孝玉看着这长势喜人的玉米,想象着这地里的一棵棵玉米都要盛满一只只饭碗,端上大江南北的餐桌,这个一辈子都跟黄土地打交道的农民,脸上洋溢着一个农人的兴奋和自豪,他说了一句很豪迈的话:"哪怕风雨再大,有口粮食就不怕!"

而今,宗孝玉还不算老,也不服老,但他也开始考虑接班人的事情了,种玉米也得有传家人啊!他有两个儿子,长得比他还高大壮实,但这俩小子一开始都不愿意种田,而是跟村里一帮小子去外边打工,闯世界。去就去呗,宗孝玉从来没有阻拦过他们,但每到农忙季节,他就会把两个儿子叫回来帮忙。起初,两个儿子多少有些不情愿,但是看到父亲种玉米种出了那么多新花样后,他们越来越觉得种地种得好,远比外出打工强。这俩小子都回来跟着父亲一起干了。干了几年,兄弟俩都在县城里买了楼房和小汽车,这都是从玉米地里种出来的啊。而这几年,从县城到村里修通了公路,这俩小子潇洒得很,一边过着城里人的日子,一边开着小汽车回村里种玉米。说到这俩小子,宗孝玉这个农民父亲显得很得意,笑得也很开心,那黝黑的脸庞上绽开了长长的眼角皱纹,他眯着眼睛说:"一代人跟一代人就是不一样啊,往后的庄稼汉,说不定就跟这俩臭小子一样种地呢。"

宗孝玉说到兴奋处,随手捡起一块小石子朝山坡上扔了出去。那块小石子在这黄土高坡上飞了很久,从玉米地深处传来了一曲悠扬高亢的信天游:"羊啦肚子手巾哟三道道蓝,咱们见个面面容易,哎呀拉话话难……"

这黄土高原依然是那样雄浑而粗犷,依然是那样古道热肠,然而却不知不觉地换了人间,那窑洞变成了一座座楼房,那黄土高坡上长出了层峦叠翠的丛林,那连绵一片的川道地和沟道地铺展成一片片金黄。一个带着乡愁而来的人,也许会若有所失,这黄土高原上再也看不见埋头耕耘的老黄牛和头裹羊肚子汗巾的庄稼汉了,那已是上一个世纪的风景。而在追忆或怀念中,这信天游和黄澄澄的玉米依然在这黄土地上飘香,它会把你带进逝去的岁月,更会把你带向令人憧憬的未来……

湖广熟，天下足

人间秋深，色彩分明。随着太阳节节攀升，那晨雾与露水中的稻田渐渐被阳光照亮了，大片大片的金黄色从秋风中奔涌而出，在风起云涌的洞庭湖平原上渲染着又一茬"喜看稻菽千重浪"的景象。

往这儿一走，你就会猛然想起一句谚语："湖广熟，天下足。"

这句谚语其实有一个历史演变的过程，先是南宋时，民间出现了"苏常熟，天下足"或"苏湖熟，天下足"的谚语。苏州、常州和湖州，均在太湖流域，乃是当时的天下粮仓。到了明清，洞庭湖南北的谷米产量渐渐超越了太湖流域。康熙在三十八年（1699年）六月戊戌日说："谚云：湖广熟，天下足。江浙百姓全赖湖广米粟。"而湖广即今湖南、湖北两省，是清代主要商品粮产地之一，又加之"长江转输便易，非他省比"，而"湖广熟，天下足"这一句民谚并非夸张，它真实地形容了湖南、湖北两省作为中国粮食大省的地位。一直到现在，洞庭湖平原依然是中国九大商品粮基地之一，而湖南省一直是全国粮食生产大省，用占全国百分之三的耕地生产了占全国百分之六的粮食，水稻种植面积多年居全国第一。近年来，湖南省大力实施"优质粮油工程"，推动从粮食生产大省向粮食经济强省转型，这靠小农经营模式是难以实现的，必须依托大面积种植、规模化经营的种粮大户和农业合作社才能实现现代化的转型。

阳岳球，就是洞庭湖区的一位水稻种植大户。他的家乡岳阳屈原管理区，位于湘江、汨罗江注入东洞庭湖交汇处，这一方水土因伟大的爱国诗人屈原在此投江殉国而得名。1958年，洞庭湖区掀起了大规模围垦的高潮，在此建起了一座大型国营农场——屈原农场，将这片芦苇疯长、血吸虫泛滥、"只见藜蒿不见米"的荒凉湖汊改造成了金谷飘香的洞庭粮仓。2000年经湖南省人民政府批准,在原屈原农场设立屈原管理区,管理区被列入了第一批国家农业可持续发展试验示范区。

上世纪70年代,阳岳球出生在屈原农场营田镇菱湖村一个普通农家。营田镇因围垦营田而兴建,被誉为湖南农垦第一镇,菱湖村则位于一个长满了野生菱角的湖汊边。屈原农场当时为国营农场,这里的农民都是国营农场的职工,属国家农业工人,但和别的农家也没多大区别。阳岳球小时候,一家人全靠父母种田养家糊口,供养几个孩子上学。阳岳球从小就看见父母在田间早出晚归地辛苦劳作,而农场田地辽阔,往往比普通农户更累。尤其是年复一年的"双抢"季节,既要抢收夏粮,又要抢种秋粮。割稻要跟时间赛跑,若遇上风雨天,就会造成收割困难,而熟透了的谷粒容易脱落,连续几天大雨就会发霉发芽;插秧则要抢在立秋之前,节前插的秧和节后插的秧长势不一样,收成也不一样,这农时是绝对不能耽误的。这每一年的"双抢"都让农人累脱一身皮,累掉一身肉。阳岳球十来岁就帮着父母亲搞"双抢",也是在泥巴里滚大的,只要一提到"双抢",他的腿肚子就下意识地抽筋。

1988年,阳岳球高中毕业,他原本想通过高考跳出农门,结果却落榜了。父母鼓励他继续复读,但他看着父母疲惫苍老的身影,在闷头闷脑思考几天后,决定回家务农,为家里减轻负担。阳岳球的父亲一边抽烟,一边愣愣地看着稚气未脱的儿子,他可不想让儿子重复自己的老路,一辈子到头来就是一个老农民。在沉默了一阵后,父亲瓮声瓮气地开口了:"这是你一辈子的事情,你可要想清楚啊,这农活又苦又累又没有什么出息,你爹一辈子干到头,说起来也算是一个种田的好把式,可到头来就只能混个肚子饱。你想想吧,难道你要一辈子过我这种日子?"

阳岳球说:"我想好了,这辈子我就当农民吧,但我要当一个有出息的农民!"

那憨厚而又倔强的父亲一听就笑了:"哈,有出息的农民?小子呃,老子当了一辈子农民,一辈子就是个头顶太阳、赤脚下田的黑脚杆子,哪有什么出头之日?"

阳岳球看了父亲一眼,不再吭声了。他那性格也像父亲一样倔强,只要自己认准了的一条路,他就像牛一样拽不回。他没有告诉父亲,这几天他一直在思考一件事,村里的很多年轻人纷纷外出打工了,而家乡这片肥沃的土地是要有人来种的。在跟父亲交谈后,他便独自一人来到了田野上,看着一望无际的水田,他暗暗紧握拳头,发誓一定要在这片土地上干出一番事业来。经过一番了解,他发现独家独户种田顶多可以让一家人吃饱饭,要想改变家里人的命运,就必须承包大面积的田地,只有规模经营才能创造更多的经济价值。在这种想法的驱使下,阳岳球找到当地政府了解有关土地承包的政策,当地政府也正为大片土地抛荒而伤脑筋,一听阳岳球有这样的想法,又是鼓励,又是给予大力支持。而今年轻人都不愿种田了,而农村最需要的就是有文化、有想法的年轻人啊!就这样,阳岳球没有告诉父母,就自作主张与一些土地抛荒的村民签下了二十亩土地的转包协议。这在他们村里还是头一次,仿佛一块巨石砸进了平静的湖泊里,一时间掀起一阵阵巨浪。

父亲一听说儿子干出了这么"有出息"的一件大事,又是惊慌又是担忧。老爷子看着家里几间一半土坯一半砖的屋子,还有几件粗笨简陋的家什,那眉头皱成了一坨疙瘩。他在屋里屋外一边转悠一边想,若是儿子赔了钱、欠了债,这家里拿什么来给他还债?当阳岳球踌躇满志地回到家里,父亲倒也没有对他发脾气,先是闷闷地看儿子一会儿,然后把一个攒了多年的存折拿了出来,带着一脸愁容对他说:"儿子啊,这就是我们家的全部家底,除了这几间老屋子,再就是这八百多块钱,现在我就把这个家交给你了,只愿你赔光了不要再欠一屁股债,到那时我们可还不起啊!"

阳岳球看着那存折愣了一下,又打起笑脸对父亲说:"老爷子,你要相信我,我这也不是一时冲动,而是翻来覆去想了好几天。我们家种了这么多年田,虽说没赚什么钱,但总归也没有赔本啊,您老就放心吧!"

在父亲的眼里,儿子还真是变了。每天一大早,太阳还裹在云里雾里,村里人还沉浸在睡梦中,阳岳球就挽起裤腿、打着赤脚下田了。他播种的是袁隆平培育出来的杂交水稻,这在他们村里还是第一次种,当地政府还派来了农技人员到他的田里来指导。这种子跟当地农家品种就是不一样,别人的秧苗还没有返青,他的秧苗已在春风中泛起明亮的绿意。父亲到田里一看,那脸上也绽开了几丝笑纹,还别说,这秧苗还真是"有出息"。阳岳球种田还真是和那些老农民不同,施肥、中耕、打药,都是一套一套的新名堂。他干起活来看上去没有别的农民那样累,但秧苗的长势却比别的秧苗好。当然,这稻子到底怎么样,最终还要看收成。当这一季早稻终于长出了金黄的稻谷,父亲比儿子更焦急,他走到稻田里,又是数穗子,又是数谷粒,数来数去后,这才长舒一口气,那颗悬着的心终于放了下来。他笑着对儿子说:"小子呃,你这稻子至少要比别家的稻子每亩多收两百斤!"

这个老农民还真是说准了,经过忙碌的收割,一袋袋沉甸甸的稻谷过秤后,平均亩产超过八百斤,而别家的稻子亩产只有五六百斤。阳岳球种出来的稻子颗粒饱满,黄灿灿的,看相好,米饭香,卖出的价格比别人的更高。这二十亩田,一季水稻就纯赚了一万元,在那时候,一个万元户可了不起了。这是他从稻田里挖到的人生第一桶金。

阳岳球赚钱的消息很快在方圆几十里传开了,很多老农民都来向这个初出茅庐的小伙子学种田,还有一些在外打工的年轻人,也回到了村里,和阳岳球合伙承包村里的低洼田和高水位田。在洞庭湖区,这些田地又称为

"甩亩",由于时常遭水灾,很多农民都将这些田地甩掉不种,要种也只能是靠天收。这些田地的承包费比较便宜,阳岳球一口气包下了几十亩,他一心想把这些田地改造成高标准农田,又是修水渠,又是挖排涝沟。在他们的苦心经营下,这些田地多少也有一些收获,但盈利不多。如何才能进一步提高产量呢?阳岳球在稻田里打拼了十来年,越来越意识到自己的短板,他一心想搞科学种田,但他在这方面的专业知识太缺乏了。这些年来,他一直是靠农技人员指导,在实践中也学到了不少知识,但农技人员不可能时时刻刻守在你的田间,而你在种田中却会时时刻刻遇到各种各样的问题。这让他认准了接下来的路,若要把这片土地的价值发挥出来,一个真正有出息的农民,就必须掌握比较系统的农业科技知识。

正当村里人都以为阳岳球接下来会承包更多的土地时,他却做出了另外的选择。2001年夏天,在一个阳光灿烂的午后,阳岳球放下手中的农活,看了一眼这片熟悉的土地,便回到家里收拾好了行李。第二天一早,他便坐上了从营田镇开往岳阳的班车,自费到岳阳农校学习。他是全校年龄最大的学生,也是学得最认真的一个。他是带着在稻田里遇到的一个个问题而来的,比别的学生更知道自己要什么。每当周末来临,同学们都出去逛街或去游山玩水时,他就回到家乡打理那片承包的农田。遇到稻谷长势不行,或者稻叶发黄生病等问题,他就带着问题回来向老师请教。在老师的悉心指导下,一个个疑难杂症迎刃而解了。这一学就是三年,知识拓宽了他的视野,让他变得更加谦虚和自信,那埋头苦读的身影,仿佛稻谷成熟后低垂的姿态。

三年学业完成后,阳岳球背着几大包书回到了家乡。其间,他一度被招工进了国营粮站工作,吃上了国家粮,端上了"铁饭碗",但没过多久他就把多少人垂涎的"铁饭碗"给砸了,又捧起了"土饭盆"。这一次,他又等着回家挨老父亲一顿臭骂了。但知子莫若父,老父亲一看他那熠熠发光的眼神,就知道儿子要甩开胳膊大干一场了。果不其然,阳岳球一回来就到处寻找承包地。当时,屈原管理区农业园有一块四百多亩的土地,看上去就像是身患严重胆结石的病人,因为营养不良而脸色蜡黄。这地也不是没有人种过,但种什么都长不好。阳岳球在农校学过土壤学,这下派上用场了,他像一位中医,抠起一把把泥土,在手里慢慢搓着、揉着。经过一番把脉,他看出了病症所在,这地是沙性土壤,养分含量低,保肥能力差,养分不足导致农作物低产乃至绝收,但沙性土壤也有不少好处,通透性好,不易受涝,耕作阻力小,耕后质量好,不易形成板结的土块和坷垃。他又采样去岳阳市农科院化验,结果和他分析的一样,而这个病症只需通过测土配方施肥就能有效解决。于是,他一口气将这四百多亩荒地全部承包了下来。老父亲一听,又吓坏了,冲着儿子喊:"你小子胆子也太大了,这谁都种不好的烂地,你能种好啊?你就是要种,也先包下几亩种着试试看,若是种得好,再全包下也不迟啊,又没有人跟你抢!"

阳岳球笑着说:"老爷子,我不是胆子大,还真是小心加小心。这土壤我化验过了,也找到了解决的法子。您老还别说,若是先种几亩,一旦种好了,还真就有人来争着抢着种了!"

又何止是父亲,当阳岳球承包这片土地的消息传开后,谁都不看好,也没有多少人相信,一个在农校自费读了三年书的农家子,就有这么大的能耐?而阳岳球在种植的过程中又遇到了很多疑难问题,譬如,他按照测土配方施肥后,秧苗长得还是很瘦弱,这些问题连当地的农技人员和农校的老师也没法解决。就在他犯难之际,他从一个朋友那里听说了郭守斌的故事。郭守斌是重庆市忠县农业高土肥站站长,高级农艺师,也是国内优秀的稻谷栽培指导专家,他在三十多年的农技推广工作中,深入田间地头,以点带面普及增产实用新技术,先后主持和参加了数十项试验示范,在川东稻作区率先引进施硅抗病试验及硅肥工业化生产工艺进行高产综合研究及示范,连续多年创下水稻亩产超 750 公斤的纪录。这正是阳岳球迫切寻找的一位测土配方施肥专家。阳岳球驱车一千多公里,赶到重庆忠县,找到了郭守斌的住处,他带了一些家里的土特产,有点忐忑地敲响了郭老师家的大门。几分钟后,门开了,开门的恰好是郭守斌。郭守斌一脸疑惑地看着阳岳球。阳岳球说明了自己的来意,他是从湖南特意赶来拜师学艺的。郭守斌听了,只默默点了点头。这次见面他们只聊了短短的几分钟,还没切入正题,郭守斌就因别的事情而急着出门了。这让阳岳球很是沮丧,但转念一想,郭老师作为国内稻谷栽培方面的专家,每天肯定有很多事情在等着他,实在是太忙了。他在郭老师家旁边找了一家小旅馆住下了,第二天又去找郭老师,结果又扑了个空。直到第三天,他才又一次见到了郭老师,把自己遇到的难题跟郭老师仔细讲了。郭守斌一直耐心地听着,这小伙子种植水稻的诚心和毅力也深深地打动了他。那年春天,年近古稀的郭守斌来到了洞庭湖畔,手把手地为阳岳球传授技艺。经过郭守斌的细心指点,阳岳球一下子豁然开朗。原来,阳岳球在施肥的时候,巴不得一餐就让土壤和秧苗吃饱,但原本贫瘠的土壤和瘦弱的秧苗就像贫血消瘦的人一样,一旦受到大补就会适得其反。对这样的土壤和秧苗,必须采取"少施多餐"的方式,才能渐进式地改良土质,让这片沙性土地慢慢恢复生机。

郭老师还真不愧为治理土壤的"一代名医"啊。阳岳球按照他的治疗方式,经过半年的精心调理,就将四百多亩低产沙性田变成了单季亩产 580 公斤的高产田。到了收获季节,那沉甸甸的稻穗又引来了老乡们的围观和惊叹,有的老乡真的后悔了,要是知道这片土地能改造好,他们早就争着抢着承包了。阳岳球的父亲更是笑得合不拢嘴,谁都夸奖他儿子有出息,老爷子却撅着胡子连连摇头说："现在还说得太早了，这种田是一辈子的事，还得看往后种得怎么样呢。"

而在接下来的岁月里，阳岳球这个不一样的种田人，还在不断地扩大种植规模。随着屈原管理区被农业部确定为国家现代农业示范区，阳岳球有了大面积承包农田的机会。2009年，阳岳球承包的农田达到了2400亩，这相当于他们村的所有土地，他终于可以在这片土地上放开手脚大干一场了。而规模化的种植，必须走机械化种粮之路，这也是阳岳球一直以来的一个大梦。他刚开始回乡种田时，还是用牛耕田，一个人、一头牛、一张犁，一天在泥里水里从早耕到晚，只能耕两亩田。而从插秧、中耕、打药、施肥，一直到收割，全得靠人工，一个人腰酸背痛地插一天秧，只插半亩田。到了收割季节，原本是最高兴的时候，但农人却怎么也高兴不起来，割禾扮谷是最累人的活，一个人起早贪黑也只能收割半亩田，连腰都快累断了。就算你能吃苦受累，这种老牛拉慢车式的低效率，也难以扩大种植规模。在积累了一点资本后，阳岳球买了一台手扶拖拉机，随后又添加了小型旋耕机、插秧机、收割机，一个人、一台机器，一天能耕三十多亩地，一天能插三十多亩田的秧，一天能收割五十多亩稻子。而算下来，机器的成本远远低于人工成本，多划算啊。而今，在当地政府的支持下，阳岳球先后投入了上千万资金，购置大中型拖拉机、旋耕机、插秧机、联合收割机、烘干机等一百多台（套）大型新型农业机械设备，他把辽阔的稻田变成了一条流水线，从耕作、浸种、育秧、喷药施肥，到收割、烘干、储备、大米精加工等各个环节已实现全程机械化。

随着科技的不断发展，农业机械化正在向智能化转型，阳岳球一下就购置了五台智能化无人植保机，用于播种和喷洒化肥农药。我也亲眼见识了它们的威力。那是春夏之交，秧苗正在阳光下拔节，碧波荡漾的田野上散发着稻禾的阵阵清香。这也是病虫草害的高发季节，换了以前，一个农民背着沉重的喷雾器穿行在稻田里,上半身被太阳火辣辣地炙烤着,下半身浸泡在湿热的水田里,一天起早贪黑也只能喷洒一亩田的化肥农药,还时常发生高温中暑和农药中毒。而眼下,在阳岳球的稻田里看不见一个打药人的身影,田垄上却停着五架小型无人植保机。这种无人植保机体型娇小,身长两米,占地仅两平方米,有两条长脚,四个旋翼,趴在地上像是一只大蜘蛛。

这里是个风口,阳岳球伸手一指说:"站在风口,才能起飞!"

这"大蜘蛛"一旦起飞,就像回旋轻捷的燕子一样,那药液桶安置在机身下,每次可搭载十五升生态农药,可随地起飞,喷洒作业全部通过操作员在田埂上遥控操作。阳岳球轻轻按动遥控器,只听一连声的嗡嗡嗡……一架架无人机像燕子一样翩然起飞,八个喷头一齐喷出十五米宽的细密药雾。它们一会儿在稻田上空盘旋,一会儿以俯冲的姿态对准了秧苗,一会儿又跃升而起轻捷地掠过田塍……看得出,它们可以智能化地分辨这稻田里的设施和障碍,一直精确地瞄准着喷洒的目标,在距离稻苗三米的超低空喷洒药液,由于使用超低容量施药技术,每亩仅施药一公斤左右,需水量少,节省药液百分之九十以上。同时,利用飞机多旋翼的气流,可将药液直接压迫作用于作物叶片正反面以及茎基部,穿透力强,漂移少,提高农药利用率近三倍,防治效果更好更环保,减少了对空气的污染。这种安全、精准、高效、节约的无人机喷洒,大大提升了大面积植保作业的水平,每台一小时就可喷洒上百亩,相比人工,一台无人机一天就能完成八百亩施药作业,而操作人员远离施药环境,避免了因施药而中毒中暑的危险。

阳岳球穿着一双乌黑发亮的皮鞋站在田埂上,他笑呵呵地说:"如今可不能把咱们农民称作黑脚杆子了,你看看,这打药施肥,你穿着皮鞋站在田埂上就能完成了!"

俗话说:"秧好一半禾,苗壮一半粮。"这秧苗是最难伺候的,以前,每到浸种育秧季节,都需要经验丰富、责任心很强的人精心呵护,就像陪伴婴儿一样,日夜守候在育秧室里,气温低了,怕谷种被冻死了,气温高了,又怕谷种给热死了。那时候没有空调设备,值守人员只能通过开关窗户或翻动谷种等手段调节温度,一旦种子或秧苗出了问题,一年的粮食就打了水漂,这就不是秧苗的死活了,这是人命关天的大事。而今,阳岳球创办的合作社建起了六千平方米的现代化育秧大棚,这也是一条流水线,一个个长方形空盘被推入自动播种系统,几秒后便从流水线吐出一个个盛满土壤的育秧盘,一天就能育秧近五千盘,可种一百余亩田。到了插秧季节,这秧苗通过流水线直接输送到大田里的插秧机,一眨眼的工夫,一大片田野就变绿了。在机械化的推动下,合作社采用土地流转、土地入股、自愿入社的办法,现已将种植面积扩大到五万亩。屈原管理区拥有十万亩优质稻基地,合作社差不多就占了一半。有人半开玩笑说:"这样一个种粮大户,当得半个区长!"

阳岳球不是区长,但他还真是在操着区长的心,一直关心着那些种田散户。这些农民大都凭借多年的经验种粮,由于土地面积狭小,一直难以推广机械化作业以及日新月异的农业科技。他深知,大规模的合作经营是实现农业机械化的前提,而广大农村推广机械化生产的难点主要有二:一是以家庭为单位的农业生产规模太小,二是以家庭为单位的农机购买力太小。这两"小"的前因是以家庭为单位,两"小"的后果是农业机械化推广举步不前,只有合作经营才能对症下药,只要改变了前因,也就改变了后果。这让阳岳球又有了一个新想法,以前他只是一个种粮大户、一个致富带头人,而现在,他要直接带领父老乡亲一起奔上小康路。为此,他牵头创办了惠众粮油专业合作社,从合作社的命名就可以看出,阳岳球就是希望通过引进先进的作物品种和生产技术,带动老百姓改变原本落后的农业生产模式,带领大家增产增收,惠及大众,共同致富。按照阳岳球的思路,合作社就是要推进集约化、科学化、机械化、品牌化农业,集千家之地,聚万民之力,打造现代化农业航母。他还慷慨地向村民承诺:凡是以土地作股流转入社的农户,年底享受利润的二八分红,农户得八,他只得二。他的这一做法深受父老乡亲的赞赏,纷纷带着土地加入了合作社。

王新建原本是一个种田散户,种了多年也只能解决自家的口粮,感觉越种越没有了指望,他原本打算去外地打工,一看阳岳球搞起了惠众粮油专业合作社,他便带着家里的水田入了社,第一年就尝到了甜头,年终分红一万多元,加上在合作社打工每月工资三千元,另有每亩地八百元的租金,共赚了六万多块钱。随着合作社的效益越来越好,他的收入也水涨船高,感觉日子越来越有奔头了。

为了让加入合作社的农户尽快掌握科学种田的方法,阳岳球自掏腰包聘请专家授课,定期举办新型农民技能培训班,还组织种粮骨干外出参观学习,看看别的合作社是怎样种田的。这一切,都是为了将原来那些"只问耕耘,不问收获"的农民培养成适应现代化农业生产的新型农民。又加之近年来,中央对种粮农民有很多扶持政策,应用良种有补贴,购置农机有补贴,推广育秧技术有补贴,这进一步激励了合作社不断地扩大种粮面积。播种育秧是水稻生产的第一道工序,原本也是苦累活,而合作社采用工厂化育秧,品种又好又实惠,还大大减轻了劳动量,很多农户都同阳岳球签订了供秧合同。2011年晚稻育秧,按合同规定,7月22日准时开始供秧。如果阳岳球违反合同,每亩补偿农民三百元;如果农民违约,每亩补偿阳岳球一百元。谁知,在履约那天,有些农民没有来提取秧苗,这明显违背了合同,应该赔偿阳岳球的损失。为此,有的农民一直躲着不见阳岳球,又好像有什么苦衷。阳岳球在调查后发现,这些违约农民是因为软盘抛秧设备出了故障,才没有按时提取秧苗。他对这些错过了农时的农民非常同情,不但不要补偿,还追着给他们退还了每亩二十元的押金,又想方设法为他们挽回损失。老乡们都说,这是一个真正为农民着想的致富带头人。这一年,在合作社的带动下,屈原管理区实行机械化育插秧和软盘抛秧技术的五万亩早晚稻全部实现增产,每亩两季增产八十多公斤,仅此一项,就为当地农民增收近一千万元。

阳岳球不仅是新型职业农民,也是个惦记着农民的农民,对农民的土地,不管好地坏地,他都以每亩八百元的价格流转。他还常常帮助农民垫付农药和化肥钱。他手下有些员工抱怨说他不懂市场经济,为此,他还专门给员工们开了一次会,绷着一副雷公脸宣布:"我不是不懂市场经济,我就是要照顾农民兄弟,谁跟农民争利益,我就开除谁!"

2011年12月,阳岳球被评为"全国种粮售粮大户",在北京参加全国粮食生产表彰奖励大会,这是新中国成立以来表彰对象最全、规模最大、规格最高的一次粮食生产表彰奖励。阳岳球作为一个地道的种粮农民,有生以来第一次在庄严的、向往已久的人民大会堂接受国务院的表彰奖励,他还作为全国三百名种粮大户的唯一代表,在大会上做了典型发言,时任国务院总理给他颁发了"金钥匙"奖,并握着他的手说:"感谢你为国家生产了粮食,做了贡献!"

从北京回来,阳岳球为国家种粮的信心一下子增强了不少,同时也感到肩上的担子更重了,他决心在标准化、机械化和品牌化生产上进一步下功夫。在这次高规格的表彰会上,阳岳球还被奖励了一台大马力的拖拉机。用阳岳球的话说,这台拖拉机是国家奖给他的"汗血宝马",他将驾驶着这匹特殊的"汗血宝马"驰骋在广袤的田地里……

阳岳球是一个心怀现代农业绿色梦想的新型农民,在扩大种植规模的同时,他带领合作社通过市场化运作、产业化经营,走出了一条以加工为龙头、以市场为导向、以基地为支撑、以保证农产品质量为目标的产业化发展之路。

2011年9月,屈原管理区十万亩优质稻基地和隆平高科成功对接,成为"隆平高科农业科技推广示范基地",阳岳球的合作社承担了袁隆平院士"C两优608"超级再生稻和"两优1128"超级稻的试验项目。2012年8月中旬,袁老来了,来看稻子的长势。那天骄阳似火,稻浪一片金黄。阳岳球一见袁老就迎上前去,老爷子握住他的手,一开口就是问他种粮的情况。但袁老不只是问,还要到田里去看,那田埂狭窄,阳岳球想扶他老人家一把,老爷子却把手一摆,就迈上了田埂。那齐腰高的稻穗在袁老的身边摇曳着,为了看清稻子,袁老随手把草帽从头顶掀到了背后。阳岳球说:"这太阳太大了,您老还是戴上草帽吧。"袁老却仰头看了一眼太阳,笑道:"这个季节,稻子最需要的就是大太阳啊!"说着,他托起一把沉甸甸的稻穗,数着籽粒,看着成色,嗅着味道,那黝黑的脸上又露出了典型的"刚果布式的笑容",连声说:"不错,不错,我看这亩产不低于九百公斤!"

袁老还真是神了,这一年阳岳球种植的"两优1128"超级稻亩产超过了九百公斤,在这一品种上创洞庭湖区最高粮食产量纪录。按照袁老的设想,在中低产田实施"种三产四"丰产工程,即种三亩水稻要达到四亩田的产量,在高产田则要实现"三分地养活一个人"的目标,他老人家的设想,在阳岳球的稻田里变成了现实。

在追求高产的同时,阳岳球还带领合作社致力于发展绿色有机生态粮,这也是袁老对他们这些种粮大户的叮嘱:"原来多种粮食,能让老百姓吃饱;现在多种粮食,要让老百姓吃好,吃上放心安全的粮食。"有人说粮食不值钱,种粮不划算,那要看你怎么种,种的又是什么粮。有的粮食确实不值钱,产量低、品质差,一斤粮食的价钱还不如一瓶矿泉水。而阳岳球的合作社近年来致力于打造无尘、无污染、无公害的"岳球"牌生态大米,这一品牌的大米在江浙一带深受欢迎,每公斤卖到了六十元还供不应求。看看,谁说粮食不值钱?这种优质高产的绿色有机生态粮,让一个种粮大户尝到了甜头,也让种粮户们看到了希望,若中国的稻田都像阳岳球这样耕种,从产量的提升到质量的飞跃,那才是真正的希望的田野。

对于种粮的甜头,阳岳球还打了一个形象的比喻,这就像从头开始啃甘蔗,越到后边越甜。而那些散户却在种粮的过程中吃尽了苦头,在那几亩田上种来种去,一切还是靠人工,而产量、质量一直提不上来,有的种粮还亏本。由于种粮缺效益,又加之农村缺劳力、留守农民缺技术,很多农民种植早稻的积极性下降,从种双季稻改为种一季稻(中稻),这让阳岳球忧心忡忡。他算了一笔账,种一亩双季稻,可产稻谷两千斤左右,如果只种单季稻,每亩则少打粮食八百多斤,这全国的种粮散户加在一起,那得给国家少打多少粮食啊!

这种从国家粮食安全考虑的危机感,让阳岳球又有了一个新想法,那就是让现代耕种经验走进千家万户,大力推广高产优质的双季稻。这一举措也得到了屈原管理区政府的大力支持,该区投入一千多万元完善了灌溉系统,派出一百多名科技特派员和农技人员,走村串户推广新技术、新品种、新机具,按照"大户+联户+专业化公司"的运作模式,着重解决购买插秧机和育秧机两个难题。经过几年努力,屈原管理区全区双季稻推广率达百分之百。而在保障粮食生产的基础上,阳岳球和他的合作社还确立了在洞庭湖区推广"稻—稻—油"的新模式,每年种两季水稻、一季油菜,打造高品质生态稻米和优质菜油品牌。

阳岳球还创建了以"服务创业、促进就业"为宗旨的惠众现代农业创业孵化基地,该基地主要是为家庭农场、小微企业等提供生产经营场地和集中育秧、病害防治、仓储物流等服务。而今,惠众现代农业创业孵化基地已有水稻种植、家禽养殖、农机服务等四十多家企业入驻,直接吸纳当地一千多名农民工就业。他还投资一千多万元兴建了惠众生态农庄,开办了三百多平方米的阳光生态餐厅,建起了四十多个瓜果蔬菜生态大棚和采摘观光大棚,被评为全省五星级农庄。很多城里人带着孩子来这里度假休闲,体验农耕,寓教于乐,增加孩子们对农业的认知。

这么多产业混在一起,让人的头绪一下子乱了。他这到底是在干哪种产业呢?阳岳球又呵呵笑了起来:"我现在做的是第六产业!"

第六产业?这还真不是阳岳球开玩笑,也不是他的发明,这是由日本农业专家提出的。全世界都把农业视为第一产业,但日本的许多大型农场不仅从事第一产业,还从事农产品加工制造业等第二产业以及相关服务业等第三产业,这就是"第六产业"的内涵,如此才能获得更多增值。而这样的增值既是加法效应,也是乘法效应,不信你就算算两道简单的算术题:"1+2+3"等于多少?"$1 \times 2 \times 3$"又等于多少?结果都是"6"。近年来,阳岳球一直在做这道算术题,现已初步形成了以种养业为主导,一、二、三产业融合发展的创新创业态势。

而今,这位已年过天命的农民,依然充满了激情,"只要给我一片宽阔的土地,等到春暖花开的时候,大地上就能变出茂盛的森林"。他说这话的时候,眼睛里充满了阳光。阳光正从洞庭湖折射过来,照亮了这片辽阔的土地,还有土地上的这位农民。阳岳球用与父辈不一样的方式,缔造了一个属于这个时代,也属于他自己的传奇。

我一直对"阳岳球"这个名字挺好奇,这个名字特别好记,说一遍就让人记住了,但又总觉得有些怪异。他笑呵呵地说:"这姓是祖祖辈辈传下来的,这名字是我爹起的,阳是太阳,代表阳光雨露,岳是岳阳,我们这就是岳阳洞庭湖边的一片肥沃土地,球就是地球。这名字就是我一辈子的命啊,太阳之下,地球之上,我就是在岳阳洞庭湖边一个修地球、种粮食的农夫啊!"

稻花香里说丰年

上世纪70年代末,在某个已无从确凿追忆的日子,南方的黄昏被突如其来的闪电击中,顷刻间,一场来势汹汹的暴风雨在城市上空盘旋着。为了躲避这场暴风雨,一个叫凌继河的少年穿过十字路口,来到一处废弃的老屋旁躲雨。他站在屋檐下,等待一场风雨过去后继续赶路。在焦灼的等待中,他不经意地扭过头来,似乎发现了什么。这是一堵早已失去光泽的土墙,在那潮湿的缝隙里竟然长出了一根稻穗,它在风雨中飘摇着,却又坚韧地生长着。那一刻,他忽然觉得自己就是这样一根长错了地方的稻穗。

1961年,凌继河出生于江西省安义县鼎湖镇西路村。江西自古以来就是鱼米之乡,也是人杰地灵的繁华富庶之地。南宋时,辛弃疾辞官归隐后,就隐居在江西,抒写了这一方水土迷人的田园风光:"明月别枝惊鹊,清风半夜鸣蝉。稻花香里说丰年,听取蛙声一片。"新中国成立以来,江西一直是全国重要的农产品生产基地和供应基地,是全国从未间断输出商品粮的两个省份之一,全省水稻种植面积和总产量均居全国第三位。在1959年至1961年的"三年困难时期",江西人民勒紧裤带,为支援其他重灾区累计调出了四十多亿斤救命粮,拯救了数以亿计的苍生。

凌继河的家乡安义县是鄱阳湖流域的一个山区县,素有"五山一水三分田,一分道路和庄园"之称。鄱阳湖平原是中国九大商品粮基地之一,安义县也是一个以粮食生产为主的农业县,但由于山地狭窄,一直难以解决温饱问题。凌继河是在"三年困难时期"出生的,一出生就发育不良,又是在半饥半饱中长大的,这也让他自小就懂得一个朴素的真理,土地是粮食的命根子，而粮食就是人类的命根子。他十五岁初中毕业，为了给家里减轻负担，就把上学的机会让给了弟弟妹妹，自己回家当农民，挣工分。

那时候，袁隆平正在海南培育杂交水稻，当时还是人民公社体制，凌继河被公社派到海南学习杂交水稻育种技术。那年早春，覆盖在田埂上的积雪还未完全融化，凌继河从安义乡下赶到南昌，坐上了开往海南的绿皮火车。经过几天几夜的辗转奔波，他来到了传说中的天涯海角，像走进了一片世外桃源。他望着那片蔚蓝色的大海，激动得差点蹦了起来。这是他第一次看见大海，那一望无际的深蓝色的海洋，让一个乡下少年感到外面的世界是如此辽阔。

凌继河在海南待了两年，与来自五湖四海的育种人一起追随着袁隆平育种的身影，袁隆平对自己苦心钻研了多年的杂交水稻育种技术也毫不保密。当时，全国各省区的南繁协作组轮番来请袁隆平去指导，他是有求必应。数十家育种单位并没有集中在一起，育种基地又大多散布在偏僻的乡下，近则十几公里，远则几十公里，又没有车辆，那通往田间的烂泥路上连自行车也没法骑，袁隆平只能靠自己的一双大脚板在烈日炙烤得滚烫的土路上来回奔走。每到一块试验田，他都当作自己的试验田。为了避免大家在同一层面上重复试验，袁隆平指导他们各有侧重，从不同的方面去突破，把加法变成乘法。除了上门指导，各省区的育种人员大都来袁隆平的基地跟班学习过，袁隆平带着他们走进自己的试验田，手把手地向他们传授杂交操作技术。来的人多了，袁隆平就在田边支起小黑板给他们讲课，在大太阳底下，他讲得口干舌燥，还要回答大伙儿的问题，好在他的嗓音虽然低沉，却很少嘶哑。当汗水从发根漫过那黑而瘦削的脸颊，他那坚忍的眼神和骨骼，还有那标志性的"刚果布式的微笑"，几乎成了那一代南繁育种人的集体记忆。

袁隆平祖籍江西德安，这让江西育种人更感到一股特殊的乡情。有一次,袁隆平来江西小组的试验田里指导,凌继河好奇地向袁隆平问道:"袁老师,随着土地的逐年退化,我们村里的粮食收成越来越少,有什么办法可以解决这个问题?"袁隆平望着这个一脸稚气的少年,疼爱地摸了摸他的脑袋,微笑着说:"粮食收成越来越少,除了土地退化原因,还有一个根本原因就是种子退化。土地退化可以多施肥来解决,但多施肥不如勤换种,国以农为本,农以种为先啊!"听了这语重心长的话,凌继河似懂非懂地点了点头。谁也不会想到,这两个江西老乡的对话,为凌继河未来的人生埋下了一个伏笔。

凌继河从海南回来后,家乡的青壮年已掀起了奔赴南方打工的热潮,对于乡下人来说,这是一种直接改变命运的方式。凌继河还没来得及将他学到的杂交水稻育种技术付诸实施,便只身一人奔赴南方闯荡。多年后,尽管那个日子早已模糊,但他依旧记得那个风雨中的黄昏。当风雨过后,夜幕降临了,他背着蛇皮袋徘徊在人潮涌动的夜雾中,瞬间就感到了自己的渺小和卑微。不远处,霓虹灯散发出明亮的灯光,一个流浪汉正在垃圾桶里寻找着残羹剩饭。看着这个流浪汉,他仿佛看到了自己的影子。一个少年,前往异地谋生,没有任何可以投靠的亲戚朋友,而夜色越来越浓,像极了他的前路。由于没有学历,凌继河到处碰壁,好几次去工厂应聘,看着长长的队伍,一想到自己只有初中毕业,他就心生胆怯。几个小时后,好不容易轮到他面试,面试官扫了一眼他的简历,便露出鄙夷的神情,然后委婉地拒绝了他。几次面试下来,凌继河越来越感到灰心和绝望,他甚至打起了退堂鼓,但一想到家里的父母和兄弟姐妹,他又不得不咬牙坚持下去。

凌继河一直坚信两句俗话,一句是"天上不会掉馅饼",另一句是"天无绝人之路",前一句让他变得特别现实,后一句让他从不绝望。为了谋生,他从最底层干起,当过一天只管三餐饭的学徒,打过一天只有十块钱的零工。

后来,他又当了一名手机零配件推销员,蹬着一辆从废品站买来的破单车,一天要跑几十家店。在推销的过程中,他渐渐了解到进货的渠道和买卖的差价,还结识了不少朋友,这给他带来了人生的转机。在慢慢积攒了一些资本后,他在几个朋友的帮助下,开始尝试自己做老板,开起了一家手机店。经过多年打拼,他逐渐建立了自己的销售网络,培养了一批业务骨干,手机店的生意越来越火。他又利用积累的资本,经营副食品、建材、通信器材、酒店等行业。当人到中年时,他在家乡也算是富甲一方了。然而,每次回家看望父母,他没有一点衣锦还乡的感觉,只有满眼满心的荒凉,到处都是被抛荒的农田,这都是庄稼人的饭碗田啊!阳光下,疯长的野草在风中来回摇晃,从荒野中传来一声声催促:"布谷,布谷,布谷……"他有时候会在荒芜的田野上转上一整天,那眼神就跟掉了魂似的,空荡荡的。

2008年腊月底,凌继河带着妻子儿女从南方的城市回家乡过年。在鼎湖镇街道两旁挂起了一个个大红灯笼,处处弥漫着越来越浓的年味。作为在外地创业的成功人士,他被当地政府邀请参加年终招待晚宴。席间,家乡的一位干部端着酒杯来给他敬酒,用浓郁的乡音对他说:"无论走到哪里,你都是安义人!"

这句充满乡情的话,深深触动了凌继河。那天晚上,他失眠了,翻来覆去睡不着觉。这么多年来,他一直在远离故乡的城市里打拼,却一直难以忘怀那老墙潮湿的缝隙里长出的一根稻穗。他觉得自己骨子里始终还是一个农民,浑身流淌着农民的血液。他一直觉得自己欠了家乡和父老乡亲们一笔债,当年他被推荐到海南学习了两年育种,却没有在这田地里播下一粒种子。而今,他已年近天命,觉得自己应该回来了。这绝非一时冲动,而是多年来一直在脑子里打转的一个念头,那就是让荒芜的田园重新恢复生机。

第四章　藏粮于地

第二天一早起来,他就把自己的想法对家人提了出来:"我想好了,下半辈子就回家种田!"年迈的父母一开始还以为是耳聋没有听清楚,当老两口听清楚后,一下变得慌张了。儿子在城里风风光光的,老两口在乡下也活得有头有脸,现在儿子突然提出要回家种地,他们不知儿子在城里犯了什么事,在他们看来,回家种地就是惩罚。

凌继河的妻子更是吃惊,她盯着丈夫愣愣地看了一阵,又用指头在他脑袋上狠狠戳了一下:"你脑子出了问题啊?一大早起来就发神经!"

对凌继河的决定,从小生长在城里的儿女就更难以理解了,他们生怕父亲在乡下遭罪,一个个都拼命反对。远在江苏的嫂子在电话中一听凌继河要回家种地,还特意赶回家乡,挨家挨户劝说村民不要把土地转包给他。而凌继河就像一头犟牛,只要他认准了的事,你怎么拽他的牛鼻子也拗不过来。这其实源于他对这片土地的信念,他觉得自己对这片土地比年轻时看得更清楚了,他坚信自己能做普通农民不能做的事。一方面,他通过多年的打拼已积累了一定的资本,可以进行规模化经营和机械化作业;另一方面,他有多年经营企业的管理经验,可以聘请专业人员进行科学种田。

凌继河说干就干,随后便投资一千万创办了江西绿能农业发展有限公司,开始了自己在农村的"二次创业",用他的话说,是"换片天地再创业"。头一年,他就流转了四千多亩水田。在管理上,他将商业管理经验移花接木般运用到种田管理上,将公司经营的土地分成十六块区域,聘请一百六十名经验丰富的种粮能手分片管理,每个分区由一名生产队长和七名农民管理,各分区相互竞争、绩效考核、优胜劣汰。这些农民不仅有固定工资,到年终还进行绩效考核,若是粮食增产,就可以拿到一笔超产奖。这些举措,看起来几乎无可挑剔,但在实践中却没有想象的那样理想。几年下来,尽管很多撂荒多年的水田重新被开垦出来，粮食也在不断增产，但粮食质量却没有达到预期的效果。2010年，公司只赚了1.7万元，这是微乎其微的利润。2011年，连一分钱也没赚，收支两抵，恰好持平。到了2012年，这一年风调雨顺，他赚了两百多万元，他感觉终于看到了种粮的希望。2013年，凌继河将流转土地扩展到了1.8万亩，获得了大面积的丰收，但由于流转土地的价格上涨了，粮食价格则比往年下跌了，结果还亏了三百多万元。而这开局四年，又正是前期投资的阶段，除了亏损，他还投入了上千万购买机械设备，进行农田基本建设。企业经营，最怕的就是只有投入没有产出，而农田里的投入简直是一个黑洞，在连续几年入不敷出的情况下，凌继河几乎花光了所有的积蓄，眼看资金链就要断裂了。

经营陷入困境，也让凌继河陷入了沉思之中，对此他也有过一番冷静的分析。

他遭遇的第一个瓶颈是流转土地期限短，很多农户在抛荒的同时，还享受着国家按田亩计算的种粮补贴，对自家的承包责任田待价而沽，因而不愿意与种粮大户签订长期的流转合同，当地农民只同意和凌继河的公司一年一签土地流转合同，而且价格也逐年提高，2010年的租金为每亩200元，到2013年已经涨到460元。凌继河不仅要承受不断上涨的租赁成本，而且每年要和数千户农民挨家挨户重新签合同，更不利的是流转时间太短，无法确定长远发展规划，又加之成片流转的土地不多，与其他种田散户的农田交错在一起，"插花"严重，这让大型机械难以施展，只能利用小农机作业，不但成本高，而且生产效率低。

他遭遇的第二个瓶颈是农业融资难。农业规模化经营，必须大手笔投资，又加之农业生产周期长、见效慢，往往是"去了桐油不见光"。这几年他将多年积累的资本都投进了农田，为了筹钱，他将自家的房产全部抵押了，就连亲戚朋友的房产都被他借来用于抵押。这样一个曾经有头有脸的老板，而今却在到处举债，年迈的父母一天到晚担惊受怕，生怕儿子血本无归倾家荡产，妻子不知哭了多少场。这是凌继河最艰难的一段日子。那段时间，他被推到了舆论的风口浪尖，到处都是风言风语，有些老乡说："凌继河在经商上是个能人，在种田上简直是瞎折腾，迟早是赔了夫人又折兵！"

听着这些风言风语，凌继河一个人闷闷地走到村口，点了一根香烟，望着眼前这片开阔的土地发呆。想来想去，还是那两句俗话，一句是"天上不会掉馅饼"，一句是"天无绝人之路"，这两句话让他一下又打起了精神，他弹了弹烟灰，哈了一口气，便大踏步朝祖屋走去。接下来，他便做出了一个令人匪夷所思的决定，在公司出现经营亏损的情况下，凌继河竟然给种粮农民发放了一百四十万元的超产奖。这超产的粮食，按当时的粮价，直接导致凌继河亏损二十万，但他既然做出过承诺，就是砸锅卖铁也要兑现，而他豁出去了，就是一句话："再亏也不能亏农民！"

这让那些拿到超产奖的农民特别感动，其中，一个叫刘高美的种粮能手被评为公司的"种粮状元"，一人独得十七万元。他说："凌总在亏本的情况下也不欠我们一分钱，年年把我们的工资一分不少地发给我们，还给我们发超产奖，我们在他的带领下越干越有劲！"

当公司遭遇困境时，最怕的就是士气低落、人心涣散，气可鼓而不可泄也！凌继河觉得这一百多万花得值，只要能把这底气保持住，就能咬牙挺过难关。

当种粮大户们遇到困难时，一系列惠农政策陆续出台了。就在凌继河出现大面积种粮亏损的2013年11月底，南昌市决定建立农村土地流转交易市场，安义县被确定为两个试点县之一。在县、镇两级政府的帮助下，凌继河和农民签订了规范的土地流转合同，租赁时间由一年延长到至少五年，租金五年不变。这让种粮大户遭遇的第一个瓶颈迎刃而解了,凌继河心里悬着的一块石头终于落地了。而南昌市在规范土地流转的同时,又在探索农村土地承包经营权流转使用权抵押方式,让受让方凭县区农业部门颁发的《南昌市农村土地承包经营权流转使用权证》到金融机构办理抵押贷款。对于凌继河,这简直是一个让他绝处逢生的政策红利。当贷款终于有了着落,他又长舒一口气,第二只靴子终于落地了。

接下来,凌继河又总结此前的教训,在追求高产时,更要走绿色农业生产这条路。这么多年,在凌继河的心里一直有个结没有打开,他忘不了当年在三亚向袁隆平提出的那个问题。为实现科学种田,他订阅了大量关于农业的书籍,还请来省农科院专家给农民讲课,传授科学种田技术。他的目的只有一个,那就是让广大农民用最少的成本获取最大的利润,而效益和利润最终取决于市场。为此,他一方面紧密对接市场,精选适销对路品种,另一方面在进一步优化田间管理和种植技术上下功夫。在水稻种植中,除了选择优良的种子,优良的种植技术也是高产稳产的关键。为解决土壤退化问题,凌继河采取测土配方施肥技术,用有机肥或生物有机肥取代一部分化肥,以此来减少化肥的使用量,改良土壤,改善环境,既实现了耕地保护的良性循环,又降低了环境污染。在水稻病虫害的高发期,凌继河在田间安装了自动监测装置,稻田一旦出现病虫害,监测装置就会预警提示。除了地面监测,还有无人植保机进行空中防护。那在绿色的沃野之上展翅翱翔的无人机,使水稻植保充满了科技范儿。他们通过使用绿色配方药剂,不但可以有效防治稻瘟病等病虫害,还可以保证水稻孕穗期所需的营养,这比原来背着药桶打药的人工防治效果要强百倍。农田灌溉用水,尤其是水稻,需要大量的水资源。为了节约宝贵的水资源,凌继河在专业技术人员的指导下,根据水田浅、湿、干的季节变化和水稻的生长周期,采用变量控灌等技术,充分利用天然降水、科学利用循环水等方式,实现涝水旱用、闲水忙用、一水多用、循环使用,既起到了精准的灌溉效果,又节省了大量水资源。他的这一系列做法完全颠覆了传统意义上的耕种习惯,却是绿色农业高质量发展的一条蹊径,既降低了种粮成本,又提升了利润空间。

实践证明,这条路还真是走对了。在接下来的几年里,凌继河从几千亩土地扩大到了流转土地近两万亩、托管土地三万亩的种植规模。但凌继河并未就此满足,他一直在思考如何突破水稻种植增收的瓶颈,率先调整种植业结构,在安义县第一个尝试"稻—再生稻—油菜"的种植方式,一年就有三季粮油的收入。说到这种种植方式,又得感谢袁隆平院士和他的科研团队。这种很多人都不敢触碰的种植方式,正是在袁隆平科研团队的指导下诞生的。凌继河种植的"Y两优2号"再生稻,只插一次秧,可长两季禾,通过测土配方、施用叶面肥、使用新农药等新技术,大大提高了粮食的产量和效益。为了确保种植试验的成功,凌继河每天查阅不同的技术资料,询问农业技术人员,到地里查看苗情,记录生长情况、气温影响及病虫害防治经验和做法,在重要的结果期,当明月挂在一望无际的夜空时,所有人都进入梦乡,他还在田里查看着一粒粒金色的稻谷。这些即将离开泥土的稻谷,承载了凌继河太多的心血与汗水。功夫不负有心人,在凌继河的悉心培育和照料之下,那一年,水稻每亩平均增收达五百多元,而凌继河公司总共种植了五万亩,你可以算算这一季水稻的利润能增收多少!

与此同时,凌继河还通过争取国家项目支持和企业自筹等方式,筹集资金五千余万元,对农业设施进行改造升级,现已建成上万亩高标准粮田,其中六千亩为示范园区,分为蔬菜种植示范区、瓜果种植示范区、有机生态种植示范区、水稻品种推广区、施肥配方试验区、植保测试区等六大功能区,区内全部应用良种良法、测土配方施肥及全程机械化耕作。凌继河在袁隆平科研团队的帮助下,将粮田进行功能划分,实现产能和效益的最大化。有了效益就能产生传导效应,他的这一做法被许多种粮大户纷纷效仿,真正发挥了龙头企业的带动作用。

随着公司不断发展壮大,凌继河也在不断修炼自己。这么多年来,凌继河始终秉持"启动一个产业,做强一个品牌,致富一方百姓"的宗旨,坚持以质量为本,以"商道即人道,产品即人品"的企业发展思路,用一流的设备、一流的技术、一流的产品、一流的管理、一流的服务,尽心尽责为农民做好产前、产中、产后优质系列化服务,打造健康、绿色、天然、放心、美味的精制优质大米,为自己、农户和社会创造价值,为农业增产、农民增收、社会增效做出了突出贡献。

在安义县,农民们种田的苦,凌继河看在眼里,痛在心底。这些农民像牛一样埋头耕耘,几乎把毕生的心血和汗水都倾注在土地上。但由于这些农民文化水平不高,又习惯了靠经验种田和"看天吃饭",种田的效益一直很低。为了带动一方农民奔上小康路,凌继河的公司推出了"务工有薪金、入股有股金、超产有奖金、流转有租金"的"四金"扶农模式。作为一名老党员,凌继河带头成立了鼎湖镇绿能专业合作社联合党支部,下设五个党小组,对种田散户采取结对帮扶的措施,公司垫付资金帮助一些种田散户购买小型农机,无偿免费给他们提供秧苗。每年到了农忙季节,他还带领公司的党员和入党积极分子,义务帮周边几个村的三十多个贫困户插秧、收割,让农民感受到党组织的关爱与温暖。每年春节前夕,凌继河都会带着公司党员走访慰问贫困户。有一年春节,当他们走到村东头的一户人家附近时,凌继河突然停住了脚步,同行几个人都愣愣地看着他,不知是怎么回事。原来,在凌继河遭遇经营困难时,有些种田散户嘲笑他,这个农户是当时风凉话说得最多的,而现在,凌继河干得风生水起,这个种田散户却依然贫困,这时候如果他带着慰问品直接走进去,难免会伤了这位老乡的自尊心。为此,他对身边的一位党员特意交代说,这些大米和猪肉是党组织给困难群众送来的。凌继河就是这样将心比心,设身处地为别人着想,用最质朴的方式帮助那些农民,在帮助他们的同时还特别顾及他们的自尊心。这也是他追求的"人道",他希望自己的公司在"人道"精神的引领下走得更远。

为了吸引更多的农户加入绿能专业合作社,凌继河在2016年春天投入1200万元,成立"土地托管"社会化服务公司。从土地流转到土地托管,堪称是一种具有中国特色的现代化农业新模式。这年3月23日,"牵手绿能,赢得未来"——水稻种植一站式综合服务推进大会在鼎湖镇举行。凌继河向三百多名种粮大户和散户承诺:公司将通过全程托管,从种子的选择到田间管理,再到收割卖粮,让所有签约种植户不再为种粮发愁,不再为卖粮犯难,每年一定帮大家每亩地多赚二百至三百元。这还真是特别有吸引力,想想,一个农民几乎啥都不用管了,成了甩手掌柜,尤其那些外出务工的农民也可安心务工,不用再操心田里的事情,每年还能多挣这么多钱,这简直是天上掉下来的一个大馅饼,谁不想吃啊?可也有一些人觉得,天上不会掉馅饼,人家凌继河更不是傻瓜,他怎么会给你这么好的美事,八成是想变着法子盘算你那几亩地呢。结果,有人抱着赌一把、试一试的心态签约了,有的则像是看了一场热闹后又回家按自己的老办法种地了。而就在当年,鼎湖一带在入夏后遭受了一场暴雨洪灾,那正是水稻扬花灌浆的季节,这可让那些没签约的种田户急得要命,若不及时排涝,这一茬水稻就会淹没,一季收成将化为泡影。而那些签约托管的农户,绿能专业合作社早已为托管的稻田修建了农田水利设施,有了通畅的排灌系统,大大提高了抵御灾害抗风险的能力。而凌继河对那些遭受洪涝的散户也没有坐视不管,在合作社的救援下,那些被淹没的稻田几乎是绝处逢生,排掉了积水,保住了收成,但亩产比托管农田低了不少。这些种田散户刚刚割完自己的稻子,一个个就迫不及待地找绿能专业合作社签约了,还是俗话说得好:"背靠大树好乘凉啊!"而今,经过数年发展,绿能专业合作社已累计托管了三万亩农田,这一方式已实实在在成为引导种粮农民致富的新引擎,总计为农户增收近千万元。但凌继河的心还大着呢,他接下来瞄准的目标是实现土地托管二十万亩,立足土地规模化经营优势和农业农机现代化、组织化优势,大力推动农用物资统供、农产品统营和数字农服建设,构建新型统分结合双层经营体制。

除了土地托管,凌继河还推出了"订单种田"模式。在他看来,他们公司原来的种田模式是种植大户自行流转土地,在零售店购买农资,自己种植管理、收割卖稻。而现在的新模式是将成熟的工业供应链管理方式用于现代农业,给农民提供土地流转、农资采购、技术指导、稻谷销售等多项服务。譬如说,合作社可以借助抱团取暖的优势统一采购农资、农机,甚至可以绕开经销商直接和厂家洽谈,这样就可以拿到更低的市场价格,预计可为农民节省百分之二十的成本。此外,合作社在统一提供优质种子的前提下,将以高于市场的价格回购订单农户的粮食,为农民解决了卖粮难的后顾之忧。凌继河旨在依托合作社,打造一个真正为农民服务的平台,改变传统种田模式,推广机械化、现代化新型种田模式。当然也要赚钱,但不是赚农民的钱,而是想办法赚市场的钱!

这个模式一经推出,很多农户便赶来签约。在签约的第一天上午,下起了倾盆大雨,却阻挡不住赶来签约的农户。鼎湖镇田埠村村民熊帮友也是当地的一个种粮大户,流转承包了一千亩土地,他种了二十多年田,每年也有二三十万元收益,但赚的都是辛苦钱,又一直难以进一步发展壮大。而凌继河推出的"订单种田"模式,给他带来了一个发展机遇,他决定将一千亩土地全部签给绿能专业合作社。"图个省心！签约后，我可以专心把田种好，其他事情合作社都替我管了，还节省了我的成本。"

像熊帮友这样的种粮大户都选择了"订单种田"模式，那些种田散户更是争先恐后，当天，合作社拿出的三万多亩签约面积就被农民一签而空。凌继河在推广这一模式的同时，结合农业供给侧结构性改革，大力推广优质品种，优质稻种植规模达到3.2万亩。他对签约农户说："米饭现在都能吃上，以前是吃饱，现在是要吃好。我们不但要种出高产粮，还要让自己种出来的大米比进口米更好吃！"他还真是说到做到了，以前，他们种植的普通大米卖两块钱一斤，很多人还挑三拣四，现在他们种出的优质大米最高卖到十八块钱一斤，在市场上还是争着抢着买的香饽饽，一直供不应求。

而今，江西省绿能农业发展有限公司历经十年发展，现在总耕地面积达二十余万亩，年产值上亿元，已经发展为一家集农业开发及土地流转、水稻种植及种植技术研究、优质粮食精深加工为一体的产业化现代农业企业。该公司是以农业为基础，在农业产业化领域内不断进行深度产业拓展经营的农业综合性企业，采取"公司＋基地＋专业合作社＋农户"的产业链，创造了农业供给侧结构性改革的"绿能模式"。公司现有优质示范基地达五万亩，具有五十万吨精深优质大米加工规模及农业产业化粮食产品高科研发项目。公司还依托农户成立了水稻种植、机械服务、土地流转托管、统防统治、水果蔬菜五个专业合作社，形成了农、工、贸一体化的经营管理模式，全面实施订单农业、规模化种植、系列化生产，辐射全县各乡镇及周边县区，带动周边一万多户农民脱贫致富。这些增收的农民又说出了一句广为流传的民谚："跟着凌总干，种田也能挣大钱！"

在绿能公司不断壮大的同时，凌继河也成了享誉全国的种粮大户、现代农业发展的一位"擎旗手"。2017年，他当选为党的十九大代表，他说："想不到我一个种田的农民能当选十九大代表,我觉得很高兴,也很激动,身上的压力也很大。"作为一名来自基层的农民代表,他应邀在十九大新闻中心现场回答中外记者提问:"如何解决种粮的效益问题?"凌继河一脸质朴地说:"对一线农民来说,好的粮食品种能大大提高收益。以前我们种普通大米每斤卖到两块钱,现在好品种大米可以卖到十八块钱一斤;以前想吃好米要从外国进口,现在中国自己种的米更好吃、更香、更有营养,粮农收入也增加了。"而最令他欣慰的是十九大报告中提出,保持土地承包关系稳定并长久不变,第二轮土地承包到期后再延长三十年。这让他对农业尤其是为国种粮的信心越来越大。他觉得自己现在还仅仅只是迈出了农业产业化的第一步,而国家的惠农政策越来越好,农民接下来的日子更有奔头。

从北京回到安义,凌继河又瞄准了下一步——创办农民培训学校,培养更多爱农村、爱农业的新型农民。而今的种田人,大多是五六十岁的老农民,随着这一代农民渐渐老去,谁来种田?这是凌继河一直倍感忧虑的一件事。在他看来,新时代的农民必须是科技型的农民。多年来,他同江西农业大学、江苏省农业科学院、广东省农业科学院等省内外院校及科研单位建立了合作关系,引进先进的农业科技。而科学种田门道还真不少,测土配方、施肥、晒田、喷药,这每一个环节和细节都有讲究,还有各种机械的操作,也关系到农业生产的效率和质量。为此,他创办了农业培训学校,一心想把"80后""90后"的年轻人吸引到农田里来,把那些从来没有摸过镰刀、锄头的年轻人培养成种庄稼的好把式——新型职业农民和种粮高手。而这些年轻人大多不懂农业,有的人甚至认为做农业没有出路,农民没有出息。凌继河说:"我是一名从农村走出来的党员,我的梦想,就是要让农业成为有奔头的产业,让农民成为体面的职业!"

第四章 藏粮于地

凌继河就是这样一位新型农民,他有着双重身份。当他挽起裤腿、脱掉皮鞋下到田里,他就是一位地地道道的农民。当他穿上西服、皮鞋坐在办公室里,又变身为一家大型农业科技公司的董事长。2018年春天,他荣获"全国农业劳动模范"称号,入选"全国十佳农民"。这样的农民,谁能说不是体面的职业?谁又不想成为这样一个新型农民?

近年来,在凌继河的公司里,能够看到一些大学生模样的员工,这都是近两年从各大高校招来的大学生,他们平均能拿到十四五万元的年收入。一位穿着工装、正驾驶着农机的小伙子说:"像我们这些'90后',以前觉得种田真的好丢人,城里人不是叫你土老帽,就是黑脚杆。而那时候种田又苦又累,收入又低,谁愿意种田啊?你就算没考上大学,也可以进城去打工挣钱。可现在,在我们公司里,种田全程都是机械化操作,我们每年都能拿几万多,年终还有奖金,这有什么丢人的?从田里回来,我换身衣服,开上小车,就能去城里生活,我们的收入比很多城里人还高,生活也不比他们差!"

为了展现现代农业的魅力,转变人们对新型农民的印象,也为了激励农民,让他们对农业、对种粮有信心,凌继河从创办绿能公司以来,一直以抢人眼球的方式给农民发放超产奖,哪怕在最困难的时候也没有间断过。从98万元、140万元到如今的308万元,截至2020年,凌继河已经连续十年以现金的方式给农民发年终奖,总奖金超过三千万元。这事影响很大,连习近平总书记都听说了。据新华社报道,2016年春节前夕,习近平总书记在江西视察时还特意提到了凌继河:"最近,我看了《新华每日电讯》的一篇报道,南昌市安义县一个叫凌继河的种粮大户,通过规模经营,不仅实现了自己富裕,而且带动不少农民致富。今年1月8日,他拿出228万元,在自家大院里给为他管理田块的种粮能手发放年终奖,最高的拿到了20多万元。"

2020年注定是不平凡的一年,既是抗疫之年,又是抗洪之年,而安义县历经数年打造的高标准农田发挥出了抗灾效应,绿能公司的粮食生产又是一个大丰年。这年岁末,又迎来了一个"稻花香里说丰年"的节日——农历腊八节。在鼎湖镇一座农家大院里,凌继河又开始给农民发超产奖。那三百多万元现金被分成数捆,一摞摞整齐地摆放在铺了红布的桌面上。凌继河说,他之所以一直采取现金发放的方式,其实是尊重农民的习惯,农民种了一辈子的田,一个个都像脚下的土地和生产出的粮食一样实在,他们看到现金才觉得实实在在。随后,他便叫着一个个名字,被叫到名字的农民一个接一个地上台领奖,他们都抿着嘴巴,克制着自己的欣喜,但每个人脸上都有掩饰不住的兴奋。这年的种粮状元是李绍扬,一人就拿到了56万元超产奖,第二名和第三名种粮能手分别拿到42万元和39万元。这次一共有九十多名农民领到了超产奖。万小毛是一个四十多岁的农民,这次领到了十多万元的奖金,他一边数钱一边兴奋地说:"我十九岁就开始种田,以前全家人种田一年也赚不到五万块钱,现在一笔奖金就顶得上以前干几年了,而且种田比原来还轻松多了!"这些农民在领奖后一边互相道贺,一边还孩子气地拿着厚厚的奖金对比,一个个都不服输地说:"走着瞧,看明年!"

在江西,乃至在全国,凌继河只是粮食发展道路上的一个生动缩影。

目前,江西全省流转农户承包土地已超过全国平均水平,新型农业经营主体不断壮大,在这片辽阔的沃土上,那些传统的、小农经济式的种粮散户越来越少了,而种粮大户、"公司+农户"、农民合作社、家庭农场,以及新型职业农民逐渐开始扮演主角,他们的视野不再像以前耕耘在一亩三分田上那样狭隘和闭塞,科技给他们的生活带来了翻天覆地的变化,每一棵在春风下摇曳的秧苗,都弥漫着现代农业科技的气息。而说到底,像凌继河这样一个种粮大户,他更大的意义不在于直接生产了多少粮食,而是他蹚出了一条立足现实,更通向未来的现代化农业发展之路……

走着瞧,看明年!这是凌继河年复一年的心态,一直是。他永远都带着一种憧憬未来的目光在打量这一片他爱得深沉的土地。

第五章 大国粮仓

天下大命

若要谈到粮食储备问题,有一个人是绕不开的,那就是年轻而短命的西汉政治家贾谊,他的一篇《论积贮疏》,堪称是中国历史上第一篇以粮食为主题的纲领性文件。贾谊从粮食的储备——"仓廪实而知礼节",论及粮食与政治和民生的关系,"一夫不耕,或受之饥;一女不织,或受之寒。生之有时,而用之亡度,则物力必屈"。在我所知的范围内,他第一个从宏观的、立足于战略的高度来看待粮食问题,试图引起最高决策者对粮食问题的高度关注:"汉之为汉几四十年矣,公私之积犹可哀痛!失时不雨,民且狼顾;岁恶不入,请卖爵子,既闻耳矣。安有为天下阽危者若是而上不惊者?"这种强烈的危机感,不仅是针对当时主政的汉文帝,更是给世世代代的统治者敲警钟:"世之有饥穰,天之行也,禹、汤被之矣。即不幸有方二三千里之旱,国胡以相恤?卒然边境有急,数千百万之众,国胡以馈之?兵旱相乘,天下大屈,有勇力者聚徒而衡击;罢夫羸老易子而咬其骨。政治未毕通也,远方之能疑者,并举而争起矣。乃骇而图之,岂将有及乎?"

中华民族有着悠久的粮食储备史,据考古发掘,早在距今一万多年前的新石器时期,就开始出现以地下或半地下窖穴为主的原始粗放的粮食储藏方式,从此拉开了人类社会粮食储藏历史的序幕。这里就从中国历史上第一个大一统的王朝说起。秦统一后,就建立了比较完善的仓储制度,上有国家粮仓,下有郡县粮仓,在边境还设有保障军粮供应的粮仓。这些粮仓构成了严密的仓储系统,并建立了一套严谨的管理体制,总领于大司农(治粟内史)。而在全国粮仓体系中,国家粮仓——太仓处于核心地位,秦官有太仓令、丞,负责受纳天下租谷。据云梦秦简记载,秦朝在栎阳和咸阳设有两大太仓,"栎阳两万石一积,咸阳十万石一积",而咸阳仓就是秦时最大的国家粮仓,积粮十万石。而汉袭秦制,在粮食仓储管理上与秦朝如出一辙,但从《论积贮疏》看,在贾谊所处的时代,即为后世津津乐道的文景之治时期,粮食储备也严重不足,这让贾谊产生了深重的危机感和忧患意识。

自秦汉以降,随着人口逐渐增多,粮仓也越建越多,规模越来越大,但一直沿袭秦汉的仓储管理体制。到隋朝时,隋炀帝为了搜罗、储存天下粮谷,更是在东都洛阳一带建起了当时世界第一大粮仓——含嘉仓。这座粮仓始建于大业元年(605年),东西宽612米,南北长710米,总面积达43万平方米。这座面积和空间巨大的粮仓,是中国考古史上乃至世界考古史上独一无二的大发现。然而这个巨大的粮仓,未能阻挡一个王朝的覆没。

不过,含嘉仓并未随着一个王朝的覆没而毁灭,从隋唐一直沿用到了宋朝,经历代不断增修。在这座巨大的粮仓里,目前共发现了287座用以储存粮食的仓窖,东西成排,南北成行,排列相当规律和整齐。那么,这么大的粮仓,究竟能储存多少粮食呢?据专家考证,唐玄宗天宝八年(749年),唐朝全国主要粮仓的粮食总储量为一千二百多万石,其中含嘉仓就储粮近六百万石,占了大唐帝国的近一半,而且还未将这个粮仓填满。这粮仓不只是粮食的储量惊人,更让人惊奇是,考古人员还在粮仓内发现了千年前的粮食,竟然保存良好,部分粮食还被送到洛阳农科所,经过特殊培育后竟能正常生根发芽,并于第二年结出了果实。如果没有一流的仓储保管措施,一千多年前的麦子不可能还保持如此长久的活力。又据考古人员进一步发掘,含嘉仓在防潮、密封性等方面几乎做到了当时的极致。第一点是要保证干燥,含嘉仓修筑在地势较高且环境干燥的地方;第二点,考古人员发现仓窖壁上多有火烧过的痕迹,后证实这是在粮食倒进仓窖前必须要做的工作,就是用火烘干四壁以保证仓窖的干燥和灭菌;第三点也是其储存粮食的关键步骤,这一步骤细致而烦琐,先以草木灰顺势摊在窖底,上铺木板,木板之上铺席子,席上垫谷糠后再铺以席,另在窖壁上用一层席子包裹,然后铺上一层糠,再以一层席子覆其上,最后还要在距离地面半米处同样用两层席子夹一层糠的方式覆盖。这种方法是隋朝时期用以储存粮食特殊发明的"席子夹糠"法,这足以证明我国在隋朝时期的建筑工艺和粮食储存方法都已达到了世界顶尖水平。

粮食储备,既是天下之大命,其实也是人的本能。在中国农村,有一个古老而隆重的节日——每年正月二十五的填仓节。填仓,就是填满谷仓。这一天黎明,洗漱沐浴后,家家户户都要在自己的院子里或打谷场上,用筛过的灶灰撒出一个个大小不等的粮囤形状,在里面放一些五谷杂粮,意思是,只要灶火不熄,老百姓的锅里就有煮的,饭碗里就有吃的。一些讲究的人家,还要在粮囤旁边用灶火灰撒出耙子、扫帚和扇车等图案,然后用砖石将粮食盖住,称为压仓。一切妥当后,便将鞭炮点燃,在这个描绘出的粮囤里爆响,预祝这年打下的粮食爆满粮仓。在华北农村,还流传着这样一句谚语:"填仓填仓,小米干饭杂面汤。"这一天要吃香喷喷的小米饭和杂面汤,这在中国往昔农民心里就是最好的生活了。

岁月更迭,这个节日后来在民间流传中渐渐变形了,填仓节变成了"天仓节",农历正月二十为"小天仓",正月二十五为"老天仓",但还是与粮食有关,一祭土地,祈愿土地多长出粮食;二祭磨神,祈求磨子永不空转。

追溯这个节日,源自一个民间传说。相传,西汉一个管理粮仓的官员,因为人正直而遭人陷害,判死刑入狱,经他女儿和老百姓一起哭诉申冤,才被朝廷赦免。后世为了纪念他,把他出狱的那天——正月二十五定为"天仓节"。但我更相信另一种传说,相传在很久很久以前,北方遇到连年大旱,赤地千里,颗粒无收。然而朝廷却不管老百姓的死活,照样征收皇粮。眼看着老百姓一个接一个地饿死,看守粮仓的仓官毅然打开皇仓,救济灾民。他知道,这样做是触犯了王法,皇帝绝不会饶恕他,于是,他让百姓把粮食运走了以后，就一把火把皇仓连同自己烧成了灰烬。这一天正好是农历正月二十五日，后人为了纪念这位放粮救灾民的无名仓官，每到这一天，就用灶火灰在院内外打囤填仓，以示对仓官的深切缅怀，也祈盼新的一年里有个好收成。而填仓节又恰好在春耕之前，这也是农人对自己的一种提醒。过完填仓节，农人冬闲的日子也算过完了，从这天起，他们便要清仓扫囤、晾晒种子、整修农具、磨快锄头，准备春耕。

尽管这个古老的节日现在正逐渐被人们淡忘，但一种遥远的感动、一种深刻的传统价值是不该被遗忘的。

中国历代粮食储备体系，从古到今，基本格局未变：一是官仓储备，二是藏粮于民。而官仓又分中央储备和地方储备。目前，我国粮食储备基本上分为三大体系：一是中央储备，二是地方储备，三是农户储粮。

新中国是在饥荒和战争的废墟上建立的，成立之初就提出建立由政府掌握，应对灾荒和各种意外的粮食储备的设想。1955年，国家正式建立了"甲字粮"，这是摆在粮食储备第一位的、由中央统一管理的特种储备粮油，标志着新中国粮食储备制度开始形成。"甲字粮"的动用权限属于国务院，储备费用由国家财政负担，主要用于应对重大自然灾害或其他突发事件。在经历了"三年困难时期"后的1962年，国家又建立了以备战为目的的军用"506粮"。当时，因受国家财力限制，中央粮食储备的规模不大，大多数仓房非常简陋，多为砖木结构和竹木结构，每仓的仓容量只有三万至六万公斤，还有一部分仓房是利用改造的祠堂、庙宇，储藏条件均不能满足需求。1955年至1960年，在全国各行各业向苏联"老大哥"学习的大背景下，在粮食建仓中引进了苏联的机械化房式仓——苏式仓。该仓型在全国普遍推广建设，采用砖墙，架起五米—十米—五米三跨木屋架（中间两根木柱），三米开间，廒间长五十四米，号称五百万斤大仓。仓内为沥青砂地面，墙壁刷热沥青防潮，砂浆抹面，另建有天桥、地沟和机械设施。这也是那个年代的"标准仓"。

1964年至1974年间,根据战备的要求,"深挖洞,广积粮",粮库建设以"隐蔽、分散、靠山、机动"为方针,在一些山区、偏僻地域建设了一批粮仓,但由于粮源、交通等各种原因,这些粮仓装粮很少。同时,在全国也建造了一些小型的砖木结构房式仓和土圆仓,在河南、陕西、山西、内蒙古等黄土高原区,修建了一批地下"喇叭仓""窑洞仓",这些地下仓因地制宜,造价低,储粮安全稳定,形成了我国储粮仓型的一大特色。

当中国进入改革开放的新时期后,粮食产量连年增长,农民手上的余粮越来越多了,但仓储系统远远跟不上粮食增产的速度,以至于全国各地都出现了农民卖粮难的问题。1990年,国务院决定建立国家专项粮食储备制度,第一次具备了在全国范围内调剂粮食余缺、稳定市场的储备调控能力。从1998年到2001年,国家利用国债投资分三批建设了一批新型的现代化粮仓,但在专项储备制度运行十年间,政企不分、分级管理的体制弊端日益显现,这又倒逼粮食储备管理体制进一步深化改革。

世纪之交,中国粮食流通体制改革推进到关键阶段。1999年中央决定建立中央储备粮垂直管理体系。2000年,中国储备粮管理总公司(简称中储粮)受命组建,这是经国务院批准组建的涉及国家安全和国民经济命脉的国有大型重要骨干企业,是国家授权投资机构的试点单位,享受国务院确定的国有大中型重点联系企业的有关政策,在国家计划、财政中实行单列。中储粮受国务院委托,对中央储备粮实行垂直管理,具体负责中央储备粮(含中央储备油)的经营管理,对中央储备粮的总量、质量和储存安全负总责,同时接受国家委托执行粮油购销调存等调控任务。从此,中国粮食储备制度进入了新的历史发展阶段。

2017年,中国储备粮管理总公司更名为中国储备粮管理集团有限公司。

有人说:"储备粮就像空气一样,平时我们感觉不到它的存在,但每时每刻都不能缺少。"

还有人说:"他们工作的世界似乎离我们很遥远,但又关乎我们一日三餐的安全底线。"

中央储备粮是关系国计民生和国家经济安全的重要战略物资,它是如此重要,又令人倍感神秘,而最神秘的就是坐落在北京市海淀区西四环中路的中储粮集团总部。这并非一座挺拔而傲岸的大楼,在高楼大厦的丛林里,这是一座低调、方正、安稳而造型别致的楼宇,那玻璃幕墙还显得特别直观明了,然而一望就会让你平添几分神秘感。在大楼一侧,是一座仓储造型的附楼,米黄色的墙体上,镶嵌着中储粮绿底白字的标志,其整体设计思路源于六边形蜂巢造型。六边形结构牢固、稳定,寓意着中储粮总公司始终是国家粮食宏观调控的忠实执行者,是确保国家粮食安全的最可靠力量。而蜂巢则寓意中储粮人像蜜蜂一样辛勤筑巢,也像蜜蜂一样忠诚团结、恪尽职守、爱岗敬业、无私奉献。标志的内部形态,则是由麦穗演变而来,这是粮食行业的特征。标志中的麦芒向上延伸,象征着中储粮事业积极向上的发展态势和中储粮人不断创新、勇于开拓、奋发有为的精神境界。在大楼门口,还安放着一块铭刻着中储粮公司全名和标志的花岗岩巨石。在这人海茫茫的闹市中心,一看这座楼、这块巨石,就给人一种直观的感觉,这是保障国家粮食安全的一座安全岛、一块压舱石。

这座楼就是中央储备粮的中枢神经,从这里向遍布全国各地的国家粮库延伸,维系着每一个共和国的守粮人。他们把自己的职责和使命谱写成了一首《中储粮人之歌》,在大江南北传唱:

千年的期盼藏在心间,
那是华夏大地岁岁五谷丰登年。
庄严的国徽上麦穗金光闪,
映照千家映照万户幸福的笑脸。

崇高的职责是我们力量的源泉，
一把金钥匙握在手中间。
国以民为本，民以食为天。
祖国把储粮重任交给我，
"两个确保"我们牢牢记心间。

永久的祝福藏在心田，
那是民富国强九州处处同庆天。
为国家储粮责任重如山，
我们满怀赤诚之心来呀来承担。
神圣的使命是我们精神的家园，
一个安康梦如今已实现。
天下粮仓满，国泰民又安。
祖国把储粮重任交给我，
我们中储粮人甘愿做奉献。

这歌声里所唱的"两个确保"，一是确保中央储备粮数量真实、质量良好，二是确保国家急需时调得动、用得上，这是国家建立中央储备粮垂直管理体系的出发点，也是中储粮的根本任务。而中储粮标志的内部造型就像一双精心呵护的手，突出中储粮总公司"三个维护"——维护农民利益、维护粮食市场稳定、维护国家粮食安全的企业宗旨和保障中国粮食市场健康可持续发展的企业使命。

维护农民利益，在"三个维护"中是摆在第一位的。历史上，中国是一个粮食长期短缺的国度，而粮食短缺势必导致粮价高涨，让穷苦百姓吃不起粮。若是遇上了风调雨顺的年景，好不容易多收了三五斗，势必又导致粮价下跌,让种粮的农民忍痛亏本粜米。叶圣陶先生的小说《多收了三五斗》就揭示了旧中国农民喜获丰收却以悲剧收场的故事。这其实是旧中国历史上的常态,一如《汉书·食货志上》所揭示的那样,"籴甚贵,伤民;甚贱,伤农。民伤则离散,农伤则国贫"。在这把双刃剑下,只有把维护农民利益摆在第一位,才能调动农民种粮积极性,促进种粮农民既增产又增收,提高和巩固我国粮食综合生产能力,夯实保障国家粮食安全的基础。

在中储粮的职责和使命尚未明确时,随着粮食市场放开,某些地方的收粮站、粮食加工厂和粮商,一见粮食多了就压级压价,甚至拖欠农民卖粮款,给卖粮农民打白条,这直接伤害了粮农的利益。而一旦粮食少了,有些唯利是图的投机粮商又囤积居奇,然后高价抛售。粮食对谁都是命根子,一旦操纵在这些投机粮商手里,又怎能保障国家的粮食安全?

食为政首,粮安天下。若要保障国家粮食安全,就必须充分发挥国家队作为粮食购销主渠道的作用。从2005年开始,由国家委托中储粮作为政策执行主体,承担国家下达的政策性粮食收储任务。当市场粮价持续三天低于国家规定的最低收购价时,中储粮按照国家规定的粮食保护价(最低收购价),挂牌收购,敞开收购,有多少收多少。在收购过程中坚持按照粮食质量标准,依质论价、优质优价,现场结算粮款,不得压级压价和代扣各种规费,更不得给农民打白条。在这一政策的支撑下,今天的中国,谷贱伤农和籴贵伤民的故事再也不会重演,中储粮按国家保护价收购粮食,既维护了种粮农民的基本利益,又尽可能多地掌握了粮源,夯实宏观调控的物资基础,维护了国家粮食安全和粮食市场的稳定。

中储粮作为国家粮食宏观调控的主要力量,不仅承担着中央储备粮、棉、油的经营管理任务,也是国家粮食收储政策的执行主体,是服务国家粮食宏观调控的主力军和调节市场的稳定器,从农田到餐桌,对粮食实行全程调控,这是国家赋予中储粮的又一重要使命。自组建以来,中储粮通过市场化运作,努力提高粮食流通效率,降低流通成本,反制市场过度投机,让利生产者和消费者,保证粮食基本供应不脱销、不断档,市场粮价不大涨、不大落。中储粮直属库点主要布局在各大粮食主产省份和重要交通线沿线及重要物流节点,依托这样一张网,中储粮可以高效服务国家调控需要,做到一声令下,立即响应,全网协同。

粮食储备,在某种意义上也是养兵千日用兵一时,就是在关键时刻发挥关键作用,灵活应对突发事件导致的短期粮食供给不足,这就要求在粮食储备上要兼顾粮食宏观和应急调控能力。

在2008年初的南方冰雪灾害和汶川大地震中,中国粮食储备在严峻的形势面前经受住了考验。我曾到南方冰雪灾害的第一现场深入调查。在这种人力不可抗拒的大灾难中,能够保证粮食正常供应是奇迹,没有人抢购粮食是奇迹,粮食没有涨价也是奇迹。当时,几乎所有的道路上都闪烁着又亮又硬的光泽,那是冰。在这样的暴风雪里,道路中断了,电信也中断了,湘西南的大山区一下陷入长达一个月的冰灾寒极,成了与世隔绝的绝境。而就在这样的情况下,还有中储粮的运粮队伍,他们背着装满了麻袋的粮包,把粮食运到每一个乡镇粮站供应点上。我在湖南永州见到了十几个运粮人,他们身上背负的是粮食,嘴里嚼着的却是冰块。翻山越岭,实在背不动了,就嚼一块冰,嚼过了,身上又有些劲头了。一声喊:"哥们儿,上啊!"火火烈烈的,汉子们又背着沉重的粮包爬向山顶。哪里粮食没有了,回去了,再背,再爬一次山。就这样,才保证了那些被困在一条条瘫痪道路上的司机和乘客——几十万处在绝境中的人,能够在严寒中填饱肚子,一碗面条可能就是他们的命根子。

汶川大地震发生后,第一批运抵灾区的也是中央储备粮。中储粮按照保证灾区人民每人每天一斤口粮的供应要求,从灾区周边地区直属企业安排救灾粮紧急加工和调运计划,借助直属库靠近交通沿线、中转配送设施健全的优势,组织运力,铁路、公路、水路统筹配合,并与灾区建立点对点的运输方案,安排中央储备粮油抢运灾区,累计向汶川地震灾区紧急投放救灾粮油64万吨,保证了灾区群众口粮供应。与此同时,灾区的粮仓和粮油应急加工、供应网点都在第一时间迅即启动,以南方冰雪的持续时间之长,以汶川大地震的灾区面积之大,粮食都能源源不断地保证供应。

2008年,一场席卷全球的粮食危机和金融危机,如海啸般纵横决荡,全球三大谷物——大米、小麦和玉米的价格在几个月的时间里,一下狂涨到原来的两到三倍。一切危机,说穿了就是人的危机,而在这危机背后,谁在操纵国际粮价?谁掌控着世界粮仓?

英国《卫报》做出了回答:"只要你活着,就无法逃脱全球四大巨头。"

这四大巨头,就是全球四大粮商"ABCD"——阿彻丹尼尔斯米德兰(ADM)、邦吉(Bunge Limited)、嘉吉(Cargill)和路易达孚(Louis Dreyfus)。这里就看看它们的背景和实力。

阿彻丹尼尔斯米德兰在19世纪中期成立,总部位于美国伊利诺依州迪克特市,从成立初期的以单一亚麻加工为主要业务发展成为今天拥有粮食加工、贮运和全球贸易的大型国际集团,是世界上最大的油籽、玉米和小麦加工企业之一,它在大豆、玉米、小麦和可可综合加工工业方面的成就一直名列世界首位,并在全球60多个国家建立了1100多个相关的企业或加工单位。公司自成立以来,几乎每十年就为其农产品业务增加一种盈利中心。

邦吉成立于1818年,是一家一体化的全球性农商与食品公司,总部设在美国纽约州,该公司成立近两个世纪以来,致力于通过其完善的全球产业链和营销网络为世界各国和各地区提供综合性的粮食安全解决方案,并构建起一体化的供应和生产链,向世界各国和各地区的消费者提供高品质食品,现已成为世界最大的大豆和谷物加工商之一,也是世界领先的油籽加工商、南美农场主所使用的化肥的最大生产商和供应商,还是向消费者销售瓶装蔬菜油的世界领先的公司。

嘉吉公司成立于1865年,总部设在美国明尼苏达州,经过一百多年的经营,已成为一家集食品、农业、金融和工业产品及大宗商品贸易、加工、运输和风险管理于一体的多元化跨国企业集团,业务遍及68个国家,是美国第一大私有资本公司,在福布斯排行榜上29年来蝉联非上市公司第一。

路易达孚创建于1851年,总部设于法国巴黎。该公司开创和发展了欧洲谷物出口贸易,现已是一家全球领先的农产品、食品贸易与加工企业,业务足迹遍及全球一百多个国家,涵盖了从农场到餐桌的整个产业链。

有人如此描述,这四大粮商在全球范围内成功建起了一个"像时钟一样精准的"粮食生产体系。每一天,来自巴西的大豆、加纳的可可、乌克兰的小麦、印尼的棕榈油……被运往各地的工厂,加工成食品,销往全世界。与此同时,他们还在全球构建起了一个庞大的情报网络系统,以嘉吉公司为例,来自全球各地的天气、农作物长势、价格等数据,时时刻刻、源源不断涌向位于美国明尼阿波利斯郊区嘉吉公司的法国城堡式总部,供相关人员决策。

无论是粮食生产体系,还是粮食情报系统,都是为了寻找一切机会,收割全世界。

一百多年来,四大粮商在世界各地开疆拓土,修粮仓,建港口,造船舶,一步步打造起一个遍及全球的物流体系。就这样,从农田到餐桌,他们掌控了粮食的全产业链,统治了全球七成以上的粮食贸易和七十多亿人的日常生活。在嘉吉公司的一本小册子里,温情脉脉地向世人告白:"我们是你面包里的面粉,面条里的小麦,薯条上的盐,甜点里的巧克力,软饮料里的甜味剂,我们是你晚餐吃的牛肉、猪肉或鸡肉,是你衣服上的棉花,田里的肥料……"

乍一听,这简直是无微不至的呵护,细一想,却让人惊出一身冷汗。当我们的生活乃至生命中的一切被这四大粮商所掌控,若是一旦断供,我们还有活路吗?

为了将粮食掌控在自己手里,以美国为首的西方发达国家,一边打着"自由贸易"的旗号,声称"粮食可以随便进口",一边又通过四大粮商操控着全世界的粮油。而"粮食可以随便进口",这是一个充满诱惑力的口号,若在平常日子,似乎也是事实。然而,你想过没有,人家不但可以控制其核心科技,也同样可以控制粮食,而一个国家,一旦粮食被操控在别人手里,你的命根子就被人家控制了。

这里就看看那悲惨的现实吧!在这场危机中,首当其冲的是那些贫穷落后的农业国,尤其是非洲国家,在那里,粮食几乎占家庭支出的一半以上。而粮价狂涨到这样的程度,这意味着,他们原来可以吃三天的粮食,突然只能吃一天了。

联合国粮农组织发布的报告显示,粮食危机已经席卷了第三世界国家,全球共有三十七个发展中国家面临粮食短缺、产量锐减、价格涨幅过快,整个世界有可能陷入三十年来最为可怕的粮食恐慌与危机。当时有报道称,目前全球的粮食储备只能勉强支撑人们五十多天的需求,已经跌破粮食储备七十天的安全线。又据联合国粮农组织称,最主要的粮食作物国际价格都创出历史新高,这一轮粮价暴涨全球已有超过一亿人陷入饥饿困境,每天都有人正在经历痛苦和死亡。

2008年4月,南美洲的传统农业国秘鲁发生了饥荒,数千名饥肠辘辘的妇女怀抱着襁褓中的婴儿聚集在国会门口,阳光把飘扬的国旗和她们饥饿的身影照得特别清晰,一张张面黄肌瘦的脸上,那形销骨立的颧骨凸显出饥荒的真实,她们一边有气无力地敲打着空罐和空盘子,一边嘶哑地向政府哭喊着:"想想办法,我们没有饭吃,孩子没有奶喝……"

南亚的孟加拉国,一个以大米为主粮的国度,大米的价格比上年猛涨了一倍,吃不起米饭的人们走上街头,向政府请愿。这其实是公民们最无奈的选择,而政府也无可奈何,只能奉劝老百姓少吃大米,多吃马铃薯。

粮食危机不只是全世界的水稻减产,小麦、玉米等主粮也遭受重创,在西非的多哥共和国,那个在地图上的形状就像一把门闩似的首都洛美,这里人的传统食品为玉米面团,到2008年时,他们的玉米面团已从"大拳头"缩水为"小网球",但售价却翻了一倍。当饥饿成了日复一日的生活,很多人都不知道自己最后一次吃饱肚子是什么时候了,而这像"小网球"一样的玉米面团根本填不饱肚子,很多人只能靠喝莫诺河的河水来充饥,这是他们母亲河,在饥荒中也成了他们养命的河流。

喀麦隆共和国是非洲中部地区的政治经济强国之一,在这场粮食危机中也未能幸免,连政府官员也将一日三餐减为两餐,那些老百姓就更惨了,很多人在街上走着走着就饿得晕倒了,有的人再也没有醒来,那些活着的人则在饥饿和绝望中挣扎度日,谁也不知道这场饥荒什么时候过去,谁也不知道自己能不能挺过这场饥荒活下来。

除了第三世界国家,一些发达国家也受到了粮食危机的波及,如日本,其粮食自给率只有百分之四十,尽管他们有雄厚的资本,但对国际粮食市场的依赖程度很高,很多超市一度出现了部分食品断货的情况。据日本媒体称,这是他们四十年来第一次面对食品短缺危机。不过,既精明又充满了危机感的日本人早已有着应对各种灾难和危机的充分准备,他们拥有一百五十万吨大米的储备,而美国则是他们粮食供应的最大的后盾,这些储备粮绝大部分是从美国进口的。在没有遇到粮食危机时,日本政府不让这些大米流入市场,以免冲击当地农民的收入,而一到危机时刻,这些储备粮就可以极大地缓解这一压力。

而远在大西洋的岛国海地就没有太平洋岛国日本这样幸运了。2008年4月12日,由于出现了大规模饥荒,海地总理成为在粮食危机中第一个被迫下台的政府首脑。这也又一次验证了,饥饿是最大的人道主义危机,其实也是最大的政权危机。而我转述的这一幕幕惨状,还只是冰山一角。

社会动荡出现了!从粮食危机到政权危机,从饥饿到动乱,直至战争,早已是一个历史规律。作为各国老百姓的生活必需品,粮食从来不仅仅是一个经济问题,对于那些处在饥饿中的发展中国家,他们的政权已经摇摇欲坠。

而在这场席卷全球的粮食海啸中,四大粮商不但没有受到冲击,反而获得了巨大的利益,其总营收高达2719亿美元,创下历史最高纪录。为什么?说起来很复杂,其实又很简单,他们就是世界粮食的操控者,在他们的操控之下,哪里还有什么自由贸易、自由市场?市场就在他们的掌心里,而对于他们,每一粒粮食都要榨取最高利润。对此,那位曾游走于政商两界、一手缔造了ADM粮油帝国的安德烈亚斯倒是说了一句大实话:"世界上没有一粒粮食是在自由市场上出售的,一粒也没有!"

粮食从来不是单纯的粮食,粮食是一种武器,甚至是"国家权力的工具"。远的不说,只说自第二次世界大战结束、世界进入冷战时期后,从艾森豪威尔的第480号公法,到肯尼迪的粮食换和平计划,美国历届总统一直都把粮食作为掌控世界的一张王牌,也是底牌。到了上世纪70年代,尼克松政府更是将粮食当成了一种比战争更重要的外交武器,时任国家安全事务助理的基辛格曾明确提出,要将粮食援助作为"国家权力的工具",他还说出了一句名言:"谁掌握了石油,谁就控制了世界;谁掌握了粮食,谁就控制了人类!"

在这双重的危机中,让世界充满惊奇的是,尽管国际粮价飞涨,不断冲撞着中国粮食安全大堤,但撼山易,撼中国难!莱斯特·布朗那个"谁来养活中国"的大问号,在中国似乎不是什么问题。其实,中国也并非稳如泰山,东南亚飞涨的米价一度对近在咫尺的中国南方产生水涨船高的传导效应,幸运的是,我国粮食连年丰收,国家粮仓里有着充足的储备粮。据国家发改委当年发布的数据,我国全部储备粮是5000亿斤,约占全国全年粮食消费的一半,比起全世界粮食库存占年消费的比重(17%)要高出一倍以上,这让国家发改委可以底气十足地宣告:"中国完全有能力保障粮食安全。"

维护国家粮食安全,是中储粮的根本使命,就是确保储备粮数量真实、质量良好,充分发挥垂直体系的布局优势、物流优势和技术装备优势,为国家粮食安全提供可靠的物质基础、组织保障和运作平台。在全球粮食供应紧张的情况下,中储粮为防止国际粮价大幅上涨的压力向国内传导,按照国家调控要求加大向市场抛售储备粮力度,保障市场充足供应。有不少中储粮基层粮库的粮食全部投放市场,也验证了储备库存数量真实、质量良好,保证了国内粮价基本稳定。与此同时,铁道部紧急启动了"北粮南运"计划,从东北调运一千万吨粮食以平抑南方的稻米价格,广州的国产大米价格随即开始回落。——这就是中国用事实对布朗"警世的呼唤"做出的强有力的回答,也足以证明充足的粮食储备对保障国家粮食安全是多么重要。正因为有了这样一个基础,中国才能抵挡全球粮食危机和国际粮价飞涨的冲击,一个巨大的中国,不仅没有像布朗预言的那样成为世界粮食安全的巨大威胁,而且还为拯救全人类免于饥饿做出了越来越大的贡献。2006年1月1日,在全球粮食危机的大背景下,联合国停止了对中国进行粮食援助,这标志着我国二十六年的粮食受捐赠历史从此画上了句号。随着一个非凡的转身,中国由此而成为世界第三大粮食援助捐赠国。

2020年,在全球新冠疫情肆虐的阴影笼罩下,多国农业生产活动受阻,交通运输不便,致使劳动力短缺,供应链中断,欧洲出现农业劳工荒。而各国为求自保,纷纷把粮食紧紧抓在自己手里,对农产品实施严格的出口限制。其中,全球第三大大米出口国越南宣布暂停签署新的大米出口合同;柬埔寨禁止白米和稻米出口,仅允许香米出口;哈萨克斯坦对小麦和面粉出口实行配额制。在这样的情势下,国际粮食价格再次被推高,马达加斯加、也门、委内瑞拉、南苏丹、阿富汗等三十多个国家,因粮食不足而造成严重饥荒。据联合国世界粮食计划署(WFP)和粮农组织预测,由于新冠肺炎疫情二次蔓延,所有国家的经济都恶化了,中低收入层情况尤为严重。如果疫情得不到有效控制,遭受严重饥饿的人数将增至2.65亿。11月14日,联合国世界粮食计划署秘书长大卫·比斯利在接受采访时发出了预警:"如果全世界不团结起来,一起对抗新冠肺炎疫情,那么圣经中描写的饥荒状况将于2021年到来!"

而就在大卫·比斯利发出灾难性的预警时,一场半个世纪以来最严重的粮食危机正在袭来,全球新增饥饿人口1.3亿人,而受灾最严重的就是那些贫穷落后的农业国。

马达加斯加,这是一个位于印度洋西部的非洲热带岛国,南回归线穿过该国南部,东南信风和赤道暖流给这个国家同时带来了飓风、洪水和干旱,又极易形成极端天气。马达加斯加的主食是大米,但其农业生产还相当落后,还处于"看天吃饭"的境地。而这场饥荒的直接原因是天灾。当新冠疫情肆虐之际,该国又遭遇了四十年不遇的大旱,干旱季节比以往任何时候更长、更严重,在干旱季节过后,人们期待已久的收获又遭受蝗虫啃食,这双重的灾害,导致马达加斯加中部和南部地区早稻产量减产了一半。联合国世界粮食计划署南部非洲和印度洋国家区域主任洛拉·卡斯特罗在灾区考察后,在一份简报会上陈述了当地状况:"情况非常糟糕,他们吃的是混有泥土的仙人掌、树根、树叶、种子,以及任何能充饥的东西。孩子们挨饿致死。我遇到一位母亲,她八个月大的孩子看上去只有两个月大,年长的孩子也饿死了。"

孩子,这些鲜活而弱小的生命,在饥荒中往往是首当其冲的受害者。由疫情引发的饥荒,致使全球每月一万名儿童死亡。一位因饥饿而死去的孩子,那干瘦的身子像被挤扁了,皮肤紧紧贴在骨头上,血管狰狞地凸了出来。

对饥荒而言,这只是一个悲惨的象征。联合国世界粮食计划署官员克里斯蒂娜·科瓦连科走进了马达加斯加南部一村庄,她为村庄里的寂静震惊,孩子们不会四处奔走或嬉戏,只是坐着看她。她问一个孩子,什么时候吃完了最后一顿饭,吃了什么,孩子的母亲解释,给孩子们吃的是一些通常不可以食用的草和植物,因为周围没有别的东西了。这位母亲会把它们煮沸,加些黏土,然后把混合物倒给孩子们吃,他们肿胀的腹部就填着这些东西。即便饥不择食,吃下这些,一个少年依然没有足够的力气举起汤匙……

这比圣经中描写的饥荒状况还要触目惊心,马达加斯加超过110万人面临严重饥饿,饥荒已接近人们可承受的极限,急需粮食和营养援助,但新冠疫情既让一些粮食出口国限制了出口,因防疫需要而带来的港口封闭也让粮食运输受阻,而当地家庭已经耗尽了他们的粮食库存,并吃掉了对他们至关重要的种子储备,当又一轮种植季节来临,他们已经没有种子可以用来播种……

一个非洲岛国的粮食危机,只是全球粮食危机的一个缩影。这种全球性的危机感也传导到了中国,一时间引发了国人对粮食安全的担忧。而在这担忧的背后还有一个令人倍感疑惑的问题:一方面,我国的粮食总产量已跃居世界第一,另一方面我国粮食进口总量也同样位居世界第一,这究竟是怎么回事呢?很多人都在探问,我国粮食到底够不够吃?家里要不要囤积一些粮食?这一问题若不及时给出让老百姓信服的回答,在国际粮商翻云覆雨的操纵下极有可能引发抢购粮食的风潮,导致粮价上涨乃至飞涨。

每一个历史关头,粮食安全都会引起举国上下的高度关注。2020年4月4日,国务院联防联控机制就做好新冠疫情期间粮食供给和保障工作情况举行了新闻发布会,农业农村部与国家粮食和物资储备局相关负责人对公众最关切的问题给予了明确的回答:"近年来,我国粮食生产连年丰收,已连续五年稳定在1.3万亿斤以上,去年粮食产量是13277亿斤,创历史新高,小麦多年供求平衡有余,稻谷供大于求。"——这十足的底气,只因有实实在在的粮食垫底。自 2010 年以来,我国人均粮食占有量持续高于世界平均水平,2019 年超过 470 公斤,远远高于人均 400 公斤的国际粮食安全标准线。从储备看,目前我国粮食库存是充足的,小麦和稻谷这两大口粮库存大体相当于全国人民一年的消费量。一旦粮食市场出现波动,我国有充分的调控手段进行平抑,完全有能力应对外部影响。自疫情发生以来,粮食和物资储备部门加强市场粮源调度,有序组织拍卖政策性粮源,有效保障了市场需求。

众所周知,粮食自给率是衡量一个国家或地区粮食安全的基本指标。国务院新闻办公室 2019 年发布的《中国的粮食安全》白皮书显示,中国完全可以满足"确保粮食基本自给和口粮绝对安全"的要求。又据中国社会科学院农村发展研究所和中国社会科学出版社联合发布的《中国农村发展报告 2020》,近年来,我国水稻和小麦的产量和需求都很充足,口粮自给率已超过百分之百,处于完全自给的绝对安全范围内,简而言之就是一句话:"口粮绝对安全!"

但一些特别细心的人也发现了另外一组数据,那是海关总署发布的粮食进出口数据:2019 年,中国共进口小麦 348.8 万吨,同比增长 12.5%;玉米进口总量 479.3 万吨,同比增长 36%。此外,还有全年进口大米、大麦、高粱、玉米、大豆等粮油产品的数据。既然咱们的口粮自给率已超过百分之百,为什么还要进口这么多粮食?这的确是公众最关切的一个问题,农业农村部与国家粮食和物资储备局相关负责人也做出了解释:口粮的进口不是由于产量不足,更多的是由于结构性短缺,随着居民的食物来源日益多样化,进口主要是为了调剂品种,进口谷物主要是强筋弱筋小麦、泰国大米等,目的是为了调剂居民的需求结构,更好地满足人们个性化、多样化的消费需求。简单说,就是"口粮绝对安全"遭遇了食品消费结构升级。

另外，从我国进口的粮食种类看，首先是大豆，这是我国进口量最大的农产品，主要用于榨油和提供豆粕饲料，约占进口粮食总量的百分之六十。其次是玉米，随着我国饲料用粮和工业用粮的持续增长，自2010年以来，我国从玉米净出口国转为净进口国，2020年进口量更是一举突破历史最高纪录达到1129万吨，其中乌克兰为我国玉米第一大进口来源。而在疫情期间，玉米和大豆价格在全球粮价传导机制的影响下难免会受到波及，传导比较显著的是食用植物油价格。事实上，在疫情爆发之前，从2019年下半年以来，全球食用植物油普遍进入价格上涨阶段，随后又叠加疫情影响，导致国内食用植物油价格有所上涨，但仍在可控范围内。

大豆和玉米，也确实是我国当下粮食结构的两个短板，但随着科技人员的不断攻关，单产不断提升，中国正在不断缩小这两大粮食板块同世界发达国家的差距。但从目前来看，我国粮食市场还将长期面临结构性短缺的矛盾，适度进口也是保障国家粮食安全的一条重要途径。对于这些高度依赖全球供应链的粮食，一是要强化监测预警，与主要出口国加强协调，力争把疫情对大豆供应链的影响降到最低；二是进一步优化流程，提高进口效率。从长远看，则要从根本上解决这种结构性短缺的矛盾，我国将持续推进大豆振兴计划，多措并举，提升玉米、大豆的产量和质量。

这些实实在在的数据，给公众清清楚楚地算了一笔账。我国粮食虽说还存在一些结构性短缺的矛盾，但现有的粮食产量和粮食储备对中国粮食安全形成了强大的保障。自疫情爆发以来，尽管出现了国际粮食危机，但我国还没有动用过中央储备粮，除了个别市县，绝大部分地区也没有动用过地方储备粮。这足以说明，中国口粮绝对安全有保障。但居安思危，粮食安全何时都不能放松，不能犯颠覆性错误！那一篇《论积贮疏》，数千年来一直警钟长鸣："夫积贮者，天下之大命也！"对于这样的文字，无论何时，你都必须睁大了眼睛来看，或许，只有最有使命感的人，才能感觉到这样的大命。

这也是中储粮的神圣职责,既是国家使命,更是天下苍生的生命。

共和国的守粮人

当我们从宏观上了解了中储粮的职责使命后,接下来就要探寻那些遍布全国的大大小小的粮仓。中储粮自组建以来,依托国债建库,现已形成了中央储备粮库点网络体系,储粮的直属库法人单位有四百多家,其中有的直属库还有下属分库区,全部加起来一共980多个库点。但执行国家政策性粮食收储,这些直属库的自有仓容还远远不够,只能委托大量地方国有粮食企业和其他粮食企业来做。这些委托库共有一万多家,其收购粮食的贷款全部由中储粮的直属企业统贷,相应直属企业也要负责监管。

天下大命,最终都要落在一个个平凡而又不平凡的守粮人身上。这里就从曾一度处于新冠疫情风暴眼上的武汉说起吧。武汉位于长江中游,地处江汉平原东部,长江及其最大支流汉江在城中交汇,因水系分隔而形成了武汉三镇——武昌、汉口、汉阳隔江鼎立的格局,市内江河纵横、湖港交织。这座拥有上千万人口的特大城市,每天都必须有足够的粮食供养上千万的生命。而武汉作为中国经济地理中心,素有"九省通衢"之称,是中国内陆最大的水陆空交通枢纽和长江中游航运中心,其高铁网辐射大半个中国,是华中地区唯一可直航全球五大洲的城市。武汉不但要保障自身的粮食安全,还肩负着保障周边地区粮食安全的使命,这里自古以来就是长江中游最大的粮食集散地和中转站。在新冠疫情肆虐期间,武汉正常社会生活秩序被打乱,运输通道被阻断,给粮食供应带来严峻的挑战。很多市民在居家隔离期间,每天一早醒来,先下意识地看看家里还剩多少粮食。疫情之初,武汉市民也一度出现了抢购、囤积粮食的现象,粮价也有微幅上涨,但由于武汉粮食储备充足,至少可供全市消费一个月以上,接下来又有各地粮油源源不断地运往武汉,从而确保了疫情防控期间全市粮油市场供应充足、品质良好,这让市民们很快就消除了焦虑情绪。在抗击疫情的七十多天里,武汉人度过了一段非常时期,但粮食供应一直正常,粮价平稳,市场有序,每一个环节都在一如既往地运行。

随着疫情的阴影渐渐消散,江汉平原又迎来了一个金秋季节。

江汉平原是中国九大商品粮基地之一,以种植水稻为主,而武汉市新洲区就是江汉平原上的一个重要粮食生产功能区,这里建有一座中心粮库。在秋天金色的阳光下,远远就能看见一排排标准化的粮仓,空气中弥漫着一阵一阵的稻香。粮库门口,运粮的卡车一辆接着一辆。到这里卖粮的,不只是当地的老乡们,不少外地粮商宁可多走一段路,也要把收来的粮食送到这里来,他们说:"把粮食交给老陈,心里踏实!"

老陈,就是新洲中心粮库的业务经理陈志宏。这位五十开外的汉子,身材敦厚结实,见了谁都露出一脸实诚而质朴的笑容,但他收粮却是出了名的严格。在粮食入仓前,必须先经过"两筛、两吹、多扫"。两筛,是要过两次筛子,清理出粮食中的秸秆、绳头、大块砖石、瓦块等杂质,达到初步清理杂质的效果;两吹,是在卸粮处安装电动排风扇,对物料进行风选,以清除粮食中的瘪粒、麦糠等有机轻浮杂质;多扫,则是对自然散落的杂质聚集区进行多次清扫,保持干净整洁。然后,还有一道严关,检测入仓谷物的杂质比例,确保入仓粮食的每一项指标合格,不符合国家质量标准的粮食,一粒也不能入仓。这是每一粒粮食入仓都必须经历的程序,而严格不严格,掌控在收粮人手里。就是这么一个严厉的老陈,却是老乡和粮商们最信得过的人。

每到收粮季节,是老陈最喜悦也是最忙碌的时候。他每天一清早起来,一直干到太阳落山,当运粮车辆陆续开走后,他抹了一把额头上挂着的汗,又拿起一把细毛扫帚,一粒一粒地清扫撒落在地上的粮食,做到颗粒归仓。在他眼里,粮仓也是无形的粮田,粮食从入库到出库损耗率必须确保在百分之一以内。若能把损耗减少到最低程度,就相当于增产了不少粮食。

"爱惜粮食,要从地上一粒稻谷捡起。"这是父亲时常对他说的一句话,而今已成了他的口头禅。

他父亲陈惠军是共和国的第一代粮库守粮人。新中国成立后,陈惠军被招进了当时的新洲县粮食部门工作,当了一名最基层的粮库管理员。那时候,粮食产量低,种粮人都是勒紧裤腰带缴纳征购粮。每到收获季节,陈惠军就会背上秤杆,赶着牛车,走村串户,从农户家中一秤一秤地把粮食收上来,在入仓后逐仓逐间看护。越是在粮食紧缺的岁月,粮食储备越是重要,随时要防备可能发生的饥荒。对于他,那不是守护着粮食,而是守护着生命。而粮食在仓内一般要度过两三个春夏秋冬,再一车一车地发出去,装进老百姓的饭碗,端上每家人的餐桌。

对于种粮人来说,"谁知盘中餐,粒粒皆辛苦"。

对于守粮人来说,"宁流千滴汗,不坏一粒粮"。

在陈惠军眼里,粮食好比还不会说话的婴儿,它们哪里不舒服,有什么异常,只有一次又一次地去闻、去看、去筛、去测、去挖、去掀,一旦发现问题,立马就要想办法解决。那时,我国粮仓简陋,储粮技术也很落后,存粮很容易发生霉变和虫害,这让他伤透了脑筋。农民千辛万苦把一粒粒粮食送到粮库里,绝不能让粮食变质,更不能让它危害人民的身体健康。粮库保管,必须密切关注季节更替和粮情变化,"三天一小查,七天一大查,风雨及时查,危险时时查"。那时也没有别的工具,每次进行粮情检查,就靠一个虫筛,一把毛刷。粮食长虫了,就靠虫筛来一点一点地剔除,而毛刷则可以仔细清扫灰尘。那粮堆有六米高,从堆底爬到堆顶,一架六米高的楼梯,他每次检查都要上上下下爬十几趟。累了,就在仓门口斜躺着歇一会儿;渴了,喝几口浓茶。衣服汗湿了,手指头磨出了血,赶紧用毛巾垫着,自己流血流汗不要紧,千万不能把血汗沾在粮食上。为了这一粒粒粮食,一个守粮人这辈子不知流了多少血汗,但每一粒粮食都是干干净净的。

有一年夏天,一场暴风雨过后,一间仓库的后墙边被风雨浸湿了。天刚放晴,他赶紧将浸湿的粮食装了一百多袋,一袋一袋地扛到晒场上去翻晒,晒干后再一袋一袋地搬进仓间。为防止粮食受潮板结,每隔一段时间就要进行翻仓。那时翻仓全靠人力,一次翻仓至少要干半个月,这样的翻仓,一年需要进行十多次。而一旦仓内温度异样,就要进行降温通风。那时没有空调设备,全靠笨重的鼓风机通风降温。一台鼓风机差不多有一千多斤重,要推到一个又一个的仓库,还要通过库区内的坡道。每完成一次降温通风,整个人都累得趴倒在地上,那呼哧呼哧的喘气声也像风箱一样。这样一天干下来,回到家里手酸腿麻,连腰板都伸不直了。

陈志宏从小就很懂事,每次看父亲累得趴在床上,他就给父亲揉肩按背。父亲缓过劲来后,就会给他讲自己在旧社会饿肚子的往事,一个人再累也没什么,最难受的就是饥饿,那是要命的啊。父亲总是语重心长地对他说:"粮食就是老百姓的命根子啊,老百姓把粮食交给了咱,就等于把命给了咱,千万不能有一丁点儿闪失。"

陈惠军是一位忠诚的守粮人,也是个爱动脑筋的人,为了减轻用鼓风机通风降温的劳动强度,他一直都在琢磨如何解决粮仓的通风问题。他文化程度不高,但有丰富的实践经验,通过上百次试验,他终于在上世纪80年代发明了"存气箱通风设备",通过正压吸风,来降低粮堆内的温度和湿度,从而达到保持粮食的新鲜度和营养的功效。这个设备经专家测试后,被认定为用材省、费用低、耗电少、操作简便,尤其是大大减轻了鼓风机通风降温的劳动强度,随后便在全国各大粮库推广。一个基层守粮人搞出了一项全国推广的发明,这也是陈惠军一辈子最得意的一件事。而此时,他眼看就到了退休年龄,对这坚守了半辈子的粮仓,他实在是割舍不下啊。好在,儿子已长大成人。

当父亲用一双老眼打量着儿子时,陈志宏一看那眼神就知道,这守粮人轮到自己了。

1987年8月,陈志宏高中毕业后,经考试被招进了新洲中心粮库,成为老陈家的第二代粮库守粮人。改革开放实行家庭联产承包责任制后,农民种粮和卖粮的热情高涨,我国粮食连年丰收,他再也不必像父亲那样背上秤杆,赶着牛车,从农户家中把粮食一秤一秤地收上来,新洲乃至外地的粮农都会把粮食一车一车送过来。对于守粮人,每年最忙的时候就是夏秋两季粮食收储的时候。每天早上七点半甚至更早,陈志宏就要来到粮库做好收粮的准备,在粮食入库前,每一个程序都要严格把关。随着太阳越来越高,飞扬的尘土和额头流下的汗水让人睁不开眼,但你却必须使劲睁大眼睛,在粮仓前紧盯每一个细节。

粮食进仓了,看着金黄的稻谷堆满了仓库,他真实地感受到国库的丰盈。此时,他总会下意识地唱上一嗓子黄梅戏,稻花香里说丰年,那是只有将生命融入粮食的人才能体会到的满足和自豪。然而,粮食进仓仅仅只是一个仓管员工作的开始。对共和国的第二代守粮人,如今的要求更高了,要达到"一符四无"的标准:一符,是粮食数量必须与账本相吻合,绝不能短斤少两;四无,即无虫害、无鼠雀、无霉变、无事故。一个仓管员的日常工作主要是巡查,检查仓库中粮食的温度和湿度,查看是否出现虫情、鼠害和霉变。上世纪80年代至90年代,这一切还是全靠人工操作,主要方式是掏、扦、刮、抹、刷。在陈志宏的工具间里,摆着各种各样的工具,井然有序,一目了然。这些工具有的是父亲传给他的,也有他自己设计制作和添置的,如存气箱通风设备、粮食取样扦、铁齿耙、竹爪子、喷雾器、扫帚、撮箕等。其中,扫把就有三种,耙子有四个型号,这每一种使用方法都不一样。他根据摸索出来的经验,还设计了一种铁齿耙,耙深三十厘米,倾斜度和把长是根据自己的身高比例设计的,而且还可以根据每个人的身高调节,用起来既省力又能深翻粮食。

　　一个仓库管理得怎么样,第一是看。进入仓内,一眼看过去,平整的粮面上必须没有一点杂质。但光看还不行,还要用手摸,用嘴吹,用守粮人的行话说,要做到"手摸无灰,口吹无尘,粮面平如镜",连仓库外的地面也要打扫得一干二净,这个仓库的管理才算合格。对一个仓管员来说,这也是最基本的要求。而所谓要求,久而久之就养成习惯了,习惯成自然,下意识地,你眼里就再也容不下一粒沙子。陈志宏在粮库来回巡查时,看到一片落叶也会捡起来,看到一根杂草,也会连根拔起来。无论是绿化区的养护、仓储设施的维护,还是储粮安全的检查,他都会盯住每一个细节,绝不放过一个死角。他的责任仓年年被评为新洲中心粮库的示范仓。

　　每一次巡查,都要填写粮仓的数据资料。走进陈志宏的办公室,一眼就能看到,在那简朴却又特别干净整洁的资料橱中,整整齐齐地放着一排按照顺序编号归档的保管员工作日志。随手抽出一本,封面有记录日志的时间段。翻开日志,每页都有对当日保管工作的详细记载。这一本本日志,月初有计划,月末有小结,字迹清晰,内容翔实。这样的日志,一年一本,陈志宏已记录了三十七本。这每一个记录本,每一页日志,每一行字迹,都镌刻着一个共和国基层守粮人持之以恒的执着和一丝不苟的严谨。这些年,这每一个日子,他保管的粮食情况怎么样,当天安排了哪些工作,只要一查他的日志,上面都记得清清楚楚。这些记录本既是一个守粮人日常工作的实时记载,也是他对工作经验或教训的总结。对于一个粮仓,这是一个随时可以翻检的数据库。对于一个共和国基层守粮人,这是他一步一步走过来的生命履历。

　　陈志宏所处的时代虽说和父辈不一样了,但看管粮食,有些基本的东西是不会变的。例如,季节和天气的变化,依然是影响储备粮食安全的一大因素。有时下班了,陈志宏在家里看到外面突然下起大雨,他就会条件反射般地想到：仓库里的粮食怎样了？会不会受潮？无论风雨有多大，他也要赶回仓库去查看。儿子出生时，正值梅雨季节，妻子在家里坐月子，他却不能守在妻子身边照料，日夜坚守在粮仓里。妻子理解他，却也半开玩笑地说："那粮食比你儿子还亲啊！"他总是充满歉疚地一笑，又无言地搂搂妻子、亲亲儿子，就披上雨衣出了门。

粮仓里有两大天敌：一是虫害，一是鼠害。为了防虫，他在粮仓内的粮面和墙面相接处，布置了一条围绕着整个粮面的糠粉防虫线，每个仓门口和窗户内沿，还布置了一圈海绵防虫线。米糠粉拌防虫灵，海绵条浸杀虫剂，这双重防护，用他的话说，为躺在粮仓里的粮食加上了两道"金刚圈"，粉螨等虫害就无法入侵粮仓。而防鼠比防虫更难。那粮库周边无论你怎么严防死守，都挡不住钻墙打洞的老鼠。每次巡查时，陈志宏都提着一个盛满混凝土的小桶，见到老鼠洞就立即用混凝土封堵上，然后用石块或砖头压在新补好的洞口上。但还是防不胜防，这里刚刚封上，过几天那里又冒出来个新的老鼠洞。对于守粮人来说，一粒老鼠屎不只是坏了一锅汤，而且是祸害一粮仓。若是老百姓从粮食里吃出了一粒老鼠屎，那就是仓管员的严重失职。那些生活在粮仓的老鼠实在是狡猾，白天钻进粮堆里看不见，到了夜深人静之时大摇大摆地出来到处乱窜。为了灭鼠，陈志宏把老鼠夹、老鼠笼、老鼠贴等百般武艺都用上了，但还是对付不了那小小的老鼠。他还从亲戚和同学那里买来了小猫进行训练，最多的一年，他训练出了十多只会抓老鼠的猫，但老鼠的繁殖能力极强，就算养再多猫也无法消灭。他和父亲一样，也爱动脑筋，搞一些小发明，他自制了一批灭鼠"神器"，先用一个废旧大塑料桶盛上半桶水，再用一根铁棍穿过桶的上缘，在铁棍的中间绑上一个小木板，木板的中央固定一些香喷喷的食物饵料，那狡猾而又贪婪的老鼠一踏上这个木板就会掉进水桶里，最终无力逃出水桶而被淹死。这个小发明还真是很管用，鼠患比原来少了很多。

2014年，新洲中心粮库进行了升级改造，在粮库门口设置有厚达六十多厘米的高钢化玻璃防鼠挡板，这一招挺管用，陈志宏值守的粮库内好几年都没有看到老鼠的踪迹了。到了2018年，他在粮库门口忽然看到了一粒老鼠屎。这让他一下警觉起来，有老鼠屎就一定有鼠患。从那天起，他每天早上八点不到就来到这个点上观察老鼠的踪迹，一个星期过去了，老鼠屎有增无减，却始终看不到老鼠的踪影。越是看不到，他越是担心，这让他每天晚上觉都睡不好，一闭眼仿佛就听见老鼠啃食粮食的声音。他又想起了多年前自制的灭鼠"神器"，于是买来一根香肠，用油炸得香喷喷的，而后切成小丁，放在那灭鼠"神器"木板中央。一天晚上，那只狡猾而贪婪的老鼠终于耐不住嘴馋，最终栽在了这"神器"的诱捕下。而陈志宏足足在这里蹲守了半个月，才消灭了这只老鼠。但他还是不放心，又蹲守了半个多月，既没有发现老鼠的踪影，也没再看见老鼠屎，这才长长地呼了一口气。

守粮人的故事就是这样平凡，却要特别耐得住寂寞，经得起清贫的考验。这么多年来，陈志宏的许多同学和同事纷纷下海，一些同事跳出了粮仓，开起了粮店，当上了老板，没几年工夫就买了新车，盖起了楼房。陈志宏看着他们的变化，打心眼里祝福他们。这些富起来的同事也力劝他跳出粮仓，下海经商。一个粮库保管员每个月就那么几个死工资，一辈子干到头也就在一个粮仓里打转转，外边的世界多大啊，何不出来闯一闯？他却是一根筋，谁来劝他下海，他说来说去就是这句话："三百六十行，行行得有人做。守粮人虽然清贫，但是总得有人做呀。这人哪，一日三餐谁能离开粮食？这辈子，我就把自己交给粮仓了。"

1988年，陈志宏在守粮之余报名参加了自考大专培训班，但由于工作忙，他经常没有时间去上课，只能一科一科去考。别人拿个大专文凭一般只要三年时间，而他拿个大专文凭却用了九年时间，同事和同学们都戏称陈志宏是马拉松队员。说归说，笑归笑，但他们都打心眼里佩服陈志宏，这个人特别有毅力,也特别有定力,从进粮库后就一直把粮仓管理得井井有条。他用九年时间读完了大专,不是为了一纸文凭,这是逼着自己学习,一点一点地提升自己的专业水平,把所学知识用在业务上。如今,他已经能熟练进行粮食容重的测定、千粒重的测定、稻谷出糙率的检验、磁性金属物的测定,以及初蛋白的测定等。一旦遇到了什么问题,同事们第一个想到的就是去问问老陈。老,不仅仅指年龄的增长,更是说明他在储粮保管技术上越来越老练了。

今年五十三岁的陈志宏还没有到退休年龄,依然坚守在粮库里,但老陈家的第三代守粮人已经进仓了。

老陈的儿子小陈——陈维琛,穿着一身蓝色工作服,头戴一顶白色安全帽,看上去精神气儿十足。到了他们这一代守粮人,粮库已采用智能化、科学化、精细化管理,皮带式输送机、扒粮机、通风设备、粮情检测设备,这一台台现代化的机器设备排列整齐,干净得闪闪发亮。粮食进仓再也不用人工搬运,在每个仓房的外面均摆放着皮带式输送机和扒粮机,入库粮食通过皮带式输送机和清理筛进行清理,既节能节耗,又省时省力。

这些遍布全国各地的粮库,都已被中储粮网罗其中。近年来,中储粮建起了智能化粮库在线监控中心,构建了全球粮食仓储行业最大的一张物联网,将粮食出入库、粮情检测、数量在线监测、智能通风、智能气调、智能烘干等系统进行标准化接入和集成,依托数万个高精度监控探头和数百万个粮情传感器,实现对全系统直属企业购销调存活动全方位在线监控,对分布在全国各地的直属库实现"穿透式"管理。

在中储粮集团总部,通过在线粮情监测系统,可以查看全国任何一个直属库任何一个仓库的粮食储存情况。而进行大数据分析,可对粮情变化趋势进行智能预测和预警,实现远程实时监控,二十四小时查看智能化粮库仓内、仓外实况。以前管理粮食,主要靠报表,从最基层的粮库到国家粮食局,一层一层地报上去,既费力又耗时,而人工操作哪怕再仔细也难免会出错。现在,从中储粮总部就可以直接管控到现场、到实地、到粮情的即时变化。通过实时监控和布设在粮堆中的传感器,几千公里外某库房内空调温度、粮食温度、粮食湿度都可以被实时采集、分析、预警,连粮食的种类、色泽、有无虫害都纤毫毕现。打个比方说,如果武汉的粮库里出现了一粒老鼠屎或一只小虫子,中储粮集团总部也能看得一清二楚,并在第一时间对该粮库发出警示。

对储备粮的通风控温,一直是一个大难题,尤其是鼓风机通风降温和一年多次的翻仓作业,都是又苦又累的重活,这是陈惠军、陈志宏两代守粮人都经历过的,又一直难以解决的。目前,全国各地粮库普遍应用了机械通风、谷物冷却、环流熏蒸、粮情测控等储粮"四合一"技术,这一技术荣获国家科技进步奖一等奖,现已成为国有粮库标配,大幅度提高了仓储科技水平。而中储粮还通过智能化、数字化控制,采用三重控温技术,实现了处于世界先进水平的绿色储粮。三重控温的第一层,就是在粮堆表层铺设了厚度三十厘米左右的稻壳,如同给粮食盖上一层棉被,把粮食和高温的仓房空间隔开,减少粮堆和仓房空间的热交换,从而达到隔热效果。这比直接储存粮食的仓房表层粮温要低 2℃,可以更好地延缓粮食品质变化。盛夏时节,气温高达 30℃以上,光靠稻壳压盖技术远远不够,因此仓房内还安装了吊顶隔热,配备了空调降温。有了这三重控温,无论仓外多么炎热,仓内的粮食也如住进了大冰箱冷藏室。储备粮不仅要降温,还要通风和预防病毒虫害,而现在采用的机械通风和环流熏蒸技术,不仅能迅速有效地降低粮食的水分和温度,防止粮食发热、霉变,还能有效抑制病毒虫害,极大地改善了储粮条件,保持了储备粮的稳定性。这每一间粮仓,尽管粮食堆得满满当当,但仓内却是风清气爽,散发出扑鼻的稻香。除了看得见的,在那六米高的粮堆下面还暗藏玄机,粮堆里埋藏着 66 根测温电缆,共 264 个粮情测温点,这些测温电缆就像大脑神经一样传递着稻谷的健康信息。

到了小陈这一代守粮人,再也不用像祖辈、父辈一样到粮仓里去巡查了,他每天的任务就是通过粮情测温系统和粮情远程监控系统,对仓房管理、数量、虫害滋生等情况进行实时在线监测。走进智能化监控室,小陈熟练地操作着电脑,在他面前的显示屏上,粮库表层的每一粒粮食都清晰可见,可随时诊断、检查粮情。而在每个仓库里都安装有一个仓球机,这是可以360°旋转并具备放大23倍功能的高清摄像头。小陈点开3D模型界面,切换不同的机位,仓房的每根测温电缆在显示屏上立体呈现,那两百多个粮情测温点可检测到每一个角落,每一粒稻谷都清晰地出现在显示屏上,随着摄像头的移动,粮食有没有发霉、有没有虫害,一眼便知,仓管人员可以快速准确地找到异常粮情发生的部位,随即有针对性地采取措施处理。

粮食是有生命的。无论是人还是粮食,保持生命活力都在于营养。粮食的营养除了选种、种植环节非常重要外,还与粮食保管有直接关系。对于储备粮,老百姓特别关心的一个问题,就是担心会吃到陈化粮。这里首先必须正视一个常识:陈粮和陈化粮不是一个概念,不能混淆。陈化粮是一个品质概念,指在储存指标上已经不适合食用的粮食,这种粮食按照国家要求是有严格的用途限制的;而陈粮是一个时间概念,指以前年度生产出来的粮食。目前,中央储备粮主要品种的储藏参考年限为:长江以南地区,稻谷二至三年、小麦三至四年、玉米一至二年;长江以北地区,稻谷二至三年、小麦三至五年、玉米二至三年;无论南方北方,大豆和食用植物油均为一至二年。这些粮食都是保质保量而存储的陈粮。中储粮公司组建后,自2003年起就已彻底消灭了陈化粮,并建立了储备粮轮换机制,根据不同品种进行定期轮换,而且是用企业化、市场化的方式来运作,粮食储存几年后就要卖掉,置换新粮,但新粮在存储过程中又会成为陈粮。换句话说,所谓陈粮,就是合格的储备粮。陈粮只要保管得好,一样是好粮,其实我们现在消费的粮食基本上都是陈粮。粮食并非当年种、当年收获就全部消化掉的,相当一部分要进入储存环节,然后被加工再投放终端市场。这正是仓储的意义所在,没有陈粮,也就没有存粮。有些粮食品种,比如小麦,有后熟期,刚收获的新粮并不特别适合加工,反而是存储三个月至两年左右更适合加工。因为保管水平高,小麦储藏一段时间后的市场价格反而比刚上市的时候贵。

从前,粮食储备强调的是"不坏一粒粮",而今已升级为"保鲜粒粒粮",让人们吃到安全放心、绿色新鲜的粮食。为了延缓粮食陈化,中储粮加大科技投入,用绿色储粮方式和技术手段延缓粮食质量变化,使保管一个周期的粮食和新粮相差无几。而在粮食出库时,还必须由安全检验监测中心对将要进入市场的米、面、油等粮油食品进行严格的检测,从源头上确保质量安全,让老百姓的饭碗里装上合格的粮食。

小陈既是陈家的第三代守粮人,也是共和国的第三代守粮人。他赶上科技高度发达的今天,既倍感欣慰,又信心满满。他脸上带着像他父亲一样实诚而质朴的笑容,若是你夸奖他几句,就会看到他脸上迅速地泛起腼腆的红光。他说:"我们这代守粮人和上辈不一样了,必须用科学方法守好粮,但我们的职责没有变!"

看小伙子那坚毅的神情,他有信心也有决心接好共和国守粮人的第三棒。

老陈一家三代人为共和国守粮,他们是最基层的守粮人,守护着国家粮食安全的第一道防线。我探访的一家粮库,只是大国粮仓的一个缩影。而大国粮仓,就是由这样一家家遍布全国各地的大大小小的粮库组成的,它们从最坚实的底部开始,为中国粮食筑起了一道道坚固的安全岛链……

中国粮食的安全岛链

经过七十多年的发展,中国人口不断递增,从 1949 年的五亿多人到 2021 年已超过了十四亿人口,而中国粮食产量高于同期人口的增速,这就是粮食安全的最大保障。有人打了一个形象的比喻,粮食产量和储备能力如同堤坝,而人口增长如同水位,随着水位越来越高,粮食产量和储备能力势必不断增长和持续增强,必须超过防洪水位,还必须将堤坝筑得固若金汤,才能以强有力的方式保障国家粮食安全。

目前,我国已建立起三大储备体系,共同构筑起了中国粮食的安全岛链。

中储粮肩负着国家使命,承担着大国粮仓的神圣职责,也可形容为江河干流的防洪堤坝。从我国的中央粮食储备能力看,总体已达到了世界较先进水平,这也是国家粮食安全的最大保障。但由于受运输、轮换计划等各种因素的影响,中储粮对区域性粮食供应紧张有时"远水解不了近渴",而要解决支流水系和毛细血管的粮食供应问题,还必须进一步构建并完善地方储备和农户储粮体系。

地方储备粮,指省、市、县三级建立的粮油储备体系,主要是用于调节本行政区域粮食供求总量、稳定粮食市场,以及应对重大自然灾害或者其他突发事件的粮食和食用油。这就像支流水系上的堤坝,其最大的一个优势,就是在关键时刻可以就近投放,在短时间内应对区域内的局部危机,给中央储备粮的调拨带来从容、理性和科学的决策时间,这在保障粮食安全中也是非常重要的一环。但地方储备粮对地方财政来说也是一个包袱,由于粮食主产区大多是农业省份,财力相对薄弱,又加之受粮食购销价格、国内外价格严重倒挂等多重因素的影响,地方储备粮在经营周转上一直面临不少的困难和压力。一些专家建议,中央和省级财政可对地(市)县储备粮给予一定的管理费用和银行利息补贴,还可考虑启用地方粮食风险基金补贴储备。还有一个问题,我国地方储备基本上都是储存原粮,而地方储备处于应急动用的第一线,一旦粮食供应紧张,必须在第一时间投放市场,而原粮(如稻谷、麦子)投放市场后必须加工后才能食用,这显然不符合应急供应的要求。为此,很多专家建议,必须调整地方储备品种,特别是市县一级的储备和大中城市的储备,更需要以大米、面粉、小包装植物油等成品粮为主。总之,从目前看,我国地方粮食储备体系还有待于进一步加强和改善。

俗话说:"养儿防老,积谷防饥。"农户储粮,是一个农耕民族长期养成的习惯。

升斗小民,家国大事。在以升斗作为计量工具的漫长岁月,老百姓又称升斗小民,但这升斗却从未装满过,"命里只有八斗米,走遍天下不满升"。袁隆平院士对米升也充满了复杂的感情,他说:"在吃不饱饭的年代,米升是百姓使用最广泛、最频繁的生活用具,看起来不起眼,但它们就是中国老百姓一日三餐、一家老小最真实的生活状况最真实的见证者。民以食为天,但巧妇难为无米之炊啊!"而越是经历过饥饿,又时时刻刻面临饥饿的人们,越是想多藏一点粮食。还记得,在我孩提时代,老祖母每次量米做饭时,根据家中的人口,用米升仔细量过后,还要从米升中抓出一把米,用米瓮储存起来,这是从牙缝里挤出来的储备粮。而农户储粮,也是典型的藏粮于民,可以为粮食安全起到蓄水池作用,一旦出现粮食紧缺,在中央储备粮、地方储备粮启动之前,农户可以自己的储粮渡过第一阶段的危机。

我国农户储粮虽然分散,但集腋成裘,加在一起数量巨大。然而,由于农户储粮装具简陋,又加之储粮技术落后,很容易造成鼠害、虫害和霉变,导致巨大的损失。据有关部门统计,在农户储粮中,我国每年损失粮食约在350亿斤,这相当于江西全省一年的粮食产量。我在很多农村看到的现实,也着实让人揪心和惋惜。2009年,在黑龙江省尚志市元宝村村口的土路边,我看见一个个露天粮囤，下面由木栏围着，上面拉着一圈铁丝网，顶上盖着几片水泥瓦。那金黄金黄的玉米棒子上已布满了霉烂发黑的斑点。这一囤粮食该有上万斤，一个农民要打出这么多粮食，该付出了多少汗水，可现在，就这样一天天地在风吹雨打中糜烂着。难道这些农民不心疼？问村里人，怎么不把粮食存放在更好一点的地方，他们气呼呼地说："还哪有地方存？连床底下都塞满了，连猪栏、牛栏里也放的是粮食。"又问他们，为什么不卖，他们反问我："你说，咋卖？连肥料钱都换不来哩！"那正是玉米跌价的时候，而玉米当时没有列入国家粮价兜底的范围。但我想，就算卖了赔本，也比烂在这里强啊，多少能减少一点损失。然而，事情却并非这样简单，这些农民把粮食储存下来，是在观望和等待，希望价格高一点时再出手。然而，国库里玉米充足得很，市场上玉米也充足得很，等到玉米长出霉斑了，价格也没有涨上来，一囤的玉米就这么废了，连猪都不吃了。"不过，等它烂透了，还可以用来肥田"，一个农民一脸无奈地说。

很多专家都在呼吁政府部门和专业人员帮助农户改善储粮条件，只要能减少农户储粮的损失，就是增加"无形粮田"，全国每年相当于增加1200多万亩高标准粮田。现在，国家粮食和物资储备局，以及各地粮食部门已开始推广农户科学储粮示范工程。其中，由中储粮成都粮食储藏科学研究所、河南工业大学、辽宁省粮食科学研究所、湖南省粮油科学研究设计院等单位承担的"减少三大粮食作物农户储粮损失技术集成与示范"课题，经过对粮食主产区上万户农民的技术宣传和培训，先后建立了农户科学储粮技术示范点3000多个，对降低粮食储藏损失、保障粮食安全、增加农民收入、促进新农村的建设都起到了重要示范作用。

还记得，我走进小岗村的一户农家，第一眼看见的就是一个摆在大门口的大桶子，深绿色的，有一人多高，上面印着"科学储粮示范仓"，这是安徽省粮食和物资储备局统一制作并在农村推广使用的。我围着这个大桶子左看右看,我是农民的儿子,在农村长大的,米桶和谷仓见过不少,中国农民有储粮的习惯,但一直没有从根本上解决粮食储存中受潮、霉烂和鼠啃、虫咬的问题,粮食损耗很大。现在,有了这样一个"科学储粮示范仓",太好了,真是想到老百姓心里去了,而且想得特别周到。听这家里的内当家说,这样的一个示范仓,可以储存一吨粮,密封得很好,也不会受潮发霉,用起来也方便。我立刻估算了一下,一吨粮,足够这一家四口吃上一年了。如果每家人能够保证每年一吨粮的储备,全国农村每年储粮将是一个天文数字,我估计可以大大超过国库储粮。只要能保证每个农户拥有这一吨储粮,就不可能发生大规模的饥荒。一般来说,粮食生产的周期也就半年,有的地方还不到半年,哪怕有了半年的粮食储备,即使一季粮食绝收,半年之后新一茬的粮食也开始收割了。

小岗村的这种"科学储粮示范仓",应该像小岗村一样,发挥出一种标本的价值和意义。

如果中央储粮、地方储粮和农户储粮这三大储备体系能够建立起高度默契,取长补短,都发挥出各自的优势,就会成为一道国家粮食的安全岛链,中国粮食哪怕真的出现了危机,也可以迅速有效地化解。

任何粮食储备,其终极目标都是投放市场。而市场,也是粮食安全岛链上的重要一环。就宏观调控和稳定市场来看,应继续发挥粮食批发市场的功能,调控中央储备粮、地方储备粮和临时存储粮的销售节奏。既要避免在新粮上市时轮入过于集中,抬价抢购粮源,又要避免在新粮上市期间集中大规模轮出打压市场粮价;既要保证市场粮食供应不断档、不脱销,又要坚持顺价销售的原则。这样才能进一步发挥储备粮的吞吐调节作用,为国家宏观调控和稳定市场粮价服务。

为切实有效保证粮食调控政策实施,必须打通制约粮食运输的流通瓶颈。自上世纪80年代以来,我国逐渐形成了"北粮南运"格局。东北地区粮食运输商品量大、运输季节性强、运输方向集中,由于地处铁路末端,运出的物资多,运入的物资少,且在一、四季度时粮食运输与其他品类"争嘴"现象严重,一度造成粮食铁路运输能力与粮食外运需求差距较大。近年来,随着物流能力大幅提升,粮食物流骨干通道全部打通,公路、铁路、水路多式联运格局基本形成,原粮散粮运输、成品粮集装化运输比重大幅提高,大大提升了粮食流通运转效率,为国家粮食安全提供了可靠保障。

影响国家粮食安全的另一个重要因素,是粮价。粮价的涨跌左右着农民的收益和粮食企业的利润,更关系着国家粮食安全。而政府调控,尤其是托底收购,在一定程度上保护了农民的利益,激发了农民种粮的积极性。在国际粮价大幅上涨,一些国家甚至出现粮荒的形势下,我国近年来在重农政策下形成了强大的粮食自给能力,并相应切断了与世界粮价的主要传导机制,从而使粮食价格在较低水平下稳定运行。说穿了,其实最大的受惠者还是十四亿中国人,在中国人的饭碗里,每一粒粮食都有国家的补贴。

袁隆平院士无论走到哪里,都要去粮食市场或超市去看看米价,这是他多年来养成的习惯。2020年,既是新冠疫情肆虐之年,也是中国和世界多地灾害频发的一年,从联合国粮农组织公布的数据看,自新冠疫情爆发以来,国际粮价大幅上涨,创下九年以来的新高。这让老爷子急了,他最担心的就是粮价上涨,老百姓买不起粮,吃不饱饭啊!这位九十高龄的老人,还特意去超市看米价。他走路不稳,跟跟跄跄,一脸的急切。当他看到粮食充足,粮价稳定,那紧锁的眉头才松开了,这才放心地回去了。

一个当代神农,关心的是天下苍生的饭碗,而我等升斗小民,也关心着自己的饭碗。若要从市场和价格来看粮食安全,这里就以我居住的东莞为例吧。东莞是粤港澳大湾区的一个粮食输入大市,从粮食安全上解读也是一个典型例子。东莞现有一千多万常住人口,每年还有数百万流动人口。口粮,口粮,这长了嘴的都是要张口吃饭的,那么东莞一年到底吃掉多少粮食呢？据东莞市粮食行业协会有关负责人说，东莞一年消耗粮食约360万吨，而东莞耕地面积少，每年自产粮食仅有1.25万吨左右，这巨大的粮食产需缺口，主要通过从国内的主要粮食区采购和从国外进口两种途径弥补。东莞一直全力推进粮食产销合作，迄今已与国内主要粮食产区签订了"粮食产销意向书"，粮食来源地主要有湖北、江西、安徽、广西、江苏、湖南、河南、黑龙江等省区。此外，还从巴西、澳大利亚、美国、泰国、越南、巴基斯坦等国家进口一部分粮食，用于改善粮食供应结构，满足市民的多元化需求。

2020年，东莞也曾一度传出了粮食告急的风声。这到底是"山雨欲来风满楼"，还是空穴来风？我决定去探个虚实。在东莞常平火车站附近，就是广东省最大的国家一级粮食批发市场——东莞市常平粮油批发市场。每次传出粮食吃紧的消息，我第一个就要来这里看看。在一声声汽笛的长鸣中，一列列满载粮食的火车徐徐驶入车站。站台上，几十个装卸搬运工推着手推车等候在那里。车一停稳，有人招呼了一声，几十个人一股风似的爬上车，开始卸货。看得出，这是一群强壮的农民工，他们肩膀上的肌肉、手臂上的肌肉，在这样沉重的劳动中都很有劲地凸显起来，爆发出令人吃惊的力量。在他们的背后，就是一个个至少能存上百吨粮食的仓库。几乎挨着站台，就是东莞市常平粮油批发市场，这里集中了全国一百多家粮食生产商。这个大市场供应着整个东莞市和附近城市的粮食，而这个市场，也连着全国各地商品粮基地和粮食主产区的无数粮食市场。

在这样的背景下，你还要问有没有粮食危机，真是挺愚蠢的，但我还是想问问这些粮商的想法。我走近了一个一脸胡茬的粮商，他嘴里正嚼着几粒米，那样子有几分贪婪，这是粮商们检测大米质量的方式之一。"好米！"他拍了拍米袋，又摊开手掌瞅着，他手里还握着一把米，粒粒饱满晶莹。我问这是哪里的米，他说是六安米。六安，我知道，那里是江淮大地上出了名的产粮地。一问，这老板也是安徽六安人，做粮食买卖十来个年头了，现在他的主要业务就是在东莞销售六安的优质米。当我提出对粮食危机的担心时，他问我："你家房子大不大？"还没等我反应过来，他先乐了，说："如果你家房子大，就多买点米，用一间房子装起来，还怕什么粮食危机呢？"我这才知道他是开玩笑。我也笑了，问："你们这个市场，粮食供应情况怎么样？缺不缺货？"他摇晃着个大脑瓜说："我卖了十几年大米，从没有担心没米卖，只担心进了大米卖不出，你一茬大米没卖掉，等到第二茬大米上了市，那就吃大亏了，只能卖给饲料公司了。"他从嘴里呸出几粒嚼烂了的大米说："现在人的嘴真是太刁了，你看见了哪，这么好的大米，他们还挑挑拣拣的！"

转到另一个档口，是个卖东北大米的大姐。东北大米，尤其北大荒的绿色有机米，那是名牌，很好吃的。但大姐说，东莞人一半不爱吃东北大米，因为东北大米有黏性，南方人都不太喜欢吃，东北大米在这里反而是大米中卖得最便宜的。这让这位大姐很委屈，她说现在有钱的东莞人大多喜欢吃泰国米，泰国米在东莞占据了五分之一的市场，泰国米价一高，就会带动全行业米价提升；条件一般的呢，大多吃的是安徽米、湖南米，这里打工的东北人不太多，东北米卖得不咋地（不太好）。说着，她脸上慢慢地浮现出一丝忧郁的神情。

我去了一个卖泰国米的档口，一个脸孔白净、戴眼镜的老板正躺在一把摇椅上看书。看他这么悠闲，我还以为生意不太好。可一会儿，就有个进货的二级批发商过来，一次就从他这里进了几万斤大米。等那米商做完生意走后，我看着他又悠闲起来，才走过去搭讪。这卖泰国米的不是泰国人，就是东莞本地人。说到这里的米老板，他说："都是大老板，做一级批发的，有几个小老板？"不过，他很快又说："要说真正的大老板，连一级批发都不做。"我惊问："那，他们怎么做？"他摊开刚才看的书给我看："期货！"看我一下愣住了，他好像挺满意自己制造出来的效果，笑着说，现在做粮食行当，今天跌明天涨,大米涨价不是因为农民手里没粮,这与粮食多少没有太直接的关系,都是期货商在背后兴风作浪,他们又"收买"了很多这专家那学者,天天制造"粮食危机"的信号,想把米价抬高,是真是假,谁弄得清楚!

我从未涉足期货,而我更相信眼睁睁看到的事实。一整天,我就混迹于来来往往的粮商之中,在这个大米市场转悠着,听到了各种各样的声音。对他们的说法,你不可全信,也不可不信。如果眼见为实,我看到的实情是,卖比买,是更让人操心的一件事。以现在的交通之畅通,以现在的粮食之丰富,没有哪个粮商为找不到粮源而发愁,操心的都是怎么把进来的大米尽快销售出去。而这个市场的大米,还有存放在仓库里的大米,不但数量多,品种也齐全,琳琅满目,可以说全国有的,这里都有,全世界有的,这里也差不多都有。尽管现在的米价略有上涨,但似乎对消费者没有构成太大的影响。我随机问了几个人,很多人对于米价涨了几分钱甚至根本就没有察觉,还有一位主妇说,过年时,丈夫和她所在的单位共发放了四袋大米,整整两百斤,到现在也没有吃完,由于很长时间没买米,她都已经记不清大米多少钱一斤了。又有一位先生说,他家三口人,每月吃米六十斤左右,别说现在米价还只是涨了几分钱,就是每斤上涨一毛钱的话,算下来他家每月支出也就多出六块钱。他很坦诚地说,如果只是单纯的米价上涨,哪怕一个月增加六十元的米钱,对他们这样月收入八千多元的家庭,经济基本没有太大影响。但他也说出了自己的担心,如果米价上涨带动了物价全面上涨,那就是大问题了。

在东莞,对米价上涨最担心的还是工厂。现在东莞的工厂都是要给厂里的农民工包吃包喝的。职工吃的每一粒米都是要计算进厂里的生产成本的。以一个有着五千多名员工的玩具厂为例,米价上涨就让他们感受到了成本上升给企业带来的压力。一家工厂负责大米采购的业务员给我算了一笔账:如果每斤大米上涨一毛钱,公司食堂每天的成本就增加五百多元,一年下来新增成本将达到近二十万元。

这又不免让我担心起来,东莞的粮食储备到底怎样呢?

我很快又赶到了东莞市东站粮食储备库,这是国家储备库。我知道,东莞到底有没有粮食危机的可能,真正的答案不在市场,就埋藏在这些巨大无比的仓库里。听说我是为国家粮食安全而来,这个粮库的负责人——一个很和善的,还有几分绅士风度的中年人,很郑重地接待了我。

我从外界的传闻说起,他一直耐心地听着,微笑着。直到我把很多道听途说的事讲完,他才用带着粤语尾音的普通话,口齿十分清晰地说:"东莞粮食储存总仓容达200万吨,可让全市人吃半年以上,足以保证粮食的正常和应急供应。"说到这里,他提高了声调:"这么说吧,你看见了,我们这样大的一个粮库,所有的粮仓都是满的,完全可以保证东莞的粮食不出问题,别说三个月,三年也不会出问题。粮食危机是无稽之谈!"这让我松了一大口气。他看看我,又很细致地给我解释,这个储备库的粮食,在粮食市场可以保证正常供应时,是不会投放市场的,也就是说,国家完全没有到使用储备粮食的时候。他说:"如果国家开始动用储备粮,市场就可能出问题了,除了粮食真的出现了短缺,也可能是幕后之手操纵粮价,恶意抬升粮价,而国家完全有足够的储备粮投放市场来平抑粮价,这就是我们国家现在的粮食储备实力!"

换句话说,东莞一旦出现粮食危机,肯定就是全国性粮食危机,在市场经济的大环境下,每个地方有每个地方的发展优势和重心,但绝没有一个独立于或隔离于市场之外的独立王国。我又提到现在粮食的价格略有波动,让人很担心。他听了,很理解地笑了,他说:"这其实是好事,在这样市场经济的条件下,目前粮价的微幅上涨是正常的,这正是国家对粮食的调控在起作用,所以,市民们根本不用担心会出现粮食危机,但应该有心理准备,国家调控的目标之一,就是解决现在粮食价格太低的不合理现象,中国的粮价迟早是要和国际接轨的!"我一边点头,一边提到了另一个很多人都关心的问题,就是粮食的运输周期。他再次微笑了:"你说的三个月的运输周期还是上世纪70年代以前的事,如今,像东莞这样一个物流大市,物流始终保持高速畅通,三天都不要!"他又一次提高了声调,也更让我感觉到了底气十足。

这种十足的底气,无疑源自十足的国家粮食储备。这就是我寻找到的答案,他微笑着,把我的谜团一个又一个地解开了。如果你还在为东莞是否会出现粮食危机担忧,现在,你真的可以放心了,国家的粮食储备是充足的,市场的粮食供应是充足的,粮食的物流是畅通的。事实上也是这样,尽管在东莞粮食市场上,依然存在对粮价继续攀升的担忧,但是粮食供应一直没有出现短缺。根据常平粮食批发市场的数据,每天站台上的粮食储运正常,每天到货的粮食都能正常销售,市场反应正常,没有任何抢购现象,一切都处于正常的运转中。

远处,有列车嘹亮的汽笛鸣响传来,我知道,又一列满载着粮食的火车驶近常平车站了……

这源源不断运来的粮食,打消了我此前的顾虑,也让我对中国粮食安全愈加充满了底气。而这底气也来自我国粮食的连年丰收。截至2020年,我国粮食已连续保持了十七年丰收,最近六年一直稳定在1.3万亿斤以上。

然而,当吃饱了的国人开始追求舌尖上的味道时,也出现了舌尖上的浪费。联合国粮农组织的数据显示,全球每年约三分之一的食物被损耗和浪费。这是你随时随地都能看到的现象,除了家庭餐桌的浪费,在宾馆饭店的浪费更是惊人,那些慷慨的主人,一上来就拼命点菜,结果是吃了一半就再也吃不下,白花花的大米饭,热乎乎的包子、馒头,还有鱼啊肉啊海鲜啊,最后都被倒进了垃圾桶。据《中国城市餐饮食物浪费报告》,我国城市餐饮业仅餐桌食物浪费量就有1700万至1800万吨,相当于3000万至5000万人一年的食物量。这巨大的浪费,触目惊心,令人痛心,借用袁隆平院士的一句话："只怪我让你们吃得太饱了！"

饱汉不知饿汉饥啊！中国的粮食浪费现象已经严重到了十分惊人的程度，杜绝粮食浪费刻不容缓。古人云："俭，德之共也；侈，恶之大也。"让我们永远铭记《朱子家训》的那句警策："一粥一饭，当思来之不易；半丝半缕，恒念物力维艰。"这不只是关乎道德伦理的问题，这维系着我们每个人的命根子！倘若没有这种危机意识，一个国家、一个民族，是高度危险的。对此，袁隆平院士早已发出了警示："一粒粮食能拯救一个国家，同时也可以绊倒一个国家。"

想想，我们刚吃了几天饱饭？再想想，世界上还有多少人在挨饿？

据联合国粮农组织统计，近年来，全球饥饿人口数量持续上升，现已超过八亿，三十多个国家面临严重粮食短缺，这意味着，在我们生活的这个蓝色星球上，还有十分之一的人口处于饥饿和营养不良状态，每天都有成千上万的人在地球的某一个角落因饥饿而倒毙。而中国人虽说告别了饥饿，但饥饿依然是中国人心里挥之不去的阴影，尤其是那些经历过饥饿和半饥饿的人们。这并非一种灾难性心理，对于一个拥有十四亿人口的大国，这是一种居安思危的忧患意识。从当前来看，中国确实没有粮食安全之虞，但从长远来看，粮食安全这根弦一刻也不能放松，任何时候也不能放松。

在中国粮食的安全岛链上，我们每个人都是其中一个小小的链条，尽管很多人终其一生都不会生产一粒粮食，但我们可以节约每一粒粮食，从底部开始，把这条安全岛链筑得愈加坚实，牢不可破。

后 记

我是一个贫寒的农家之子，上世纪60年代出生于洞庭湖和长江中游交汇处的一片冲积平原上。在这片灾害频仍的土地上，祖祖辈辈在田里苦苦刨食，却是吃了上顿愁下顿，"南瓜萝卜当杂粮，红薯要当半年粮"。我在乡下生活了十七年，这让我从小就本能地懂得稼穑之艰辛，也曾以自己的生命去体验过饥饿的滋味。1979年，我通过高考改变了自己的命运，从此吃上了"国家粮"，端上了"铁饭碗"，但那养命的粮食，依然是我命里最关注的东西，这也是源自生命本能的关注。

2009年，为了追溯共和国六十年的粮食之路，我采写了长篇报告文学《共和国粮食报告》，这是一次用粮食记录生命的历程，也是用粮食回溯历史的历程。时隔十年，经李炳银先生推荐，黑龙江教育出版社又特邀我撰写一部以"中国饭碗"为主题，全景式展现新中国成立七十年来粮食之路的长篇报告文学。有别于《共和国粮食报告》，本书将重点放在改革开放以来的四十年，尤其是最近十年，中央提出了"确保谷物基本自给、口粮绝对安全"的新粮食安全观，确立了以我为主、立足国内、确保产能、适度进口、科技支撑的国家粮食安全战略，持续推进农业供给侧结构性改革和体制机制创新，粮食生产能力不断增强，粮食流通现代化水平明显提升，粮食供给结构不断优化，粮食产业经济稳步发展，更高层次、更高质量、更有效率、更可持续的粮食安全保障体系逐步建立，国家粮食安全保障更加有力，中国特色粮食安全之路越走越稳健，越走越宽广。中国人民在现代化进程中依靠自身力量，逐步实现了由"吃不饱"到"吃得饱"，并且"吃得好"的历史性转变，食物更加多样，饮食更加健康，营养水平不断改善。这是中国人民取得的前所未有的伟大成就，也是为世界粮食安全做出的重大贡献。

本书从"粮食生产根本在耕地，命脉在水利，出路在科技，动力在政策"等关键点一个一个切入：透过小岗村的命运变迁，折射一个国家的命运；从北大荒开垦之初的刀耕火种、人拉肩扛，到大型机械，再到如今的精准数字农业、智慧农业、"无人农场"，揭示共和国粮食之路的苦难与辉煌、光荣与梦想；在"藏粮于技"上，以袁隆平为代表的科学家给农业现代化插上科技的翅膀，尤其是为水稻、小麦、玉米、大豆等主粮培育出了大量具有自主知识产权和世界领先水平的优良品种，从源头上保障国家粮食安全；在"藏粮于地"上，一方面牢牢守住十八亿亩耕地红线，建设高标准农田，一方面创新体制机制，提高粮食生产组织化程度，推动农村承包土地所有权、承包权、经营权"三权分置"有序实施，培育新型经营主体和服务主体，发展土地流转型和服务引领型规模经营，促进小规模、分散经营向适度规模、主体多元转变，把分散的小农户引入现代农业发展轨道；"夫积贮者，天下之大命也！"从粮食储备看，中国粮食储备能力显著增强，仓储现代化水平明显提高，安全储粮能力持续增强，筑起了中国粮食的安全岛链。这些关键点，只有一个一个抓落实、抓到位，才能在高基点上实现粮食生产新突破，中国人才能把饭碗牢牢地端在自己的手里。

2020年，对于全球都是灾难深重的一年，新冠疫情与自然灾害叠加在一起，一场半个世纪以来最严重的粮食危机正在袭来，全球新增饥饿人口1.3亿。而在严厉的疫情防控之下，我的田野调查举步维艰。直到国内疫情形势"总体可控、稳中趋缓"，我才抓紧时机奔赴洞庭湖平原、江汉平原、鄱阳湖

后　记

平原、江淮平原、黄淮海平原等中国商品粮基地,进行了两个多月的田野调查。当我从北方返回岭南时,从辽阔的东北平原到广袤的华北平原,从中原到江南,沿途看见的是长势喜人的麦子和沉甸甸的稻穗,这让我出发时的忧虑变成了丰收的喜悦,这一年的疫情和自然灾害非但没有造成粮食的减产,而且又是一个硕果累累的丰年,中国粮食产量又创新高,实现了十七连丰。这让我,也让无数为粮食而担忧的人喜出望外。

本书于2021年1月写出初稿后,征求了多位专家的意见,尤其是李炳银先生,提出了既有针对性又有操作性的具体意见,我从头到尾对书稿做了一次修改。此时,已是2021年夏天,当我伏案修改这部书稿之际,全国各地又频频传来夏粮丰收的喜讯,中国粮食有望续写十八连丰的佳绩。然而,一个噩耗猝然传来,2021年5月22日13时07分,袁隆平院士在长沙与世长辞。有人说,他老人家在这个时候离去,是等着我们吃完中饭后,他才放心地走了啊!而当时,我手里的饭碗还没放下,只感到浑身陡地一震,又一阵恍惚,恍如突遭一个炸雷。或许真有天人感应,此刻,窗外正电闪雷鸣,我站在闪电炫目的光芒中,许久,许久,我一直端着自己的饭碗,浑身静穆,一动也不动,心里却在一阵一阵地震颤。

我知道,世上从来没有永生之人,科学探索也永远没有极限,从不承认终极真理,但有永恒的追求,袁隆平院士就是这样一个永恒的追求者。迄今,还没有谁像他这样,通过一粒种子把数以亿计的苍生从饥饿中拯救出来,他所创造的财富和价值是无与伦比、难以估量的。而从袁隆平的人生世界、科学世界和精神世界看,他的境界,已经超越了杂交水稻这一狭义的农业科研领域,在很多人的心目中,他是追求科学、追求真理的象征。对于今天以及未来的世界和人类,他的名字和他所做的一切,必将成为人类最永恒的价值之一。

我觉得,一个报告文学写作者,也应该像追求真理一样追求真相,尽管无法还原全部真相,但应该尽可能去接近真相、理解真相,真诚而庄重地对待自己的每一次写作。诚然,这本书的写作,对于我不是一种完成,中国粮食,中国饭碗,永远都不是过去时,而是现在进行时和将来时。早在十年前我就说过一句话,这是一本值得我用一生去续写的书。

2021 年 6 月 1 日于岭南水云轩

参考文献

［1］中共中央文献研究室.关于建国以来党的若干历史问题的决议（注释本）［M］.北京:人民出版社，1983.

［2］李振声,容珊,陈漱阳,等.小麦远缘杂交［M］.北京:科学出版社，1985.

［3］袁隆平.杂交水稻简明教程［M］.长沙:湖南科学技术出版社，1985.

［4］（美）唐·帕尔伯格.走向丰衣足食的世界［M］.王应云,译.北京:中国农业科技出版社，1990.

［5］王连铮,王金陵.大豆遗传育种学［M］.北京:科学出版社，1992.

［6］杜润生.中国的土地改革［M］.北京:当代中国出版社，1996.

［7］中华人民共和国国务院新闻办公室.中国的粮食问题（白皮书）［R］.1996.

［8］郑加真,杨荣秋.中国东北角·苏醒［M］.哈尔滨:黑龙江人民出版社，1998.

［9］郑加真.中国东北角·磨炼［M］.哈尔滨:黑龙江人民出版社，1999．

［10］袁隆平.杂交水稻学［M］.北京:中国农业出版社，2002.

［11］周春江,宋慧欣,张加勇.现代杂交玉米种子生产［M］.北京:中国农业科学技术出版社,2006.

［12］郑加真.中国东北角:北大荒六十年［M］.哈尔滨:黑龙江人民出版社,2007.

［13］韩乃寅,逄金明.北大荒全书(农业卷)［M］.哈尔滨:黑龙江人民出版社,2007.

［14］国家粮食安全中长期规划纲要(2008—2020年)［R］.2008.

［15］聂永红.中国粮食之路［M］.北京:经济管理出版社,2009.

［16］陈启文.共和国粮食报告［M］.湘潭:湘潭大学出版社,2009.

［17］袁隆平.袁隆平口述自传［M］.长沙:湖南教育出版社,2010.

［18］韩俊.14亿人的粮食安全战略［M］.北京:学习出版社,海口:海南出版社,2012.

［19］国务院发展研究中心农村经济研究部课题组.中国特色农业现代化道路研究［M］.北京:中国发展出版社,2012.

［20］谢花林,王伟,刘志飞.中国耕地利用研究［M］.北京:中国农业出版社,2016.

［21］陈启文.袁隆平的世界［M］.长沙:湖南文艺出版社,2016.

［22］贾鸿彬.小岗村40年［M］.南京:江苏凤凰文艺出版社,2018.

［23］国家粮食和物资储备局.粮食和物资储备改革发展理论与实践［M］.北京:中国财富出版社,2019.

［24］中国的粮食安全(白皮书)［R］.2019.

［25］中国粮食经济学会.中国粮食改革开放40年［M］.北京:经济管理出版社,2019.